岩 波 文 庫

32-738-4

ティラン・ロ・ブラン

4

J. マルトゥレイ
M. J. ダ・ガルバ 作

田 澤 耕 訳

Joanot Martorell
Martí Joan de Galba

TIRANT LO BLANC

1490

目次

北アフリカのティラン(つづき)

ティランの没後

〔全巻目次〕

ティラン・ロ・ブラン　4

北アフリカのティラン（つづき）

［第三百三十二章］――女王に対するティランの答え。

「砂の土台の上に堅固な城を築くことは誰にもできません。こんなことを申し上げるのも、女王陛下が恋に夢中になられるあまり、先日申し上げたことをお忘れになっているからでございます。すでに別のお方に捧げているものを、陛下に差し上げることはできないのです。真の愛というものは、いくつにも分散できるものでないことは陛下もよくご存じのはず。そんな乱暴なことをすれば愛している者を傷つけることになってしまいます。ですからお願い申し上げます、どうか目を見開かれて聡明なお心を取り戻してください。願ってもかなわぬこと、してはならぬことをわきまえる理性を、熱情によって曇らせることがないようになさってください。何かもっと別の希望を新たにお探しください。どうか私の率直すぎることばにお気を悪くなされぬように。これからも私はあなたさまを、父として、兄として、誠心誠意お世話申し上げるつもりです。また、あの徳高い王を夫とし、今までのように伴侶となさることをお勧めいたします。ご自分を愛してくれるかどうか定かでない者よりも、この上なく大切に思ってくれる者と夫婦《めおと》になることのほうがどれほどいいかしれないからです。陛下の王国には何の不都合も起こりませんのでご安心のほどを。そうなさってくだされば、私にとってこれ以上の喜びはありませんし、王もさぞや感謝されることでしょう」

ティランの気持ちが明らかになり、自分が無理を通そうとしていることが分かった女王は、涙ながらに次のように答えた。

〔第三百三十三章〕――ティランに対する女王の答え。

「あなたにどれほどの値打ちがあるかは、私がよく知っています。あなたに恋をし、その〈慎重〉という固い衣にはねつけられたことで味わった苦しみは、やがて快感に変わるのです。あなたが聖人として祀《まつ》られてもおかしくないほど真実の愛を大事にされていることもよく分かっています。あなたの愛を得ることができなかった私を慰める方法があるとはお考えくださらぬように。私はただ、命ある限り聡明で優しいあなたをお慕い続けるしかありません。悲しい運命ゆえに、あなたを夫とも主人ともできぬことはとても辛く悲しいことですが、そうである以上、あなたを父として敬うことにいたしましょう。さもなくば、あなたに大切にしていただき、いろいろよくしていただいた大恩に報いることは決してできないからです。聖母マリアの大きなお慈悲にすがって、あなたに大きな名誉と繁栄が訪れるようにお祈りいたします。私には聖母マリアのような力はありませんし、私が差し出すものはあなたに受け入れてはもらえないのですもの。あなたの値打ちがあまりに高いので、私にはあなたの侍女になる資格さえありません。あなたは世界の主になることさえおできになるお方。神とあなたがいらっしゃらなかったら、私の命はとうに失われてしまっていたでしょう。私はあなたの徳に絶対の信頼を置いておりますので、この身も財産も、丸ごとあなたに捧げます。あなたがお命じになることならば、私の力の及ぶ限り、何でもすぐに従いましょう」

女王が承諾したと見たティランは、固い床に片膝をついて、限りない感謝を表わした。そしてすぐに、王と司祭を呼びにやり、皆が見守る中で二人を夫婦《めおと》にした。翌日、二人はカトリック教徒としてミサに参列したのだった。王と女王の結婚にふさわしい荘厳な式が執り行われた後、アスカリアヌ王は、女王の夫としてトラミセン王国全土を支配することになった。一方、女王は、ティランの頼みどおりにしたことで満足していた。王はティランをほかの誰よりも慕っており、ティランのためならば、可能な限り何でもするつもりであった。ティランはティランで、王と女王に深い愛情を抱いていた。

こうして王とティランが、結婚の祝宴に日々を送っていた間も、王のもとには、モーロ人の王たちが自分を滅ぼそうと虎視眈々《こしたんたん》と狙っているという知らせがしきりに届いていた。王たちは、三つの城を攻略してしまった後には王とキリスト教徒たちに矛先を向け、惨殺してしまおうとしている、ということであった。それを聞いてティランは言った。

「陛下、そろそろ態勢を立て直すときです。配下の者たちに当たって、戦闘に耐えうる者がどれほどいるか見てみましょう」

「何と申す?」と〈首長〉が言った。「おぬしは自分が世界の主にでもなったつもりなのか? この寛大なる王を捕虜にしただけで満足して、故郷に戻ればいいではないか。我々は我々の掟《おきて》に従うゆえ、放っておいてくれ。にわか作りのキリスト教徒たちも、おぬしが神聖だという洗礼とやらを放棄してしまえばいいのだ。大挙して押し寄せてくる王たちも、我々がイスラム教徒に戻っていれば、憐れんで情けをかけてくれようというものだ。そうなれば我々も生き延びることができる」

アスカリアヌ王は怒りもあらわに〈首長〉を睨《にら》みつけた。そして剣を引き抜いて頭に一撃を食らわしたので、部屋の床じゅうに脳髄が飛び散った。王は言った。

「犬畜生にも劣る奴め。お前のような卑しい男は、これくらいの報いを受けて当然なのだ」

ティランは〈首長〉の死を残念に思い、腹を立てた。しかし、それ以上、騒ぎを大きくせぬために、じっと怒りを堪《こら》えて、王を責めることはしなかった。〈首長〉の死を喜ぶ者もあったし、そうでない者もあった。しかし、その死が多くの者にとって、キリスト教を捨てる歯止めになったことは確かであった。

ティランは、味方の兵力がどれほどのものであるかを確かめるために、閲兵を命じた。その結果、騎兵は一万八千二百三十、歩兵は四万五千であることが分かった。ティランは全員に給金を支給させた。そして王にこう言った。

「陛下、もっと兵力を増やすために命令を出しましょう」

〈首長〉を殺してしまったことを悔いた王は、次のように話し始めた。

［第三百三十四章］― アスカリアヌ王はいかにティランに自分の過ちを詫びたか。そしていかに二人の友情が深まったか。

「ああ、余はなんと大きな運命の岐路に立たされていることか！　重大な過ちを犯してしまったせいで、義兄弟よ、そちと築いてきた友情が損なわれるのではないかと余は懸念している。そちの良心が余を許してくれないのなら、余の命運も尽きたと考えざるを得ぬ。余とそちの間で立てられた義兄弟の誓いに免じ、また余を憐れと思って、許してはもらえぬか？　怒りを抑えきれずに〈首長〉を惨殺してしまったことの罪はまさしく余にある。奴が口にした馬鹿げたことばに我慢ができず、自然に手が動いてあのような悲劇を引き起こしてしまったのだ。そちに大変不快な思いをさせてしまったことを、このとおり、余は悔いておる」

こう語る王の目には涙が宿っていた。ティランが〈首長〉を慕っていたことは知っているので、自分の行いを心から悪いと思っていたのである。さらに王は言った。

「義兄弟よ、我が主人よ。何でも命じてくれ。余と余の民はどんな命令にも従うであろう」

これほどへりくだって従順に詫《わ》びる王の様子にティランは大いに満足し、近寄って行って抱擁し、何度も口づけした。こうして二人の義兄弟の関係はさらに強まったのである。二人は互いに慕い合っていたが、王はティランを恐れてもいたのである。

こうして義兄弟の関係がより密になった後、ティランは次のような戦時特例措置を公にした。第一に、馬と武器を持っている者は公子となることができ、二頭の馬を持つ者は由緒正しい公子となることができる。三頭の馬を持つ者は公子の資格のほかに、貴族の称号と騎士の資格を得、その家は王に対して税を支払わずともよい。また、土地、屋敷、家を持つ者は自由民として扱われる。この特例措置によって、バルバリアじゅうで多くの特権階級が生まれ、その数は二万五千にのぼった。彼らは強力な戦力となったのである。なぜなら特例によって得た自由と地位を守ろうと、必死に奮戦したからである。彼らは多くの王国や領地を攻略するうえで大いに役立った。しかし、やがてその中で分裂が生じ、馬や武器を持っているだけに多くの死傷者を出すに至った。

この混乱を見て、ティランは再び特例措置を講じた。それによれば、公子、貴族、騎士の身分の者で、仲間を殺傷したり、特例措置に反する行いをしたりした者は逮捕されて容赦なく打ち首に処せられることになった。また、たとえ逃げ延びたとしても、本人及びその一族は特例によって得た権利を失い、元の、一般の民同様の不自由な身分に落とされることとなった。特権を失うことを恐れ、彼らは和解し、犯罪的行為にいたるような仲違いや争いに終止符が打たれた。彼らは正当な裁きを求め、公平な処罰が下された。こうして男も女も皆、ティランを祝福し、王よりもむしろティランを主人として慕うようになったのである。ティランが通りかかると、「寛大なるキリスト教徒の大将、万歳！」という叫びが上がるほどであった。

このようなことがあった後、チュニスで陸揚げされた多くのシチリア産の馬や、馬用の防具が届いた。武装した馬の数は全部で四百四十頭となり、これだけの馬がいれば、三千の敵騎兵の中に突撃しても大丈夫だ、とティランは思った。

　王とティランは全軍を率いてトラミセンの都を出て、敵のいる方へ向かって行った。王国に侵入しようとしている敵を食い止めようというのである。両軍間の距離は三レグアにまで縮まった。キリスト教徒軍は丘の上にいたので、陽の光でモーロ軍の様子をはっきりと見ることができた。両軍はお互いの見える位置に陣を張り、何度も使者が行き交った。モーロ人たちはアスカリアヌ王とティラン、そしてそのほかの者たち全員がムハンマドの教えに改宗するように求めて来た。それが嫌なら皆、無残な死に方をさせてやるというのである。それを聞いてティランは大笑いをし、返事をしようともしなかったので、使者たちはティランにたいそう腹を立てた。

　敵はアスカリアヌ王の王国をすべて征服した後に、王に襲いかかって来ようとしていた。ティランはこう言った。

「敵は陣を払っています。明日にはここへ到着するでしょう。陛下は軍の半分とともに市《まち》の中にお留まりください。私は残り半分とともに、敵がどのような態勢を組んでやって来るか見に行って来ます。敵の隊列が乱れていれば、勝利はこちらのものです」

「義兄弟ティランよ！　余は市の中に閉じ籠もってなどおらずに、是非ともそちとともに出撃したい。ここにはアグラムン領主を残し、何をすればよいか指示しておけばいいではないか。余はそちと生死をともにしたいのだ」

王の意志が固いと見たティランは、市《まち》はアグラムン領主に任せることにして、こう命じた。

「武装を解かず、馬にも鞍をつけたままにしておいてくれ。あの川のほとりの丘に、私の紋を描いた赤い旗が掲げられたら、全軍を率いて右翼から攻めるのだ。敵は川岸に陣を張っており、川は深い。あそこならば敵を壊滅させることができよう。くれぐれも旗が見えるまで市からは出ぬように」

敵は、キリスト教徒の陣まで来ようと思えば、どうしてもたくさんの泉がある高い山を越えねばならなかった。ティランは日夜、その山の周囲を回って警戒していたので、進軍する敵を遠くから発見することができた。ティランはでき得る限り注意深く、木が密集した森の中に入り、全軍に馬を下りて休息を取るように命じた。そして自分は高い松の木に登り、敵が山を登る様子を偵察していた。敵は二レグア進むのに朝から晩までかかっていた。敵が野営をした場所から市までは一レグアの平地が続いていた。

後から来た者たちは、先頭の隊が山の上に陣を張ったのを見て、山裾に野営することにした。そこは美しい草原で、小川も流れていた。彼らは騎兵四万ほどだったが、援軍がそばまで来ているのを知っていた。

敵の約半数が馬から下りたことを見定めて、ティランは王とともにその真っ只中に突っ込んで行き、モーロ兵を殺しまくった。驚くほどの死体が地面を埋め尽くすこととなった。夜になって空に星が現われ、敵が暗さを味方に態勢を立て直していなければ、その被害はさらに甚大であったであろう。全滅の危険さえあった。山の上に陣を張っていたモーロ軍は悲鳴を聞きつけたが、まさかキリスト教徒たちが、大胆にもこれほど近くまで軍を進めて来ているとは思わなかったのである。

翌朝、日が昇ると、マナドー王は、そこにアスカリアヌ王とティランがいるとは知らずに山を下りた。大方、野盗の群れであろうと考え、使者を送って、早速帰順し、イスラム教徒になるように、さもなくば、ムハンマドに誓って、捕らえた者は片っ端から絞首刑に処す、と勧告した。ティランは使者に言った。

「お前の主人に言うがいい。そのような馬鹿げた勧めに従うわけにはいかぬ。王冠をいただく王ならば、兵を率いて草原に下りて来るぐらいの度胸はあろう。ここへ来れば、自分が絞首刑にしようとしている人物が誰であるか教えてやり、人生最良の日々もふいになるほど痛い目に遭わせてやろう、とな」

使者は答えを主人のもとへ持ち帰った。怒り狂った王は馬に拍車をくれて走り出した。

部下たちも全員、その後に続き、激しく悲惨な戦闘が繰り広げられることになった。しばらく戦いが続き、双方に多くの死者が出たところで、マナドー王は残った兵を率いて山へ引き上げて行った。そして兄である小インド王に救援を求めた。駆けつけた小インド王にマナドー王はこう言った。

「我が兄よ、我が主人よ、キリスト教徒に改宗した者たちはここにおります。私は今まであれほど強力な軍と対戦したことはありません。今日は一日じゅう戦っていたのですが、一歩も引き下がろうとはしません。それどころか私は軍の大半を失ってしまい、私自身も負傷してしまいました。敵軍を率いている裏切り者をこの手で殺してやらねば、私は騎士として恥ずかしい。そいつは緑のダマスコ織りの陣羽織をまとっています。羽織の半分には三つの金の星、残り半分には三つの銀の星があしらわれております。首からは、やつらの預言者の純金製の像をかけています。それは豊かな顎鬚《あごひげ》を蓄えた男が赤子を抱いている像（1）で、その赤子こそ奴らの預言者に違いありません。そのおかげで奴らは戦《いくさ》に勝てるのです」

小インド王は尊大な様子でこう言った。

「そいつに会わせろ。たとえ腹の中に十人の預言者を飼っていようとも、そいつを倒してお前の仇《かたき》を討ってやろう」

そして部下たちの方へ向き直って、次のように話しかけた。

〔第三百三十五章〕——小インド王が部下たちにかけたことば。

「おお、我が友よ、兄弟たちよ、騎士道に優れた者たちよ！　男がこの世で持ち得る最高の宝は名誉だ。そちたちに、余に従うことをこうして求めるのはまさにそのためなのだ。余は、あの悪辣《あくらつ》なキリスト教徒どもが余の弟に味わわせた屈辱の復讐《ふくしゅう》をしてやりたいのだ。我らの名誉の雄叫《おたけ》びに奴らは顔を上げることさえままならぬであろう。おぬしらは、余が倒した敵から存分に戦利品を奪い取るがよい。あまりの多さに運びきれぬかもしれぬが」

モーロ人たちは光り輝く金色の長衣をまとってすぐさま馬にまたがり、キリスト教徒軍を目指して山を下って行った。怒り狂ったモーロ軍は大きな叫び声を上げて戦闘に突入した。わずかの間に、主を失った何頭もの馬が戦場を駆け回るのが目につくようになった。槍を折ったティランは小斧を手に持ってひと振りごとに、敵をあるいは殺し、あるいは傷つけていった。モーロ人の二人の王はティランに接近して行き、剣の先で負傷

（1）　キリストを抱いて川を渡ったと言われる聖クリストフォルのイメージである。

させた。傷を負ったことに気づいたティランは言った。

「これほど痛むということは、王よ、お前の剣で私は傷ついたのだな。だが、先に地獄に堕ちるのは私よりもお前だ。お前が先に行って地獄の扉を私のために開けておいてくれ。さあ、さっさと地獄に堕としてやるぞ」

こう言いながら斧を頭の真ん中に打ち込み、二つに割ってしまった。王は馬の足元に崩れ落ちた。これを見たモーロ兵たちは大変な苦労をしてその死体を馬上に引き上げた。この王こそが、あれほど豪語していた小インド王だったのである。

兄が殺《や》られたのを見たマナドー王は、気が狂ったように闘い始めた。ティランが傷を負っていなかったら、さらに多くのモーロ人が殺傷されていたであろう。王が戦死したのを見て、モーロ兵たちはほかの王たち、とくにブジア王に注進におよんだ。ブジア王は、皆の後ろ盾であり、総大将と見なされていたからである。小インド王の戦死を知って、敵は陣を払ってキリスト教徒の近くまで行き、夜の闇に紛れて山裾に野営した。

敵の大軍が押し寄せて来たので、キリスト教徒軍は軍議を開いた。そこでティランが重傷を負って苦しんでいることが判明した。ティランの力を当てにすることができないことが分かったので、一同は夜のうちに出発することに決めた。幸い、モーロ軍に悟られることなく撤退することができた。翌朝、モーロ軍は攻撃を仕掛けようとしたが、すでにキリスト教徒は一人もいなかった。馬の足跡をたどって後を追ったが、すでにキリスト教徒軍は市《まち》の中に逃げ込んだ後であった。

ティランはアグラムン領主に残してあった半分の軍を率いて出撃するように命じた。アグラムン領主が率いる軍勢は敵の陣の真ん中に突っ込み、双方に多くの犠牲者が出た。しかし、結局はモーロ軍に押し返され、撤退の已《や》むなきに至った。彼らは力の限りに退却戦を戦い、やっとのことで市の中に走り込んで門を閉めた。モーロ兵は門に殺到し、槍の柄でしきりに扉を叩いた。

その市の軍勢を指揮していたのはアスカリアヌ王であった。王は態勢を整えて勇敢に防戦していた。翌日、アスカリアヌ王は残った兵とともに出撃し、モーロ軍と激しい戦いを繰り広げた。この戦いは長い間続き、両軍の死傷者は多数にのぼった。結局キリスト教徒軍は市の中に退却せざるを得なかった。ティランは戦闘に参加できないことをひどく気に病んでいた。日々、多くの兵が失われていくのを見て、王にこう言った。

「陛下、そうたびたび出撃なさるのは得策ではないように思います。兵が徒《いたずら》に減るばかりだからです」

そこで彼らは、ティランの傷が癒えるまで、市の中に留まることにした。

完治ではないまでも、傷がだいぶよくなったので、ティランは戦闘に参加しようとした。アスカリアヌ王はそれを見て、次のように言って引き止めた。

[第三百三十六章]――ティランを慕うアスカリアヌ王はいかにティランを引き止めたか。

「そちの偉大なる手が何をしようとしているのか余には分からぬし、我が主がそのお慈悲によってそちにお与えになろうとしている勝利がすでに達成されたのかどうかも明らかではない。ただ、そちの気持ちが高揚し、出陣したくてうずうずしていることだけはまざまざと見て取れる。だが、あの暗雲に覆われた空が見えぬのか？　今にも天候が変わり、豪雪か豪雨、あるいは恐るべき雷や稲妻によって地上に多くの死者をもたらそうとしているのだ。これほどの寒さと悪天候をついて出陣するなど、命を粗末にするだけではないか？　そちは傷もまだ完全に癒えぬ半病人のようなものではないか。どうか嵐が過ぎ去って天候が回復するまで待ってもらえぬか。そうすれば、それほどの危険を冒さずとも、いつもの騎士道精神にのっとった活躍ができるというものではないか。余の言うことが聞けぬと言うのならば、好きなようにするがよい。余は当然の務めとしてそちにこう頼んでいるのだ。そして、いつものように悲しみにじっと堪えて、そちの栄光の帰還を待とう。神もご存じのように、そちがおらねば余は何もできぬのだから。もしも神のお望みにならぬことがそちの身に起こるようなことがあれば、余は辛い思いで生き続けるよりも死を選ぶであろう」

ティランは王のことばにすぐさま次のように答えた。

［第三百三十七章］——アスカリアヌ王に対するティランの答え。

「私は長々と武勇伝を語ったり、自分の武功を自慢したりすることは好みません。賢明な騎士は、自らの勝利を言いふらすようなことはせぬものだからです。かといって私のしてきたことをあえて卑下する気持ちもありません。恐怖に駆られて逃げ出すような真似などしたことはないのですから。天上の神は我らのことや、我らの惨めな人生のことなどはあまりお構いになりません。我々は自力で褒美を勝ち取るしかなく、神はお慈悲でそれを手助けしてくださるだけなのです」

こう言うと、素早く武器を持って来させ、馬にまたがった。そして大半の軍勢とともに、左翼から攻撃をしかけたのである。モーロ人たちは大慌てで陣を出て、キリスト教徒たちの攻撃に応戦した。ティランはこの日の戦闘とこれに続く何日間かの戦闘において、いまだかつてないほど苦戦したと言わざるを得ない。この日、自軍が総崩れとなり、態勢を立て直すことができないと見たティランは川のほとりに陣取った。そこへアフリカ王が迫って来た。王は兜《かぶと》の上に宝石がたくさんついた王冠を載せている。鞍は銀張りで、鐙《あぶみ》は黄金製である。緋《ひ》色の長衣には一面、東洋の大きな真珠で刺繍《ししゅう》が施されている。追い詰められた格好のティランを見つけると、駆け寄って来て言った。

「お前がキリスト教徒軍の大将か？」

ティランはこれに答えずに自分の部下たちの有様を見回した。多くの戦死者が横たわり、軍旗も地に放り出されている。この日はモーロ軍の攻撃にほとんど抗し切れなかったのだ。

ティランはモーロ軍と負傷者たちに聞こえるように、大声で言った。

「気の毒な者たちよ、なぜお前たちは武器をとったのだ？　気の毒な悪漢どもよ、今日、この日、お前たちは不運な戦死者として汚名を残すことになるのだ。お前たちの手柄は無視され、その不運で酷い死にざまだけがことさらに語られるであろう」

そして東の方へ顔を向けて空を仰ぎ、両手を合わせて言った。

「おお、永遠の神よ、慈悲深き神よ！　あなたにこうして見捨てられねばならぬほど私の罪は重いのでしょうか？　あなたに仕え、聖なるカトリックの信仰を広めようとしている私がこれほどの苦境に陥っておりますのに手をお貸しくださらないのですか？　私はこうして部下たちにも見捨てられております。地面を埋め尽くす遺体や、折れた軍旗を見ると心が痛みます。不運な私はどうなるのでしょう？　私自身がこのような不幸の原因なのでしょうか。私の耳は、このような恥辱を嘲笑《あざわら》うことばに耐えられません。あなたに見放されて再び異教徒の手に落ちるか、死を選ぶか、それしか私には選択の余地がありません。是非私に死をお与えください」

このような嘆きを聞いてアフリカ王は部下たちに言った。

「余が川を渡って、この手であのキリスト教徒の犬を捕らえるか、殺すかしてやろう。助けが必要と見たら、お前たちも来るのだぞ」

王は川を渡り、ティランを目がけて駆けて行き、槍で強烈な一撃をくれた。その衝撃で馬は地面に膝をつき、穂先はティランの腕当てと胸当てを突き通して、胸にまで達した。ティランは戦死者を悼み、皇女のことを考えていたので、傷を負うまで、王が襲って来たことに気づかなかったのである。そこで初めて剣を抜いた。槍はすでに折れてしまっていたからである。こうして二人はしばらく闘っていた。王は勇敢に闘ったが、そのうちにティランの強打が決まったかに見えた。しかし、馬が素早く向きを変えたので、ティランの剣は馬の首に当たり、その頭を斬り落としただけであった。王は馬もろとも地面に倒れた。これを見て、王の部下たちは急いで救援に駆けつけた。それに抗おうとするティランの努力も空しく、残念なことに部下たちは王を馬上に引き上げたのだった。

それ以上、どうしようもないと見たティランは一人のモーロ兵に組みついてその槍を奪った。そして一人、二人、三人と次々に地面に突き倒した。さらに見事な腕前で、四人、五人、と鞍から落とした。槍が折れてしまうと、小斧を手にし、頭が胸にめり込むほどの一撃をモーロ兵に食らわした。

ティランがたった一人で奮戦し、これほど多くの味方を殺してしまったのを見て、モーロ兵たちは、びっくり仰天し、こう叫んだのだった。

「ああ、ムハンマドよ！　我が軍を蹂躙《じゅうりん》するあのキリスト教徒は何者なのでしょう？　あの男の一撃を受けた者は不運としか言いようがありません！」

城に残っていたアグラムン領主がふと窓の外を見ると、ティランの陣羽織が目に入った。なんとたった一人で敵に立ち向かっているではないか。領主は大声で叫んだ。

「おのおの方、すぐに我が元帥をお助けせねば！　お命を落とす瀬戸際におられるぞ！」

それに応えてアスカリアヌ王がわずかの手勢を率いて飛び出した。しかし、すでにティランはひどい有様だった。なにしろ三箇所に傷を負い、馬も槍でさんざん突かれていたのである。そのためティランは不本意ながらも退却を強いられていた。それでも必死に駆け続け、市《まち》の門の近くまで来てはいたが、敵の追手も近くに迫っていた。

キリスト教徒軍は、不運なことに、挑んだ戦にすべて敗れていた。一方、モーロ軍は勝利に浮かれている。キリスト教徒たちが苦しめば苦しむほど、モーロ人たちの喜びは増すのであった。ティランは言った。

「我が軍を敗走させ、市の壁の中に追い返したのだから、モーロ軍が得意になってもやむを得ぬ。ただ、私が強い騎士の手にかかって戦死するのでないことだけが残念でならない。また、味方の誰一人私を救ってくれなかったことも悲しく、残念だ。私はなんと惨めなのだろう。このように後から後から敵が目の前に現われてくるようでは、そう長くは生きられないだろう、ということは皆に言っておきたい」

打ちひしがれているティランを見て、アスカリアヌ王は次のような慰めのことばをかけた。

〔第三百三十八章〕―アスカリアヌ王がティランにかけた慰めのことば。

「先のことは、我々には知るべくもない、神のみがご存じだということは、賢人たちが言っているとおりだ。今現在の痛みの原因も分からぬうちに、この先さらに苦しみが待ち受けているのではないかと思い悩むのは、弱気の虫に取り付かれているのだと言わざるを得ない。そちの方が余よりもよっぽどよく知っているはずではないか。戦においては、当初負けがこんで多くの犠牲者を出しても、後に優勢に転ずることがしばしばあるということは。そちはカトリック教徒であろう。ならば誰よりも神を信頼すべきではないか。そちは神から数々の恩恵を賜わることによって、キリストの聖なる教えを高めることができたのではないか。神のお慈悲を信じよ、そうすればきっとそちの傷を癒やしてくださろう。神が忠実な下僕を裏切られることは決してないのだから。そちの気高さと、この上ない勇気は、敵はもちろんのこと、我々全員が知っている。我々はそちが栄光の勝利を収めるだろうということには微塵《みじん》も疑いを抱いてはいない。そちには、やがて帝国を背負うようになる者に特有の威厳が具わっている。そちには支配者としての名誉ある地位こそふさわしいということは、我々全員が認めていることだ。さあ、今こそ強靭《きょうじん》な騎士としての精神を見せてくれ。勇気を示して我らを奮い立たせてくれ。そちは我らを明るく照らす太陽だ。その光を浴びて、我々はそちとともに敵を倒し、栄光の勝利を勝ち取りたいのだ」

王の力強いことばにティランは勇気づけられ、次のように答えた。

［第三百三十九章］──アスカリアヌ王に対するティランの答え。

「いまだかつて陛下のように徳の高い人物がいたでしょうか！　私がなぜこれほど自分の不運を嘆いているのかと驚いておられるのでしょうが、どうか私が敵を恐れる気持ちからそうしているのだとはお考えくださるな。私はすぐさま仕返しをしてやれない状態であることが悔しいのです。陛下が義兄弟として、また主君として、私にこれ以上ないような同情のことばをかけて慰め、元気づけようとなさってくださることに深く感謝いたします。なぜなら真心から出た純粋な行為こそ、最も尊いものだからです。私の命も自由もこの体も、すでに陛下に差し上げてはおりますが、これからはいっそう、そのようにお考えください。一度失った命を取り戻せたのはあなたさまのおかげなのですから、すべては陛下のものということになりましょう。来るべき栄光の勝利とともに、いったん、私の命もお預かりしておきます。勝利の喜びは私のものではなく、陛下のものとなるでしょう。その暁には、陛下の名誉と地位はさらに高まり、陛下は莫大な価値のものを手に入れられることになるのです」

ティランがこのように話している間に医者たちが到着した。武装を解いたティランの体は、ひどい傷を負っていることが分かった。とくに三箇所の傷は大変危険なものであった。

キリスト教徒軍が市《まち》の中に逃げ込んでしまったので、モーロ軍は包囲線を狭めて川を渡った。彼らは数え切れないほどの牛と駱駝《らくだ》を連れていた。モーロ軍の厳重な包囲のために、キリスト教徒たちの出入りは完全に封じられていた。

ティランは、敵は城壁の下にトンネルを掘ってくるのではないかと案じた。これを聞いて王やその家臣たちは絶望的な気持ちになった。ティランはトンネル対策を講じることにし、すべての建物の一階の部屋にブリキの皿を置かせた。敵が穴を掘って近くまでやって来れば、鶴嘴《つるはし》の振動で皿が音を立てるというわけである。皿の数を増やせば増やすほど音は大きくなる。こうしておいて、トンネルを警戒させたのである。

それからほんの数日後、ティランは武器を持てるまでに回復していた。その日、城内でパンの生地をこねていた下女が、皿が音を立てているのを聞きつけて、すぐさま女主人に報告した。

「どういうわけかは存じませんが、皿が鳴ったら嵐か流血沙汰の前触れだと聞いているものですから」

女主人は城の司令官の妻だったので、すぐに夫に報告し、知らせは王とティランのもとに届いた。

一同は音を立てないようにそっとその部屋へ行ってみると、下女の言ったとおりであることが分かった。皆、すぐに武装して別室に控えていると、間もなく問題の部屋の中に一条の明かりが射した。城の中の者には悟られていないと思い込んでいる敵は、大きな穴を開けて次々に入り込んで来た。部屋に六十人以上の敵兵が入ったところで味方が攻め入って、手当たり次第にずたずたに切り刻んで殺してしまった。トンネルの中に逃げ込んだ者もいるにはいたが、予想外の攻撃に大混乱で、ティランが撃ち込ませた射石砲で全員殺されてしまった。

自軍の兵たちが食料不足のために元気がないのを見て、ティランは攻撃に出ることにし、王にこう言った。

「陛下、残された軍勢のうち、私が半分を率いますので、陛下は残り半分とここに留まっていてください。私はあの小さな森に隠れます。日の出時になったら、トラミセン門から出て市の外周を回ってから敵陣の真ん中を目指してください。私は反対側から攻めます。そうして敵を挟み撃ちにいたしましょう。一《いち》か八《ばち》か、敵を撃退できるかどうか賭けてみましょう。成功すれば、戦の主導権を握ることができるでしょう。ただ、牛の群れが気になります。我々は群れの中を突っ切らねばなりません。毎回、牛のせいで多くの馬が命を落としているのです」

そのとき一人のジェノバ人がこう言った。彼は遭難したティランのガレー船の船漕ぎ奴隷だった男で、名前をアルマディシェルと言った。とても慎重であり、博学であった。

「元帥閣下、私が牛を一頭残らず追い払ってみせましょうか？　牛が逃げ出せば、モーロ人もその後を追って行くでしょう。そのときこそ、奴らの陣に攻撃を仕掛ける好機だと思います」

「もしお前が」とティランは言った。「ことばどおりに牛を遠ざけることができるのならば、私はカルマジーナの名に懸けて、お前を大領主にしてやろう。お前が満足するだけの町や村や財産を与えてやるぞ」

王はティランに言った。

「我が義兄弟、我が主人よ、もしそのような計画を実行するのなら、そのときは余を森に行かせてくれ。市《まち》で一番高い塔に旗を掲げてくれれば、余は敵陣の真ん中に突っ込むぞ」

ティランは王の申し出を了承し、皆に、馬に蹄鉄《ていてつ》をつけ、鞍を準備するように命じた。ジェノバ人はヤギの髭《ひげ》をたくさん集め、羊の脂を用意した。それをよく叩いて混ぜ合わせ、六十の平たい鍋に入れた。すべての準備ができたところで、王が出発するより前にティランは大広場に全兵を集めさせ、王とともに台の上にあがって次のように訓示した。

〔第三百四十章〕――出陣前にティランが兵たちにかけたことば。

「気高き公子たちよ、騎士たちよ！　明日こそは、我らが偉大なる名誉と名声を勝ち取る運命の日となるであろう。それゆえ、陛下、そしてその他の諸君にお願いしたい。全身全霊を傾けて、勇敢に、名誉ある勇士にふさわしく、騎士道にのっとった働きをしていただきたい。主のお恵みを得て、我々がわずかなりとも敵をしのぐことができれば、戦の主導権は我らのものとなるであろう。これほど少ない人数であれほど多くの王たちとその配下のモーロ兵たちに一泡吹かせてやることができたなら、我々の武名は世界じゅうを駆け巡るであろう！　歩兵を恐れることはない。彼らは無理やり徴用されて来ているからだ。我が主はキリスト教の教えに忠実な者を常にお助けくださるのだから、安心するがよい。しかも、こちらに大義、正義があるのだからなおさらのことである。戦いに臨むにあたっては、諸君が騎士道精神を十分に発揮してくれることを期待している。死を恐れて戦線から離脱するようなことはしてくれるな。なぜならば、捕虜となり不当な扱いを受け、恥辱にまみれて一生を送るよりも、カトリック教徒としての名誉と名声を得て死ぬ方がはるかに尊いからだ。また、勇敢に戦うことによってもたらされる褒美のことを考えよ。信仰を守り、苦難に耐えた末に殉教することになれば、諸君は天使に囲まれて、聖なる天国に迎えられ、主から王冠を賜わることになるのだ」

ティランのことばを聞いて、王もそのほかの者たちも、喜びのあまりぽろぽろと涙を流した。このような光景はモーロ軍の陣中ではあり得ぬことであった。夜が明ける前に、アルマディシェルは用意しておいた脂の入った鍋を持った。彼は日の出とともに城を出て鍋を並べて火を点《つ》けた。煙が牛の群れの方へ行くように風上を探して置いたのである。臭いが群れに達すると、牛たちは荒れ狂って逃げ出し、敵陣の真ん中を通り抜け、天幕を倒し、人や馬に傷を負わせた。それはまるで地獄の悪魔が総出で牛たちを追い立てているかのようであった。また、牛や駱駝がお互いにぶつかり合ったので、一頭でも無傷なものがおれば奇跡と言ってよいほどだった。逃げた牛や駱駝を連れ戻そうと大勢の歩兵や騎兵がその後を追った。モーロ兵は誰もが、いったいなんでこのような騒ぎになったのかと訝《いぶか》しがっていた。ティランと味方の者たちも驚いていなかったわけではない。このようなことは見たことも聞いたこともなかったからである。敵陣の真ん中を横切った獣たちは甚大な被害をもたらした。しかも、牛、野牛、駱駝、合わせて十五万頭以上が連れて来られており、大軍の食料補給のために荷車を引いていたものもあったので、被害はさらに大きくなったのである。

牛の群れが通り過ぎた後に、ティランは白と緑の旗を掲げさせた。王は旗を見て、「キリスト教徒、万歳！」と叫びながら森から飛び出した。

ティランも同じく、打ち合わせどおりにもう一方の端から攻撃を仕掛けた。こうして両軍入り乱れて激しく壮絶な戦いとなった。目撃した者でなければその様子を正確に描写することはとてもできなかったであろう。槍、剣の見事な応酬がいたるところで繰り広げられた。その有様は見るだに恐ろしく、多くの優れた騎士が命を落として地面に横たわった。双方の兵が入り乱れて戦う音はあまりに凄《すさ》まじかったので、大地が崩れ落ちるかと思えるほどであった。ティランもあちらこちら駆け回って敵の兜《かぶと》や盾を叩き落とし、あるいは殺し、あるいは傷つけた。怒りも新たに、目を見張るような奮闘ぶりであった。一方、アスカリアヌ王も、若く勇気溢《あふ》れる優れた騎士であったので、巧みに戦っていた。また、モーロ側にも多くの優れた騎士がいたが、なかでもアフリカ王が際立っていた。兄弟の仇を討つべく、王は残虐さをむき出しにしてキリスト教徒たちに襲いかかっていた。ブジア王も勇敢な騎士であった。戦闘は熾烈《しれつ》を極め、お互いに容赦のない戦いを展開していた。両軍ともにこれほど奮戦を見せるとは、じつに驚くべきことであった。アグラムン領主も忘れられてはならじと、勇猛果敢に奮闘し、敵を震え上がらせた。

アフリカ王はティランの武名を知っていたので、馬の鼻をそちらへ向けた。王とティランは、それぞれの馬の胸を合わせるようにして渡り合ったので、二人とも地面に転げ落ちてしまった。ティランは死を恐れながらも気力で優っていたので、先に立ち上がった。王はまだ倒れたままである。ティランは王に近づいて行き、兜の紐を切ろうとしたが、周りに大勢敵がいたので果たすことができなかった。ティランが殺されなかったのは奇跡と言ってよかった。なぜなら、ティランは二度にわたって、組み敷いた王の上から引っぱり下ろされ、地面に叩きつけられたからである。ティランが非常な危険にさらされているのを見たアグラムン領主が助けに駆けつけると、ちょうど敵将がティランを殺そうとしているところであった。領主は敵将に組みついた。二人は憎しみをこめて戦い、お互いに致命的とも思われる一撃を食らわせ合っていた。一方はティランを守ろうとし、もう一方はティランを倒そうとする。どちらの傷も命にかかわるほどの深手であった。同じく重傷を負っていたアルマディシェルは大声でこう叫んだ。

「今日、この素晴らしい大将殿が命を落とされるようなことがあったら、一体誰が世界の騎士道を代表する者となるのだ！」

洗礼を受けた者の一人が、自らは傷を負ってそれ以上戦うことができなかったので、アスカリアヌ王のところへ行ってこう言った。

「陛下、どうか義兄弟の大将殿をお助けください。大将殿は運悪く異教徒たちに囲まれていらっしゃいます。命を落とされていないのが不思議なぐらいです。お助けできないか、どうか試してご覧になってください。大将殿を失えば、我々にとって大きな痛手となりましょう。あの勇敢な方がいらっしゃらなかったら、我が軍はすぐにも敗れてしまうでしょう」

アスカリアヌ王は、最も敵が密集した危険な場所にいて、部下たちに助けられながら、カトリック教徒として健闘していた。ふと見ると、ブジア王がティランに襲いかかり、今にも首を落とそうとしている。ブジア王はアスカリアヌ王の兄弟なので、その腕前はよく承知していた。ブジア王の兜にはたくさんの宝石をちりばめた純金製の棒が付いている。窮地に追い込まれているティランを見て、アスカリアヌ王は槍をもってブジア王の背中に強烈な突きをお見舞いした。槍は鎧を突き破り、心臓を貫通して、反対側へ突き抜けた。王は即死して馬から落ちてしまった。モーロ兵たちは苦心の末、ブジア王の遺体を回収した。また、両軍のそのほかたくさんの騎士たちの遺体も馬上に引き上げられた。戦闘はさらに激しさを増し、この日、両方の軍に多大な死傷者が出たのだった。

戦闘は一日じゅう続き、壮絶な戦いは、夜の闇に妨げられて両軍がいったん戦場を引き上げねばならなくなるまでやむことがなかった。その夜、キリスト教徒たちは全員市《まち》の中に撤収した。彼らは戦場で優勢であったことを大いに喜んでいた。敵の三人の王が戦死したことも明らかになった。すなわち、兄弟の手にかかって命を落としたブジア王、ジャベー王、そしてグラナダ王である。負傷した王については、ダマスカス王とタナ王の名しか分かっていなかった。

その晩、キリスト教徒軍の兵馬はともにゆっくりと休息をとることができ、夜明け前には武装して出陣準備が調っていた。死体の埋葬も終わっていないのに相手が戦闘準備をしているのを見て、モーロ軍は大いに驚いた。二日目の戦闘が始まった。この日の戦いも血みどろの激しいものであった。モーロ軍からは数え切れぬほどの戦死者が出たが、キリスト教徒側の犠牲者は大したことはなかった。キリスト教徒の戦死者一人に対し、モーロ人の戦死者が百人出るといった勘定であった。モーロ軍にこれほどの死者が出た原因は、キリスト教徒軍ほど武装が整っていなかったということにあった。また、馬も質と防具において劣っていたということもある。戦闘は五日間続いた。死体の腐臭に耐え切れなくなったモーロ軍は、キリスト教徒軍に使者を送って休戦を申し入れた。アスカリアヌ王とティランは休戦に応じることにした。

ティランは毎日ミサを行わせ、王とそのほかの者たちに、積極的な参加を呼びかけた。休戦が成立した日、ティランは慈悲深き主イエス・キリストと聖母マリアに敬虔《けいけん》な祈りを捧げ、自分は大変罪深い人間ではあるが、どうか、遺体の中から、キリスト教に改宗したモーロ人の遺体を見分ける力を与えてほしいと願った。なぜなら、この戦いで死んだ者は、いわばカトリックの信仰の尊さを高めるために命を捧げた殉教者であり、名誉ある埋葬をしてやりたいと心から思ったのである。このまことにもっともな願いを主はお聞き入れくださり、ありがたくも次のような形でティランの善意に応えてくださった。すなわち、キリスト教徒の遺体は皆、空を仰いで手を合わせており、悪臭が少しもしないのである。一方、モーロ人の遺体はうつ伏せになり、死んだ犬のような腐臭を放っていた。(2) このような素晴らしい奇跡を目の当たりにしてティランは、カトリックの聖なる信仰を高めるために死んだ者はまっすぐに栄光の天国へ昇ることができるのだということを後世の人びとに伝えるために、これを書面にして報告するように司祭に求めた。こうしてキリスト教徒の戦死者は丁重に葬られたのである。また、最も激しい戦闘が行われた場所には尊き聖ヨハネの教会が建立された。

この埋葬の後、モーロ人たちは山に登り、キリスト教徒たちは市の中に留まった。休

(2)　本作品中に見られる数少ない超自然現象の一つである。同種の伝説は当時広く流布していた。

戦期間中に、フランス王の執事であるルサナ侯爵が到着した。侯爵はティランがバルバリアにいることを知り、商人に化けてアイグアス・モルタスからガレー船に乗ってまずマリョルカ島に渡り、そこからチュニスに入港したのである。そこでティランが大勝利を収め、広大な領土を征服したことを聞きつけて、やって来たのであった。途上、両軍が休戦に入っていることが分かったので、使いを送って自分がサフラの市《まち》にいること、無事に到着できるように護衛を派遣してほしいということを伝えさせた。

知らせを受けたティランは、アルマディシェルを隊長に千人の護衛隊を派遣した。護衛隊が市を出たことを知ったモーロ軍は一万の騎兵隊をひそかに出動させた。密偵に後をつけさせ、帰路を狙って、侯爵とアルマディシェルを捕らえようというのである。新しくモーロ軍の大将となっていたアフリカ王は森の中に隠れ、キリスト教徒たちが現われると、飛び出して行って攻撃をしかけ、大勢をあるいは殺し、あるいは捕虜とした。なんとか難を逃れた者は、アスカリアヌ王とティランのもとに戻ってこのことを報告した。この一大事の真相を確かめた後に、ティランは次のような誓いを立てたのだった。

［第三百四十一章］――休戦にも和平にも応じぬと心を決めたティランの誓い。

「理性に従わず感情に流されてしまった我が身の未熟さと愚かさを悔いるしかありません。我が軍がほとんど勝利を手中にしていたこの戦です。今後は終戦までいっさい休戦には応じないことといたします。このたびの苦い経験が明らかにしてくれたように、奴らを信じるという愚を犯してしまった私が馬鹿でした。異教徒の手に落ちた侯爵の身を思うと辛くてなりません。私はあまり気が進まなかったのですが、陛下の無謀とも思えるご意向を酌んで休戦に応じてしまいました。日々、背後の大国が送ってくる援軍が歩兵も騎兵も続々と到着していただけに、この休戦は我が軍にとって百害あって一利ないものだったのです。我が軍が勝利を収めようとしていたときに比べ、今では敵の軍勢は三倍にも膨れ上がっています。すべてが元《もと》の木阿弥《もくあみ》となってしまっても不思議はありません。我が軍にとって一兵を失うということは、敵軍ならば千人を失うことにも相当する損失なのですから。私は誓いを立てます。この地に留まる限り、私は休戦にも和平にも応じません。もし私の意向が無視されるようなことがあれば、私はすぐさまこの地をあとにします」

ティランのことばを聞いて、罪の意識に苛《さいな》まれ、悲しく思ったアスカリアヌ王は、大変謙虚な態度で次のように話し始めた。

［第三百四十二章］──アスカリアヌ王がティランにかけたことば。

「余は命を落としたとしてもそう残念には思うまい。誰もがいずれは死ぬのだから。残念なのは、余のせいでこのようなことになってしまったことだ。そちが余に腹を立て、そのように悲しんでいることが辛くてならぬ。どうか、その口から、いつものような心地よいことばだけを発してはもらえぬものか。余はこのように自分の過ちを認めているのだから。義兄弟にして主人であるそちに頼みたい。どうか余の無知を許してくれ。そちの慎重さはよく存じておる。そちの的確な助言には逆らわぬようにしよう。ここにいる者は誰もが同じ気持ちだが、勇敢なそちがおらねば、どうにもならぬのだ。名誉あること、善きことは何一つできぬのだ。どうかその広い心で我らを哀れみ、見捨てないでくれ」

王がこれほど謙虚に、心から懇願するのを見て、ティランの心にも同情が湧いてきた。そして次のような優しいことばで王を慰めたのであった。

〔第三百四十三章〕――アスカリアヌ王に対するティランの返答。

「私は友に辛く当たることはしないようにしております。許しを乞われたときには、どんなに腹が立っていても許すことにしています。その相手が、私が世界の誰よりもお慕い申し上げ、お仕えしたいと思っている方ならば、なおさらのことです！　ですから、主人にして義兄弟であられる陛下、どうか私のことはご心配なく。命ある限り、そしてバルバリアの征服戦が続く限り、私は陛下のおそばを離れますまい。私に百回の人生が与えられていたとしても、そのすべてを、陛下がこの戦に栄誉ある勝利を収められるようにするために捧げましょう。感情的なことをこれ以上申し上げるのはやめて、いつものように勝利を目指しましょう。我々は大部分の兵力を失ってしまい、逆に敵は十倍もの兵力を持っています。こうなったら、騎士道精神に反せぬ範囲で、策略を用いるしかありません」

アスカリアヌ王はティランの寛大なことばを大いに喜び、深い感謝の意を表した。そして何でも言われたとおりにしよう、と言った。

「陛下」ティランは言った。「それでは、名誉が損なわれぬように計画を練りましょう。

陛下は夜になったら、一万四千の騎兵とともに女王陛下のもとへご出発ください。その六レグアの道中で、集められる限りのロバなどの荷獣と、男女、子供を問わず、すべての人員を集めていってください。村々の家々の扉は閉じさせて、中には身体の不自由な者、出産直後で床に伏せている女、ひどく高齢の老人、怪我をしている者だけが残るようにしてください。七歳以上八十五歳以下の、そのほかの者はすべて連れていらっしゃるように。その者たちには男女の別にかかわらず荷獣を与え、全員が白い布をまとうようにさせてください。人数に見合う数の荷獣が集められなければ、戦闘能力の低い者から順に隊から除外していってください。また、十分な白い布が見つからなければ、敷布などをお使いください。その場合、色は白でなくてもかまいません。それぞれ長衣の上にシャツを着せ、その上に白い布をまとわせてください。できるだけ多くのカボチャを集め、女や小さな子供にそれを与えて（それほどたくさんカボチャがあればの話ですが）、できるだけ高く掲げさせ、上から白い布で覆うのです」

　命令の伝達が終わった後、ティランは王に、女王も作戦に参加するようにしてほしいと頼んだ。なぜなら、女王が参加すればほかの女たちも、より進んで協力するはずだからである。

　王はすぐに準備をし、モーロ軍に気づかれぬよう、できるだけ静かに出発した。王が出発すると、ティランはモーロ軍の陣へ使者を派遣し、休戦期間中に捕虜にした侯爵と多くの騎士たちを引き渡すように要求した。休戦協定にしたがって解放すべきだと主張したのである。

「捕虜になった者を全員解放せよ。さもなくば十日目に戦闘を開始する」

また、ティランは幅が狭く深い濠《ほり》をえんえんと掘らせた。決められた日に王はティランの命令どおりに戻って来た。四万を超える男女が集められ、皆、白い布をかぶっていた。一行はモーロ軍からよく見えるように昼間に市《まち》に入った。モーロ軍はその数の多さに大いに驚いていた。

休戦が終了した日、モーロ軍は昼頃に市に攻撃を仕掛けてきた。歴戦の勇士であるティランは常に武装を解かず、塔と城壁の上には四百の兵を防御のために配してあった。王とティランは残りの兵を率いて別の門から出撃し、市の周りを巡って背後からモーロ軍を激しく攻め立てた。全員が白い布をまとっている。女たちは護衛の男二百人とともに市を出て、新たに掘られた濠の近くに陣取った。女たちは手に太い竿《さお》を持ち、左右に広く展開している。

両軍入り乱れての激しく過酷な戦闘となり、数時間のうちに無数の死傷者が地面を埋めた。ティランは太く短く、全体が角ばった槍を持っていた。その一撃を受けた者はいかに不運であったことか！　その者たちの魂で地獄は大混雑となったのである。戦いは長引いた。ティランは戦闘に入る前に、五百の精鋭を参戦させずに確保しておいた。双方に多数の戦死者が出たところで、奮戦するキリスト教徒王と同じく奮闘するアグラムン領主を残してティランは戦線を離れ、五百の精鋭が待つ所へ行った。そして彼らを引き連れてモーロ軍の本陣を衝いたのである。天幕まで到着すると、こう大声で叫んだ。

「ルサナ侯爵殿、もしここにいらっしゃるなら声をお上げください。良い知らせです。ティラン・ロ・ブランがお助けに参上いたしました！」

キリスト教徒たちの声を聞いたアルマディシェルには、まるでそれが天の声であるように思われた。彼と侯爵は苦しみと怒りを抑えつつ、意を決して天幕を出てティランの前に立った。ルサナ侯爵の姿を認めたティランは、部下を馬から下ろして、その良い馬に鎖を掛けられたままの侯爵を乗せた。アルマディシェルの方は自分の馬の尻に乗せたのだった。こうして二人を救い出し、鎖を外して武器を与えたのである。ティランは敵の本陣に戻って火を放つと、部下たちに、同様に捕虜を助け出すよう命じた。間もなく敵陣は炎に包まれた。この様子を見定めた後にティランは戦闘に戻り、果敢にアスカリアヌ王とアグラムン領主に加勢した。猛烈な勢いで敵に斬りかかるティランに、いかなる褒美が期待されようとも、立ち向かおうとする者はいなかった。敵はキリスト教徒軍を倒すためにできる限りの援軍を投入してきた。こうして時が経てば経つほど戦いは激しさを増していった。死体は累々と、将兵は疲労のあまり、それ以上戦えぬほどの有様となっていた。援軍の数が減り、本陣が燃えているのを見て、あるいは戦闘のためにそれまで気づいていなかったのだが、じっと持ち場を離れぬ女たちを見て、チュニス王がこう言った。

「おのおの方、奴らはとてもキリスト教徒とは思えぬ。洗礼を受けた悪魔たちではないのか。それとも我らが預言者ムハンマドがキリスト教に改宗してしまったのであろうか。奴らが一日じゅう、これほど激しく勇敢に戦えるとはまったく驚くべきことだ。あれしきの軍勢で、こんなに長く戦い続けられるとは。我が軍は大軍であるのに防戦に四苦八苦しているではないか。本陣まで焼かれてしまった。しかも、あの、こちらをじっと見つめている軍勢はまだ攻撃さえ仕掛けてきていないのだ。我々が疲れるのを待っているのであろう。我々が退却に転じた折りに背後から攻撃を仕掛けて八つ裂きにしようとしているに違いない。余は自陣まで退却すべきだと思うぞ。ただし、森を通り抜けて退却せねばならぬ。ここで戦っている敵よりも、あの不気味な白い軍勢が気になってならぬからだ。騎上のあの男たちの体格を見てみろ。あんなに大きな兵は見たことがない」

モーロ人たちが大きな兵だと思ったのは、頭上にカボチャをかざした女たちだったのである。すぐにアフリカ王が次のように話し始めた。

〔第三百四十四章〕――アフリカ王はいかに自分の考えを述べたか。

「チュニス王よ、余はあえて誓いは立てぬが、どうかこれから言うことを信じてほしい。余は身も心も、百の苦しみに苛まれ、死の危険さえ感じるほどだ。しかし、兄弟を戦で失い、復讐の念に燃えていることに変わりはない。そんな余の意向を、聡明なるおぬしと、そのほかの者たちに是非受け入れてほしいのだ。余は、この目で確《しか》と見たあの名高い元帥を倒して、この手で栄光の勝利をつかみ取りたいのだ。どうか余をこの辛い日々から救い出すべく意を決してほしい。しかも、怖《お》じ気《け》づいて、ぐずぐずしていて欲しくはないのだ。ここにいる王たちに降りかかるやもしれぬ被害を恐れてはならない。余が兄を失った日以来、底知れぬ苦しみが余のすべての力を奮い起こしている。余は愛する兄が残した教えを守らねばならぬ。もはやこの世の幸運などには何も期待してはいない。むしろ我が幸福に反する運命こそ喜んで享受しよう。なぜなら、死んでこそ、栄光の名声に包まれて永遠の生を生きることができるに違いない――余のこの考えこそ正しいと信じるからだ」

それ以上は何も言わずに、王は馬に拍車をくれて、物凄い勢いで密集した戦場に飛び込んで行った。運よく王はルサナ侯爵に出会い、激しく攻め立てて、馬もろとも侯爵を地面に倒すことができた。アグラムン領主が家来とともにすぐに救援に駆けつけていなかったら、侯爵を殺すことさえ可能だっただろう。一方、キリスト教徒軍も旗手を先頭に、モーロ兵が最も多く集まっているあたりまで前進して来て攻撃をしかけた。その結果、これほどの激しい戦闘はいまだかつてどこでも誰も見たことがあるまい、というほどの戦いとなったのだった。常にムハンマドの名を呼ばわっていたモーロの騎士たちも驚嘆すべき戦いぶりであったことは否定できない。戦場には主を失った馬がうろうろし、多くの死傷した騎士が地面に倒れていた。

正午を二時間過ぎてもまだ戦いは続いており、力が拮抗《きっこう》している両軍のどちらが優勢なのか判断がつかなかった。チュニス王は兜の上に純金のムハンマドの像を載せていた。王は星をあしらった陣羽織でティランを見分けて、ほかの王たちにこう言った。

「おのおの方、この戦いに勝利を収められたいか？　なれば、あの奮戦する男をめがけていって、奴を殺してしまおうではないか。そうすればキリスト教徒どもは全員我らが捕虜となったも同然だ」

言うが早いか、王は光り輝く美しい鎧姿で兵隊たちの群れを掻《か》き分けて行った。こうしてすべての王たちがティランに襲いかかったのである。ティランは王たちが迫って来るのを見て、獅子《しし》のごとき激しさで、王たちに斬りかかっていった。そして、まだ折れていなかった槍でタナ王の胸を突いた。その突きのあまりの激しさに、鎧などは何の役にも立たなかった。王は絶命して地面に落ちてしまった。続いて、ティランはチュニス王にかかっていき、腕を突き刺して落馬させた。地面に落ちた王はこう嘆いたのだった。

「ああ、アフリカ王よ、おぬしの蛮勇は高くついたぞ。どうやら余は今日、戦とともに命も失うことになりそうだ。あそこで涼しい顔で控えている者たちが我らを全滅させるに違いない！」

そこへアスカリアヌ王、侯爵、アルマディシェルがやって来て、思う存分に戦いを繰り広げ、十分に勇猛ぶりを発揮した後、傷を負ったチュニス王を市《まち》の中に連れ帰った。一方、数人の敵に槍をつかまれて、否応なく奪い取られてしまったティランは、鞍につけていた小斧を手に取り、モーロ兵の頭に一撃を食らわし、胸まで唐竹割《からたけわ》りにした。ヘーラクレース、アキレウス、トローイロス、ヘクトール、パリス、サムソン、ユダ・マカベア、ガラハッド、ランスロット、トリスタン(3)、はたまた熱血漢テーセウス(4)、過去の、いかに優れた騎士といえども、これほど見事な戦いを見せた者はいないであろう。モーロ兵たちはこの凄まじい一撃を見て、驚愕《きょうがく》した。それにひきかえ、自分たちは槍も大方折れてしまっている。モーロ兵たちは踵《きびす》を返し、角笛を吹き鳴らすと、全員が戦うのをやめてしまった。彼らは山を登って退却して行った。キリスト教徒軍は、自分たちにも休息が必要だったので、逃げるにまかせておいてもよかったのだが、実際には、疲れを押して、山の上まで追って行った。勝利をより明らかなものにしておきたかったからである。名誉を欲するティランは、危険が最も大きいと思われるところへは必ず赴いて、武功を逃すことはなかった。

モーロ軍がすっかり山の中に逃げ込んでしまったのを見届けて、キリスト教徒たちは市に帰って来た。市の人びとは、男も女も声をそろえてティランにこう言った。

「幸運な騎士ティラン、万歳！　その誕生の日に祝福を！　この地にやって来た日に祝福を！　私たちに洗礼を授けてくださった日に祝福を！　あなたが全モーロ人の主となることを神がお喜びになられるように！」

そして大騒ぎをしてティランを城まで送って行った。そこには傷の治療を受けたチュニス王がいた。王は、頭の上にカボチャを載せ、白い敷布を体に巻いた女王とそのほか

（3）　ガラハッド、ランスロット、トリスタンの三人は「アーサー王物語」の勇士。
（4）　ギリシャ神話。怪物ミーノータウロスを退治したアテネの英雄。

の女たちがラバやロバに乗って城に入って来るのを目にした。ティランが仕掛けた計略を悟った王は、今にも絶望のあまり息絶えてしまいそうであった。傷に巻かれた包帯をすべて両手で引きちぎり、それ以上治療を許そうとはしなかった。そのまま死ぬ方がましだと思ったのである。ただ、死ぬ前に次のような嘆きのことばを残したのだった。

［第三百四十五章］――死を目の前に控えたチュニス王の嘆きのことば。

「高名なる騎士ティラン・ロ・ブランの高貴さと徳の高さは広く知れ渡っておる。これから先は、ここバルバリアでも諸王や騎士たちは謹んでその名に敬意を表するであろう。余の目にも、ティランは帝国の継承者の地位に即《つ》く器であるように見える。勤勉さ、騎士道精神の崇高さ、そして運の良さ、いずれをとっても奴に及ぶ者はあるまい。しかし、このたびの勝利に限っては、勝因を奴のそのような美質に帰すわけにはいかぬ。なぜなら、戦場において優勢だったのは我らであり、女どもを使ったペテンさえなければ、我らが撤退することなどあり得なかったからだ。緒戦で王を失ったとはいえ、我が軍の士気は旺盛で、勝利を収めることさえ可能であったのだ。しかし、第二戦目では、策謀で劣っていたがために敗れてしまった。余が命を断ち、不名誉な埋葬に甘んじようと思うのは、戦略を十分に知り尽くしていなかった自らを恥じるからだ。そのために哀れにも母は息子を失い、妻は夫を失うことになってしまったからだ。これ以上不幸に祟《たた》られ、酷い光景を目にするよりは、余は自分の栄光の人生の幕をきれいに引きたいと思うのだ。ティランの配下の者たちは統制がとれており、その戦いぶりはまさに騎士道精神のお手本と言ってよいほどだ。それを見せられては、我が軍ももう先はあまり長くないと思わざるを得ないではないか。ティランは五十、六十を過ぎた者にしか戦場の指揮を任せようとはしない。逃げ出そうなどという考えが兵の頭をよぎることは一瞬たりともないようだ。ティランを将にいただいておれば、勝利は固いと皆が信じているからだ。誰もが自分の逃げ足よりも、攻撃の手腕の方に期待をかけている。我が軍とはすべてが反対だ。我らが敗れ、汚辱にまみれることになったのもそのためだ。ティランは巧みな戦術と努力によって不利な難しい戦に勝利を収めた。自ら冷静な判断を下し、周りの者たちに的確な指示をすることができたからだ。我が軍の陣を焼き、女たちを使って、モーロのあれほどの大軍を壊滅させることができた。それも、女たちの姿を見て、我々が戦意を失い、天幕を焼かれた陣に戻る気にもなれず、恥ずかしいことに他所《よそ》に逃げ去るしかなかったからだ。栄光の元帥よ、よく聞くがいい。余はこれまで戦に敗れたこともなければ、欲に溺れて名を汚したこともなかったのだぞ」

このように悲嘆にくれている王を気の毒に思ったティランは、傷は致命傷ではないのだから、どうか治療を受け入れてほしい、と王に懇願した。しかし王はこう答えた。

「今晩はこのまま放っておいてくれ。もし余が怒りを静めることができたら、運命に打ち勝てるかどうかもはっきりするであろう。運命に打ち勝てるようであれば、治療に応じよう。負けてしまえば、地獄に堕ちるだけだ。キリスト教徒との戦いで我らに力を貸してくれたムハンマドもそこで待っていてくださるだろう」

王は傷口から流れ出る血を集めさせて、夜中にその血を飲み干してこう言った。

「死後の余の体にふさわしいのは黄金の棺《ひつぎ》か血の棺だ。この血をもって余は悲しく辛い日々を終えることにしよう」

そして地面に口づけしながら事切れた。王の魂は行くべきところへ去って行ったのである。

チュニス王が絶命するとすぐに、アルマディシェルはティランにその遺体の処理を任せてくれるように願い出た。ティランはそれを許した。アルマディシェルはモーロ軍の陣に使いを出し、チュニス王が亡くなったので、遺体を引き取りに来るようにと伝えさせた。知らせを受けたモーロ人たちは、古今東西これほど死を悼まれた君主はおるまい、というほどの悲しみようであった。そして陣中から選りすぐりの五十人の騎士が遺体引き取りのために派遣された。騎士たちは元帥の前に出ると、王の遺体を見せてほしいと懇願した。ティランはアルマディシェルに命じて遺体を広間に運ばせ、何枚も布団を重ねた寝台の上に置かせた。遺体には美しい金襴緞子《きんらんどんす》が掛けられ、抜き身の剣を手にした百人の騎士が周りを守った。用意ができたところでモーロ人の使者たちは広間に招き入れられた。使者たちが遺体の近くまで来ると、布が取り除かれた。自分たちの主君の姿を認めると、最年長の騎士が、気力を振り絞って次のように語り始めた。

［第三百四十六章］──モーロ人騎士がティランに話したこと。

「一度手に入れた名声を維持するのはそう難しいことではありません。その名声も、善人で信用が置けると思われている人の口で伝えられればいっそう値打ちが増すものです。なぜなら、その名声が多くの徳行に裏打ちされ、地上においても天上においても賞讃に値し、どこへ出しても非の打ちどころのないものだということが分かるからです。ああ、善人のなかの善人であられる大将殿！　どうか私のことばをお聞きください。あなたは最高の徳を身につけられ、真の光のように輝いておいでだ。バルバリアであなたが新たに改宗させたキリスト教徒たちはその光に照らされ、勇気をもらっているのです。

それもあなたの高貴さが皆に知れ渡り、あなたが褒め称えられて当然の存在だと崇められているからです。あなたが何か事を始められれば、失敗することはあり得ない、と彼らは思っているのです。あなたがこの偉大なる我が主君を丁重に扱えば扱うほど、あなたの善良さと徳は明らかになります。我が主君は尊敬されるべき王ではありますが、あなたはなおいっそうの敬意を主君に示すことによってご自分の名誉も高めているのです。名誉とは常に、他人を尊重する者に宿るものだからです。ここに横たわる偉大で勇敢な王は、王としての日々の善き所業を通して、ご自分がいかに活発で勇気のある人物であるかということを示して参りました。この世で徳ほど善いものはなく、悪徳ほど悪いものはありません。あなたは、ご自分の徳によって、あなたの家名をさらに高貴なものとされたのです。この卓越した王も、運に見放されて捕虜となりました。誇り高き王は、誰かが自分を捕らえ勝ち誇ることに耐えられなかったのです。王はそのような不名誉を潔しとせず自ら命を断ちました。しかし、その偉大な徳と武功からして、生きておれば激しく苛烈な戦をいくつも制して、キリスト教世界を支配し、ローマの教皇、バビロニアのスルタンを従えて、アジア、アフリカ、ヨーロッパの主となることもできたでしょう。これほど短命に終わっていなければ、それほど高い地位に就いたはずなのです。ああ、酷く悲しく、そして無知な死に神よ！　これほど勇敢な王を倒したお前は、なんと悪辣なのだ！　この王の死はモーロの民の破滅にも等しいのだ。我が同胞《はらから》たちよ、兄弟たちよ、主君の死を、そしてやがてやって来るであろう我々の不幸を、ともに悲しみ涙を流そうではないか」

騎士は固い床にがくっと両膝をついて王の足に口づけした。そして目からはぽろぽろと涙を流し、自らの不運を嘆いたのだった。しばらく泣いた後に、年老いたモーロ人騎士は立ち上がって次のように嘆きのことばを吐いた。

〔第三百四十七章〕――大将ティランの前でモーロ人騎士が語ったこと。

「気高く偉大で万能の神、天と地の創造主よ！　あなたはなぜこのような勇気溢れる若き名君の死をお許しになったのです？　世界を征服せんばかりの勢いでしたのに。王は、我らがムハンマドの聖なる教えの守護者でありました。この教えは世界じゅうの最も多くの国で信奉されてはおりますが、今や、たった一人の男の姦計《かんけい》と悪魔のような悪知恵にたくさんの民が惑わされ、キリスト教に改宗してしまいました。さらに、モーロ人の何人もの王、何千人もの男たちが命を奪われてしまったのです。あなたはなぜこのようなことをお許しになったのでしょう？　騎士たちよ、同胞たちよ、どうか私の気持ちに共感して、ともに苦しみのことばを吐いてくれ。悲しみの呻《うめ》き声を上げてくれ。我々の、そして全モーロ人騎士の心の支えであったこのお方の痛ましい死を、かすれた声でともに悼んでくれ。おお、聖なる預言者ムハンマドよ、我らが自由の擁護者よ！我らを憐れんで、キリスト教徒にこれ以上酷い目に遭わされないようにしてください！運命は、激しい戦闘で、我々からあれほど多くの兵の命を奪うことだけでは満足せずに、全バルバリアの支柱まで奪ってしまったのです！　チュニス王よ、神が陛下の罪をお許しになり、真実の道を歩ませてくださいますように。そして、陛下の魂が部下たちの魂とともに昇っていくその場所でも、陛下が支配者として君臨できますように！」

そしてティランの方を向いて、こう続けた。

「大将殿、我々は、我らが限りなき不幸のために喪に服しております。埋葬することができなかった遺体の山は我が陣の天幕の入り口にまで達し、我々はその悪臭に悩まされているほどなのです。我が軍が流した血は、この善きチュニス王の名を呼んでいます。『これこれの王が亡くなったそうだ』『あの王の命運も尽きたようだ』『誰々は身体が不自由になられたそうだ』……どちらを向いても、嘆きや悼みのことばしか聞こえません。あなたは土星のもとにお生まれになった、神をも人をも恐れぬ悪辣なキリスト教徒です。あなたは故意に、多くの王たちに高貴な血を流させました。王たちはあなたのせいで命を落としたのです。あなたがここに到着された日に呪いを！　あなたを運んで来たガレー船に呪いを！　なぜあなたとあなたの部下たちはアダリア湾で溺れてしまわなかったのか！」

ティランはこのような常軌を逸したモーロ人のことばを聞いて、笑いながら言った。

「私のことをそれほど悪く言ってもらって感謝するぞ。お前が私の前で、私の城の中でそのような愚かしいことばを吐いた以上、お前とその仲間たちが城壁の上から突き落とされたとしても文句はあるまい。お前が怒りのあまり冷静さと理性を欠いていることを承知しているのでなければ、私も自分の名誉と名声を守るためにそうしたいところだ。しかし、お前たちの命の安全は保証してあるのだから、私の部下たちにも手荒な真似はさせはせぬ。ただ、これ以上、馬鹿なことを言い出さぬうちに、仲間を連れてさっさと城を出て行くがよい」

それ以上は何も言わずにティランは広間を出て一室に入ってしまった。モーロ人たちは王の遺体を持って帰りたいので引き渡してほしいと申し入れた。アルマディシェルは、あれほどの悪態をついた以上、遺体は渡せぬ、二万ドブラを支払わぬ限り、猛獣の餌にしてやる、と答えた。モーロ人たちは、王の埋葬ができるのなら、と条件をよろこんで飲んだ。陣中に運び込まれた王の遺体を見たモーロ人たちは、全員が激しい怒りを燃え上がらせて武器を手に馬に飛び乗った。早くも市《まち》を目がけて走り出して行く者もある。「ペテン師で裏切り者、キリスト教徒軍の悪徳大将に死を！ 戦に勝って傲慢《ごうまん》になったあやつは王国全土を征服しようとしているのだぞ！」と声をそろえて叫び、凄まじい騒ぎであった。統率がとれているときは物事はうまくいき、乱れがあれば意図がいかに立派でも効果は落ちてしまうものである。一致団結した集団は強く、敵にとっては大きな脅威となるのである。

しかしそこで、ダマスカス王が皆を押しとどめて次のように語りかけた。

〔第三百四十八章〕——ダマスカス王の戦略。

「おのおの方、自然の欲求は常に理性よりも悪行に傾くものだ、と聞いている。理性のおかげで賢人は大きな危険を避け、安らかに憩うことができるのだ。おぬしらは、激憤ゆえに少なからぬ大君主たちが没落していったのをご存じないのか？ 我らモーロ人の血に飢えたあの大将は、その残虐な手で八万以上のモーロ人の命を奪っているのだ。奴には、我らと同世代の背教者たちがついていて、日々血みどろの戦いを挑んでくる。我らもひとつ戦術を変えようではないか。こうして怒りにまかせてろくに隊列も組まずに市に攻撃を仕掛けては、いかに我らが神が味方をしてくださるとはいえ、勝利者として称えられることは難しかろう。統一が取れぬまま攻め入る者は敗れて逃げ帰る、と相場は決まっているのだ。もしも我々が目的を整然と実現することができ、この上なく寛大な態度と高貴な精神を発揮して奴らを屈服させ、地を這《は》わせることができれば、我々の武名はいやがうえにも高まるであろう。その逆をいけば、非難されても仕方がない」

しかし、ダマスカス王のことばに耳を貸し、その戦略に賛成しようとする者はなかった。ただ、トラミセン王[5]が次のように言っただけであった。

［第三百四十九章］――トラミセン王のことば。

「一見、非常に困難に思えることほど、実際はたやすく単純なものだ。また、知ることがほとんど不可能だと思えることに限って、実際にはあっけなく明らかになるものだ。我らの残虐な敵がいる市を攻めて奴らを屈服させる、なすべきことはただそれだけだ。この強く容赦のない、血を欲している手で、まずはムハンマドを裏切った悪漢アスカリアヌ王を血祭りに上げてやる。アスカリアヌ王は、尊く正しい我らが教えを忘れ、キリ

（5）前トラミセン王の甥。第三百八十五章参照。

スト教の誤った教えを信奉するようになった。また、その大将はたいそう腕は立つようだが、奴にはおぬしらのお気に召すような裁きを下してやろう。鉄棒でたっぷりと叩きのめして、我らが神の豊饒《ほうじょう》の大地を舐《な》めさせてやるのがふさわしかろう」

その後、市《まち》の方を見て、このようにことばを続けた。

「ティランの市よ、お前は富をすべて奪われ砂漠と化すのだ。思い上がった者たちのこれまでの安楽な暮らしもこれでおしまいだ。これからお前を待ち受けている災厄を予想してみるがいい！」

こうしてモーロ人騎士たちは全員、戦意も旺盛に市を目指して疾走し、まるで地獄から湧き出たかのように、強く、烈しく、恐ろしい攻撃を仕掛けたのである。ティランは事の成り行きを案じてはいたが、常に戦闘の準備だけはできていたので、一度敵の大軍が姿を見せるや、命令を発し、市はすぐさま堅固な守備態勢を敷くことができた。

女王は女たちとともに馬に乗り、例によって戦列を整えた。戦闘の先陣を切ったのはアスカリアヌ王であった。勇猛な騎士である王は、目の前に現われる敵を容赦なく倒していった。あまりの勢いに、後続の家来たちが取り残されてしまい、王は単独で敵の本隊に突っ込むこととなってしまった。さすがの王も一人ではどうしようもなく、馬から落とされてしまった。そのとき王は、次のような祈りのことばを口にしたのだった。

「ああ、謙虚なる聖処女、神イエスの母よ。純潔な胎内に子を宿し、穢《けが》れも痛みもなく産んだマリアよ。余はあなたにこの身を預けます。あなたは我ら罪人たちの側に立って、栄光の御子が我々を守ってくれるようにとりなしてくださるでしょう。余はあなたをカトリック教徒としてお慕いしているのですから。ああ、慈悲深き神よ、純粋な気持ちで洗礼を受けた我らを憐れみ給え！　我らはカトリックの聖なる教えの尊さを高めるためにお役に立ちたいのです。主よ、残念なことに、キリスト教がいかに大きな危機に瀕しているかご覧になれるでしょう！」

このとき、王の近くで多くの部下とともに戦っていたアグラムン領主とアルマディシェルは、青地に金色で蜂の群れを描いた旗を押し立てた一軍が迫ってきてアスカリアヌ王を殺そうとしていることに気づいた。それほど大勢の敵がかかっていくのなら、そこにいるのはティランに違いないと思い、彼らは近寄って行って王をみごとに救ったのだった。彼らに助けられていなかったら、王は命を落としていたことであろう。この日、騎士アルマディシェルは目覚ましい働きをした。まず、一人のモーロ兵の胸当てを槍で突き通し、モーロ兵は絶命して地面に倒れ落ちた。続いて、二人目、三人目、四人目、五人目を同じように倒したのである。そのとき、戦場の反対側の端で戦っているティランのところへ王の従者がやって来て、大声でこう言った。

「大将殿、どうかあなたさまの親友アスカリアヌ王をお助けください。モーロ人たちが今にもお命を奪おうとしているのです」

ことばが終わらぬうちにティランは手勢を率いて駆け出し、王のところへと向かった。王は地面に立ちつくし、敵に妨げられて馬に乗れないようであった。ティランは最も敵が密集しているところへ突っ込んで行き、大勢の敵を倒した。ティランに遭遇した兵たちの母親には気の毒なことであった。

赤地に鷲《わし》を描いた旗を先頭に六万の新手の敵が到着した。ティランはそれを見て、かねて指示があるまで動くなと命じて市《まち》の門のところに隠しておいた予備の兵たち全員に出撃を命令した。おそろしく苛烈な戦いが始まった。トラミセン王はすべての技に優れる、勇敢この上ない一人の騎士と出会い、長い間、闘い続けていた。二人の闘いぶりを見たペルシャ王はトラミセン王の加勢に駆けつけた。ところがペルシャ王は運悪く騎士の剣を目に受けてしまった。この騎士は名をマルキザデックと言った。激しい痛みに襲われた王は意識朦朧《もうろう》となって落馬してしまった。王はそのときこう言った。

「おお、トラミセン王よ、おぬしは自分が世界を支配するのだと自惚《うぬぼ》れておったが、どうやら神はおぬしの望みどおりにはしてくださらぬようだな。無邪気にもそれを真に受けた余は高い付けを払うことになりそうだ。なんと余は不運なのだ！　父も子も兄弟も、さらに名前をいちいち挙げられないほど多くの優れた騎士たちをも失ってしまった。余ほど運の悪い王がかつてあっただろうか？　このようなざまでは何一つ望みは残っていない。誰か余を救ってくれる者はないのか？」

血みどろの激しい戦は朝から夜になって暗くなるまで続いた。日が落ちてやっと双方が引き上げたのである。翌朝、戦場をあらためてみると、三万五千七十二人が地面に横たわっていた。大方すでに息絶えていたが、懺悔《ざんげ》をし、主イエス・キリストに我が身を預けるまで死にきれぬキリスト教徒や、ムハンマドに命を託すまで死にきれぬモーロ人もあった。

この日、ティランが見せた辛抱は大したものであった。大部分が敗走しだしていたモーロ軍であったが、ティランは情けをかけて、部下に追撃を許さず、モーロ人たちが自陣に逃げ帰るにまかせたのである。

日々被害が増大し、戦死者が増えていたので、モーロの王たちは軍議を開いて、三十日の休戦を申し入れることを決め、使者を送った。ティランは休戦には反対であったが、アスカリアヌ王、アグラムン領主、アルマディシェル、マルキザデックの四人は、負傷者が多いことを理由に休戦を支持した。休戦の合意が成立すると、女たちは戦場に行き、丁重に埋葬するためにキリスト教徒たちの遺体を収容したのだった。これを天幕の中から見ていたトラミセン王はこう言った。

「あの女たちは、大勢の男たちに混じって何をしているのだ？　古くからの習わしは守られないようになってしまったのか？　あんなことをすれば厳しく罰せられるはずではないか」

モーロ軍は休戦が終わる前のある夜、出発してフェスの高山地帯へ移動した。そこに陣を構え、キリスト教徒たちを迎え撃つつもりなのである。そのため真夜中近くの意表を突いた時間に陣を払って行軍を開始したのだった。

翌日の早朝、斥候の兵たちが慌てて戻って来て市《まち》の門を叩いた。モーロ軍が大急ぎで出発しているということを大将に報告に来たのである。それを聞いたティランはすぐに全軍に武装を命じた。夜が明け、闇が去ったところで、キリスト教徒たちは馬に乗り、追撃を始めた。足の速い者たちがまず輜重《しちょう》隊本隊に追いつき、幾人かのモーロ兵を殺傷した。敗走中の王たちは大将に使いを送り、三十日間の休戦期間が終わっていないのに、モーロ兵が殺されて戦利品を奪われたことについて抗議した。休戦協定を守るつもりがないのなら、まずムハンマドに報告をし、次いで、皇帝、王、公爵、侯爵など大君主たちの宮廷に使者を送り、アスカリアヌ王とキリスト教徒軍の大将ティラン・ロ・ブランが悪辣にも協定を破ったということを公表する、というのである。

使者のことばどおり、協定が結ばれていることは確かだったので、ティランは、自分の名誉が汚されることのないように、こう答えた。すなわち、協定を守るに吝《やぶさ》かではないが、夜の闇に紛れてこそこそと逃げ出すのであれば、休戦もくそもないではないか、できればこのことについて話し合いの場を設けたい、と。ティランは戦利品を返し、戦死したモーロ兵一人について捕虜十人を解放しよう、と提案した。モーロ人たちは、この申し入れに大変満足し、ティランこそ最良のキリスト教徒だ、この世でティランほど誠実で公平な者はいない、このような慈悲深い行動をとるのは、間違った行いが良い結果に終わることは決してない、ということが分かっているからだ、と言った。

モーロ軍は早速出発し、険しい山々を次々に越えて行った。ティランは敵が峠を越えたのを見定めてから、峠のこちら側の領土をすべて征服した。それから何日も経ってから、アグラムン領主はティランにこう言った。

「ティラン様、この征服戦をより早く終わらせるためには、私がまず峠を越えて向こう側の市や城や村を征服するのがよかろうと思います。そうしておいて、閣下はこちらを制圧されてから峠を越えられれば、より簡単にバルバリア全土を征服できるのではないでしょうか」

ティランはアグラムン領主の提案が気に入ったので、アスカリアヌ王の同意も得たうえで出発を命じた。領主は一万の騎兵と一万八千の歩兵とともに整然と出陣して行った。峠を越えてみると、王たちはすでにそれぞれの国に帰ってしまっていることが判明した。領主は、少数の敵しか残っていない土地を制圧し、あるときは武力に訴え、あるときは無血で、多くの市《まち》や村や城を占領した。領主は武勇に優れる騎士だったので、同行のキリスト教徒たちも勇気づけられ奮戦し、ティランのもとにもその活躍の評判が伝わって来た。こうして彼らが慕う大将の名声も高まることになったのである。

こうして征服戦を戦ううちに、ムンタガタという市の近くまでやって来た。市はバラマリン王の王女の領地であった。（王と王女の夫はすでに戦の初期に亡くなっていた。）キリスト教徒たちが近くまで迫っていることを知った市の人びとは、会議を開いた。その結果、市の鍵《かぎ》をアグラムン領主のもとへ届けよう、という結論に達した。領主は鍵をよろこんで受け取り、市の人びとの願いはなんなりと叶えよう、と言った。しかし、領主の軍が市に接近して来ると、市の主立った者たちは鍵を渡したことを後悔し、降伏するよりは死を選ぶことにした。

欺かれたことを知ったアグラムン領主は市を包囲し、ある日、これ以上は考えられぬというほど激しい攻撃を仕掛けた。この戦いで、市の壁に近づいて行ったアグラムン領主の口に矢が命中し、反対側まで貫通してしまった。酷い傷を負って地面に倒れた領主を見た家来たちは、死んでしまったに違いないと思った。彼らは領主を盾の上に載せて天幕まで運んで行った。こうしてこの日の戦闘は終了した。傷の痛みに苦しみながらも、敵の裏切り行為に腹を立てた領主は、神と使徒たちに、市を占領し、老若男女を問わず市の人びと全員の上に自分の剣を振り下ろすまではこの地を決して離れぬ、という誓いを立てたのだった。そしてティランに伝令を出し、大型兵器を送ってくれるように依頼した。

従弟《いとこ》が大怪我をしたことを知ったティランは、射石砲全部とともに、自分も全軍を率いて強行軍でその市に到着した。ティランは馬から下りる間も惜しんで、すぐさま総攻撃を命じた。強力で猛烈な攻撃によってキリスト教徒軍は市の外壁沿いに建てられた寺院の塔を占領した。夜がやって来たので、ティランはひとまずその日の攻撃の終了を命じた。翌朝、女領主と市の主立った者たちは、自分たちの信仰を尊重してくれるならば降伏しよう、また、捕虜を全員解放し、毎年クロナ金貨で三万の年貢を納めよう、という申し入れをして来た。ティランは、欺かれたのは自分の従弟なのだから、そちらへ行くように、自分は従弟の決めたことに従おう、と答えた。モーロの使者たちは領主のもとへ行ったが、いかに懇願しようとも領主は申し入れを受け入れようとはしなかった。そこで市側は領主である王女を大勢の侍女たちとともにアグラムン領主のもとへ送り、なんとかその同意を取り付けようとした。女性の願いの方が功を奏することが間々あるからである。

ここで、物語の主題はプラエール・ダ・マ・ビダの運命に移ることになる。

［第三百五十章］――いかにプラエール・ダ・マ・ビダはティランの活躍を耳にしたか。

すでに述べたように、我らが主の限りなきお慈悲によって、プラエール・ダ・マ・ビダは難破の後、助けられてチュニスの漁師の娘の家に連れて行かれた。その後二年が経ち、漁師の娘は市《まち》の近くに住む男のもとに嫁いでいた。プラエール・ダ・マ・ビダはそこでも長い間、奴隷として娘に誠実に仕え、ギリシャの女なら誰もがするように、金や絹を使った手芸に励んでいた。ある日、女主人はプラエール・ダ・マ・ビダを留守番に残してムンタガタの市に出かけて行った。市へは買い物に行ったのだが、ついでに王の娘を訪ねてこう言った。

「お姫様、お姫様はご結婚のご予定があって、金で刺繍をした絹の下着類や嫁入りにふさわしい身の回りの品をご用意なさっていると耳にしました。私のところに若くて器用な女奴隷が一人おります。この女には、幼少の頃より女性用の品々に巧みに刺繍する技を教え込んであります。ここに一つ見本がございます。もしお望みでしたら百ドブラでその女をお譲りしてもよいのですが。ここまで育て、技を教え込むのは大変でしたが、私の方はそれでかまいません」

王女はこの申し出に大いに乗り気で、これほどの腕を持つ女ならば、よろこんで百ドブラ払おう、と答えた。モーロ女はこう言った。

「それでは女をお姫様にお渡しいたしましょう。ただし、あの女は私に大層なついておりますので、二カ月間お貸しする、ということにしておいてください。お売りしたということを知ったら、腹を立てたり、悲しんだりして大変でしょうから」

王女に引き渡されたプラエール・ダ・マ・ビダは、すぐに王女のことが好きになった。その後、市が包囲され、多くのキリスト教徒兵が捕虜となって連れて来られた。その中に難破したティランの船の漕ぎ手をしていた男がいたのである。プラエール・ダ・マ・ビダはその男のことをよく知っていたので、こうたずねた。

「あなたはチュニスの海岸で難破したガレー船に乗っていましたね？」

「はい、お嬢様」男は答えた。「たしかに乗っておりました。あの折りは酷い目に遭い、命からがら陸にたどり着いたのです。その後はたっぷりと棒で叩かれ、売られたり、買われたり、本当に辛い思いをいたしました」

「で、ティラン様はどこで亡くなったのです？」とプラエール・ダ・マ・ビダは聞いた。

「何をおっしゃっているのです！」捕虜の男は叫んだ。「ティラン様はぴんぴんしておられます。大将としてこの地を征服しようと力を尽くしていらっしゃるのです」

さらに、負傷したアグラムン領主のことも語った。プラエール・ダ・マ・ビダは素知らぬ顔でこう聞いた。

「では、プラエール・ダ・マ・ビダという女はどうしたのです？」

「おたずねの女性は」捕虜は答えて言った。「海で命を落とされたものと思われます。我が元帥殿(6)は大層そのことを悲しんでおいででした」

このようなことを聞いてから、プラエール・ダ・マ・ビダは捕虜たちが全員逃げられるように手引きしてやった。ティランがそれほど近くにいることを知り、自分も逃げるべきか大いに迷った。しかし、とりあえずは、ティランが素晴らしい武功を立て、バルバリアをほとんど征服しつつあること、また多くの人びとがこのキリスト教徒軍の大将の偉大な勝利について噂していることを大変嬉しく思った。ティランの活躍など少しも知らずに、てっきり海で遭難したものと思い込んでいたからである。プラエール・ダ・マ・ビダは床に両膝をつき両手を合わせて空を仰ぎ、主を称えるとともに、イエス・キリストの敵に対して果敢に戦いを挑んで勝利を収めているティランと、新たに改宗したキリスト教徒たちの幸運を感謝した。そして、やがて自分も奴隷の身から解放されるに違いないと思えば、これまでの苦労など、いかほどのものでもなかったように思われるのだった。間もなくティランに会えるのだということが大きな心の支えになったのである。

女主人がキリスト教徒の将軍たちとの交渉に行くことになった日、プラエール・ダ・マ・ビダは誰にも正体を見破られぬように念入りに変装してついて行った。王女は五十人の侍女たちを引き連れて大将のもとへやって来たが、ティランは話を聞こうとはせず、従弟のアグラムン領主のところへ行くように、と言っただけであった。前にやって来た使者たちに対するアグラムン領主の答えは色よいものではなかったが、王女たちへの返答はいっそう厳しいものであった。希望がすべて潰《つい》えてしまったことを知り、王女たちは涙を流し嘆きながら戻って行った。その晩は、男女を問わず、市《まち》じゅうの人びとの嘆きとすすり泣きは止《や》むことがなかった。

その翌朝、プラエール・ダ・マ・ビダは女主人と市の主立った人びとに、もし市から

(6) 原文ではティランの称号は Capità のみであるが、拙訳では、ギリシャ帝国に関するときには「元帥」、バルバリアに関するときには「大将」と訳し分けてある。

出してもらえるなら、ティランと話をしてみよう、ティランは自分の言うことなら何でも聞いてくれるはずだから、と言った。その話しぶりが大変巧みだったので、一同はプラエール・ダ・マ・ビダを市《まち》から出すことに同意した。すべての望みは絶たれており、残された猶予もその日一日だけとなっていた。プラエール・ダ・マ・ビダはその日、身分のあるモーロ女の服装をし、正体を知られぬように目の周りに美しく化粧を施した。そして三十人の立派な格好をした侍女たちをお供に連れて行くことにした。正午になると一行は市を出て敵陣へ向かった。ティランは自分の天幕の入り口のところに立っている。一行の姿が見えたのでティランは、アグラムン領主のもとへ行くように、願い事に関するすべての権限は領主に与えてあり、自分は何もしてやれないから、と使いをやって言わせた。プラエール・ダ・マ・ビダはこれに対してこう答えた。

「大将殿にお伝えください。大将殿は私たちに会うのを拒むこともできなければ、話をすることさえ断われないのだ、と。そんなことをすれば、大将殿は薄情で公正でないお方だと言われるでしょう。大将殿は騎士であり、私たちは女性なのですよ。騎士道の精神では、騎士は女性の相談に乗り、助けなければならないはずではありませんか」

使いの者はすぐに戻って大将にこの答えを報告した。

「大将殿、あのモーロ女たちの中に一人、エスパニアのことば(7)をとても巧みに話す面白い女がおります。よろしければ、私の日頃の忠勤のご褒美に、市を征服した暁には、あの女をキリスト教徒に改宗させて私に妻としてお与えいただけないでしょうか」
「もう一度行って」ティランは言った。「あの女たちをここに連れて来るがよい」
女たちがやって来ると、ティランは大変丁重な挨拶をした。プラエール・ダ・マ・ビダはにこやかな顔で次のように話し始めた。

［第三百五十一章］――プラエール・ダ・マ・ビダはいかに自分の使命をティランに説明したか。

「大将殿、憐れみ深いあなたさまに、常日頃の寛大さを発揮していただきとうございます。どうか、この哀れな市の無知な住人たちが犯した大きな過ちを根にお持ちにならないでくださいまし。皆、手を合わせて床に両膝をつき、あなたさまの御足に口づけをして許しを乞おうとしております。あなたさまの方が私などよりもよくご存じでしょうが、限りなきお慈悲をお持ちの神は両手をお広げになってすべての罪びとを抱き締め、お許しになろうとなさっています。いかに我々の罪が重いとはいえ、今やこの地におけ

（7）　原文は algemia. イスラム教徒が外国語を指すときに用いた語。

る神の代理人でいらっしゃるあなたさまが、神のお優しさとあなたさまの徳に望みをかけ続けている惨めな我々の願いを拒まれるわけには参りますまい。受けた侮辱がいかに大きくとも、敵が床に両膝をついて謝れば許してやる、それこそ、騎士が敵にしてやれる最大の復讐ではありませんか。なぜなら敵を百回殺すよりも、そうする方が騎士にとっては名誉になるからです。どうか私のことばに腹をお立てにならないでください。私は運命によって、今や栄光の歴史の一部となったあなたさまの数々の武功を列挙する役目を仰せつかりました。あなたさまはギリシャにおいて、勇敢さを発揮され、多くのトルコ兵を倒し、震え上がらせました。その後、遭難されてこのバルバリアの王国にやっていらっしゃった。そして二度戦に敗れ、二度敗走の憂き目に遭われました。しかし誇り高いあなたさまはアスカリアヌ王とともに、自らの手で並み居る王たちを打ち破り、恐れおののいて惨めに敗走する王たちを追撃したのです。そしてモーロ人を殺すのに倦《う》むことがありませんでした。その結果、高い地位にお就きになったあなたさまにお願い申し上げます。どうか、あなたのお眼鏡《めがね》にかなったこの賢い乙女に免じて、あの市《まち》の王女様を気の毒と思ってお助けください。できれば市のそのほかの人びとも。王女様がすべての財産を失ってしまわれるなど、あなたさまのお優しい心がお許しにはなれないでしょう。あなたさまのような高い地位にあり、しかも優しいお方にはそのようなことは考えも及ばないでしょう。あなたさまはすべての点で寛大でいらっしゃる。王位にものぼろうというお方なのですから残忍であってはなりませぬ。どうかアグラムン領主をご説得いただいて和平を結ぶようになさってください。あなたさまは大変な幸運に恵まれ、天においても地においても、あなたさまが望まれることはなんでもかなえられるようにお見受けしております。これもあなたさまが神の忠実な下僕、キリスト教の聖なる教えの擁護者でいらっしゃるからでしょう」

ティランは、プラエール・ダ・マ・ビダがそれ以上話すことを許さず、いらいらした様子で次のように答えた。

［第三百五十二章］——プラエール・ダ・マ・ビダに対するティランの返答。

「運命の流れに逆らうまいとすれば、憐れみよりも残虐さに傾くことの多いのが人間の魂の常だ。大君主といえども、この真理に抗《あらが》おうとすれば、信仰を持つことが必要だ。酷い怪我を負って苦しんでいる者たちがまだ床に伏しているのだ。私は憎悪のあまり、敵を許す気にはなれない。私の代わりにこの地に先遣隊長としてやって来た従弟のアグラムン領主は、お前たちの悪辣な裏切り行為によって口では言えないほどの苦痛を味わっている。この野は優秀な若者たちの死体で一杯ではないか。憐れみのかけらもない者がどうして人に憐れみを求めようというのだ？　お前たちの命運は尽きたのだ。これからの年月はお前たちにとってはないものと思うがいい。九十歳以上の老人と三歳に満たない幼児を除き、命を助けられる者はないであろう。さっさとここから立ち去れ。今は憐れみをかけるべきときではない。容赦のない裁きをくだすべきときだ。この裏切りの報いが人びととの記憶に残ることによって、お前たちはさらに罰せられたことになり、後世の人びとは善き手本を得ることになるのだ。市《まち》からはすべての悪事が一掃されるであろう。皆、自らの名誉を汚したお前たちが悪いのだ」

こう言ったきり、口を閉じてしまった。

このような酷《むご》い答えにじっと耐えていたプラエール・ダ・マ・ビダは堪《たま》らず、必死の形相で次のように答えたのだった。

［第三百五十三章］――ティランに対するプラエール・ダ・マ・ビダの返答。

「支配欲に取り付かれていたハンニバルやアレキサンダー(8)は毒を盛られて命を落としました。ネブカドネザルはバビロニアの王でしたが、王家の出ではない不義の子で、正当に王位を継承したわけではありません。王はエルサレムを破壊し、ソロモンの寺院を焼き、ユダヤの民を連れ去って殺すなど、悪事の限りを尽くしました。あなたさまはあの市を大した苦労もなく落とし、同じことをなさろうとしているのです。しかしネブカドネザルは突然、その地位を失いました。酷い仕打ちをやめずに私たちを根絶やしにしようとなされば、あなたさまも同じ目に遭うでしょう。ネブカドネザルは最後は善人になりましたが、あなたさまは相変わらず悪人のまま、ということになるのでしょうか。ネブカドネザルは七年にわたって砂漠で瞑想生活を送り、自分の過ちを悔いたのですが、あなたさまはそんなこともなさらずに暴君のままでいらっしゃるのでしょう。世界を支配することをお望みならば、そんなことではいけません。どうかおっしゃってください、無慈悲な大将殿。あなたさまはあの市に対してどんな権利をお持ちだとおっしゃるのです？　お父様があなたさまにあの市を遺されたのですか？　あなたさまにお伝えしておきたいことがございます。ほんの少し前のことです。あの王女の父上に当たる王は、モーロ人からあの市を取り戻し、再建なさったのです。そこへあなたさまがやっていらして何の権利もないのに市を奪い取り、私たちに乱暴をはたらこうとなさっているのです。

（8）　新バビロニアの王（在位、前六〇五—五六二）。紀元前五八六年にイスラエルを滅ぼし、その王と民をバビロニアに幽閉した。

私はモーロ人ですが、騎士というものがどんなものか知らないとでもお思いなのですか？　我らが神が平和を愛する者に幸いあれとおっしゃったのをご存じありませんか？　そういう者たちこそ神の子の名にふさわしいのです。イエス・キリストのご降誕の折に、天使たちはこう歌ったのです。〈天上の神に栄光あれ、地上の善き者たちに平和あれ〉。あなたさまはキリスト教徒でいらっしゃいます。ならばなぜ神の戒めに逆らわれるのですか？　私たちが望んでいるのは栄えある平和です。女にとって平和ほど良いものはないのです。私たちには、日々戦闘に出ることも厭《いと》わぬ勇敢で有能な騎士たちがおり、自分たちを守ることは十分にできるのですが、あなた方にこれ以上の被害を与えたくはありません。よくお考えになれば、人を殺したり、人に血を流させたりすることが良いわけはないのはお分かりでしょう。人間の命は本当に細い糸で縒《よ》られた頼りないものなのですもの。あなたさまのおことばをうかがっていると精神の栄光よりも現実的な栄光を重視なさっているように思われます。精神の栄光は様々な味のする練り物のようなものですが、つまるところ、名誉と魂の満足ということに尽きるのです。あなた方キリスト教徒が崇《あが》める聖者にアウグスティヌスという方がいらっしゃいます。大変な賢者であったアウグスティヌスは『他の者の罪を黙認する者は罪を犯したも同然である』と言っているではありませんか。神は平和と友愛を大変お喜びになります。愛と善意に満ちた人びとに見られる美徳は賞讃すべきものです。また、使徒ヤコブは、騎士たる者、自ら常に残忍であることを戒め寛大であらねばならない、と言っています。セネカは、文明的な支配をしかるべく維持したいと思えば徳が必要であると申しております。(9) このようにあなたさまの前に平伏してお願いする私たちに、どうか徳あるご裁決をお下しください。あなたさまとその配下の方々が横暴な支配を行って、残虐な行為に走られぬことを望みます。あの市《まち》は、事態を甘く見たがゆえに追い詰められてしまいました。燃え上がる憎悪がゆえに計り知れない被害を受け、取り返しのつかない苦難に襲われています。やがてすべての富を奪われ、元の貧困に戻ってしまうでしょう。一方、あなたさまは長い間、幸運に恵まれていらっしゃいます。しかし、一度幸運に見放されれば、数知れぬ苦難に耐えねばならぬことになるでしょう。あなたさまはこの哀れな市をやすやすと勝ち取ることができるのは確実なのですから、憎しみを捨て去ってはいただけないでしょうか。ここで和平を結ぶのが一番よろしいのではありませんか？　たまたま差し迫った危険を恐れる必要がないとしても、この先襲ってくるやも知れぬ危険を思って、戦から身を引くことをお考えにならねばなりません。騎士の方々が女どもと戦をするなど褒められたことではございません。そんな評判が世間に広まればあなたさまの名誉は一

(9)　以上の三人の引用に正確に当てはまる出典はない。作者の創作もあると思われる。

大事、名声を回復するにはずいぶんと骨が折れることになりましょう」
プラエール・ダ・マ・ビダはこう話し終わった。
ティランはすぐに次のように答えた。

[第三百五十四章]—プラエール・ダ・マ・ビダに対するティランの返答。

「お嬢さん、私には、あなたが牛を盗んでおいてその腿肉《ももにく》を神に供えるようなことをなさっているようにしか見えぬのだが。あなたはモーロ人であってキリスト教の信仰を持たず、その掟に従ってもいないのに、私にしてはならぬことを説こうとなさるのか？神や聖人がどれほど尊い存在であるかも知らずに、また、祭壇で行われる秘蹟《ひせき》を見たこともないのに、どうして聖人を引き合いに出すことなどできるのか？　聖なるカトリックの様々な教えをあなたは知らないのだから、ひとつ教えて差し上げよう。聖ベルナルドは『神のご慈悲をあてにして罪を犯す者は、罰せられるであろう』と言っているのです。私は罪深い者ではありますが、それでもしばしば自分の罪を悔いるのです。そうして罪を悔いてのちに我らが神に許しを乞い、その聖なる掟を守ろうとします。私は母なる教会を信じているので、永遠の命を与えられるでしょう。それにひきかえ、あなたたちは永遠に罰せられ続けるのです。なぜなら我らが救世主イエス・キリストが受難し流された血は我々、洗礼を受けた者たちを救うためのものだったからです。これこそキリスト教の信仰の神髄と申せましょう。イエス・キリストの受難の奥義によって、我らの祖先アダムの罪は償われたのです。その血の一滴はこの世界を千回も救うことができるほど尊いのです。この点にはいささかの疑いの余地もありません。神を否定したことで有名な聖ペトロも、武器をとって多くのキリスト教徒たちを迫害し殺した聖パウロも、徴税人であった聖マタイも、そしてそのほかのたくさんの大罪人たちも、謙虚に悔い改めることによって、天国に栄光の座を得ることができたのです。あなたもキリスト教に改宗なされば、同じように許され、真に聖なる我らが教えについて知ることができるのです。イエス・キリストを裏切ったユダ、神と肩を並べようとした熾《し》天使ルシファー、その他の悪辣な罪人たちは神のお慈悲にすがらずに悪しき生き方を続けたので、神のもとに帰ることができなかったということもお話ししておくべきでしょう。この者らは地獄の闇の中へと落ちて行ったのです。私は一年に一度、日を決めて創造主である神のために捧げ物をし、罪の懺悔をします。私がそうして罪を悔い改めれば、神は許してくださいます。あなた方はそういうことは普通、やりません。私がバルバリア全土を征服しようとしているのは、あなたたちを手遅れになる前に善い方へ導いてやりたいからです。

神は限りなく広いお心をお持ちなので、救われぬ者が一人でも出ることをお喜びにはなりません。よほど大きな罪を犯したのでもない限り、ありがたくも、すべての者をお救いになろうとなさるのです。なぜだか分かりますか？　正義というものは理屈に合っていなければならぬからです。神のご意思と正義は一体なのです。洗礼を受けた者が、ゆえなく罰せられることはないのです。あなた方は自分たちが犯した罪を悔やむのではなく、この先待ち受けている苦難の心配をしている。あなた方に危害が加えられるのは、アグラムン領主を傷つけ、多くの者を殺し、その他多くの大きな過ちを犯したことを我々が怒っているからです。あなた方が申し入れて来た年貢など私は欲しくない。このティラン・ロ・ブランは金よりも名誉を重んじるのです。我がロカ・サラダ家は商人の家ではなく、騎士の家なのです。私は、何かをもらうことよりも与えることを心がけているのです。捕虜を返してほしいのなら、身の代金など要求せずにただで解放して差し上げましょう。しかし、あなた方の騎士たちにはお伝えください。このような寛大な措置は、あなた方に対する好意からするのではない、私自身の性格によるものだ、と。私はあなた方を苦境に追い込んで喜んでいるわけではありません。ただ、敵を震え上がらせてやりたいのです。私が女性に襲いかかるのは、寝室の中だけです。寝室に麝香《じゃこう》が炷《た》きしめられていればなおよろしい。しかし、あなた方が和平と寛大な措置を私に求めているのなら、アグラムン領主のもとに平伏《ひれふ》す以外に望みをかなえる方法はありません。いずれにせよ服従とこの王国の征服の終了は、やがてやって来るのです。明日が総攻撃の日だということは、すでに決定ずみです。準備をしておきなさい。市《まち》の中の者たちが救われるように和平を結びたいと切に願っているようだが、私は、あなた方がやったことはそのような寛大な見返りに値することではないと思います。あなた方が、誓約した協定を破ったのは誰の目にも明らかなことだからです。その協定こそが無事に和平に至る道であったのに。あなた方が蔑《さげす》んでいる神は、誰に対しても、過ちも手柄も正当に評価してくださいます。最初の戦がどのような結果に終わったかはあなた方がよくご存じです。第二戦目も同じような結果となるでしょう」

プラエール・ダ・マ・ビダは、気力を振り絞って、すぐに次のように答えを返した。

［第三百五十五章］――プラエール・ダ・マ・ビダのティランに対する返答。

「打ちひしがれた惨めな者たちを憐れむのが人間の道というものではないでしょうか。その者たちがかつて良い時代を経験していて、その頃なら、苦難に同情して手を貸してくれる友がいたであろうに、というのならばなおさらのことです。私は少なくともそう考える者のうちの一人です。あなたさまのような物の分かった騎士であれば、私を、ご自分がかつて従者として抱えたことのある者たちの一人であるかのように見なして、憐れんでくださることもおできになるでしょう。しかし、あなたさまは、これほど重要で寛大さを要することを、簡単に運命の裁量にお任せになろうとなさっているようにお見受けします。そのおかげで、私たちの命はひどい苦境に追い込まれ、何年もかかって築き上げられた素晴らしいものが一日にして無に帰そうとしているのです。度重なる幸運に気をゆるめず、危険な賭けを繰り返すのをやめることほど、賢明な選択はこの世にありません。喜びや名誉をもたらしてくれる幸運に恵まれているときに節度を保つということは並大抵の知性でできることではありませんが、手綱を離して幸運を思うままに走らせてしまえば、やがて断崖に連れて行かれることになるでしょう。このことについてあなたさまにお話しし、お教えする方法はいくらでもあるのです。あなたさまは私にいろいろおっしゃいましたが、必ずしもすべてが当たっているわけではございません。ただ、私が袖で鼻水を拭う(10)ような種類の女であると思っていただきたくはないのです。王女様が侍女たちとともにあなたさまの御前にお出になるようにお勧めしたのも、私が常に信仰している教えの賜物《たまもの》なのです。その勇気に免じて、あなたさまに女性を守ってやろうというお気持ちが芽生えればよいのにと思ったのです。さらに、私のお願いが聞き入れられて、勝者にふさわしい寛大さをお持ちになっていただければとも思ったのでございます。もしもそうしていただけないのでしたら、私は我が神にお願いして、あなたさまとその家臣の方々に芳しくない評判が立ち、賞讃の声を浴びながら天国に上がることはできないようにしていただこうと思います。あなたさまがお考えどおりに、騎士道精神に反する暴虐な真似をなさるのなら、私はこの地を追われた後には、イタリアからエスパニア、フランスを経て、ドイツに至るまで、あなたさまの残酷な仕打ちを嘆いてまわり、私の願いをかなえようと存じます。それがあなた方キリスト教徒の流儀なのでしたら、私たちには、あなた方の傲慢な仕打ちに耐えねばならぬ義務はありませんし、強い男たちには名誉ある死に方をすることが許されるべきでしょう。それぐらいの自由は与えられて当然です。我らがオリエントの諸大国は数限りない戦に名誉ある勝利を収め、正当な征服を行ってきましたが、あなたさまが今おやりになろうとしているような戦はただの一つもございません。我らが詩人ジャベル(11)も言っております。大変な名誉に包まれ、選《え》りすぐりの兵士たちを率いて故郷を出発したポンペイウスは、その名誉をさ

(10)「愚かな」の意。
(11)この詩人については何もわかっていない。神学者アシメニス(一三二七?—一四〇九)の著作中にもその名が見える。

らに高めて祖国に戻ろうと思っていたのですが、幸運の手綱を引き締めて走り過ぎを抑えようとしなかったがために、あれほど惨めな負け方をし、名誉どころか汚名を着ることとなったのです。ポンペイウスが自分の運を過信することなく、中庸を守っていたならば、決して名を汚されることなどなかったはずなのです。また、預言者イザヤによれば、バルバリアは、幸多い土地ではあるが、幸運の女神の甘い言葉を信用しすぎることなく、少しずつそのそばから離れて行くのが賢い方法だということです。アリストテレスは、幸運というものは不安定な車輪のようにぐらぐらと常に揺れているのだから、そんなものを信用したり当てにしたりしてはならない、と戒めています。幸運の女神は自分が盲目であるだけでなく、その胸に抱かれた者たちまで盲目にしてしまう、たとえ贈り物をくれたとしてもそれは偽りであり、栄光に浮かれていると、苦しみの底に突き落とされてしまうのだ、とも言っています。ソロモンは、ある書の中で、毒のある飲み物の表面には蜂蜜が浮かべてある、と警告を発しています。死という杯から飲むことを拒める者は誰もいないのです。死を忘れてはいけません。死はあなた方を決して忘れないのですから。しかし、ウェルギリウスは言っています。人は人生を愛し、死を恐れてはならない。名誉というものは神の持ち物で、それを得ようと思えば、泥棒のような真似をせねばならない。泥棒は盗みに入るときは正面の扉から入るようなことはせず、塀をこっそりと乗り越えるものだ。出るときも誰が見ても泥棒としか見えぬやり方で、塀を越えて抜け出る。海の水はどこで舐《な》めても塩辛いものだ、と。寛大で勇敢な大将殿、私が申し上げていることをお聞きになれば、私があなたさまをお慕いし、ヘクトールやアレキサンダーやハンニバルといった名将たちのように、永遠に苦痛を味わい続けねばならぬ目には遭っていただきたくないと思っていることがお分かりになるでしょう。私が本当にお伝えしたいこと、あなたさまのご質問に答えて申し上げたいこととは、あなたさまが、頑固に耳を塞いでいらっしゃるということなのです。このような聖歌があるのをご存じですか？　〈褒美を出さない騎士は悪者なり。丁重に奉仕され、なおそれを忘れる騎士はさらに悪者なり〉。まるであなたさまのことではありませんか。ああ、なぜあなたさまはこうも頑なに心を閉ざされているのでしょう！　私は、心が血の涙を流すような目に遭おうとも、あのアスカリアヌ王の御前に出て、もつれる舌をなんとか操ってお願いしようと思います。王様はお妃である女王様に、あなたさまがあの高貴なことこの上ない皇女様に示されたよりも、もっと深い愛情をお示しになったのですから。徳高き大将殿、今度は千里眼のようなことを申し上げましょう。あなたさまは、イングランド王の宮廷で騎士に任じられたあの幸せな日のことを覚えていらっしゃいますか？　あの頃の闘いでの素晴らしいご活躍のことはどうでしょう？　何のごまかしもせずに、大変地位の高い二人の王と二人の公爵を倒されましたね。それにビラゼルマスという高名な騎士とも勇敢に闘い、命を奪われました。卑怯《ひきょう》なこともなさらず、計略も弄さず、正々堂々と闘ったことによって、あなたの手には名誉が残り、騎士は墓の中に葬られたのです。キリエレイソンとその弟のことはよもやお忘れではありますまい。あの最高の宴において、高貴なあなたさま以上のお方がいらっしゃったでしょうか？　フランス王のご子息ファリップ様はどうです？　あなたさまのお知恵のおかげでシチリア王となり、王女様と領土を手にすることができたのです。ロードス島の修道騎士団をお救いになったことも忘れるわけには参りません。あなたさまがいらっしゃらねば、飢餓に苦しんでいた皆様は、大スルタンに降伏し、終生奴隷として暮らさねばならなくなっていたでしょう。あなたさまはご自分の船で、予想される危険も恐れずに修道騎士団の救助に赴いたのです。ああ、ティラン様、あなたさまの地位と人生が向上いたしますように！　あなたさまはこの世にあられても、あの世にいらしても、栄誉を与えられるにふさわしいお方です。どうか亡くなられた後にも天国に栄えあるお席が用意されていますように！あなたさまの勇名をお聞きになって、世界で最も優れた君主であられる、かの祝福されたるコンスタンチノープルの皇帝陛下も、あなたさまに全軍を指揮する元帥の杖をお与えになりました。あなたさまは期待に応えて騎士として奮闘され、トルコ軍にその手腕を見せつけて何度も打ち破りました。元帥殿、世界のどんな女性よりも美しく徳高い、あの聡明極まりない皇女様を覚えていらっしゃいますか？　お父上の亡き後は、ギリシャ帝国の帝位に即《つ》かれると目されていたあのお方です。あなたさまの寛大さのおかげでサンタンジェル伯爵となられたお従弟のディアフェブス様はどうでしょう？　あのお方は後にマケドニア公爵となられ、皇帝の姪でいらっしゃるアスタファニア様を妻とされたのです。ああ、ロカ・サラダ家とは世に稀なほど誇り高く善良な家系であられる！　それが今のあなた方のご様子ときたらどうでしょう？　異教徒の捕虜となって劣悪な環境の獄に繋《つな》がれ、不幸で悲しい日々を送っていらっしゃる。その首領にして、皆の友でもあったティラン・ロ・ブランは牢を出されてここにいながら、仲間のことを思い出しもしなければ気にもかけていない。ああ、ブルターニュ領主の縁続きで、ロカ・サラダ家という名家の出の騎士の皆さん！　誰があなた方を救い出してくれるのでしょう？あなた方を自由な身にしてくれるのは誰なのでしょう？　あなた方がすべての財産をなげうち、辛い目に遭ってまで尽くしている者はあなた方のことなど忘れてしまっているのです。死は誰にでも公平に訪れるものですが、その死以外にあなた方のことを語ってくれるものはあるのでしょうか？　私はモーロ人ですし、こうしてお話ししていることも当て推量に過ぎませんが、多くの善良で優秀な騎士たちのことを考えると辛くなります。心から血の涙が滴り落ちるほどです。不幸な運命に見舞われ、わずかの希望しか残されていない今となっては、足から生まれる逆子のような目に遭われるに違いないからです。ご自分たちの悲しい運命を嘆き、あなた方を忘れてしまっているティラン・ロ・ブランをお呪いください！　あなた方を忘れていることも驚くには当たりません。なぜなら、どなたとは申しませんが、キリスト教世界で最も素晴らしい女性を、この呪われた地の征服にかまけて忘れてしまっているのですから。この地の征服以外のことは何一つ眼中にないのです」

これを聞いてティランは大いに驚いた。そして優しげな顔で、どうしてそれほど詳しく自分のことを知っているのか、と次のようにたずねた。

〔第三百五十六章〕――ティランがプラエール・ダ・マ・ビダにたずねたこと。

「私の頭の中はこの娘の言ったことばで混乱してしまっている。私の心も傷ついている。お嬢さん、あなたが生身の人間だとはとても信じられません。あなたは我が一族に宿る霊なのか、それとも、私があの市《まち》を破壊し、住人を皆殺しにすることをやめさせようと、悪霊が娘に姿を変えて現われたのか。なにせ、私の願いはあの市にキリスト教徒を住まわせて、我が主イエス・キリストを崇拝させ、市がその栄光と祝福に包まれるようにすることとなのだから、悪魔を崇める者たちにとっては一大事でしょう。お嬢さん、あなたがいくら賢人や詩人や博学の聖人たちを引き合いに出して私の神聖にして正当な計画を変えさせようとしても、もし、その偽りのことばに私が屈してしまったら、私は一乙女よりも無知な思慮の浅い男だということになってしまう。ここはひとつ、あなた自身のことをもう少し話してはもらえぬか。あなたがどこの誰で、どうやってそのような事どもを知るに至ったかを教えてくれれば、あなたの言うことも信じられるかもしれません。そうでなければ、私は計画を変えるわけにはいきません。あなたは痛みが一向に治まらない私の古傷をあばくようなことをなさった。あなたは私が縁者たちのことを忘れていると言うが、そうではない。私は我らが主を信じてお任せしてあるのだ。神は私が始めた戦をやがて終わらせてくださるでしょう。神のご加護を得て私は全力を尽くし、仲間を全員、救い出せるはずなのです。しかし、今は私が縁者たちのことでどれほど心を痛めているかということを語るのに適当な時でもなければ、ここはそれに適した場所でもないのでやめておきましょう。自分が自由になることを望んで私は奮戦しているのだと考える者もあるようだが、その苦労についても、なおさらのこと、今は触れないでおきましょう。私が悲しそうな顔をしていないからといって、あの聡明この上ない皇女様のことを忘れているわけでは決してありません。もちろん、皇女様には何の罪もなく、むしろ、私が嬉々として苦難に耐えることができるのはあの方のおかげなのです。ああ、お嬢さん！　あなたはなんと慎重な人なのだ。あなたは我らのキリスト教信仰についてなんとお詳しいのでしょう！　聖なる洗礼さえ受ければすぐにでもキリスト教徒になれるほどです。唯一の神の名においてあなたにおたずねします。どうしてあなたは私のことをそれほど詳しくご存じなのです？　後生ですから教えてください。あなたの影に私の心は捕らえられてしまっているかのようです。しかも恐ろしさからそうなっているのではない。むしろ心地よい愛情によって引き付けられているのです。どこからいらっしゃったのです、もう一度おたずねしますが」

プラエール・ダ・マ・ビダは、それまでの怒ったような表情を和らげて、微笑を浮かべながら次のように言った。

［第三百五十七章］――ティランの質問に対するプラエール・ダ・マ・ビダの答え。

「ああ、ティラン様！　あなたさまの慈悲心は、まるで不自由な足のように正義感と釣り合いがとれておらず、短すぎるのです。逃げて行った王たちを追って捕らえてごらんなさい。そうすればバルバリア全土には穏やかな平和が戻るでしょう。私たちのことはそっとしておいてください。勇敢な元帥殿、神は善意と名誉と誇りを重んじる者だけに繁栄をお与えくださるのです。それなのにあなたさまは、信仰心の乏しさも丸出しに、ご自分を慕っている者たちに無慈悲な仕打ちをなさろうとしています。神は天上から罪人を監視しておられます。あなたさまの悪事もご覧になるのです。そのような、神をがっかりさせるような真似はおやめください。私のことはご安心ください。私は悪魔でも、その仲間でもありません。我らが主によって創られた理性ある人間です。私はあなたさまのお役に立ちたいのです。ここにいる方たちに私が申し上げているあなたさまの過ちを聞いてもらい、今後、戦が起こらないようにしたいのです。あなたさまの心の中には大変な痛みが走ったかもしれませんが、私はあなたさまの数々の偉業を語らないわけにはいかないのです。あなたさまは世の人びとが飽きるほどこのようなことを聞かされた挙句、吹聴してまわることをお望みなのでしょうか。そのときになって初めて、私の舌先に毒があったことに気づき、あなたさまの脇腹が私の苦い怒りによって傷つけられたことをお知りになるのでしょうか。あなたさまは、あの幸福な夜にマルバイー城で、美しくも聡明な皇女、カルマジーナ様と一戦交えられたロカ・サラダの貴公子ではないのですか？　あなたさまは、皇帝皇后両陛下のご意向に逆らって、皇女様が誠実に守っていらした貞操を奪おうと、丁重ながらも機知のあることばで迫っておいででした。そのお声を聞いたような気がするのは、私の気がふれているということなのでしょうか？私が取り乱しているからなのでしょうか？　その結果、皇女様は、時ならぬ時に、あなたさまがご自分のお部屋に入って来ることをお許しになって、あなたさまの頭上に父君のギリシャ帝国の帝冠をお載せになり、世界の主人となるお方だとおっしゃいました。プラエール・ダ・マ・ビダという名のしがない侍女もそれに異を唱えることはなかったのです。それなのに、あなたさまは皇女様のことも、その侍女のことも、まるで赤の他人だとでもおっしゃるかのように、気にかけてはいらっしゃいません。あなたさまに忘れられた皇女様はお気の毒に、死んだように生気を失われ、聖クララ修道院に入られて、すべての望みをかけて、ティランという名に祝福あれとお祈りなさっておいでなのです。(12)ああ、ティラン様！　あなたさまはどこに善良さを脱ぎ捨てて来てしまわれたのです？あなたさまは、トルコ人たちがギリシャ帝国をほとんど征服してしまったことはご存じでしょう。彼らの手中に落ちていないのは、わずかに、皇帝陛下、皇后陛下、そしてあなたさまと結婚の約束を交わされたお気の毒な皇女様がいらっしゃるコンスタンチノープルだけ。不運な騎士殿はどうなさるのです？　ご自分の奥方がモーロ人の手に渡ってもかまわないのですか？　あなたさまが悪人たちが住むこの地を征服している間に、彼らはあなたさまの奥方と帝国全土を征服してしまうでしょう。ティトゥス・リウィウスはこう言っています。『いかなる騎士もこの世の四つのことを大切にせねばならない。それは名誉と財産と妻と命である。名誉を守るためならば、財産と命を賭けねばならない。財産を奪おうとする者からは財産と妻と命を賭けてこれを守らねばならない。命を守るためには、財産を賭けねばならない。妻を守るためには、財産と命と名誉を賭けねばならない(13)』。あなたさまはなんと不幸な騎士なのでしょう。ご自分のものになろうとしている貞節な皇女様と帝国全土をみすみすモーロ人たちに踏みにじられ、奪い取られるのを黙ってご覧になっているとは。皇女様は、あなたさまよりもはるかに身分も地位も高いたくさんの王たちや大勢の君主たちを袖にしてあなたさまをお選びになったのですが、ご自分の手柄でそうなったのだとはお思いにならないでください。皆、皇女様のお優しさのおかげなのですから。あなたさまはお気の毒な騎士でいらっしゃる。軍の指揮権ばかりか、地位やその他すべてを失おうとしておいでなのですから。もしも正しい行いをなさりたいのなら、あなたさまの善き祖先の方々の例に倣って、目先のつまらな

(12) 遭難したプラエール・ダ・マ・ビダが、その後の皇女の運命を知っているはずはない。
(13) 第百三十七章(第二巻)によく似た引用がある。そこでは「妻」を除く三つのものが大切だとされていた。また、ことばの主はティトゥス・リウィウスではなかった。真の出典は不明。

い利益はお捨てになって、偉大な名誉をお選びください。古《いにしえ》の騎士たちは、世界じゅうの富よりもその名誉を尊《たっと》ばれたのです。アフリカで掲げられたあなたさまの軍旗をオリエントへお向けください。そうすればどれほど素晴らしいことが起こるかお分かりになるでしょう。あなたさまが聡明であられるならば、運命に逆らうとどうなるかということは目に見えるようにはっきりとお分かりになるはずです。幸福は悲しみに変わり、喜びは苦しみに、名誉と栄光は混乱に姿を変えてしまうのです。なのにあなたさまはこのつまらない土地を他人のために征服してやることに血道を上げていらっしゃる。あなたさまの崇高な理想は、これっぽっちの戦利品で満たされるはずもないのに。運良くこの市《まち》の攻略に成功したとして、あなたさまにはどれほどの賛辞が向けられるというのです？　その住民を倒した、という事実が残るだけではありませんか。もし私に人を裁く力が与えられているとしたら、あなたさまはこの世で最も無知な騎士だと申し上げましょう。そのように残酷なまでに無知な殿方を愛することに喜びや慰めを感じ、ともに暮らしたいなどと思う乙女はおりますまい。あなたさまの上に、父と母の怒り、そしてファラオの怒りが降りかかり、心をずたずたにされてしまえばいいのです。さらに、婦人や乙女には、口もききたくない殿方、と忌み嫌われ、死んだ後には天国に入ることさえかなわない、ということになればいいのです。さあ、お行きください。牢の中で苦しんでおいでの大勢の縁者の方々を救い出し、飢えて苦しんでいらっしゃる義理のお父様とお気の毒なカルマジーナ様を解放して差し上げるために」

このような乙女のことばによって心を揺さぶられたティランは深く溜め息をついた。それは、最愛の皇女を思い出して感情が高ぶり、心の奥底から湧き上がってきた溜め息であった。しかも、動揺があまりに激しかったので、意識を失って床に倒れてしまった。そこに居合わせた者たちは、大将の様子を見て、その魂が神に召され、肉体だけが目を閉じて地上に残ったのだと思った。

アスカリアヌ王は、この情景にいたく衝撃を受け、涙をぽろぽろと流しながら、やっとのことで絞り出したかすれ声で、次のようにプラエール・ダ・マ・ビダを非難し始めた。

［第三百五十八章］――プラエール・ダ・マ・ビダに対するアスカリアヌ王の非難。

「おお、娘よ！　お前は供を大勢連れてここへ悪事をなしにやって来たのか。お前のしたことは重罪だぞ。もしもお前の叱責のせいでこの騎士が死ぬようなことがあれば、お前と供の者たちは、余が思いつく限りの残虐な方法で処刑してやるから覚悟しておけ。

お前のことばも酷かったが、したことはなおさら悪い。毒に満ちたことばをお前はこの天幕に運んで来たのだ。お前など悪魔に連れ去られればいいのだ！　お前は優しく穏やかなことばで、大将を動かして目的を遂げるべきであったのに、まったく反対のことをしてしまったではないか。しかも自分の暴言と暴挙を誇っているかのようだ。和平を求めているように見せかけておいて、そのじつは残虐な敵であったではないか。罪を犯したお前をさっさとふさわしい刑に処してしまおう。お前の不当な怒りはまるで鍛冶屋《かじや》の仕事のようであったぞ。鍛冶屋では、たとえ衣服を燃やされぬとしても、煙だけでも十分に不快なものだ。お前は、侮辱罪で罰せられるであろう。娘よ、お前はこの偉大なる若武者を、我々の天幕の中で、闘いによって傷つけもせず、殴って負傷させたわけでもないのに、舌に隠した毒で倒してしまった。お前は名高い毒盛り女なのか？」

ティランの容態を診ていた医者たちは言った。

「大将殿は、明らかに重態であられます。命もほんのあとわずかと申し上げてもよろしいほどでございます」

アスカリアヌ王はすぐさま乙女を捕らえさせ、手を縛るように命じた。このようなひどい扱いを受けてプラエール・ダ・マ・ビダは我慢ならず、激しい怒りをこめて次のように抗議した。

［第三百五十九章］――アスカリアヌ王に対するプラエール・ダ・マ・ビダの抗議。

「王の地位にあられるお方がこのような残忍なことをなさるとは信じられません。王というものは、慈悲深く寛大であるべきではありませんか。ところが陛下はご自分の未熟さと徳のなさをさらけ出されておいでです。騎士であり王である以上、血に飢えたような残酷な真似をしてはなりません。女に対してはなおさらのことです。騎士道の精神では、女を保護し、いたわらねばならぬはず。それなのに、このようなひどい扱いを受けるとは、とうてい承服できません。あんなことをするのではなかった、と、いつかきっと悔やまれる日がやって来るでしょう。どうか、元帥殿のおそばに行かせてください。陛下が元帥殿とお知り合いになられるより前に、私はその方を膝枕で――もちろん男女の関係であったわけではございませんが――お慰めしたことがあるのです。ですから私なりの方法で介抱して差し上げたいのです。そこのお医者様方は治す術をご存じないようですから。それでどうにもならなければ、どうぞ私をお好きなようになさってください。陛下がどのような刑罰をお考えかは存じませんが、私は死ぬことなど恐れてはおりません。もちろん、楽しみにしているわけでもございませんが。かの無敵と謳《うた》われた世界最強の騎士にことばだけで打ち勝ち、その命を奪うという名誉に浴したことになるわけですから、未練もなかろうというもの。ティラン殿が、何千もの無名の戦士たちをその腕で倒したのだということは、大スルタンやグラン・トゥルクに聞いてみれば分かることです。もう一つ陛下のご存じないことを私は知っています。ティラン殿はギリシャ帝国の帝位に即く寸前であったのです」

プラエール・ダ・マ・ビダはさっさと床に座り込み、上着も、胸の下まで覆っていた下着も切り裂き始めた。そのため乳房が丸見えになってしまった。続いてティランの体を抱いて膝の上に載せ、なんとその顔を自分の胸に当てたのである。そして甘く優しい声でこのように語りかけた。

［第三百六十章］――プラエール・ダ・マ・ビダがティランにかけたことば。

「ああ、人間の運命の曲折を隈なく支配している、頑固で不公平で容赦のない運命の女神たちよ。あなた方はなぜ、か弱い女の私の心をこれほど悲しませ、これほど厳しい試練を与えられるのですか？　あの気の毒な市《まち》の人びとと王女様をお助けできないのなら、いっそのこと死んでしまった方が楽なくらいです。寛大な元帥にして、無敵の騎士であるティラン様、後生ですから目を開いてくださいい。そしてこの哀れな乙女の最後のお願いに耳を傾けてください。あなたさまがいつもなさっていたことを思い出してくださるように、このように平伏《ひれふ》して切にお願いいたします。私は他の者に命を救われるぐらいなら、あなたさまに殺されることを選ぶでしょう」

ティランの耳の中には骨が飛び出ている部分があって、そこに触れるとひどく痛むのだった。これはビラゼルマス侯との闘いの後遺症であった。意識を失ったときにはいつも、耳を指で触ることによってすぐに息を吹き返すのであった。ティランが目を開き、苦しげな溜め息を漏らしたのを見て、プラエール・ダ・マ・ビダは大いに喜び、優しい顔でこう言った。

「元帥殿、私はあなたさまが慕っていらっしゃる皇女様が〈悲しみの島〉にいらっしゃることは存じております。あなたさまは皇女様にお会いになれないことが辛くて、人生に何の楽しみも喜びも見出せずに心を悩ませていらっしゃるのでしょう。あなたさまは誰でもお許しになる心の広いお方です。私はそのお気質や良い習慣を変えたり乱したりしていただきたくないのです。もうずいぶん長い間、私たちに罠《わな》を仕掛けて命を脅かしたり、夜となく昼となく攻め立てたりなさっているではありませんか。今ならやめようと思えばやめられるのですから、どうかそのような見苦しいことはなさらないでください。もしもお聞き入れくださらぬのなら、この私をまず殺してください。さあ、このとおり、私は何の抵抗もいたしません。どうかそのよく研いだ剣でひと思いに。その力強い腕を振るって剣に血を吸わせればよいではありませんか。さぞや神もお喜びになるでしょう。ただ、オウィディウスも言うように、愛情というものは移ろいやすいもので、あっという間に離れてしまいます。また一度離れてしまった愛情はなかなかもとへは戻らないものなのです(14)。また、詩人トビアスは、徳のある愚か者の方が、賢い悪人よりはましだ、と言っております。私は無知な娘に過ぎませんので、馬鹿げたことを申し上げておりますが、あなたさまが心を動かし、お許しいただけるものと信じております」

ティランはできるかぎり大きな声でこう答えた。

［第三百六十一章］――プラエール・ダ・マ・ビダに対するティランの答え。

「お嬢さん、あなたはまるで蜜蜂のようだ。蜜のように甘い声をしていながら、じつは針を隠し持っている。あなたはいろいろ話してくれたが、そのすべてに私は少なからず驚かされた。いったいどうしてあの聡明な皇女様のことがあなたの耳に入ったのだ。どうかお願いだ、教えてくれ。あの方のことを教えてくれれば、あなたは望みどおりの答えを携えて戻って行けるだろう。それは私が保証しよう」

プラエール・ダ・マ・ビダは元帥の色よい返事に大いに喜び、自らの正体を明かすことを決心して、穏やかな顔つきで次のように答えた。

［第三百六十二章］―ティランに対するプラエール・ダ・マ・ビダの答え。

「大哲学者アリストテレスによれば、自らを恥じて涙を流すよりは、敵に涙と血を流させる方がよい、とたいていの人は考えるそうです。また、〈黄金の口〉聖ヨハネ(15)は、苦境にあって発揮されない愛情は真の愛情とは言えない、と言っています。私たちが愛されていることを確信するのは、誰かが、自分の災難に心を痛めてくれるときです。元帥殿、どうか私たちを喜ばせてください。喜ぶことができれば、逆境の悲しみから抜け出すことができるのです。愛の力を手っ取り早く理解していただくには、これから先の人

(14)　前後とのつながりが明らかでない引用。あるいは、非道な行いが皇女に知れれば、その愛情を失いかねない、という脅しか。
(15)　「〈黄金の口〉聖ヨハネ」'Crisóstomo'〈黄金の口〉と別称される、三四四年アンティオキア生まれの聖人。素晴らしい説教で名高い。ただし、以下の言はヨハネではなく聖グレゴリウスによるもの。

生がどうなるか分からないときに、ただ栄光と名声に包まれた愛のためだけに死を選んだ人びとがどれだけいるかを思い出していただければよろしいのです。死を選んだだけではありません。自分の身に死が降りかかったときにも、その人たちは愛とともにやってくる名声を思って、恐るべき死がもたらす、ことばにできぬほどの悲しみに打ち勝ったのです。ああ、ティラン様！　あなたさまが信じ、崇める神の愛とお慈悲に免じて、どうかあの気の毒な人びとに同情し、憐れみをおかけください。すでに申し上げたギリシャの多くの人びとの不幸な境遇を思い出してください。勇敢なあなたさまが旗を掲げて馳《は》せ参じてくださったことによって、彼らは一度は解放され、あなたさまの目の前に姿を現わすことができました。ティラン様、あなたさまが、高貴なことこの上ない皇女カルマジーナ様への愛と尊敬に免じて憐憫《れんびん》と慈悲の椅子に座られることを約束なされば、私たちはあなたさまを父として、擁護者として迎えましょう。あなたさまがそのように、あのお方への愛情のしるしとして、皇女様の名前を唱える者は全員許すとおっしゃっていただければ皇女様もお喜びになるでしょう。そうすればあなたさまは善人中の善人ということになるのですから、私たちのお願いは拒まれるべきではありません。元帥殿、どうかあなたさまの人となりにふさわしい行動をお取りください。あなたさまの高い徳と深いご慈悲は、今までと変わるわけはないのですから。あなたさまの徳の高さについてはこれ以上申しますまい。あなたさまをこうして胸に抱き、その崇高な善良さに触れることによって、私も自分を高めることができました。あなたさまは我らが預言者ムハンマドと同じ高みにいらっしゃいます」

このとき、天幕の中に、アグラムン領主が抜き身の剣を手に興奮した様子で入って来た。領主は、ティランが乙女の腕の中で気を失ったと、アスカリアヌ王に間違ったことを教えられていたのである。はたしてティランが乙女の膝に抱かれているのを見て、ティランがどのような様子なのかも聞かずに、凄まじい形相のまま、しゃがれ声で次のように怒鳴りつけた。

［第三百六十三章］――アグラムン領主はいかにプラエール・ダ・マ・ビダを殺そうとしたか。

「悪魔に呼び出されたような、毒盛り女がここで何をしているのだ？　おのおの方、なぜこの女に好きなようにさせているのだ？　皆さんはティラン殿の友人や家来ではなかったのか？　ティラン殿のお命がどうなってもよいとお考えなのはよく分かった。そうでなければ、ティラン殿を魔術で殺した、聖なるキリスト教の敵であるモーロ女に座る余裕など与えずに、その首を掻き切っているはずだからな。これほど取り返しのつかないことをしたのだ。いかに酷い刑であろうとも十分ということはあるまい。もしおのおの方が手をこまねいているのならば、私がやってやろう。こんなことは今までしたことがないし、騎士道の精神から言えば褒められたことではないのかもしれぬが」

アグラムン領主はプラエール・ダ・マ・ビダの髪を後ろからつかみ、容赦なく引っ張った。そして首筋に刃を当てて命を奪おうとした。乙女に剣が突きつけられているのを見てティランは、相変わらずその胸に顔を当てていたので、彼女が泣いていることがよく分かった。ティランは刀を両手で押さえたので、領主は剣がどこか固い部分に当たったのだと思った。そこがまさに乙女の首だと思い込み、思い切り剣を引いたらたまらない。ティランの手に深い傷を負わせてしまった。医者たちの見立てでは、手に障害が残る恐れがあるほどの重傷であった。

自分にそれほど無礼なことをしたのが従弟であることに気づいたティランは、怒り心頭に発して次のように叱りつけた。

［第三百六十四章］——傷を負ったティランがアグラムン領主に言ったことば。

「ああ、愚かな騎士よ！　お前はすべての名誉を剝奪《はくだつ》されても仕方がない。自分の無知と不明のためにこれほど大きな過ちを犯してしまったのだから。お前は一生かかっても償うことはできまい。これを見てみろ、お前の高慢と粗暴な行いのためにこんなにひどいことになってしまったのだぞ。厳罰に処せられても文句は言えまい。だが、お前も慌てて許しを乞うているらしい。ここは自分を見失っていた、ということにして神の助けをお借りして、勘弁してやろう。私がこの乙女の膝に抱かれているのを見て、私のことを考えるどころか、人の目をはばかることさえ忘れてしまったのだろう。乙女に対する優しさも、私ティランに対する敬意もいささかも見せなかったのだからな。もしお前が自分の大きな過ちを正そうとしないのなら、私はお前の上に怒りの毛布をかぶせてやるところだ。これはお前を見て皆も言っていたことだが、お前の長所を探すとすればそれはあまり物を深く考えぬことぐらいだ。所詮、人を判断するにはその行動を見るしかないのだ。気をつけぬと一生、重荷を背負うことになるぞ。これ以上、口を汚さぬよう、あと一つだけに留めておくが、お前の生まれた日が呪われんことを。お前は我が一族の恥さらしだ。悪意をもってしたことがうまくいった試しはない。仮に恥ずべき行為が名誉をもたらすとしたら、お前は世界一の騎士になっていたことであろうな。反対に、名誉が恥をもたらすのだとしたら、お前には恥ずべきところなど一つもないことになってしまうだろう」

アスカリアヌ王はアグラムン領主に、その場を辞して自分の天幕に戻るようにと言った。領主はそのことばに従い、目を伏せたまま王とティランに丁重な礼をし、恥ずかしそうに出て行った。その謙虚に恥じ入った様子を見てティランも怒りが収まり、気の毒にさえ思い始めたのだった。

アスカリアヌ王は、すべてを丸く治めたいと思い、次のようにティランに語りかけた。

［第三百六十五章］――アスカリアヌ王はいかにティランにアグラムン領主を許すように乞うたか。

「兄弟にして我が主人よ、余はそちが大変な徳の持ち主であることを知っている。そこで頼みたいのだが、アグラムン領主の行動はいかにも愚かではあったが、なんとか大目に見てやってはもらえぬか。領主も怒りに自分を見失っていたのだから。おまけに自分が犯した大きな過ちに気づいておろおろしていたではないか。おそらくこれからずっと、そちの顔を見ることができぬのではないか。それほど恥じているのだから、それで十分に罰せられていると思うのだが。そちという重要人物に対して彼は軽率な行いをしたわけだが、どうか私に免じて許してやってくれ。余を、いつでもどこへでもそちが余にふさわしいと思うところへ送り出してくれ。どこへ行こうとも、誰よりもそちを褒め上げて、そちの家来の数を増やしてみせよう。もちろん、今度のことには、余が一番心を痛めている。なぜなら、そちの苦難にせよ名誉にせよ、他人事とは思えぬからだ。まことによくないことが間近に迫っていると思えば心も乱れようというもの。そのようなことが起こらぬためにも許してやるべきではあるまいか」

アスカリアヌ王の懇願に応えるために、ティランは怒りを鎮め、その表情も和らいだ。すべてはアグラムン領主が軽率だったために起こったことゆえ、今回は許そうということになった。

次いでティランは乙女の方へ向き直り、偉ぶらない優しい態度で、コンスタンチノープルに捕らわれていたことでもあるのか、とたずねた。なぜ、皇女のことをあれほどよく知っていたのか、知りたいと思ったのである。プラエール・ダ・マ・ビダはすぐに次のように答えた。

〔第三百六十六章〕―モーロの乙女は、いかにティランに自分がプラエール・ダ・マ・ビダであることを明かしたか。

「私の命の灯は、このように運悪く消えかかっております。あなたさまのお力に抗する術《すべ》は何もございません。私は囚われの身で、あなたさまは私に答えろとおっしゃる。もしお望みならば、私を殺すこともできましょうし、捕らえておこうと思われるなら、そのようにもできましょう。どうして私がこれ以上、余計なことを申し上げる必要がございましょう」

こう言うが早いかプラエール・ダ・マ・ビダはすっくと立ち上がり、改めて固い床に両膝をついて言った。

「元帥殿！　あなたは記憶まで失われてしまったのですか？　愛がなければ記憶にも残らぬ、というのは本当ですね。驚くまでもありません。でも、どうして？　私が哀れなプラエール・ダ・マ・ビダであることがお分かりにならないのですか？　あなたのためにあれほど苦労を重ね、ついには辛い奴隷生活にさえ耐えたというのに」

ティランは頭の中の靄《もや》が突然晴れたかのように感じた。それ以上は何も言われなくとも、彼女がプラエール・ダ・マ・ビダであると分かったのである。そして彼女の前にひざまずき、抱き寄せて真の愛情のしるしに何度も何度もその口に接吻をした。

しばらく話をした後に、ティランは、天幕の戸口に緞子《どんす》で覆った高い台を作らせ、背後の壁にも床にも美しいサテンの布を張らせた。台は木製で何段もの階段がついていた。プラエール・ダ・マ・ビダは黒テンの毛皮で裏打ちされた緞子のマントを着せられて、さらに一段高いところの椅子に座らされた。毛皮は、ずたずたになった自分の衣装からティランが外させたものであった。市《まち》の領主である王女は台上の一番低いところに、お付の侍女たちは床に座らされた。こうして見ると、プラエール・ダ・マ・ビダはまるで女王のようであった。

ティランはプラエール・ダ・マ・ビダのモーロの衣装を脱がせ、髪の覆いも取り除いた。誰もが、ティランはプラエール・ダ・マ・ビダを妻にしようとしているのだろうと思った。それほど丁重に扱われていたのである。陣中に、プラエール・ダ・マ・ビダの手に皆、口づけに来るように、命令に反した場合には死罪に処す、というお触れが出された。その後、市の住民は男女の別なく全員赦免、何でも好きな宗教を奉じてよい、という命令も出された。また、市の者に危害を加えたり、物を奪ったりした兵も死刑に処すということであった。大量の料理が準備され、誰でも好きなだけ食べられることになった。陣中や市内の楽師や喇叭《らっぱ》手が全員集められ、戦陣の中のこととしては未曾有《みぞう》の立派な宴が、八日間にわたって催された。
　この宴の最中に、アグラムン領主は自分が殺そうとした女性がプラエール・ダ・マ・ビダであったことを知った。それを知って、自分の過ちをいっそう悔いたのであった。そこで、領主はアスカリアヌ王と、プラエール・ダ・マ・ビダのそばをいっときも離れようとしなかった王妃と話をし、ティランに許しを乞いたいのでとりなしてほしいと懇願した。二人はこれを聞いて大いに満足した。王と王妃に付き添われてティランの前に出た領主は、へりくだった態度と心のこもった調子で次のように言ったのだった。

［第三百六十七章］――アグラムン領主はいかにティランに許しを乞うたか。

「神のお許しさえあれば、私にとっては生きているよりも死んだ方が楽なぐらいです。私は幸か不幸か、自分の徳がどれほどのものであるかを試す場面に遭遇し、あなたの怒りを買うという、ひどい失態を演じてしまいました。私がその行いにふさわしい報い、すなわち死を期待するのも当然でしょう。自分の過ちの記憶に苛まれながら生き続けるよりも死の方がどれほど望ましいことか。あなたは私を罰したいとお思いでしょうが、そこをなんとかお許しいただき、追放ですませていただけるようお願いしたいのです。あなたのお情けにすがる以上、何も隠すことはできませんし、また隠すべきではありますまい。恥ずかしいことながら、私はプラエール・ダ・マ・ビダ殿であるということを知らずに、この手で、厳罰に値する愚かな無礼をはたらいてしまいました。その結果得たものは、苦しみと後悔と悲しみでした。私の悲しみが消えるということはありますまい。ですから、もしあなたが許してくださらないとおっしゃるなら、私は死を覚悟して西へ参ります。そこで人生最後の日々を送り、望みどおりにひっそりと葬られることになるでしょう。しかし、私が今でもあなたをこの上なくお慕いしているということはどうかお忘れなく。たしかに私は自分の罪を悔い、苦しんでいますが、あなたをお慕いする気持ちは前よりもさらに大きくなっているのです。血は水より濃いと申しますが、これも血縁のなせるわざなのでしょう。どうか私をお許しくださるか、あるいは放逐なさってください」

このことばを聞いてティランは、大袈裟《おおげさ》な身振りはしなかったけれども、ただ、優しい表情を浮かべた。すでに先ほどの憎悪は影をひそめ、徳高い騎士に戻っていた。自然に湧き出た情に心を動かされたのだろう、大きな痛みに堪えながらも憐れみ深く謙虚な態度で、次のように答えたのだった。

［第三百六十八章］――いかにティランとアグラムン領主は和解したか。

「善であること限りない我らが神は、どんな罪人であれ、犯した罪を悔いて許しを乞えば、許されることを望んでおられる。ならば、自分自身が大罪人である私に人を許さぬなどということができようか。そんなことをすれば、今度は神が私を許してくれぬだろう。だから、我が従弟よ、死なねばならぬのはお前ではなく、この私だ。善良なお前が私の願いを聞いてくれると言うのならば、どうか、お前の善良さで私の怒りを包み込んでくれ。仮にこれほどお前が許しを切に求めていなければ、今までの私たちの友情と協力関係は何だったのか、と私は悲しく思ったであろう。お前の過ちによって私のお前に対する愛情が失われたとは誰にも言われたくない。むしろ、お前を大切に思う気持ちがかえって増したことを行動で示そうと思っている。それを見れば、お前自身や、お前のことを思ってくれる人びとは皆、満足してくれるだろう。目をよく見開いて、自分自身を見つめるがいい。理性をはたらかせて、よその土地へ出て行こうなどという気持ちは抑えよ。そんなことよりも、自分の地位と名誉と名声が高まるように、騎士道にのっとった行いに精進するのだ。たとえ豊かな領地がお前を待っていようとも、今、ここを去ることはお前のためにはならないであろう。真の友情の条件を満たしたければ、そのようなことは避けるべきだ。私のことばに従わなければ、お前は破滅の道を歩むことになろう」

王と王妃は、ティランとアグラムン領主が和解し、二人が固い友情と信頼で結ばれることを望んだ。二人はそのとおりにし、プラエール・ダ・マ・ビダが待つ台上に意気揚々と上がって行った。そこでアグラムン領主は彼女に次のように語りかけた。

［第三百六十九章］― アグラムン領主はいかにプラエール・ダ・マ・ビダに許しを乞うたか。

「無限の神は公正な目で人間の所業を見守っていらっしゃいます。悪事が罰せられず、善行が報いられない、というようなことはあり得ません。悪事に天罰が下るのにたとえ時間がかかったとしても、責めを負うべき者が放免されるということはありません。私は不運に見舞われたために冷静さを失っていて、あなたさまがどなたかということさえも分かりませんでした。あなたさまの正体が分からなかったのですから、私が犯した過ちにも情状酌量の余地があろうかと存じます。まさか許していただけないなどということはないと思いますが、もしそのようなことがあれば、私はあなたさまのお許しを大声で求めながら世界じゅうを巡るでしょう。あなたさまをお慕いするあまり、突然悲しみに襲われて死んでしまうことさえあるかもしれないのですから、私の命も大きな危険にさらされるわけです。私に危害を加えたことのないあなたさまが、人殺しと呼ばれることは私の本意ではありません。今までの私の行いからして、これ以上どれほどことばを連ねても許すに値しないとお考えでしたら、すぐに死を選ぶしかありません。あなたさまは、私が許されるべき理由があるという事実をご存じなのですから、必ずや後になってお悔やみになるでしょう。あなたさまの素晴らしい徳にただおすがりして、許してほしい、と申し上げているわけではありません。今後私はあなたさまにお仕えして、過ちを償いたいと思っております。私のこれからの働きをご覧になれば、赦免してやろうというお気持ちになるはずです。私はたしかに敵と間違えてあなたさまを襲いましたが、本来はいつもあなたさまを喜ばせることだけを願ってきました。怒らせることなど思いつきもしませんでした。残酷な軍神マルスに操られて、私は血みどろの戦にこの身を投じました。そして自分の名誉を高めるために、軍人の習いに従い、騎士としてアフリカの緑の大地を血で染めてきました。しかし私は、あの市《まち》の住人たちのように卑怯な手段で誰かに傷を負わせようとしたことはありません。彼らの望みがすべて断たれたとしてもそれは当然のことです。私を憐れんでいただけないもっともな理由があるのでしたら、せめてそうしようと努めているのだということだけでもお示しください。あなたさまはあの市とそのすべての住民を救うためにご苦労なさってきました。彼らは自らの運命に絶望し、あなたさまに最後の望みをかけています。あなたさまは、私を支配なさっているお立場ですが、もし私の意思を考慮していただけるのなら、私としてはあなたさまに免じて、これ以上あの市にもその住民にも危害を加えないことにいたしたいと思います。なぜなら、あなたさまの徳を知る者に、悪く思われたくはないからです。あなたさまは、かの無敵の元帥殿を武器も使わずにお負かしになりましたが、そうしたお方の魅力に私が敗れることは、私にとってはむしろ名誉を高めることになるのです」

プラエール・ダ・マ・ビダは間髪を入れずにこう答えたのだった。

［第三百七十章］――アグラムン領主に対するプラエール・ダ・マ・ビダの返答。

「自らの名誉を大切にする貴婦人は復讐《ふくしゅう》など望まないものです。また、ギリシャの女性がそのような過った考えを抱くことを神もお喜びにはならないでしょう。いずれにせよ、たとえ私に危害を加えようとなさったとはいえ、私が誰だかご存じなかったのですから、あなたさまにはほとんど罪はございません。実際に被害をこうむられたのは元帥殿だけでしたし。私の運命はあの方の手中にあり、私はたとえ殺されても、あのような立派な騎士の手にかかって殺されるのなら不満はないと思っていました。今までのことをご覧になればはっきりお分かりいただけると思いますが、私の望みは聖なるカトリックの教えが広まることです。その目的のために命を落としたとあれば、天国で殉教者として冠をいただけるはずなのですから。私に許しを乞う必要などございません。あなたさまに危害を加えられたとは思っておりませんもの。仮にそうであったとしても、よろこんでお許し申し上げたでしょう。なぜなら、あなたさまなら、私が敬愛するこの市《まち》の王女様とその家臣の方々をよろこんで許してくださるでしょうから。私のお願いが少しでも役に立つのならば、どうか私を慰めるとお思いになって、その敵意をお収めください。そして希望を持って楽しく生き続けてくださいませ。そうすれば我らが主も、想い姫に対するあなたさまの愛が報われるように計らってくださるでしょう。私は自分がせねばならぬことをどう説明申し上げたらいいのか分かりません。自分の好きなようにするべきなのでしょうか、それともあなたさまのおっしゃるとおりにして、その意向に添うべきなのでしょうか？　あなたさまは大変寛大な方ですので、私が女だてらに恥を忍んでとった行動を大目に見ていただき、どうか私のお願いが正当であるとご判断くださいますように」

そこへアスカリアヌ王とティランが入って来たので、プラエール・ダ・マ・ビダはそれ以上話し続けることができなかった。その後まもなく、モーロ風の舞踏が始まった。

豪華な宴が十日間続いた後、市の人びとと王女は市の鍵をティランに渡し、今後のことはティランに任せる、と言った。ティランは鍵を受け取って、プラエール・ダ・マ・ビダに渡し、市の主となるように言った。馬上のプラエール・ダ・マ・ビダに、様々な楽器を持った大勢の人びとが付き添い、意気揚々と市の中へ行進して行った。そしてプラエール・ダ・マ・ビダを女王として王宮に入れたのだった。元の王女は、その取り巻きとともに市から出された。ティランはプラエール・ダ・マ・ビダに侍女や召使いたちを与えた。その後、八日間は、プラエール・ダ・マ・ビダは領内のすべての城や市を女王として支配した。

その八日間が終わると、プラエール・ダ・マ・ビダは追放されていた王女を呼び戻し、優しい表情と物腰で次のように語りかけ、元の地位に就けたのだった。

［第三百七十一章］―プラエール・ダ・マ・ビダはいかに王女にすべてを返したか。

「王女様、あなたさまの徳の高さは存じております。私が奴隷だったときに優しくしていただいたお礼をして差し上げたいと思います。できることは何でもして差し上げないではいられないのです。容赦ない仕打ちが迫っているときに、あなたさまとこの市《まち》の住人を救うために私がどれほど努力をしたかはご存じだと思います。神のご加護と私の命を懸けた執拗《しつよう》なお願いによって幸いにもお救いすることができました。私はあなたさまの奴隷であったことを恥じるどころか誇りにさえ思っています。それはあなたさまがどれほど高貴で、どれほどの名誉に値する方かを知っているからです。でもどうか、奴隷の身分から、このように高い地位に引き上げられたことを私が喜んでいるなどとはお思いにならないでください。みんな、運命の女神が、自らの職務に忠実に行ったことにすぎないのです。もしあなたさまが、私の気持ちを理解してくださり、この手でお返しするものを受け取ってくださるならば、それこそ私が望むことなのです。どうか両手をお開きください。市々や城の鍵をお返しします。みんな、あなたさまのものだったのですから。あなたさまの領地も財産もすべてお返ししたいのです。私は自分の罪の罰として、神のご意思であなたさまの奴隷となりましたが、私はあなたさまよりも地位が低いというわけではありません。あなたさまは王族に属する高貴なモーロ人でいらっしゃり、私は、奴隷ではありましたが、そのあなたさまにキリスト教徒として徳ある行いをして差し上げようとしているのですから。あなたさまが失われたものはすべてお戻ししますが、あなたさまと家来の方々には是非キリスト教徒になっていただきたいのです。私はバルバリア全土の王となるよりも、あなたさまがキリスト教徒となられることだけを夢見ているのです」

こう言いながら鍵を手渡した。

王女はプラエール・ダ・マ・ビダの丁重な物言いと寛大さに感動し、その足元にひざまずき、目からは滂沱《ぼうだ》と喜びの涙を流しながら、足に口づけをしようとした。しかし、プラエール・ダ・マ・ビダはそれを許さず、自分もひざまずいた。王女はその態度を見て、謙虚な調子でこのように言った。

「自ら自分の地位を誇示せずとも、その行いを見れば自然と知れるものです。あなたの優しく寛大な態度を見て、私はあなたの値打ちを悟りました。あなたがどれほど私を思ってくださっているかは痛いほど分かり、感謝もしますが、鍵も領地も受け取るわけにはいきません。あなたこそその主にふさわしいのですから。あなたには、命を救っていただいたという大恩があります。あなたが私に仕えてくれたのと同じ期間、私はあなたに仕えたいと思います。さらに一生、おそばに仕えさせていただければどんなに嬉しいでしょう。キリスト教徒になれとおっしゃるのならば、どうぞお望みのままになさってください。いつでも洗礼をお授けください。謹んでお受けする心積もりはできております」

プラエール・ダ・マ・ビダはすぐにこう答えた。

「ご主人様、あなたさまにはこの鍵と領地を受け取っていただかねばなりません。あなたさまこそが持ち主なのですから。あなたさまをキリスト教徒にして差し上げることに同意していただけるのでしたら、これから先はお姉様としてお慕いすることといたしましょう。さあ、どうかこれ以上、ご自分のものを受け取ることを拒まないでください。私が腹を立ててしまい、あなたさまがしぶしぶ従わねばならなくなる前に」

王女はプラエール・ダ・マ・ビダの満足がいくように、大変へりくだった態度で鍵を受け取った。こうして返すべきものを返したプラエール・ダ・マ・ビダは、市《まち》を出て陣中へ戻って行った。そこではティランとそのほかの人びとに大歓迎を受けた。プラエール・ダ・マ・ビダはティランに、王女に市と領地を返したことを話し、王女は大変に徳の高い人物だということが分かっていたので当然のことだ、とも言った。ティランはプラエール・ダ・マ・ビダが満足しているのを見て、自分も大いに満足したのだった。

一方、アグラムン領主はこう言った。

「そういうことなら、私にも意見を求めてほしかった。これでは、私の立てた誓いはどうなるのだ?」

プラエール・ダ・マ・ビダはこれには次のように答えた。

［第三百七十二章］――アグラムン領主に対するプラエール・ダ・マ・ビダの返答。

「ああ、運命の女神は明らかに間違っています！　あなたのお父様はフランスにおいて、残虐極まるイングランド人たちに戦いを挑み、素晴らしい勝利を収められました。(16) 息子であるあなたに残された務めは、敵があなたの名前を聞いただけで震え上がるような男となり、その戦いに名誉ある形で決着をつけることです。過ぎ去ったことは、責めたり罰したりすることはできても、訂正したり変えたりすることはできません。それが自然の掟《おきて》というものです。覚えていらっしゃいますか？　あなたは、あの市を許し、危

(16) マルトゥレイは大のイングランドびいきだったので、ガルバの手が入っていることをうかがわせる一節だとされている箇所。

害を加えることを放棄なさったではありませんか。だとすれば、何を求めていらっしゃるのでしょう？　これほど素晴らしい形で和解が成立し皆が喜んでいるのに、いまさら何を追及なさろうとおっしゃるのです？　立派な騎士と尊敬されているあなたにふさわしくもない。あなたが最初に犯された過ちよりも、そのおことばの方がよっぽどひどい過ちです。アリストテレスも言っています。憐憫の情と愛情こそ、人と人との最も素晴らしい結びつきだ、それは男の威厳と女の善良さの賜物《たまもの》だ、(17)と。ですから、怒りを収めて、この市《まち》の者たちは皆、家来や友人だとお思いください。ダビデ王はこう言いました。恩に対し報酬を与えぬ者は悪者である、してもらったことさえ忘れる者はさらに悪い、善き友とは香料商人のようなものだ、香料は分けてくれずとも、少なくとも香りは与えてくれる、(18)と。寛大にもすでに許していらっしゃるのですから、これはあなたの場合には当たりませんが。私もあなたに見習って清く正しく生きたいと思います。私は自分の良心の呵責《かしゃく》のためにあのようなことをしたのですから、どうか私の名誉を奪うようなことはなさらないでください。いろいろ言いたい人には言わせておけばいい。事実が私に味方してくれるでしょうから。問題の核心にかかわることを申し上げましょう。あなたは、市の人びとと全員の上に自分の剣を振り下ろす、という誓いを立てられたのですね？　彼らも喜び、同時に、あなたの怒りも鎮まり、かつあなたがそのつまらない誓いから解放されるような方法をお教えしましょう。こうすればよいのです。王様にあなたの剣の柄を持っていただき、元帥閣下に切っ先を持っていただきます。そして、その下を市の者たち全員にくぐらせるのです。それであなたの誓いは完全に果たされたことになります。私もミサのときにそのことを祝福いたしましょう」

これを聞いて皆、大笑いした。そして実際にそのように取り計らわれたのである。市の人びとは皆、アグラムン領主の誓いのとおりに刃の下を通り抜けた。全員が通り抜け終わったところで、プラエール・ダ・マ・ビダは王女に、約束どおりに洗礼を受けてほしい、と求めた。王女はよろこんで、と答えた。すぐに洗礼式が執り行われ、王女は敬虔な面持ちで洗礼を受けた。王女に続いて千三百人のモーロ人が洗礼を受けた。この地方の者は全員がキリスト教徒となった。ティランは、捕虜を救い出しに来ていた司祭に、教皇の許しを得て、バルバリアを担当してもらうことにした。その後、この司祭は、改宗したてのキリスト教徒やモーロ人たちから〈キリスト教徒の父〉と呼ばれるようになった。

ティランはこの地をあとにするに先立って、王女に、マルキザデックを夫としてもら

(17) 出典不明。
(18) 旧約聖書にこのようなダビデ王のことばは見当たらない。

えないか、と頼んだ。王女は洗礼を受けても名前を変えることを望まず、ジュスタというモーロ名を名乗っていた。ティランはプラエール・ダ・マ・ビダに、この結婚の話がうまくまとまるようにしてほしいと手助けを依頼した。皆が熱心に勧めたので、王女も結婚を承諾した。ティランはこれを祝って、事情が許す限り最も盛大な宴を催すように命じた。市《まち》を治めるジュスタ王女はその行いといい、慎重な物言いといい、非の打ちどころのない女性だった。そのうえ、誠実で、聖母マリアを深く崇拝していた。信心の証として、王女は領地内に多くの男子、女子修道院を建てた。身寄りのない者を助け、貧しい者には施しをする慈悲深い領主であった。

厳粛な結婚式と盛大な宴が終わると、ティランとアスカリアヌ王は全軍を率いて市を出発し、トラミセン王の兄弟の領地の征服に向かった。この遠征には、プラエール・ダ・マ・ビダも同行していた。征服が終わった土地を、ティランは、戦で大きな武功を上げたアンティオカ領主という名の勇敢この上ない騎士に領土として与えた。アンティオカ領主は、今や市の領主となったマルキザデックの親友であった。両者の領地は三レグアしか離れておらずお互いに訪ね合って、戦を通じて生まれた友情を深めることになったのである。

ティランはプラエール・ダ・マ・ビダと話をすることを楽しみにしていた。ある日、話題が皇帝と皇女のことになったときに、プラエール・ダ・マ・ビダはティランがバルバリアの征服にかまけて二人を救いに行こうとしないことを責めた。ティランは、動く前に、帝国がどんな状況なのか正確に知りたい、と言った。そしてプラエール・ダ・マ・ビダに、ガレー船を脱出してから不幸な身の上から抜け出すまでに何があったのか逐一教えてほしい、と願った。プラエール・ダ・マ・ビダは苦難の日々を思い出し、我が身を哀れんでぽろぽろと涙を流した。それからしばらく間をおいて、涙を拭き、次のように語った。

［第三百七十三章］――プラエール・ダ・マ・ビダはいかにティランに自分の運命を語ったか。

「素っ裸で荒れ狂う海から浜辺に投げ出されたときに、心の中に渦巻いていた苦しみと恐れを整然と語ることばなど、私は持ち合わせていません。物凄い寒さに震え、船から陸までたどり着くために体力も使い果たしてしまっておりました。頭の中もひどく混乱していましたが、それでも慈悲深い聖母マリア様のお名前を呼び続けることだけは忘れていませんでした。一生懸命お呼びすれば、きっと助けてくださると信じていたからです。私の無残な死体は禿鷹《はげたか》や烏《からす》などに食われてしまうのだろうと思うと暗澹《あんたん》たる気持ちでした。常に乙女や婦人の床を優しく包んでくれる夜の闇がなければ、二倍も辛かったでしょう。そのように打ちひしがれ、誰一人頼るべき者もなく、どこか安全に隠れるところはないかとあたりを見回しておりました。真っ暗な夜ではありましたが、幸いなことに、漁師の小舟のようなものが目に入りました。舟の中に入ってみると、羊の毛皮が二枚ありましたので(19)、それで体の前後を覆い、紐で縛りつけました。このおかげでひどい寒さをだいぶしのぐことができました。こうしてその夜はほとんど寝ることもできず、我が身の不幸を嘆いておりました。ティラン様、どうかこれ以上、私の苦難について話させないでください。あなたさまのお頼みで自分の経験を思い出しているのですが、こんなことをするくらいならば百回死んだ方がましでございます。怒りは残酷な行いを呼び、愛は憐憫の情を引き起こし、辛抱は怒りを収める、と申します。過ぎた不幸を思い出して辛い思いをするよりも、私は口を閉じていた方がよろしいと思います。ともかくにも身も心も今は無事なのですから」

プラエール・ダ・マ・ビダが辛そうに話すのを聞いて、ティランは大変気の毒に思い、その気持ちを思いやって話を中断させ、話題をより楽しいものに変えた。彼女が辛く困難な目に遭ったのも、もとはといえば自分のせいなのだ、と思ったのである。しばらくしてプラエール・ダ・マ・ビダが少し落ち着いたところで、ティランはこのように話し始めた。

［第三百七十四章］――ティランはプラエール・ダ・マ・ビダをいかに慰めたか。

「無慈悲な運命の女神が残酷にもあなたの心に苦しみや不安を与え、悲しく不幸な出来事が体調を狂わせ心の安らぎを乱しているとしても、そういうことは人智をもって予測し、激しく抵抗すれば簡単に撃退できるものです。気持ちを強く持ち、注意深く判断すれば、不安に苛まれることもなくなるでしょう。何か、そういう苦しみに匹敵するか、あるいは上回るような幸運を見つけて帳消しにしようなどと考えても、希望が空しく裏切られたときには、悲しみや惨めさは倍になるものです。そうなれば、自らの絶望に駆られて神の教えに背くような行動に出てしまうかもしれません。そしてその結果、終わることのない恐ろしい罰を受けることになるでしょう。怒りに心を曇らせないようになさい。怒りから憎悪が生まれれば、尽きることのない復讐心を呼び起こすことになりま

(19) 第二百九十九章(第三巻)では、プラエール・ダ・マ・ビダは「小屋」(barraca)の中で毛皮を見つけたことになっている。あるいは、「舟」(barca)の誤りだったとも考えられる。

しょう。心に歯止めをかけ、酷いことは考えない方がよろしい。そんなことをしても、自分の心が疲れるばかりか、持って生まれた能力や、高貴な理性がもたらす寛大さ、正確な判断力まで火で焼かれてしまうだけです。そのような、空しく馬鹿げた怒りは、本来私たちの手の届かぬ、運命の女神が支配する領域にある物事に、無謀にも私情を挟もうとすることに端を発するのです。これはとても危険で物騒なことで、自らの運命に自信が持てない人などはそのためにびくびくしながら生きていかなければならなくなります。つまり、そのような怒りに取り付かれた者は自由にものを考えることができなくなり、恐れの下僕となってしまうのです。古《いにしえ》の賢人たちは完全無欠な自由な状態に魂を保つために、運に左右されるような物を所有することを拒みました。また、虚勢を張ると、運命の女神の支配と競合することになる、とも言いました。ある賢人は、憤怒というものは、勝てるはずのない敵に対して武器をとって闘いを挑むことだと言っています。多くの人は幸運の女神の優しい笑顔だけを見ていますが、それは偽りなのです。陰では望みをすべて遠ざけて、荒れ狂う嵐の海のような不幸を用意しているのですから。運命の女神が誰かに特別に、変わることのない幸福を与えたことがあるなどという記録はどこにも残っていません。人間が素っ裸で母の胎内から生まれてくるのは自然の定めです。ほかの動物はみな、自然の衣をまとって生まれて来るのに、私たちはそれを取って衣服を作り、自らの惨めな裸を隠すのです。自然が我々に与えてくれる贈り物は魂の中に宿っています。外側に見えるものはすべて運命の女神が与えてくれたものです。ですから、運命の女神はそれを自由気ままに操るのです。かの聡明なるセネカも書簡の中で言っています。自分で望んで手に入れたものは、本来の自分とは関係のないものだ、と。つまり、そういうものは明らかに、我々の本性ではなく、自然に与えられたもの以外のものははかなく移ろいやすい、と言うのです。神学的、道徳的、政治的な美徳の中にこそ安寧の港は見出すことができるのです。そしてこのような美徳が心の習慣となったときにこそ本当の幸せが訪れるのです。その幸福とは我々がこの世の生から抜け出たときに神が与えてくださる喜びなのです。ボエティウス[20]の『哲学の慰め』という本によれば、幸せというものは我々の目に見える幸運の中にはない、なぜなら幸せとは神だけが与える喜びだからである、ということです。つまり私たちは自分の徳行によって幸せをつかまねばならないのです。聖人たちが目先の幸運を失うことを恐れず、最後には幸せを手にしたように。運命の女神が与えてくれるものはすべて実のないものです。長続きしない移ろいやすいものばかりです。セネカは『道徳書簡』という本の中でそう言っていま

(20)「ボエティウス」(四八〇―五二四)はローマの哲学者、政治家。

す。親愛なる我が妹よ、だから怒りをじっと堪えてほしい。あなたは、自分で言うように、多くのことを失ったが、私のことばを聞いてお分かりでしょう、運命の女神は自分の役目を果たしただけで、不公平な仕打ちをしたわけではないのです。運命の女神はあなたから、もともと自分のものだったものを取り上げて、誰かほかの者にまわしただけなのです。それを受け取った者たちにしても、あなたよりも安心していられるということではないのです。賢かろうが愚かであろうが、知恵者であろうがなかろうが、何人《なんぴと》も幸運の女神の同意がなければ幸運を持ち続けることはできないのですから。あなたの怒りがやすやすと鎮められるほど小さなものではないと言うのなら、私の助言に耳を傾けてください。つまり、忘れてしまうことが何よりの薬だ、ということです。忘れてしまえば気持ちの乱れも、真実を見極められなくなるほど激しい心の痛みもずっと楽になりましょう。かの賢人カトーはそのように述べています。泣いたり嘆いたりするのはおやめなさい。気を取り直してあなたが失ったもの、つまりあなた自身を取り戻しなさい。辛抱をもって悪意を倒し、善意をもって怒りに打ち勝ちなさい。ただ、絶望に負けて、気力を失ってしまわぬように。気力だけはどんなに宝を積もうとも取り返すことはできないからです。神を畏《おそ》れ、希望を持ちなさい。そうすればあらゆる怒りや絶望に対して勝利を収めることができましょう。心を隣人愛と辛抱で満たしなさい。聖シメオンは、それぞれの人間が忍耐力を鍛え、運命の変化に備えなければならない、不幸が巡ってきたときに悲しみに打ちひしがれ絶望に陥ってしまわぬように、と言っています。また、聖グレゴリウスは不幸に耐えられないものは善人とは言えない、なぜなら、たとえ善意があっても、その者の内部で、辛抱のなさが、善意を上まわっていることになるからだ、と言っています。ダビデ王のことばを思い出してご覧なさい。運命が人間に与えた苦しみがいかに大きくとも、それによく耐えれば、神は後に大きな慰めと喜びを与えてくれるのです。およそ世の中に、大きな苦しみや苦痛に出会わぬ人などいないのです。王にせよ、教皇にせよ、偉大な男も女も、それは同じです。どうか、あなたも我慢し続けてください。人間は弱いものですから、逆境の苦しみや不安にはなかなか耐えにくいものですが、徳高い心でいれば、一時的で脆《もろ》い恐れなど吹き飛ばしてしまえます。自分は貴族の家に生まれついた女性で、気弱で臆病だ、とおっしゃるのかもしれませんが、あなたが生まれ育った家の高貴なご先祖の方々に倣って、気をしっかり持ち続けなければいけません。逆境に痛めつけられているときにこそ、人間の値打ちが分かるものです。賢人セネカは、逆境を経験していないということは試練を経ていないということで、そのような者には何の値打ちもない、と言っています。また、ある詩人も、気力を保ち続けることを賞讃し、気弱であることを憎み、退けています。我々の人生は所詮、憎悪に満ちているのです。闘い続けなければならないのです、聖ヨブが言ったように(21)。人間に生まれた以上、運命の危険を免れるわけにはいきません。栄光の使徒、聖パウロは言いました。『人生は危険に満ちている。海上の難、地上の難、偽の兄弟たちからの難など(22)』と。嵐の海があなたの苦難の原因だというのなら、私だってその被害に遭ったのです。捕らわれ、鎖に繋《つな》がれたばかりか、命にかかわる危険にも数限りなく遭遇しました。どうぞ私の体を見てください。どれほど致命的とも思える傷を負ったことか。私の悲しい不幸の数々を残らずお話しすることなど到底できません。そのような苦しみも、私が世界じゅうの誰よりも愛するあのお方に会えない苦しみに比べれば、いかほどのものでもありません。私にとって耐え難い苦しみとは、この苦しみなのです！　あの方を懐かしく思う気持ちなのです！　譬《たと》えようもないほど美しいあの方の前に出てしばらく見つめていられるならば、こんな不幸など吹き飛んでしまうのですが。私のせいで、あなたの心にそのように苦い不安が宿るようになってしまったことを思うと、私もあなたに劣らず辛いのです。しかし、先の読めぬ運命には従わぬという慎重さがあれば、過去の被害を修復し、将来予想される不幸にも備えることができるのです。騎士道の誇りに懸けて、また、永遠の神と、栄光のイエス・キリストの名において、さらに、私が騎士に任じられたときにいただいた十字架に懸けて、私は誓いましょう。あなたには、失ったものを二倍以上にしてお返しすることを。私にはその義務があると思いますので、誠心誠意、その実現に尽くします。もし誓いを守れなかったときには、いまだかつて経験したことがないほどの屈辱を味わうことになるでしょう。私はあなたを大変大切に思っています。この約束もすぐさま実行に移され、良い結果をもたらすでしょう。愛の力によって、不公平で無慈悲な運命に打ち勝ってみせましょう。知恵さえあれば、狡猾《こうかつ》な運命の女神の罠を乗り越えられます。揺るぎない信頼は、あらゆる怒り、悲しい思い、馬鹿げた無用な恐れを追い払い、魂に安らぎをもたらしてくれるでしょう」

　プラエール・ダ・マ・ビダはまだ目を涙に濡らしたまま、小さな声で次のように答えた。

［第三百七十五章］―ティランに対するプラエール・ダ・マ・ビダの返答。

「ああ、なんと悲しく哀れな運命が私の上に降りかかったことでしょう！　こんな不

(21)　ヨブ記七・一「この地上に生きる人間は兵役にあるようなもの」(以下、新共同訳に拠る)。
(22)　コリントの信徒への手紙(二)一一・二六「しばしば旅をし、川の難、盗賊の難、同胞からの難、異邦人からの難、町での難、荒れ野での難、海上の難、偽の兄弟たちからの難に遭い……」。

幸な目に遭い、涙を流し、呻き声を上げ、心を悩ました者はほかにはいないでしょう。恐ろしい底なしの冥界を支配するあの残酷で無慈悲な神プルートと復讐の女神メガイラ、冥界の王妃ペルセポネー(23)が、ほかの地獄の怒りの妖怪どもを率いて襲って来たとしても、私の心はこれほど激しく耐え難いほど乱れることはなかったでしょう。運命の女神はそうとは知らずに私をこのような目に遭わせているのです。私は、もう、誰に訴えたらいいのか分からなくなってしまいました。私は今まで運命の女神に変わらぬ忠誠を捧げてきました。尊敬し、崇拝もしてきました。それも、苦労がいつか報われ、忠実な奉公に対してご褒美がいただけるだろうと思ったからです。しかし、女神は私につれなかったばかりか、残酷な大敵になってしまったのです。名誉も誇りもずたずたにされた今、死よりもよっぽど憎く思うほどです。憤った運命の女神が人間の女になし得る仕打ちの中で、この忍び難い絶望ほどひどいものはないでしょう。どんなに辛抱しようとしても我慢できるものではないのです。祖国から、そして親類、友人からも引き離されてバルバリア人の中にたった一人で放り出されたのですから。そして故郷の市《まち》も城も、私のすべての財産は残虐で貪欲《どんよく》な異教徒たちに奪われてしまいました。ああ、死よ、人はお前を恐れるけれど、私に憐れみをかけておくれ！　悲しく惨めな人生のすべての苦しみを終わらせることができるお前なのだから、どうか私の耐え難い痛みと苦しみに終止符を打っておくれ！　私の踏みにじられた青春を哀れんでくれないほど非情で無慈悲な者など、どこにもいはしまい！」

呻きと溜め息を交えてこのように話しながらも目からはぽろぽろと涙を流し、プラエール・ダ・マ・ビダは徐々に意識がなくなっていってしまった。ティランは命の危険さえあると感じて、彼女を注意深く抱き、顔に水をかけた。そして息を吹き返すまで腕をさすり続けた。プラエール・ダ・マ・ビダは蒼白となった顔を悲しげにティランの胸にもたせかけている。ティランも貰い泣きを堪《こら》えることができず、憐れみをこめて次のように言った。

〔第三百七十六章〕――プラエール・ダ・マ・ビダに対するティランの答え。

「気の毒な方々の、胸が痛むような告白を聞いていると、憐憫の情が湧いてくるのを抑えることができません。泣いている人を見て貰い泣きしたり、苦しんでいる人を気の毒に思ったりすることは人間の自然の反応だからです。苦しみを吐き出してしまえば、心の中の辛さや妄想は和らぐものです。我々の脆《もろ》さが判断力を弱め、意志の力がはたら

（23）　いずれもギリシャ神話。

かなくなるために、原始的な本能が優勢になってしまいます。そこから理性を狂わせる幻想が生じます。それは、人間の本性の中でも最も卑しい部分のはたらきなのです。精神は健全さを失い、思考に妄想が入り込んできます。心は乱れ、どれが正しく有益なことだか分からなくなるのです。こうなると神のお助けがなければ自分自身を守ることさえできません。ですから、高級な知性を発揮して、自然に任せておけば出てきてしまうような空しく馬鹿げた考えを抑え込む必要があるのです。そのような考えに歯止めをかけて、それが心のいつものあり方になってしまわぬようにせねばなりません。つまり人間の本性の尊い部分が卑しい部分を支配するようにさせなければならないということです。卑しい部分の力を、尊い部分の力が上回っていなければならないのです。下女が女主人に命令するようなことになったら大変ではありませんか！　この力関係がうまくいっているときには、運命が人間の心を左右することはまったくありません。ですから、自分の過ちや怠慢によって何か不愉快な思いをせねばならぬときや、身の回りのことを冷静に処理できないときには、賢人カトーが述べているように、先の読めぬ運命のせいにしてはならないのです。神の知恵が物事を統制してくださっているとすれば、我々の意思は神のご意思とご命令に添ったものであるべきであり、それが健全な姿なのです。運命の力や、我々から見て不都合なことや意に添わぬことに惑わされて、罪を罰したり、善をなしたりすることを妨げられぬようにせねばなりません。つまり、運命の女神が悪事をはたらいているわけではないのです。神がすべてを正しく司《つかさど》っていらっしゃるのですから。ああ、なんと馬鹿げた空騒ぎなのでしょう！　不幸な出来事に憎悪を掻き立てられて抑制を失い、冷静な判断を狂わされてしまっているとは！　運命の女神の動きは、私たち自身の行動の投影にすぎないのです。星座や惑星といった天体は、同心円上を自然な方向と、それに反する方向に運行しており、様々な形で様々なときに影響を及ぼしてきます。この〈第一原因〉(24)は様々な複雑な動きをし、我々の状態や季節の移り変わりを支配するのですが、さらに強い影響力で我々の運命も変えてしまうのです。しかし、そのような天の星座に影響されない、知性と知恵に裏打ちされた自由な意思をもってすれば、我々の頭の中の空しく馬鹿げた考えや幻想に歯止めをかけることはできるのです。そうすれば、不幸にも降りかかってきた逆境に冷静に対処できるのです。運命の女神があなたにつれなく、敵対的だったとしても、あなたの方は運命の女神を恨んではいけません。どんなことが起ころうと、すべて受け入れなさい。かの偉大な皇帝アレキサンダーは決して運命には逆らわず、すべてをすすんで受け入れたために全アジアともろもろの王国や地方を征服できたのだと言います。勇気と努力があれば幸運を手にすることは

(24)〈第一原因〉は哲学用語。すべての原因となるもの。

可能なのです。負けがこんだ博徒でも、運命の衣を着替えれば、失った額を上回る額を勝つことができるのです。永遠の神があなたの遭難をお許しになったのは、運命があなたに二つの王国を与えるということが分かっていたからです。しかも、異教徒に奪われた市《まち》や城、そのほかの全財産を取り戻す望みだってあるのです。なぜなら、あなたは私の縁者で、ブルターニュのロカ・サラダ家出身の徳高く勇敢な騎士にして王である男と結婚することになるからです。彼ならば残虐な異教徒どもを震え上がらせるに十分で、あなたの市や城や財産を取り戻してくれるでしょう。すべてがあなたの手元に戻り、あなたが私の親類となる日まで、私も部下を動員して、物心両面で彼を支援することを約束します。私はあの男を愛していますし、あなたのことも妹のように大切に思っています。さあ、もう泣いたり溜め息をついたりするのはおやめなさい。疲れた心を休めて、怒りも忘れてしまいなさい。不公平な運命がもたらした恐るべき危険も去り、あとは平穏で安全な旅が残されているだけなのですから」

これを聞いてプラエール・ダ・マ・ビダは、すぐに次のように答えた。

［第三百七十七章］──ティランに対するプラエール・ダ・マ・ビダの答え。

「心に宿っている欲望は、頭で考えることに影響し、なかなか平穏な状態を許してはくれません。尽きることのない欲求が私たちの考えを乱すのです。苦しみや怒りによって、判断力が鈍っているときには、気力も空回りしがちです。心が有害なことを求め、有益なことを退けることもあります。私たちは思春期以後に抱くようになる様々な悪しき欲求に惑わされて真実と偽りの見分けがつかなくなり、罪の下僕に成り下がった結果、悲しみや辛さを味わうようになるのです。つまり、正しい判断ができなくなり、体に良くないことばかりが魅力的に見えてくるのです。知恵の不足がその原因です。このような過ち、そしてそれ以外のあらゆる過ちは殿方ももちろん犯すのですが、私のような、殿方ほど強くはない、か弱く気まぐれな女は、なおさら過ちに陥りやすいのです。しかし、体の奥まで染みこんだ痛みというものは抑えきれるものではなく、どうしても外に出てしまいます。苦しげな溜め息や涙は魂にひそむ苦い思いを表わしているのです。泣いたり嘆いたりすることがやめられれば、私は女の弱さを克服したことになるのでしょう。でも仮にやめられたとしても、それは私の力によるのではなく、あなたが約束してくださった寛大な計画を信頼しているからなのです。あなたは求められてもいないのに、とても気前がよく、高貴で、徳高いところをお見せになって、そうお約束くださいました。私もすべての恨みつらみを遠ざけて、あなたのおことばを受け入れることにいたします。あなたには、どう感謝したらいいか分からないほどです。せっかくそうおっしゃっていただいているのに、拒みでもすれば、大変失礼でしょうし」

プラエール・ダ・マ・ビダはこう言ってティランの足元にひざまずいて、その手に口づけをしようとした。ティランはそれを許さず、プラエール・ダ・マ・ビダを抱き上げて、その口に口づけをした。そして傍らに座らせると、次のように言ったのだった。

［第三百七十八章］――プラエール・ダ・マ・ビダに対するティランの答え。

「愛は困難なことを容易にしてくれます。愛がなければ徳もあり得ず、当然、徳の高い人間になることもできません。愛は知性の娘のようなものです。知性から生まれた愛は我々の心の中ではぐくまれるのです。知らない者を愛することができないのはそのためなのです。慈悲心に基づく愛こそが本当の愛です。神が人間によってほかの何よりも愛されているのはそのためです。隣人愛も神を愛する心から生じます。善き友情からも愛は生まれます。親友に巡り合った者は宝を発見したようなものです(25)。友に対しては徹底的に寛容でなければなりません。友人の間で欲するものが一致しているときこそ、真の友情があると言えるのです。素敵な贈り物は友情のしるしです。ためらうことなく贈り物を差し出す姿勢は送り主の気持ちをよく伝えます。心をこめて気前のよい贈り物をする者は神に愛されるでしょう。愛情があるのか、はたまた敵意があるのか、ということは行動に現われるのです。聖パウロは『ローマの信徒への手紙』の中で、愛は死よりも強い、なぜなら、どんなに困難なことでもやすやすと支えてくれるから、と言っています。(26)すべての徳は愛の力の下にあり、愛がなければ徳のある行いなどできません。心に秘めた思いと真摯な愛は外にあらわれる行動で示されるのです。ああ、徳高き乙女よ！　あなたの味わった苦痛や困難に報いる術《すべ》を私は持っていない。その不安や苦しみは私のせいであなたの上に降りかかったというのに。私が何を与えようと、十分に報いたことにはならないでしょう。しかし、どうか私が差し上げるものを快く受け取ってください。それはフェスとブジアの二つの王国です。もっとも、両国とも征服したばかりですから、平穏に治めることは難しいでしょう。両国の領有権を主張し、武力で取り返

(25)　旧約聖書続編シラ書六・一四「誠実な友は、堅固な避難所。その友を見いだせば、宝を見つけたも同然だ」。
(26)　ローマの信徒への手紙八・三八―三九「わたしは確信しています。死も、命も、天使も、支配するものも、現在のものも、未来のものも、力あるものも、高い所にいるものも、低い所にいるものも、他のどんな被造物も、わたしたちの主キリスト・イエスによって示された神の愛から、わたしたちを引き離すことはできないのです」を指していると思われる。

そうとする者たちと戦うには、あなたはあまりに無防備だ。ですから、二つの王国を無事に守るためには、すでにお話ししたように、あの勇敢で徳高い騎士と結婚することが不可欠なのです。運命の歯車は、高貴なあなたを捕虜、奴隷という最低の地位に三年間の長きにわたって留めていましたが、今度はあなたを名誉も権威もある非常に高い地位に上げる方向に回転し始めているのです。運命を恨んではいけない、とすでに私は言いました。運命はあなたを憎んでいるわけではないのですから、その贈り物はよろこんで受け取るしかないのです。賢人カトーは、何ものにも時宜というものがある、と言っています。今、運命があなたの地位を上げようとしているのなら、その贈り物を拒むべきではありません。後になって、惜しかったと後悔しても取り戻すことはできないのですから」

ティランはこう話し終えた。

ティランの優しいことばを聞き終わるや、プラエール・ダ・マ・ビダはその足元に体を投げ出し、足に口づけしようとした。ティランはそれを許さず、彼女を抱き上げて、しきりに慰めのことばをかけた。ティランは、プラエール・ダ・マ・ビダの苦労に報いるために十分な贈り物ができないことを大変苦にしていた。しかし、当面、それ以上のことはできなかったのである。仕方なく、今にもっと素晴らしい贈り物を上げるから辛抱してほしい、プラエール・ダ・マ・ビダに対する愛情は特別に深く、一生、彼女を裏切ることはない、と約束するばかりであった。

プラエール・ダ・マ・ビダはすぐに次のように答えたのだった。

［第三百七十九章］――ティランに対するプラエール・ダ・マ・ビダの答え。

「寛大な心は、強力な運命の女神さえもたじろがせます。また、過大とも思えるほど気前のいい贈り物は心の広さと豪気《ごうぎ》さを表わします。寛大さは、君主の中にこそ見られる気高い美点です。残酷な運命に打ち勝ち、臆病や恐れを吹き飛ばしてしまいます。徳高い心が運命に負けることはないのです。ティラン様、私の拙《つたな》いことばでは、あなたの寛大さも、神が特別のお計らいであなたに授けられた知恵も十分に言い表わすことはできません。あなたの知恵のおかげで私の空しく無益な考えは消え去り、堂々巡りにも歯止めがかかりました。神聖なる福音書にも、良い木は良い実を結ぶ、悪い木が良い実を結ぶことはなく、良い木が悪い実を結ぶこともない、とあります(27)。善き行いは魂が善良であることの現われです。賢人たちの知恵を伝えることばは、聞いている者の蒙昧《もうまい》を啓《ひら》

(27)　マタイによる福音書七・一七。「すべて良い木は良い実を結び、悪い木は悪い実を結ぶ」。

いてくれます。知恵をはたらかせるということは疑わしい物事を検討して、将来そこから害が生じないようにすることです。賢い者はあとで必ず悔いなければならなくなるようなことはしないものです。高貴な人格をお持ちのあなたにお願いいたします。私のことばがお気に障ったら、どうかお許しください。私はあなたにお仕えし、お役に立つことしか考えてはいないのですから」

ティランはすぐにこう答えた。

［第三百八十章］――プラエール・ダ・マ・ビダに対するティランの答え。

「運命によって愛が得られたとしても、愛の苦しみは地獄の苦しみよりもよっぽど酷《むご》いものです。地獄の苦しみが永遠に続くのに対し、愛の苦しみには限りがあり、いつか待ち望んできた栄光に姿を変え得るという希望が伴う点で違いはありますが。逆境にあって絶望のあまり、救済される方法などあり得ない、と思う者などありましょうか？プラエール・ダ・マ・ビダ、あなたは自分に残された最も大きな幸福は死しかない、と思っていたのですね。このまま生き続けていても、あなたのことばを借りれば、苦しみが倍になるだけだと思っていたのでしょう。しかし、その苦しみは、この先あなたの望みがかなうときまで思い出してはいけません。そのときが来て思い出せば、喜びもまたひとしおでしょう。このティランが生きていられるのは、私の善行が報いられることなく、苦労が癒やされることなく、あるいは、喜びをもって難儀が埋め合わされることもなしに、死なせてはならじ、と神がお考えだからです。また、私が成功を収めることができるのも、神が悲しみをさらに大きな喜びに変えることができるようにと思っていらっしゃるからなのです。夜の後には必ず朝がやって来ます。雲が晴れれば太陽が顔を出します。同じように、三年にわたるあなたの捕虜生活にも嬉しい解放のときが訪れたのです。財産を失ったことを嘆くのはおやめなさい。あなたは結局、寛大にも、前の女主人に返してやりましたが、あのムンタガタの市《まち》の領主になることだってできたのですから。あなたにはもっと大きな領地を治める資格がある。あなたはカトリックの教えを広めるとともに、自分の名声を高めることができるお人です。あなたは多くの親類を失いました。その者たちをあなたに与えた運命の女神自身が連れ去ってしまったのです。彼らは我々の信仰を守るために戦って死ぬことによって永遠の生を生きることになったのです。その勇名はときが経っても忘れられることはないでしょう。我慢強い乙女よ、喜ぶがいい。将来の危険を恐れることはない。あなたが酷い目に遭う原因を作った私だが、無限の愛をこめて、あなたが失った財産も、領地も、親戚もお返しすることを約束するから。あなたをロカ・サラダ家の一員にして差し上げましょう。あなたもブルターニュの女になるのです。その女王となるのです。私の命のある限り、私の財産も、力も、勇気も、名誉も、そのほかすべてのものをあなたは私と共有できるようになるでしょう。あなたは私と最大の苦しみを分かち合ってくれたのですから」

ティランのことばが終わらぬうちに、プラエール・ダ・マ・ビダはティランの優しさに対する感謝のしるしに、その手に口づけしようと膝を折ってうつむいた。そして目に涙を浮かべて次のように言ったのである。

〔第三百八十一章〕――ティランに対するプラエール・ダ・マ・ビダの答え。

「そんなにお優しい態度と思いやりに溢れることばに接しますと、あなたにずっとお仕えしたいという気持ちがなおさら高まります。あなたをお慕いする気持ちもいっそう深まり、あなたのためなら死よりも恐ろしい目に遭ってもかまわないと思うほどです。ティラン様、あなたにふさわしいのは一王国、一帝国の主ではなく、人間も海も風も運命もすべてを従えて世界じゅうの支配者となることです。やっと私は過去の苦難も、よい経験だったと思えるようになりました。なぜならあなたがすべてを寛大に受け入れてくださったからです。それにそのような苦難もあなたが経験なさったに違いない苦難に比べれば大したことはないように思えます。あなたのそのような気高い振舞いは決して今に始まったことではありません。私は今までもあなたの徳高い愛情が私に降り注ぐのを感じていましたもの。どうか御足に口づけさせてください。私のような取るに足らぬ女を、それほどの愛情をこめて大切にしてくださることに、ほかにどうやって感謝を表わしたらいいのか分からないのです。あなたは、私の血をロカ・サラダ家の血と混ぜ合わすことによってブルターニュの一族の一員にしてくださるとおっしゃいます。あなたのお許しを得て、残された一生をあなたの忠実な下女、しもべとして送ることができれば幸いです。あなたのお優しいことばに私の心はどれほど慰められたことでしょう。ただ、結婚のお話はどうかご勘弁ください。女は殿方のおことばに従うべきなのかもしれませんが、私はあなたのお望みどおりにお仕えすることを心の底から願っているからです」

プラエール・ダ・マ・ビダとアグラムン領主の結婚について、二人は長い間議論を続けていた。ティランは様々な理由を述べ立て、聖人のことばなどをいくつも引いて説得に努めた。プラエール・ダ・マ・ビダは懸命にそれに反論したが、ついにはティランの意思に負けて、次のように言ったのだった。

［第三百八十二章］―ティランはいかにプラエール・ダ・マ・ビダとアグラムン領主の結婚の話をまとめたか。

「貞操も、慎みも、臆病な心も私から消え去ってしまえばいいのです。私の耳はティラン様のおことばを聞き慣れ、心はティラン様のご命令に従い慣れてしまっているので、お前の名誉と利益のためだ、と言われてしまうと拒むことができないのです。ティラン様、私はあなたの下女です。何でもお好きなようになさいまし」

婚約のしるしにティランが首からみごとな首飾りを外してプラエール・ダ・マ・ビダの首に掛けてやったときにも、プラエール・ダ・マ・ビダはまだ話し続けていた。さらに、ティランは緞子の服を持って来させて女王のように着飾らせた。

その後にティランはアグラムン領主を呼びに行かせ、領主に、すでに話はまとまっているので、どうか否と言わないでくれ、と頼んだ。アグラムン領主はこう答えた。

「ティラン様、私に『頼む』などとおっしゃらないでください。命令してくださればよろこんで従います。お頼みにならなくとも、何でも言い付けられたとおりにいたします」

ティランは言った。

「我が従弟《いとこ》よ。私はお前をフェスとブジアの王にし、プラエール・ダ・マ・ビダを妻として与えることにしたのだ。お前も知っているように、プラエール・ダ・マ・ビダが辛い目に遭ったのは我ら一族のせいであり、我々にはそれに報いる義務があるのだ。しかも、大変慎み深く品行の正しい女性であるプラエール・ダ・マ・ビダは我々を慕ってくれている。お前と彼女はもともと仲が良かったのだから、どちらにもいい話だろう」

アグラムン領主はこう答えた。

「我が従兄にして、ご主人様、私はプラエール・ダ・マ・ビダ殿をそのような目では見ておりませんでしたが、そうなれば私にとって身に余る光栄です。そもそも私が切にお願いしなければならないようなことを私にお頼みになるとは、御足、御手に口づけをして感謝申し上げたいほどです」

ティランは足や手への口づけを許さず、抱擁してその口に口づけをした。そして、両王国とプラエール・ダ・マ・ビダを引き受けてくれたことに深く感謝した。

〔第三百八十三章〕――プラエール・ダ・マ・ビダとアグラムン領主の婚礼について。

ティランはこの結婚の実現に漕《こ》ぎ着けたことをひとかたならず喜んでいた。バルバリア全土を征服したとしてもこれほど満足はしなかったであろう。ティランはすぐさま、ムンタガタ領主の館を金襴緞子で美しく飾らせ、領土内から楽師全員とあらゆる種類の楽器をすべて集めさせた。また、宴を成功させるために菓子と葡萄《ぶどう》酒を十分に準備させた。美しく着飾ったプラエール・ダ・マ・ビダは、誰が見ても女王にしか見えない堂々たる姿であった。こうしてプラエール・ダ・マ・ビダはアスカリアヌ王とティラン、そして多くの貴族や騎士たちが待つ大広間へ入って行った。付き添いはアスカリアヌ王の王妃と多くの貴婦人たちである。婚礼の儀式が賑々《にぎにぎ》しく執り行われ、様々な舞踏が繰り広げられた。ご馳走もまた素晴らしいものであった。この祝宴期間中は、希望者は誰でも食事に来られるように、ティランは取り計らってあった。宴は八日間続き、あらゆる種類の食べ物がふんだんに饗された。

宴がすべて終了するとティランは大きな船を武装させ、入念に整備を終えたうえで小麦を積み込んで、皇帝救援のためコンスタンチノープルに向かう準備をさせた。続いて、現在はムンタガタ領主となっているマルキザデックを呼び寄せて、この船でコンスタンチノープルの皇帝のもとへ使者として赴いてほしい、と言った。そして皇帝と帝国がどのような状態にあるのか、そして皇女の身の上についてつぶさに調べてくるように頼んだ。ティランはマルキザデックに様々な指示とともに信任状を渡した。また、豪華な服と十分な家来も与えた。こうして船は帆を上げ、好天の中を順調に旅立って行った。

〔第三百八十四章〕──軍を率いたティランは、三人の王が逃げ込んだ市《まち》をいかに包囲したか。

船を送り出した後、勇敢なるティランは、陣を払って、騎兵、歩兵の出発準備を調えさせ、多数の荷車に食料など軍の必要品を積ませた。市や城を攻撃するための射石砲のたぐいも、敗走した王たちが大量に残して行っていた。それ以外にも、アスカリアヌ王が保有していたものがかなりの数量にのぼっていた。ティランは、速やかにこの地を平らげるために、すべてを集めたのである。ティランら一行はカラメンという市を目指して出発した。この市は、バルバリアの果てにあり、黒人が支配するボルヌ王国と境を接していた(28)。ここにティランに敗れて逃走した三人の王が身を寄せていたのである。ほかの者たちはすでに故国に帰ってしまっていた。ティランは騎兵、歩兵の大軍を率いて前進し、次々と城や市を落としていった。無理やりに開城させたものもあれば、よろこん

(28)「ボルヌ王国」は、現在のナイジェリアの北西部にあった。北アフリカと黒人アフリカの境界を成していた。

で門戸を開いたものもあったが、多くは進んでアスカリアヌ王とティランに鍵を献上し、寛大な処置を願った。両人は、このような場合には、鍵をよろこんで受け取り、財産にも人にも一切の危害を加えないことを保証した。二人の慈悲深い行いを見て、多くの騎兵や歩兵もその例に倣った。また、ティランの優しさに感銘を受け、キリスト教に改宗するものが続々と出た。ただし、改宗しなかった者も、乱暴に扱われたり、不自由な思いをすることはなかった。人びとは、ティランこそ、世界で最も心のひろい君主だ、と口々に言ったのだった。

こうして一行は遠征を続け、三人の王が立て籠もっている市《まち》に到着した。市が見えるところに彼らは陣を張り、市から弩《いしゆみ》の矢の射程の二倍ほどの距離を置いて包囲の陣を敷いた。この市はとても大きく、頑丈な壁や柵《さく》に守られて堅固であった。また、食料の蓄えも十分で、優秀な騎兵隊を有していた。

陣を敷き終わったところで、ティランはアスカリアヌ王と、アグラムン領主、そしてリサナ侯爵(29)、ブランシュ子爵ほか、陣中の貴族、騎士たちに招集をかけた。全員が集まったところで予定どおり軍議が開かれた。ここで、まず城内の王たちに使者を送ることが全員一致で決定された。使者には、ロカフォールと呼ばれるスペインのオリオラ出身の騎士が選ばれた。彼はガレー船に乗っているときに、オランにおいてモーロ人に捕らえられ、後にティランによって解放されたのだった。この騎士はとても知恵者で、戦略家として評判が高かった。以前は長いこと海賊船に乗っていたこともあった。ロカフォールには、市の中に戦闘準備のできた兵がどれほどいるか見て来ることが任務として課せられ、その方法が詳細にわたって言い含められた。

［第三百八十五章］——ティランの使者はいかに自分の使命を王たちに説明したか。

任命された使者は、準備を調え、大勢の供とともに市へと向かった。使者も供の者たちも皆、武器は身につけていなかったが、身なりは大層立派であった。出発に先立ち、通行の安全の保証を求める伝令が派遣された。通行の安全の保証はすぐに与えられた。伝令が戻って来ると、使者の一行は市の中へ入って行った。そして三人の王、すなわちフェス王、ペルシャ王マナドー、トラミセン王がいる城へ上がった。トラミセン王の位には、先王の死に伴い、その甥《おい》が就いていた。それ以外の王たちは、先の戦闘で戦死してしまっていたのである。

使者は、話を聞くために集まった王たちの前に出た。使者は挨拶も礼もせずにいきな

(29)　これまでは「ルサナ」侯爵と呼ばれていた。

りこう切り出した。

「かつては強大な権力を持つ王であったあなた方に、アスカリアヌ王と、戦に勝利を収めた偉大なる元帥ティラン・ロ・ブランの名代《みょうだい》として申し上げる。三日間の猶予を与えるので、このカラメンの市《まち》、そしてバルバリアの地から退去するように。もしこれに従わないのならば、三日後に戦《いくさ》があるものと覚悟して準備をするがよい。今回の戦は、あなた方を完全に滅ぼし、キリスト教徒に栄光の勝利をもたらすものとなろう。したがって、賢王という名声を広めたいのならば、我らの忠告に従うべきである。ティランの名を思い出すがよい。あなた方の耳には恐ろしく響くに違いない。キリスト教の敵にとっては、その名を聞いただけで手が震えるほどの存在であろう。また、アスカリアヌ王の繁栄と隆盛も忘れてはならない。私が申し上げたことに従うならば、あなた方の命は救われ、臣民も寛大な扱いを受けられるのだから」

［第三百八十六章］—王たちが使者に与えた答え。

使者の口上が終わったところで、ペルシャ王マナドーが代表として次のように答えた。

「騎士よ、我々が多くの領土と民を失ったからといって、気力が萎《な》え、力まで失ってしまったと思ってはならぬぞ。我らが預言者ムハンマドがいつかは救ってくださるという希望が残されているのだ。ムハンマドが今までお助けくださらなかったのは、ぎりぎりの窮地に我々を追い込むことによって、ご自分がいかに尊く、慈悲深いかということをさらにはっきりとお示しになりたかったからなのだ。このままお前たちが、何の権利も持たぬこの地、この王国に留まるのならば、お前たちには、恐ろしい怒りの鉄槌《てっつい》が下され、これまでの不当な戦の罰が下されるだろう。騎士よ、ムハンマドと我々の敵、裏切り者の改宗者アスカリアヌ王とその仲間のティラン・ロ・ブランとやらに伝えるがよい。我々は何と言われようと、バルバリアはおろか、この市も放棄するつもりはない。この市を、奴らをはじめあらゆる敵から守り抜いてみせよう。我々には聖なる預言者ムハンマドがついているのだ。全力を尽くして戦うぞ。何の権利も大義もなく、横暴にも我々やここにいる他の領主たちから王国や領土を奪うという悪行をなした者にはしかるべく借りを返してやる。我々の準備はできておる。いつでもかかって来い。嘘だと思うのなら、明日、用意をして待っているように。こちらから攻撃を仕掛け、痛い目に遭わせてやる」

マナドー王が話し終わると、ティランの使者はくるりと背中を向けて、挨拶もせずに自陣へ戻って行った。アスカリアヌ王とティランの前に出て、使者は細大漏らさずペルシャ王マナドーの答えを報告した。ティランはすぐに貴族や騎士や歩兵隊長、騎兵隊長らを全員集めた。皆が集合したところで、モーロ軍が攻めて来るので戦闘準備をするように、翌日の早朝には、全員の武装が完了し、騎兵は馬にまたがっているように、と命じた。その晩、ティランは二千の騎兵に夜半まで、陣の周囲を警戒させ、夜半を過ぎてからは、別の二千の騎兵に交代させた。敵の夜襲にそなえるためである。

翌日朝早く、ティランは、兵の目を十分に覚まさせるとともに、馬には飼い葉をやり、隊列を組むように隊長らに命じた。先鋒《せんぽう》の指揮官にはロカフォールが任命され、六千の兵が与えられた。第二列の指揮官は勇敢な騎士アルマディシェルである。彼は八千を率いることとなった。第三列の指揮はリサナ侯爵に任され、一万の兵がその指揮下に入った。第四列はアグラムン領主の指揮のもと、一万の兵が受け持つこととなった。第五列の指揮官はブランシュ子爵で一万の兵力。第六列はアスカリアヌ王が指揮、一万五千の兵力を擁していた。最後尾の第七列は、遊撃隊でもあったのだが、ティラン元帥が指揮を担当し、二万の兵で構成されていた。こうして全軍が態勢を整え、モーロ軍の来襲を待ち受けていた。

ティランは、このように全歩兵隊を整列させ、それぞれの隊が担当する方向を定めた。モーロ軍を待つ間に、ティランは全軍に対し、次のような訓示を行った。

［第三百八十七章］——全軍に対してティランが行った訓示。

「我らが敵を倒すことは確実であり、勝利の印、月桂冠もすでに編み終わっている。勇敢な騎士たちよ、まずは自分の高貴な魂を戦意で武装せよ。その雄々しい姿を見ただけで敵が震え上がるように。こうして一つの目的のために集い、力と勇気を合わせて戦うのはなんと嬉しいことではないか！　その目的達成のためなら、命を落としても後悔はあるまい！　騎士たちよ、祖先の活躍を思い出せ。そして諸君自身の素晴らしい武勲を思い出せ。万が一にも胸の中に臆病の虫が潜んでいたら、そんなものは追い出してしまえ。なぜなら神は諸君が臆病風に吹かれて高貴な魂を萎えさせることをお許しにはならないからだ。今、このときに懸けずして、何のための人生だ？　名誉ある手柄を立てるにこれほどうってつけの好機は二度とないのだ。臆病という名の海に沈んでいては、我らの武名はいかなる名誉ある港にもたどり着くことはできぬぞ。諸君、頭を高く上げよ。この世で命よりも大切な名誉のために戦うのだということを思え。そうすれば富も繁栄も自由も栄光も後からついて来るであろう。さらに最も重要なことは、聖なるキリストの教えを擁護することだ。キリスト教を守る者は常に守られ、その教えを奉じて心安らかに生きる者は永遠の命を約束されるのだ。一刻も早く敵に肉迫し激しく剣を交え、これを打ち負かしたいという熱意に燃える諸君にとっては、短い夜も長く感じられるであろう。敵は戦いに疲れ、飽いているであろうが、我々には戦いこそが喜びなのだ」

翌朝、モーロ人たちは床を払った後、戦闘準備をし、隊列を整えた。先陣は、勇敢な騎士で猛将として知られるトラミセン王が務めることになった。率いる軍勢は騎兵一万である。続く七軍団には、それぞれモーロ人の勇敢な騎士一名と一万の騎兵が配された。最後尾の遊撃隊二万の指揮はペルシャ王マナドーがとることとなった。各軍団は、百人あるいは十人ごとの中隊、小隊に分けられていた。

モーロ軍は市《まち》の外の美しい平原で陣形を整え、整然とティランの陣を目指して行軍を開始した。ティランが市の近くに放っていた密偵は、敵が出発したのを見て、急いで戻ってティランに報告した。騎兵はすでに馬にまたがり、歩兵もきちんと準備ができていたティラン軍はこの報に接し、モーロ軍を迎え撃つべく意気揚々と出陣した。敵に先に攻め入られては名誉にかかわると考えたのである。

両軍が接近し、お互いが視界に入ると、どちらも喇叭を吹き鳴らし、叫び声を上げ、大変な騒ぎとなった。あたかも天が地に落ちて来るかのようであった。ティランはまず、第一列に攻撃を命じた。智将ロカフォールが自軍を率いて猛然と突進して行く様はじつに見事であった。

一方、モーロ軍の先陣を務めるトラミセン王も、これ以上あり得ぬほど勇敢に戦いを挑んだ。その勢いに押され、さすがのキリスト教徒軍もたじたじであった。とくにトラミセン王は激しく剣を振りまわして敵を次々に倒していったので、誰もその進路を阻もうとする者がいなかった。そしてついにロカフォールと遭遇し、その頭をめがけて強烈な一撃をお見舞いしたので、ロカフォールはたまらず落馬してしまった。王は、そんなことには一向に頓着せず、なおも先に進んで行く。ロカフォールの部下たちが駆けつけ、必死で指揮官を助け起こして馬上に引き上げる。モーロ軍の進軍は素早く、実際、第二列の救援がなければロカフォールは命を落としていたであろう。ティランは第一列の苦戦を見て、アルマディシェルにも出撃を命じていたのである。第二列が激しく攻め立てたので、モーロ軍もかなりの後退を余儀なくされていた。このとき、モーロ軍の別働隊が激しい攻撃を仕掛けて来た。槍はへし折られ、騎手は馬から落とされた。キリスト教徒軍、モーロ軍、双方の多くの兵が命を落として地面に横たわることとなった。二人の王、すなわちトラミセン王とフェス王は、行く手を遮る者がないほど勇猛極まる騎士で、多くのキリスト教徒たちがその犠牲となった。

この二人のせいで味方が劣勢に陥ったのを見て、ティランは手勢を除く全軍に突撃を命じた。その攻撃が熾烈《しれつ》だったので、あれよあれよという間に、ほんの数時間で、敵は多くの犠牲者を出してしまった。

アスカリアヌ王はフェス王に一騎打ちを挑んだ。両王は激しく馬の胸をぶつけ合い、どちらの槍もすでに折れてしまっていた。二人は地面に転げ落ち、剣を抜いて、あたかも二頭の獅子《しし》のごとくに強烈な闘いを繰り広げた。両軍はそれぞれの王が地上で闘っているのを見て、救援に馳せ参じたので、そこでまた乱戦となり、多くの戦死者が出た。勇敢な騎士であるアグラムン領主とリサナ侯爵も駆けつけていた。モーロ軍の攻撃を尻目に、まずアスカリアヌ王が馬上に戻った。その後、モーロ軍もフェス王を馬上に引き上げることに成功した。しかし、旗色悪しと見たモーロ軍は、全軍投入に転じたのである。

そこでティランも手勢を率いて戦闘に参加した。キリスト教徒軍の攻撃を支えきれなくなったモーロ軍は大混乱に陥って、あたりは彼らの叫び声でいっぱいになった。光り輝く黄金の長衣をまとい、まるで狂犬のような獰猛《どうもう》さで戦っていたペルシャ王マナドーはティランを見つけて近づいて行き、その頭を目がけて剣で強烈な一撃をお見舞いした。剣はティランの頭をかすめて馬の首にあたり、ティランはすんでのところで落馬を免れた。体勢を立て直したティランはこう言った。

「この頑丈な兜《かぶと》がなければ今の一撃でやられているところだ。だが、神に誓って言うが、これ以上、剣を打ち込ませはせぬぞ」

言うが早いか剣を振りかざし、右肩に斬りつけ、王の右腕をばっさりと斬り落とした。王はそのまま馬から落ちて絶命してしまった。

ペルシャ王が戦死したのを見たモーロ兵たちが、必死の形相で激しい反撃を試みたので、ほんの数時間で地面は死体で埋め尽くされた。ティランは並み居る敵をことごとく一撃で倒し続け、その剣によって多くのモーロ兵があるいは命を落とし、あるいは傷を負った。

こうして戦ううちに、ティランは運良くトラミセン王と遭遇し、その頭に思いきり剣を振り下ろした。剣は狙いどおりに命中し、王はたまらず地面に転げ落ちた。丈夫な兜がなければ王の命はそこで尽きていたであろう。ティランは躊躇《ちゅうちょ》することなくさらに先に歩を進めた。モーロ兵たちが王を抱き起こしてみると、まだ息がある。そこで騎兵の馬の尻に乗せ、治療のために市《まち》へ連れ帰ったのである。

戦いは延々と続いたが、モーロ軍はついにキリスト教徒軍の攻勢に耐え切れず、敗走を余儀なくされた。キリスト教徒軍の戦闘能力が優っていたからである。敵が逃げ出したのを見て、ティランはこう叫んだ。

「今だぞ、勇敢な騎士たちよ、勝利は我々のものだ！　皆殺しにしてしまえ！」

市《まち》に逃げ込もうとするモーロ軍に、全軍挙げて追い討ちをかけた。モーロ軍は必死に逃走したにもかかわらず、この日殺されたモーロ兵の数は四万人を下らなかった。残りが市に逃げ込んだところで、ティランは自軍に帰還を命じた。市の中から射石砲で撃たれて犠牲者が出ることを恐れたのである。

戦闘が終了したところでティランは全軍に招集をかけた。多くの戦利品を戦場から回収し、神が与えてくれた勝利に感謝し、その名を称えながら、意気揚々と自陣へと引き上げた。ただ、敵の奇襲に備えて、日夜、厳重な警戒をすることは怠らなかった。市に逃げ込んだモーロ軍は市の外に柵を作り、日々、これ見よがしに、騎兵の演習を繰り返した。一方ティランは、市の周囲に射石砲など大型攻撃装置をたくさん設置させ、絶え間なく攻撃した。

この戦の勝利が確定したところですぐに、ティランはオナ港に停泊しているガレー船を武装させ、アスペルシウスというトラミセン生まれの騎士を艦長に任命し、ジェノバ、ピサ、そして当時は地中海一の商業都市であったマリョルカに派遣した。アスペルシウスはキリスト教徒で、とても勤勉かつ商才に恵まれた男であった。そこを見込んで、これらの港で、ガレー船であれ、その他の船であれ種類を問わず、大軍を輸送できるように、できる限りの船を借り上げる任務を与えたのである。傭船《ようせん》料は一年分を前払いするので、即時、チュニスのコンテスティーナ港(30)に回航するように、という条件であった。アスペルシウスはすぐさま自分のすべきことを理解し、準備をして出発した。

ここでいったん、ティランの戦場での連日の武功は措いておき、ティランがコンスタンチノープルに送った使者マルキザデックのことに話を移そう。

〔第三百八十八章〕――ティランの使者はいかにコンスタンチノープルに到着したか。

バルバリアを発った使者は、好天と順風に恵まれ、速やかにコンスタンチノープルに到着した。船が入港すると、皇帝に報告が行った。皇帝はある騎士を遣わして、どこの船で何を積んでいるのか、そしてどんな目的でやって来たのかを調べさせた。その騎士は船に乗り込んで使者と話をして事情をよく飲み込んでから、皇帝が待つ宮殿に戻った。騎士は、船がバルバリアから来ていること、ティランの命によって皇帝宛の小麦を満載していること、ティランの使者として騎士が一名乗船していることなど、詳しく報告した。

(30)「コンテスティーナ」は、実際にはアルジェリアの内陸都市である。

窮地に追い込まれていた皇帝は、この報告を聞いて大いに安堵《あんど》した。そして自分を見捨てなかった神を賛美し、感謝の祈りを捧げた。また、すぐに宮廷じゅうの騎士と官吏、都の代表者全員に対し、ティランの使者を出迎えに行くように命じた。彼らはすぐさま命令に従って港へ行き、使者の上陸を出迎えた。

使者は大層立派ななりをしていた。緞子《どんす》の衣装の上に黒テンの毛皮で裏打ちされた緞子の上着を羽織り、胴着もまた緞子、首からは太い金の首飾りを下げている。お付の人びとも皆地位が高いようで、美しく着飾っている。一行が上陸すると、皇帝が派遣した騎士たちが丁重に出迎え、ティランの帰還を心待ちにする皇帝の気持ちを伝えた。こうして使者たちは出迎えの者たちとともに皇帝の部屋に上がり、皇帝夫妻に謁見した。使者はまず皇帝に丁重な礼をし、その足と手に口づけをした。続いて皇后にも同じ挨拶をした。皇帝夫妻は使者を満足げな様子で歓迎した。使者マルキザデックがティランの信任状を皇帝に手渡すと、皇帝はそれを秘書官に渡して読み上げさせた。それは次のような内容であった。

〔第三百八十九章〕――ティランが皇帝に宛てた信任状。

「神聖なる皇帝陛下。本状を持参いたします使者が、私の伝言を詳細にご説明申し上げます。この者は名誉と実績のある騎士で、徳に関しても高い評価を得ております。どうか、この者をご信頼いただきたいと存じます」

　書状が読み上げられた後、皇帝は使者のために立派な宿舎を用意させ、必要なものをすべて届けさせ、落度がないように接待することを命じた。翌朝、皇帝は重臣や都の代表を全員、宮廷の大広間に集めさせた。全員がそろったところで使者を呼びに行かせた。使者は、アーミンの毛皮で裏打ちした、昨日とは違う形式、違う色の、立派な衣装をまとってやって来た。今日は、幅広の、七宝入りの飾りを肩から肩へ渡して掛けている。この使者は弁が立つうえに大変物知りで、いくつもの言語を話すことができた。使者は皇帝の前に出ると深々とお辞儀をした。皇帝は、声がさらによく聞こえるようにもっと近くに寄るように、と促した。皆に静粛を求めた後、皇帝は使者に伝言を述べるように指示した。使者は立ち上がって礼をし、次のように話し始めた。

〔第三百九十章〕――使者が伝えたティランの伝言。

「聡明なる皇帝陛下、陛下は、ティランが陛下のご命令でガレー船に乗船したことはご記憶でありましょう。その使命はスルタンとグラン・トゥルクが捕虜にしている騎士たちを救出することでした。しかし、運命の女神は、陛下とティランの希望がかなうことを快く思わなかったのです。また、ガレー船団が、折り悪しく襲ってきた海の嵐のために予定よりも早く出港してしまったこともご存じのとおりです。船団は六昼夜にわたって運命に翻弄され続け、ついにはばらばらになってしまいました。結局、助かったのはティラン元帥が乗っていた船だけでした。神のご加護のおかげでティランの船は、バルバリア、すなわちチュニス王が治める地に漂着し、そこで座礁いたしました。このとき、さらに何人かが命を落としております。難を逃れた者も、囚われの身となってしまいました。ティランは幸いにも、チュニス王のもとにトラミセン王の大使として参っていた〈首長のなかの首長〉という者の奴隷となりました。〈首長〉は狩りの途中に、洞穴に潜んでいたティランを発見し、その美しい容姿に惚れこんで自分のものにすることにしたのです。〈首長〉はティランを大いに気に入り、アスカリアヌ王との戦にも連れて行ったのです。このとき、ティランが大活躍したので、ティランは自由の身にしてもらったうえ、指揮官の地位に就けられたのです。ティランは巧みな戦略によってアスカリアヌ王を捕らえ、キリスト教に改宗させることに成功しました。こうしてアスカリアヌ王はティランの仲間となり、義兄弟となったのです。ティランはアスカリアヌ王のもとにトラミセン王の娘を嫁がせ、同じくキリスト教に改宗させました。アスカリアヌ王は、現在、チュニスとトラミセンも治めております。陛下もご存じとは思いますが、一つの市《まち》を残して、バルバリア全土の征服は終了しています。そしてこの市が落ち次第、ティランは全軍を率いてこちらへ向かって来る予定でおります。さらにシチリア王も、ティランは、バルバリアの地から二十万の兵を動員することができます。ティランは、できる限り多くの兵を率いて応援に駆けつけてくれるはずです。すでに食料を陛下のもとへ送るための船を数多く調達しているそうです。陛下、ティランの救援がこれほど遅くなったことをどうかお許しください。すべて不可抗力であったのです。ティランは、神のご加護を得て、陛下が心待ちにしていらっしゃったような活躍を間もなくお見せできると思いますので、どうかご安心ください」

［第三百九十一章］――使者はいかにして皇帝から、皇女へ挨拶をしにいく許可を得たか。

使者の伝言を聞いて、皇帝以下、居合わせた人びとは、彼《か》の地でのティランの大成功に大いに感銘を受け、また、それを嬉しく思った。なにしろ一奴隷の身からバルバリア全土の支配者にまで登りつめたのである。皆はその武勲を称え、徳が高いだけでなく腕も立つあのような騎士は、世界じゅうどこを探しても二人とおるまい、と口々に言った。トルコ軍の脅威にさらされ続けていた一同は、胸をなでおろしたのであった。

使命を終えた使者は、皇帝の前にひざまずいて、皇女に挨拶に行く許可を求めた。皇帝は快くこれを許し、イポリトに皇女がいる修道院に案内するよう命じた。ティランの生死について何の情報も得られず、悲しみに沈んでいた皇女はついに聖クララ修道院に入り、信仰生活を送っていたのである。修道女になったわけではないが、喪服をまとい、ほかの修道女と同じ日課を守っていた。

修道院の戸口に立った使者とイポリトは、皇女に面会を求めた。応対に出た者はすぐに、ティランの使者が来た、ティランは生きているらしい、と皇女に伝えに行った。皇女は顔に掛けていたベールを上げ、急いで戸口へ向かった。使者は皇女に丁重な礼をし、その手に口づけした。皇女は使者を抱き締めて歓迎の意を表した。使者が来たことを喜ぶあまり、目は涙に濡れ、しばらくはことばを発することもできなかった。

少しして落ち着いた皇女は、ティランの近況をたずねた。使者は、ティランが極めて健康で、皇女にくれぐれもよろしくと言っていたこと、また、皇女に非常に会いたがっていることを伝えた。そして、

「これを預かって参りました」と言いながら手紙を渡した。
皇女が受け取って読んだ手紙には、次のようなことが記されていた。

［第三百九十二章］――皇女宛のティランの手紙。

「お目にかかれないということほど、恋する者にとっての難敵はありません。私が今まで闘ってきた多くの敵の中にも、これほど手強《てごわ》い相手はおりませんでした。あなたの姿を拝めなくなってから、あなたのティランはずいぶんたくさんの辛い目に遭って参りました。あなたが終始、この不幸な体を祈りで支えてくださらなければとても耐えられはしなかったでしょう。私はこちらで名誉ある成功を手にすることができましたが、それもみな、あなたのおかげです。あなたがいらっしゃらなかったら、とてもそのような栄誉に浴することはなかったでしょう。すべてあなたからいただいたものとして大切にしています。もし私の不在があなたを傷つけるようなことがあったとしたら、それは運命のせいなので、どうかお許しください。私の頭は、日夜、凄まじい悲しみに襲われています。私は好んであなたのもとを去ったわけではないのです。私の舌はあなたのお名前を呼ぶ以外に能はないのです。これまで、どれほどの修羅場を経験して来たことでしょう！　そこをなんとか勝ち抜けてきた私も、あなたの優しさにはひとたまりもありません。この手紙はあなたに対し、申し開きをするためのものです。これ以前には一通の手紙も差し上げていませんが、それは手紙を認《したた》める自由など私にはなかったからなのです。しかし、尊いあなたにふさわしく、その正当な祈りは十分に功を奏していますのでご安心ください。おかげで私のささやかな望みがかなえられたのですから」

手紙を読み終わった皇女は、その内容に胸をなでおろしたのだった。そして、使者に、ティランのバルバリア征服の進み具合をたずねた。使者は、すでに皇帝の御前で述べたことを、細大漏らさずすべて皇女にも伝えた。これを聞いて、皇女はティランの活躍に感銘を受け、ギリシャ帝国を、現在の窮状とこれから予想される困難から救い出してくれるのはティランしかいないと確信した。そして、間もなくティランが戻って来るということを知って、大いに満足した。さらに皇女は使者にプラエール・ダ・マ・ビダはどうなったのか、死んでしまったのか、生きているのか、とたずねた。使者はプラエール・ダ・マ・ビダの数奇な運命を詳しく語って聞かせ、現在は、アグラムン領主の妻として暮らしている、と言った。また、ティランがプラエール・ダ・マ・ビダを極めて丁重に扱い、やがて女王の位に就けることを約束しているのだ、ということも報告した。

皇女は大層喜び、ティランはいつものように振舞っただけなのだ、元来、世界に肩を並べる者がないほど徳が高いのだ、と言った。また、プラエール・ダ・マ・ビダはムンタガタの王女の奴隷であったのだが、ティランに懇願して王女の命を、住民の命とともども救ってもらったのだ、ということも伝えた。さらに、アグラムン領主は彼らを八つ裂きにしてやると言っていたのだが、プラエール・ダ・マ・ビダの絶妙のとりなしで、その助命に成功したのだ、とも付け加えた。

報告が終わったので、使者は皇女のもとを辞して宿舎に戻った。

［第三百九十三章］――いかに使者は皇帝と皇女の返事を持ち帰ったか。

使者の報告から数日後、皇帝は使者を返すことにし、ティランの書状に返事を認めさせた。その中で皇帝は帝国の窮状を事細かに述べたのである。

皇帝は使者を呼び出して書状を手渡した。そして、どうか年老いた自分を忘れてくれるな、神とティランの助けがなければ、人びとはキリストの教えを捨てさせられ、婦人も娘も蹂躙《じゅうりん》されてしまうだろう、とティランに伝えるように、使者に心から、重ね重ね依頼したのだった。使者は皇帝のことばをしっかり心に刻みつけ、皇帝と皇后の足と手に口づけをしてそのもとを辞した。

その後、使者は皇女のいる修道院に向かい、皇女に、皇帝の許しは得ている、何か言付けはないか、とたずねた。皇女は、使者に、すぐに出発してくれるのはとても嬉しい、ティランが早く自分たちを窮地から救い出してくれるように使者からも訴えてほしい、と答えた。また、騎士道精神にもかなったことであるはずなので、どうか速やかに来援してくれるように伝えてほしい、と何度も繰り返し頼んだ。そしてティラン宛の手紙を託した。

話が終わったので、使者は皇女の手に口づけをして暇乞いをした。皇女は使者を抱擁して、丁重に別れを告げた。ティランから命じられた任務がすべて終了したことを確認して、使者は船に乗り込み出帆した。

ここで物語の中心は皇帝から再びティランへと移る。

［第三百九十四章］――いかにティランはカラメンの市《まち》を攻め落としたか。

マルキザデックを使者としてコンスタンチノープルに派遣した後、ティランは、包囲した市をいかに落とすか、攻略法を見つけあぐねていた。連日、射石砲で壁を壊すのだが、中にいる敵がすぐに修繕してしまうのである。日夜、攻撃を仕掛けてみても、中に入り込むこともできない。市の中の王たちが知恵者なうえに勇気もあったからである。戦の経験が豊かで、武術にも長《た》けていた。彼らが自分たちに都合が良いときに、壁の外に出て来て、好きなだけ戦うのである。そのたびに激しい戦闘となり、双方に多大の犠牲者が出た。ただし、ティランがいるときには出て来ようとしない。ティランは手勢として、彼らの倍に相当する騎兵と歩兵を擁していたからである。このようにして空しく一年が経過した。

ある日、ティランは騎士たちを集めて軍議を開いた。アスカリアヌ王、アグラムン領主、そのほかの多くの指揮官や騎士が参加していた。ティランがまず口火を切ってこう言った。

「おのおの方、すでに一年もあの市を包囲していながら落とすことができない。このような軟弱ぶりでは、我らの名折れだ。こうなったら死を賭しても征服せねばならないと思うが、どうだろう」

出席者全員が賛成であった。ティランは征服を一刻も早く終わらせて皇帝と愛《いと》しの皇女救出に赴きたかったので、必死であった。皇女に対する愛情が足りないからだ、と絶えずティランを責め続けるプラエール・ダ・マ・ビダの存在も、ティランを焦らせる一因であった。

ティランは、包囲戦が始まって以来、極秘に地下道を掘らせていた。平らな地形ではあったが、市《まち》が岩盤の上に建っているので、掘削は難航していた。市をなかなか落とせない理由の一つはそこにあった。やっとのことで地下道が完成したところで、ティランは千人の精鋭を選び、勇敢で何をやらせてもそつのない優れた騎士であるロカフォールをその指揮官とした。また、全軍を十の部隊に分け、それぞれに指揮官を置いた。

軍の再編が終了したのを見て、ティランは夜明け一時間前に、十の異なった方向から市へ総攻撃をかけるように命令した。命令はティランのことばどおりに実行され、兵たちは攻撃を仕掛けて、次々に壁に梯子《はしご》をかけた。市の中の敵も勇敢に防戦し、多くのキリスト教徒兵が戦死した。こうして地上で戦闘が行われている間にロカフォールが指揮する千人の兵は地下道に入った。彼らは地上に出ると、すぐそばの門に走り寄り、扉を開けた。その近くで戦っていたティランとその手勢は、門が開けられるとともに市の中になだれ込んだ。千人の兵は別の門に行き、その扉も開いた。そこからはアスカリアヌ王率いる一隊が侵入した。

市の中は叫び声に溢れている。千人の兵はさらに別の扉も開けて味方を導き入れた。こうして全軍が市の中に入ることができたのである。

自軍が総崩れになっているのを見た血気盛んなトラミセン王は、必死の形相で、キリスト教徒軍が奮戦しているところへ駆けつけた。それは味方を救援するためというよりはむしろ、惨めで辛い敗け方から逃れるために、キリスト教徒兵を惨殺しながら死に至ることを求めているかのようであった。このように王は、決して逃げようとはせずに、戦意をみなぎらせていたのだが、偉大なる騎士アルマディシェルの剣にかかって殺されてしまった。アルマディシェルは王冠を外した王の首を剣の先に突き刺して高くかざしたのだった。

これを見てもなお、市の中のモーロ兵たちが戦いをやめることはなかった。もはや、戦に勝利する望みはないものの、できるだけ多くのキリスト教徒の命を奪おうというのである。彼らがこうして、防御するというよりは必死の攻撃を選んだのは、滅んだ後も自分の勇名が残ることを願っていたからである。モーロの騎士たちの戦いぶりはさながら怒り狂う獅子のようで、全身が武器を持った右手と化したかの如くであった。このように、以前に倍する戦意を見せるモーロ軍の攻撃の前に、多くのキリスト教徒兵が命を落とした。また、傷を負った者も少なくなかった。街路を逃げ惑うティラン軍の上に、さらに塔や屋根から容赦なく石礫《いしつぶて》が浴びせられた。

騎士ロカフォールは、戦闘で崩れた壁を伝って塔に上がり、常勝の元帥ティランの紋をあしらったアスカリアヌ王の旗を掲げた。これを非常な侮辱と受け止めたフェス王は、大勢の部下とともに、駆け寄って来た。王は同じ所から壁を登り、旗を下ろそうとしたのだが、リサナ侯爵の手で塔から突き落とされてしまった。こうしてフェス王は悲しい一生を終えたのである。王の死を見たモーロ兵らの間からは悲痛な叫びが上がった。そこにさらに多くのモーロ兵が集まって来て、統制は取れていないものの、激しい攻撃を仕掛け始めた。まさに、王の弔合戦《とむらいがっせん》という様相であった。

しかし、ティランとアスカリアヌ王がさらに多くの兵を率いて、混乱するモーロ軍の真ん中に斬り込んだ。そして最後の一兵にいたるまで、容赦なく殺してしまったのである。

ブランシュ子爵は、この勝利に有頂天になったわけでも、危険を恐れたわけでもないが、この優勢に展開する混戦を抜け出して、数人の部下とともに市《まち》の塔や頑丈な家を占拠しに行った。占領後の市の安全を確保するためにこのような冷静な行動をとったのである。子爵の手勢は塔や家に分散し、焚き火をして、様々なキリスト教にまつわる紋章のついた旗を掲げ、このように叫んだ。「勇名高い元帥万歳！　祝福された王万歳！　気高く勇気ある騎士たち万歳！　神を讃え敬うキリスト教万歳！　聖なる信仰のおかげで、我らは素晴らしい勝利を獲得したぞ！」

［第三百九十五章］――ティランがコンスタンチノープルに派遣していた使者は、いかにティランのもとに戻って来たか。

市を征服し、敵対する王を全員殺してしまったティランは、これ以上ないというほど満足していた。長い間の願いが成就したのだから、それも無理からぬことであった。そして、このような満ち足りた気持ちで、偉大な勝利を神に感謝し、その名を称えた。危険が去り、市が整備され、外にいた兵たちも全員中に迎え入れられた。この市は大変大きな市で、食料の蓄えも豊かだった。あらゆる物がふんだんにあり、兵たちは大喜びであった。近隣の城や村はティランのところへ鍵を持参し、全員キリスト教徒になり、何でも命令に従うので寛大な措置をお願いしたいと懇願した。ティランはよろこんでこれを聞き入れ、キリスト教徒になる意志がある者は洗礼を受けさせたうえで、何の処罰もせずに自由にしてやった。人びとは、ティランの温情に接してその崇拝者となった。

このように喜びと休息の日々が続くなか、ティランのもとに、コンスタンチノープルに派遣してあった使者が無事にストラの港に到着したという知らせが届いた。ティランはこの知らせを大いに喜んだ。その数日後に使者が市に帰還すると、ティランは大満足でこれを迎えた。使者は丁重な挨拶の後、皇帝から預かった書状を手渡した。ティランがすぐに読み始めた書状には、次のようなことが書かれていた。

［第三百九十六章］―コンスタンチノープルの皇帝がティランに宛てた書状。

「そちが送ってくれた使者が誇らしくも喜ばしい知らせをもたらしてくれたときには、驚きと不安のために、なかなか信じることができなかったほどであった。それまで余の心は塞《ふさ》ぎがちで、そちの勇気あるはたらきで救われたこの故国を蹂躙されたり、失ったりすることを恐れる気持ちよりも、むしろそちのような立派な騎士が不幸にも遭難してしまったことを惜しむ気持ちの方が強かったのだ。そちの不在は、敵にとっては勝利を保証する手形のようなものであったし、仮にそちが命を落としでもしていたら、我々はすぐさまあの世へ行くべく引導《いんどう》を渡されていたことであろう。しかし、そのような悲劇を神はお望みにならなかった。ただし、我らの犯した罪のために、差し迫った危険が去ったわけでもなければ、日々、我々が帝国の領土を失い、トルコ人どもがますます肥え太っていくことに変わりがあるわけでもないが。我が栄光の帝国の領土はもはや、コンスタンチノープルの都とペラの市《まち》、そして、ペラの橋のこちら側にあるために無事ですんでいるいくつかの城だけになってしまった。敵の包囲は厳しく、食料の不足は深刻である。神のお慈悲によってそちがここへ戻らねば、間もなく我々の命運も尽きてしまうであろう。そちこそが我らにとって最後の希望なのだ。どれほど多くの我が愛する家臣が命を落とし、また、残りの人生を悲しい異教徒の奴隷の身で過ごすことに甘んじざるを得ないか、話せばあまりに長くなってしまう。偉大な神の元帥よ、余が息子と思って愛しかつ誇る元帥よ、異教徒どもに一泡吹かせ、死んだ家臣たちの仇を討ち、そして命ある者に元気を与えるために、十字架にかけられたイエス・キリストの御名にかけて、我々の危機と惨状を思い出してほしいのだ。我が最愛の娘、そして我が民の口にティランの名がのぼらぬ日はない。神を別にすれば、そちしか頼みとする者もないからだ。我々は、これほど苦しめられ辛い目に遭わされているにもかかわらず、どうすればそちの注意をこちらへ向けて、早く駆けつけてもらえるか分からずにいる。そちの縁者や友人たち、そしてロードスの騎士団長やシチリア王が送ってくれた援軍の兵たちの多くが囚われの身となっている。彼らを救い出すことができたらどんなにいいであろう。アフリカの平定が終われば、征服者であるそちは、この失われた帝国を取り戻しにやって来ることができるであろう。なぜなら、帝国を回復することも、アフリカ征服に負けず劣らず重要であるからだ。ティランよ、世界の征服者という称号はそちの功績を考えれば、そちには小さすぎる。ティランがいまだ地上に存在することを知っただけで、グラン・トゥルクは震え上がり、スルタンは怖《お》じ気《け》づくであろう。どうか持ち前の勇気を発揮して、またもしまだ愛がその胸に宿っているならば、帰還を拒まないでほしい」

［第三百九十七章］――使者がティランに報告したこと。

書状を読んだティランは、皇帝を大層気の毒に思った。その苦しい心中を察し、涙を禁じ得なかった。異教徒に捕らわれ、ひたすらティランに救出されることを願っているマケドニア公爵やそのほかの縁者、友人のことを思わずにはいられなかった。また、自分がギリシャ帝国滞在中に征服した土地、そしてそれを上回る土地が、ほんの少しの間に失われてしまったことを知り、愕然《がくぜん》としたのであった。

ティランは、使者に、見たことを詳しく報告するように求め、使者もこれに応えた。とくに皇女の様子を知りたがったので、使者は聖クララ修道院で面会したこと、皇女はティランの不在を悲しみ、神に仕える道を選んだこと、その気高い顔をいつもベールで隠していること、自分に会って大変喜んだこと、などを報告した。

「そして、元帥殿がお元気か、どのようなご活躍をなさっているのかということをおたずねになり、とくに、モーロ人に捕らわれ奴隷にされてしまう危険が身近に迫っているだけに、どうか皇女様のことを忘れないように伝えてほしいと何度も何度も重ねて頼まれました。もし何か気に触るようなことがあったとしても、どうか許してほしいと、おっしゃっていらっしゃいました。たとえ何かに腹を立てておられるにせよ、どうかそれを自分に対してあらわにせぬように、あなたさまは敵に対してさえ慈悲深く寛大なのだから、あなたのものであるこの自分に対してはなおさら、いつもどおりの寛大さを見せてほしい、そうでなければ、あなたさまを信じることもできなくなってしまう、とも。さらに、自分はあなたさまにはふさわしくはないかもしれぬが、自分を裏切ることは、あなたさま自身を裏切ることにも等しいのだ、ということでした。最後に、この願いがかなうならば、皇女様も、そのすべての持ち物も、あなたさまのものとなるでしょう、とおっしゃいました」

このほか、使者は多くのことをティランに報告したのだが、ここではそれをすべて書き連ねることはしないでおこう。使者は皇女に託された手紙をティランに渡した。ティランが読んだその手紙には次のように書かれていた。

[第三百九十八章]――ティラン・ロ・ブラン宛の皇女の手紙。

「私の悲しみで固まっていた心を、限りない喜びと溢れんばかりの嬉しさが柔らかくほぐしてくれました。私を生き返らせてくれたあなたの手紙を読んだ後では、自分が別人になったような気がします。あまりの安堵に、ずいぶん長い間、喜びよりも苦しみを表わすことが多かった両目から涙が溢れ出てきました。心臓を救うために私の薄い血がそこに集中したがゆえに、手足から力が失《う》せてしまい、居合わせた者たちによれば、私は死んだように見えたそうです。何時間にもわたり様々な治療を受けたおかげで力を取り戻すことができたので、こうしてあなたにそのときの様子をお知らせしようと手紙を書いております。まずは私の口から溜め息が漏れました。それは意識を取り戻したしるしだったのです。看病の者たちに、私が気を失った理由を悟られぬように、修道院の居室に連れて行ってもらいました。そこで私はあなたに対して犯した罪にふさわしい懺悔《ざんげ》をしたのです。今こうして、拙《つたな》いことばを書き連ねていますが、あなたのお姿を見失ってから、これほどゆっくりと楽な気持ちでくつろげたことはありません。これもみな、あなたのもとへ戻れるのだという思いの賜物です。私は人知れず、あなたのものでありましたし、現在もこれからもそうあり続けるでしょう。あなたが私のためになさった苦労の数々に感謝します。困難を乗り越えることができたのは、私の至らぬ祈りのためではなく、あなたに素晴らしい勇気があったからです。運命を恨んではいけません。むしろ褒め称えねば。なぜなら最後には成功をもたらしてくれたのですから。良い終わり方をするならば、不幸もまた良しとせねばなりません。栄光に包まれたティラン、私の名前などあなたにとってはほんのつまらないものでしかないのでしょう。あなたのお手紙にあるように、あなたは気持ちが高ぶったときにしか思い出してはくださらないのですから。愛情や燃える恋心を打ち破るほどの敵ならば、あなたもその敵に抑えつけられてしまっているのでしょう。あなたの偽りのことばが私を傷つけた罪は許してあげましょう。ただし、一つ条件があります。すぐさまアフリカという女性を袖にして、私を含め、あなたの姿を見ることを渇望してやまないこちらの民をたっぷりと満足させてください。皇帝の冠もあなたを待っていることをお忘れなきように。あなたが求め続けていた私の貞操は、今やどこかの異教徒に踏みにじられようとしています。あなたの妻である私自身も捕らえられて彼らの奴隷にされてしまうでしょう。ギリシャ帝国、すなわち皇帝陛下と私があなたをどれほど厚遇しているかもお忘れにならないでください。あなたが剣をとり、力を尽くして、救出されるのを待ち望んでいる大勢のキリスト教徒を守らなければ、あなたは恩知らずとの謗《そし》りを免れないでしょう。ティラン、どうか体じゅうの力を振り絞って行動を起こしてください。あなたは名誉と愛が懸かったことについては、慈悲深く寛大です。全滅の危機に瀕し、イエス・キリストに対する信仰さえ捨てかねない人びとを救いに来てください。勇敢な騎士であるマケドニア公爵ディアフェブスやそのほかの縁者の方々をお忘れくださいませぬよう。皆、私たちを助けに来てくれたがゆえに、劣悪な環境の獄に繋《つな》がれることになったのです。これ以上、何を申し上げればよいのか、何をお見せすればよいのか分かりません。私は今まで、あなたのものだった宝石などを見たり、身に着けたり、それに口づけしたりして、自分の気持ちを紛らわせてきました。また、自分の部屋を見回して『ここに私のティランが座っていたのだわ、あそこでくつろいでいた、ここで私を抱き、口づけしてくれた。あの寝台で裸の私を抱き締めた』と言ってみるのです。こうしていつも辛い心をわずかなりとも癒やしているうちに、夜も昼も一日の大半が過ぎていきます。こんな愚にもつかぬ嘆きはやめにしたいのです。ティラン、どうか帰って来て。そのときこそ真の安らぎが戻るでしょう。私の辛い日々も終わり、心は癒やされるでしょう。そしてキリスト教徒たちも救われるのです」

［第三百九十九章］――いかにティランは、愛しさと辛さのあまり気を失ったか。

皇女からの手紙を読み終わったティランは、あまりの辛さに気を失ってしまった。皇帝や皇女の窮状を目前に突きつけられ、さらには皇女の嘆きを読んで湧き上がる憐憫の情と辛さに耐えかねたのである。従弟のマケドニア公爵やそのほかの親類、友人が囚われの身に甘んじているということも胸にこたえていた。そして床に倒れ、意識を失って死んだようになってしまったのである。

ティランが気を失ったということで、宮殿じゅうが大騒ぎになった。これを聞いたプラエール・ダ・マ・ビダが大急ぎで駆けつけてみると、ティランはすでに寝台に横たわっていた。プラエール・ダ・マ・ビダはティランの顔にバラ水をふりかけ、耳の中に指を入れて例の傷に触れた。するとティランはすぐに目を開いたが、しばらくは話すことができなかった。愛情と苦痛は相反するものだが、この場合に限っては相乗効果を及ぼしたのである。要はティランがそれほど深く皇女を愛し、また、縁者や友人たちにもそれに劣らぬ愛情を抱いていた、ということなのである。意識が完全に戻ったところでティランはこう言った。

［第四百章］——ティランの叫び。

「ああ、愛の茨《いばら》の道を歩む者たちよ、汝《なんじ》らの道と私の歩く道、どちらが辛いか比べてみてくれ(31)！　傷だらけの私の心の苦しみを癒やしてくれる最高の医者であり薬でもあるお方は、はるか遠くにいらっしゃり、しかも差し迫った危険に苦しんでいらっしゃるのだ。つまり、その方のお命も私の命も二つながらに危険にさらされていることになる。運命の女神は私を栄光から引き離すだけでは満足せずに、またしても、私の魂の逃げ場所を探し出し、包囲し、攻撃をしかけようとしているのだ。ああ、私が神のように愛し、尊敬申し上げる皇帝陛下よ！　私の人生で一番大切なものを身籠《みご》もられた皇后陛下！　そして神々しい知恵が形となって現われたような皇女様！　ああ、私の魂の素晴らしい憩いの場である、天使のようなお姿の我がご主人様！　あなたに一言褒めていただければ、私の苦労などたちどころに吹き飛んでしまいますのに。私がいない間、誰があなたを敵や不安から守ってくれているのでしょう？　ティランよ、誰かお前に翼を貸してくれる者はないのか？　翼があれば、私の姿を想像して独り言をつぶやく傷心の皇女様のところへ飛んで行けるのに。空の雲よ降りて来い、そして私の命の持ち主であるあの方のところへこの重い体を運んでおくれ。詩の中にたびたび登場する不死の神々よ、私の味方をし、私を助け、悩める私に何をしたらいいのか教えてくれ。私の望みがかなえられるようにしてくれ。主よ、真の創造主にして、人類の救済者である神よ、地面に両膝をつき、天を仰ぎ両手を差し伸べて、謹んであなたの永遠にして無限のお力を求めます。どうかあなたの栄光に敵対する者たちを押し留めてください。あなたの下僕たる私が、いつものとおりあなたのお慈悲に導かれ、あなたの威厳とお力に絶えず助けられて、あなたのお名前を呼びながら、帝国とキリスト教世界を救うことができるまで。私はそのようなお恵みにふさわしい男ではないかもしれませんが、あなたのお慈悲によって解放された他の者たちと力を合わせ、あなたに感謝を捧げられるような結果を出すように努めます。そして裸の赤子のように無力な私たちにあなたが期待していらっしゃる成果を、行動によって勝ち取り、聖なるあなたに捧げるようにいたします」

(31) ダンテの「新生」の一節を模したもの。

[第四百一章](32) ― いかにティランはフェス王国とブジア王国をアグラムン領主とプラエール・ダ・マ・ビダ夫妻に与えたか。

ティランはこのような悲痛な嘆きのことばを口にし終えると、アスカリアヌ王にこの地を出てチュニスへ向かうことを提案し、王がチュニスの王になることを勧めた。また、自分の出発に先立ち、フェス王国とブジア王国をアグラムン領主とプラエール・ダ・マ・ビダ夫妻に与えた。それから全軍に整列を命じて、大騎兵隊を率いて一路チュニスの都を目指したのだった。

アスカリアヌ王と元帥ティランが大軍とともにやって来ることを知ったチュニスの人びとは使者を送って、自分たちの主君が死んだ今、二人を主人と認め何でも言うとおりにするので、損害を与えることはしないでほしい、と懇願した。二人はこの願いをよろこんで聞き入れ、チュニスの都に平和裏に入城し、大歓迎を受けた。ティランは、アスカリアヌ王を主君としていただくことを王国内のすべての市《まち》や城の住民に誓わせた。

こうして皆が祝いの雰囲気に包まれているときに、ティランのもとに、コンテスティーナの港にジェノバ人の大船が六隻入港したという知らせが入った。ティランは急いでマルキザデックに十分な金額をドブラ金貨で持たせて派遣した。船には食料を積み込み、傭船料を支払ってコンスタンチノープルに急行させるように指示したのである。

マルキザデックは出発し、すぐさまティランの命令を実行に移した。数日の間に荷の積み込みも準備も完了し、好天の中を船団は出帆した。皇帝とコンスタンチノープルの人びとのための食料を満載した六隻の船が出港した後、ティランはアスカリアヌ王を正式にチュニス王国の王位に即け、家臣や住民に忠誠を誓わせた。また、トラミセン王国についても同じ処置をとった。

これらが終わったのを見て、ティランは大いに満足したのだった。次にティランはアスカリアヌ王に、全軍を率いて、自分とともにコンスタンチノープルへ向かい、スルタンとグラン・トゥルクが占領しているギリシャ帝国奪回に力を貸してほしい、と頼んだ。王はもちろんよろこんで協力する、さらにできることがあったら何でも言ってくれ、と答えた。

フェス、ブジア両国を治めるアグラムン領主にも、領地へ戻ってできるだけ多くの兵

(32)　この章からガルバの手が入っているのではないか、という説がある(J・F・ビダル・ジュベによる)。物語の展開がやや性急になっていることや、マルトゥレイが嫌っていたはずのジェノバ人が好意的に描かれていることなどがその根拠。

を集めて自分とともに出陣してほしいと依頼した。すでに王位に即き、領土を掌握していたアグラムン領主は、この依頼を快諾し、すぐさま出発した。また、アスカリアヌ王はすべての指揮官、騎士たちに書状を認《したた》め、全兵力をまとめて戦闘準備をさせ、定められた日にコンテスティーナの市に集結するように、と求めた。書状を受け取った者たちはすぐさま、できる限りの準備を始め、三カ月後にコンテスティーナ港に集まった。トラミセンとチュニスからは合わせて四万四千の騎兵と十万の歩兵が派遣されて来ていた。続いて、フェス・ブジア王、すなわちアグラムン領主率いる二万の騎兵と五万の歩兵が整然と隊列を組んで到着した。

このように兵が続々と集まっているところへ、騎士アスペルシウスがガレー船などたくさんの船を雇って入港して来た。その中にはジェノバの船もあれば、スペイン、ベネチア、ピサの船もあった。また、さらに多くの船がやって来る予定であった。アスペルシウスはガレー船を降りて、ティランの前に参上し、挨拶の後、使命を立派に果たしたことを報告した。傭船の数はじつに、大船三百隻、ガレー船二百隻、小型船多数にのぼっていたのである。ティランはこの報告を聞いて大変満足した。

ティランはすぐに一隻のガレー船に武装を施させ、アスペルシウスにシチリア王のもとに使者として行ってほしい、と言った。アスペルシウスはよろこんでこの命令に従った。ティランは彼に、シチリア王への伝言を託した。騎士アスペルシウスは再びガレー船に乗り込み、シチリアへと向かった。

使者が派遣された後、数日間で、すべての船舶がコンテスティーナ港に入港し終えた。必要な数を上回る船が調達できたことを確認したティランは、船主たちを集め、一年分の傭船料を支払った。そしてすぐに、三十隻をバルバリアの岸に接岸させ、食料を積み込ませた。船積みが行われている間に、ティランは騎兵、歩兵、さらには市民や他から集まって来た見物人など全員を、コンテスティーナ港に面した美しい広場に集めた。その広場に大きな台を作らせ、その周りを人びとが囲めるようにした。ティラン、アスカリアヌ王、フェス王、そのほか上がれる限りの貴族や騎士たちがこの上にあがった。その他の者たちは下で取り巻いた。ティランは皆に静粛を求め、次のような演説を始めた。

［第四百二章］――全軍に向けたティランの演説。

「私の心の船は、舳先《へさき》を常に名誉という港へ向けて危険な航海を続けている。愛を懸けて渡る海は荒れ狂い、苦難どころか死さえも覚悟せねばならない。しかし、たとえ死すとも、その栄光は人びとの記憶から消え去ることはないであろう。強大な権力を持つ王たちよ、勇敢な騎士たちよ、そして徳高き民よ、諸君は、これまでの立派な行いに恥じぬよう、この難航に挑戦せねばならぬのだ。錨《いかり》を上げ、勇んで出港しようではないか。諸君はすでに様々な武功によって名声を得て、家の誉れとなってはいるが、今回の戦で、その冠はさらに光り輝き、武名もいっそう高まるであろう。間違いなく諸君を待ち受けている勝利を希望の旗印とするがいい。諸君の、勝利に慣れたその両手は勝つことしか知らず、凄まじい戦いにもびくともしなくなったその両目は、決して閉じられることはないであろう。また、諸君の勇気は、ダイヤモンドの塊のように堅固で、逡巡《しゅんじゅん》も後退も許さぬであろう。安心するがよい、我々皆が心を一つにして戦えば、必ずやこの遠征は成功し、栄光の港に入ることができるだろう。最後に、諸君に訴えかけ、お願いし、望みたい。私は諸君の利益と名誉を自分のことのように大切に思っている。それゆえ、この遠征がどれほど特別で、必要なものであるかということをことあるごとに思い出してほしいのだ。危機に瀕しているキリスト教世界を守り、さらにその地位を高めることは我々の務めなのだ。それが成った暁には、報いは無限ともいえるほど大きいであろう。今、諸君に説教をしようと準備している司祭がそのことをさらに分かりやすく説いてくれるであろう」

ティランは演説を終えると、台の上にしつらえさせた椅子にメルセス修道会の修道士を座らせた。この修道士はカタルーニャのリェイダの出身で、その名をジュアン・ファレーと言った。教皇の名代の資格を持ち、モーロ人のことばを巧みに操ることができるので、ティランが請うて来てもらったのである。神学に詳しく、次に分かるように、素晴らしい説教をすることで知られていた。

〔第四百三章〕――ティランの依頼で行われた、モーロ人に対する説教。

「高貴なる王様、気高く寛大なる騎士や貴族諸兄、そのほかここにお集まりの方々、皆さんがキリスト教の教えの尊さを高めるためにこうして力を合わせようとなさっているお姿を見て、またキリスト教の信仰の素晴らしさと、それが知性を持つ生き物にとっていかに必要不可欠なものであるかということを再確認できて胸が一杯になります。神は天国の栄光、最高の善を与えることだけを目的に人間をお創りになったのです。それゆえ、人間はキリスト教の信仰という婚礼衣装をまとわねば、そのような喜びを享受することはできないのです。もともと死と原罪を背負わされた存在である人間を、その重荷から解放してくれるものは信仰以外にはないのです。偉大な神学博士であるアウレリウス・アウグスティヌスは「アド・オブタトゥム書簡」の中でこのことをこう表現しておられます。'Nemo, inquit, liberatur a damnatione que facta est per Adam nisi per fidem Jesu Christi.' つまり『イエス・キリストに対する信仰がなければ何人《なんぴと》もアダムの罪によって負わされた刑罰を免れることはできない』ということです。この、信仰だけが救済の道であるという点では、古代の人びとも、現在の人びとも違いはありません。なぜならば古《いにしえ》の教えは人を永遠の生に導いてはくれなかったからです。旧約聖書の時代の人びとでさえ、やがてイエスが誕生し、人間に代わって死に、三日後に蘇《よみがえ》ったこと、そして、この出来事やその後起こる様々なこと(私たち現代の者はすでにそれが起こったことを知っていますが)を信じることによって救われるのだ、と知っていたのです。天国の栄光というものは、目で見ることも、耳で聞くことも、頭で理解することもできぬほど素晴らしいものなのですが、それほど素晴らしい褒美を失ってしまわぬように、皆さんは今まとっておいでの信仰という衣をなくさないようにせねばなりません。イスラムの教えに惑わされておいでの方々は、そんなものはお捨てになって、カトリックに改宗なさい。カトリックの教えに従えば、聖者の列に加えられるのですから。イスラムの教えは、あなた方に不潔で不道徳な生活しか与えてくれないのです。貪食《どんしょく》や淫蕩《いんとう》のうちに人間としての幸せを見失ってしまうことほど有害で恥ずかしいことがありましょうか？　そのような悪徳を、あの悪辣《あくらつ》この上ない豚、ムハンマドは、幸福だと偽ってあなた方に吹き込んでいるのです。それが、人間が本来持っているべき理性や判断に照らせばとんでもないことであることはお分かりでしょう。なぜなら、貪食や淫蕩は、理性を持たない汚らわしい動物の特性だからです。人間の幸福は人間本来の行為の中に求められるべきでしょう。アリストテレスは『倫理学』の第一巻と第十巻の中で、また、ラクタンティウスは『神学体系』(33)の第三巻第十章で、このようなことについて、人間は汚れた動物と同じであってはならない、と述べています。人間が貪食や淫蕩に溺れている間は、動物と同等であり、たとえ幸せを感じていてもそれは人間の幸せとはいえないということです。したがって、あなた方に多くの不道徳を教え込んだムハンマドという男は、明らかにあなた方を欺いているのです。ムハンマドは偽りと欺瞞《ぎまん》に満ちた指導者なのです。これに対し、イエス・キリストを大将にいただくカトリックでは、イエス・キリストこそが王のなかの王、君主のなかの君主なのです。イエス・キリストはそのような忌むべき行為を排し、キリスト教徒が神の戒めを守れるように導いてくださいます。この道だけが神の道だ、と言うことができるのです。ダビデは、'Viam mandatorum tuorum cucurri.' と言いました。すなわち『主よ、私はカトリック信仰の道を歩いて来ま

(33)「ラクタンティウス」は三世紀後半から四世紀初めのキリスト教神学者。「神学体系」は代表作の一つ。

した。それはあなたの戒律の道なのですから、私は救われるはずです〔34〕』ということです。また、『伝道の書』の二十三節には、'Nihil dulcius quam respicere in mandata Domini.' とあります。つまり『この世に、神の戒めを気に留めておくことほど、甘く愉《たの》しいことはない』ということです。ああ、このキリストの掟に書かれていることばほど魂にとって甘く愉しいことがほかにあるでしょうか！　あなたの神を心の底から愛し、またあなたの隣人を愛せよ……。ここにキリスト教の信仰の神髄があります。このような信仰があらゆるキリスト教徒の心の中で炎のように燃えさかっていなければならないのです。『ヨハネによる福音書』の十二節〔35〕でイエスはこう言っています。'Ignem veni mittere in terram, et quid volo nisi ut ardeat.' すなわち、『私は地上に火を投ずるために来た。私は火が燃え続けることを望む』ということなのです。つまり、キリスト教徒たるもの、常に、神と隣人に対する愛に燃えていなければならない、ということです。一方、ムハンマドの教えでは、神の戒めを守ることを教えません。誰もが守らねばならない戒めであるにもかかわらず、です。つまり、ムハンマドの教えに盲目的に従うものは、まっすぐに地獄に堕ちるのです。キリスト教徒だけが、カトリックの信仰に照らされて、天国の栄光へ昇っていくことができるのです。カトリックの信仰が光と呼ばれる正当な理由が三つあります。まず第一は、それが偉大な太陽である神に発しているということです。

物質的な光が太陽から発しているのと同様に、信仰もイエス・キリスト、すなわち神から発しているのです。聖パウロは『コリントの信徒への手紙 一』でこう言っています。'Fides nostra non est in sapiencia hominum, sed in virtute Dei.' つまり、『我々の信仰は人間の知恵の中にあるのではなく、神の徳の中にあるのだ』ということです。第二に、カトリックの信仰は人間の心を照らす光だということです。罪という闇を追い出してくれるのです。ソロモンは『箴言』の第六節(36)で 'Per fidem et penitentiam purgatur peccata.' と言っています。すなわち『信仰と懺悔によって罪は拒まれ、捨てられる』ということです。モーロ人たちよ、この光を浴びて、聖なる洗礼を受けるならば、あなたちの体は必ずや清められるでしょう。あなたたちの心の中に巣食う今までの罪はすべて消え去るのです。そのような信仰の衣をまとって、我らが主人ティランに従って、皇帝と皇女を救出するための聖戦をたたかうためにコンスタンチノープルを目指すならば、あなた方は間違いなく、次の二つのうちどちらか一つの運命をたどることになるのです。

(34) ラテン文の意味は「私はあなたの戒律の道を歩いて来ました」。残りの内容は司祭の付け足し。

(35) 実際は、ルカによる福音書一二・四九。「わたしが来たのは、地上に火を投ずるためである。その火が既に燃えていたらと、どんなに願っていることか」。

(36) 引用の間違い。箴言一五・二七(ラテン語訳聖書)に "Per misericordiam et fiem purgantur peccata."(慈悲と信仰によって罪は清められる)とある。

すなわち、グラン・トゥルクとスルタンとの戦いで命を落とし、天国に昇るか、その戦に勝利を収めて生還し、世界じゅうに武名をとどろかせるかのどちらかです。第三に、カトリックの信仰は、目に見えないものまで照らし、理解させてくれるという意味でも光なのです。その光は信徒たちのために信仰の隅々まで照らし出してくれ、そのほかに神の秘密も明らかにしてくれるのです。ほかの宗教にはそのような秘密などありません。それゆえ、聖なる旅路に出発するためにここに集う我らは皆、カトリックの信仰の師たるイエス・キリストを大将にいただき、勇気を奮い立たせねばならないのです。イエス・キリストの旗印のもとにあれば戦に敗けることはありません。スルタンとグラン・トゥルクとの戦にも必ずや勝利を収めることができるでしょう。そしてチュニスやトラミセンやフェスやブジアを占領したと同様に、彼らが無法にも奪ったギリシャ帝国を取り戻すことになるのです。その暁には、あなた方は、天上の神にご褒美がいただけるばかりか、我らの偉業を知ったすべての人びとから褒め称えられることになるのです」

このように、ジュアン・ファァレー師は説教を終えたのである。

［第四百四章］――三十三万四千人の異教徒はいかに洗礼を受けたか。

説教が終わると、洗礼を受けていなかったモーロ人たちは、大声で聖なる洗礼を求めた。ティランはすぐに、その広場に、水を張った大きな盥《たらい》や皿などの容器をたくさん運ばせ、また、できるだけ多くの修道士や司祭を集めた。これほどの数の修道士や司祭がいたのは、ティランが、占領した土地に次々と修道院や教会を建てて、キリスト教諸国から修道士や司祭を呼び寄せていたからである。こうして出陣する者も、留守を預かる者も、老若男女を問わずモーロ人全員が洗礼を受け、三日間でその数は三十三万四千人にのぼったのである。

モーロ人が全員洗礼を受けた後、ティランはアスカリアヌ王のところへ話しに行き、こう言った。

「我が主人よ、兄弟よ。考えたのですが、あなたさえよければ、我々とともに出港せずに、故国エチオピアに戻り、できるだけ多くの騎兵と歩兵を集めていただけないでしょうか。そして陸路でコンスタンチノープルを目指すのです。私は海路でこの者たちとともに行きます。そうすれば私とあなたでスルタンとトゥルクを挟み撃ちにできるでしょう。やつらに一泡吹かせてやりましょう」

アスカリアヌ王は、本当はティランとともに出陣したかったのだが、そのようにして大勢の兵を集めることができれば大いに有利になることは分かっているので、よろこんでそうしよう、と答えた。

ものの本によれば、アスカリアヌ王は堂々たる体軀《たいく》の偉丈夫《いじょうふ》で、勇敢かつ優秀な騎士であったという。全身漆黒の肌をしており、エチオピアの黒人たちの上に君臨し、ジャムジャム王と呼ばれていた。その領土は広大で、絶大な権力を持っていた。騎士道精神に満ちあふれているうえに、巨万の富を有していた。家臣からは大変慕われ、尊敬されていた。その広い領土は西はバルバリアのトラミセン王国と境を接し、東端はインド、そしてティグリス川が流れるプレステ・ジュアン(37)の領地と接していたのである。

ティランの意を受けて、アスカリアヌ王は五百頭の馬の準備をし、王妃、フェス国王夫妻、そのほかの貴族や騎士たちとともに、ティランに別れを告げて出発した。ティランは一行に一レグア余り同道して見送った。その後、コンテスティーナの市《まち》へ戻り、全軍に、馬などとともに乗船することを命じた。

ここでいったん、乗組員の乗船と荷物の積み込みに忙しいティランを離れて、使者としてシチリア島へ向かったアスペルシウスに目を移してみよう。

［第四百五章］――使者アスペルシウスはいかにしてシチリア島に到着したか。

コンテスティーナの港を後にした使者アスペルシウスは、好天に恵まれ、短期間の航海でシチリア島に到着することができた。シチリア王はメッシーナの市にいると知らされたので、さっそくそちらへまわることにした。港が近づいて来ると、アスペルシウスは緞子の衣装をまとい入念に身なりを整え、首から太い金の首飾りを掛けた。また、供の者たちも美しく着飾った。こうして一行は立派な出立ちで陸地に降り立ち、王宮へ向かった。

シチリア王の前に出ると、しかるべく丁重に挨拶をした。王は満足げに一行を歓迎し、その用向きをたずねた。使者は答えて言った。

「陛下、私はティラン・ロ・ブランの使者として参ったのです」

そして信任状を手渡した。王はさっそく信任状を読み上げさせ、読み終わったところで、使者たちに宿舎を与え、あらゆる必需品をふんだんに用意させた。また、ガレー船の乗組員のために牛や豚の肉、そして焼きたてのパンを届けさせた。

その翌朝、ミサが終わったところで、王は広間に御前会議を召集し、使者にその用向きを説明するように命じた。使者は立ち上がって礼をしたが、王は使者を再び席に着か

(37) 中世ヨーロッパにおいて、アジアにキリスト教国を築いたと信じられていた伝説の王。アスカリアヌ王のモデルであるという説もあるが、ここの記述によればそれはあり得ないことになる。

せた。使者は座ったまま、次のように話し始めた。

〔第四百六章〕──ティランの使者はいかに伝言を伝えたか。

「崇高なる国王陛下、陛下もご存じのとおり、ティラン・ロ・ブランは、コンスタンチノープルの皇帝を助けて、スルタンおよびグラン・トゥルクと戦っておりました。また、ティランが配下の隊長らとともにサン・ジョルディに向かうため港に停泊中の十艘《そう》のガレー船の一つに乗り込んだところ、運悪く大嵐に見舞われてやむなく予定よりも早く出港し、逆風に煽《あお》られてバルバリアへ運ばれて行ってしまったこともご存じでいらっしゃいましょう。港を離れて間もなく、ガレー船は離れ離れになって遭難してしまったのです。ティランが乗るガレー船はチュニスの市《まち》の近くの岸で座礁いたしました。ティランはそこで捕らえられ、トラミセン王配下の大将の奴隷となったのです。しかし、やがて騎士道にのっとった大活躍によってトラミセン王に解放され、王のために戦うこととなりました。バルバリア全土を制圧し、戦闘では八人のモーロ人の王を殺し一人を捕虜にしました。その一人というのが、エチオピアという広大な黒人国を支配する最も有力なアスカリアヌ王です。ティランはこの王をキリスト教に改宗させ、義兄弟の契りを結んだのです。結局、この王にはチュニスとトラミセンの王国も与えられることとなりました。その後、ティランは、自分が取り戻していたギリシャ帝国の領土を、再びスルタンとグラン・トゥルクがすべて奪い返したということを知り、できる限り多くの軍勢を率いてコンスタンチノープルへ向かうことにしたのです。現在、バルバリア全土から兵を集め、雇い入れた多数の船の出帆準備を進めているところです。ティランは陛下ご自身にもご出陣いただいて、ギリシャ帝国奪還に力をお貸しいただきたいと願っております。そうしていただけたらどんなに感謝申し上げることでしょう。ティランは陛下を御信頼申し上げておりますので、やがて、ここに参上することと存じます」

このように使者が伝言を終えると、王はすぐに答えた。

「騎士よ、兄と慕うティランが大成功を収めていることを知り、余は大いに安堵したぞ。ティランの名誉を高めるために役立つならば、財産はもちろん、この身もよろこんで差し出すぞ」

使者は立ち上がって、王に深く感謝した。謁見が終わった後に、王はシチリアじゅうのすべての貴族や騎士に宛てて書状を認《したた》めさせた。また市々や王領にも書状を送り、大会合を開くのでそれぞれの代表は定められた日にパレルモに集まるようにと命じた。

その日、召集された者たち全員が集まって大会合が開かれた。王は王国全体に協力を求めるとともに、出席者一人一人にも個別に協力を要請した。参加者は、よろこんでこの要請に応じ、できる限りの兵員を提供することを約束した。会合の後、皆、急いで戻って準備を始めたので、王は短期間に、四千のみごとに武装を施した軍馬と、多数の船、そして十分な食料を集めることができた。

ここでいったん、船の整備、食料、馬、鎧兜《よろいかぶと》などの積み込みに忙しいシチリア王のことは措いておいて、ティランが食料を満載してコンスタンチノープルに派遣した六隻の船に目を移してみよう。

［第四百七章］——食料を満載してティランがコンスタンチノープルに向けて派遣した六隻の船は、いかにバロナの港に無事入港したか。

コンテスティーナの港を出帆した六隻の船は、順風を受けて短期間でバロナの港に入港した。バロナはコンスタンチノープルにほど近い、ギリシャ領の港である(38)。ここで彼らのもとに、スルタンとトゥルクがアレキサンドリアとトルコから呼び寄せた艦隊が、〈サン・ジョルディの腕〉(39)を通過し、コンスタンチノープルの都の包囲が完了した、との知らせが入った。艦隊の包囲線はコンスタンチノープルのすぐ近くまで迫っており、皇帝は大いに危惧していた。また、都の人びとは、ティランが一刻も早く到着し、自分たちを解放してくれるよう、絶えずイエス・キリストに祈り続けていた。皆、ティランが大軍を率いて救援にやって来てくれるに違いないと信じてやまないのだった。

皇女は、父帝を慰めるために宮殿に戻っていた。皇女は父帝に、神が守ってくれるはずだから、どうか気持ちをしっかり持ってほしい、と励ました。都の人びとは、この間もできる限り防戦に努めていた。

皇帝はイポリトを司令官に任命していた。彼は日々、防衛に奮戦していた。もしイポリトがいなければ、スルタンはティラン到着前に都を陥落させることができていただろう。

スルタンの艦隊がコンスタンチノープルを攻めていることを知った六隻のガレー船の船長たちは、あえて救援に赴くことはせず、陸路で使者を送って、自分たちはバロナの港にいるのだが、モーロ軍の艦隊のせいで救援に行くことはできない、しかしティランは、すでにコンテスティーナを出港し大急ぎでこちらに向かっている、どうか神のお慈悲を信じてその到着まで持ちこたえてほしい、と伝えさせた。また、船足の速いバルガ

(38)　実際には、「バロナ」はアドリア海に面したアルバニアの港である。
(39)　ボスポラス海峡。

ンティー船を仕立て、ティランに、スルタンとトゥルクがコンスタンチノープルを包囲している、と報告させた。

バルガンティー船はシチリアを目指して出帆し、好天に恵まれたおかげで短期間でシチリアのパレルモ港に到着することができた。

［第四百八章］――ティランは全艦隊を率いて、いかにコンテスティーナを出港したか。

アスカリアヌ王がコンテスティーナを出発するとすぐに、ティランはすべての馬、鎧《よろい》兜《かぶと》、食料を積み込ませ、全員に乗船を命じた。三十隻の船すべての積み込みが終わり、乗組員の乗船も終了したところで、ティランとフェス王、そして王妃プラエール・ダ・マ・ビダ、その他ティランの側近の騎士たちも船に乗り込んだ。こうして準備が調ったので、ティランは出帆を命じ、艦隊は一路シチリアを目指した。シチリア島に到着するまで、風は終始追い風であった。

バロナから到着したバルガンティー船が港に停泊していると、ティランの艦隊がやって来るのが見えた。バルガンティー船の船長はすぐにそちらを目指して行き、元帥の船はどれか、とたずねた。教えられた船に横付けし、乗船した船長はティランに、バロナの港に六隻のガレー船が入っているのだが、包囲線を敷くスルタンの艦隊に阻まれてコンスタンチノープルに行くことができないのだ、と報告した。ティランはこれを聞いて大層腹を立て、すぐにパレルモの港へと向かった。港外ではシチリア王が用意した数隻の船が待ち受けていて、喇叭《らっぱ》や祝砲で大歓迎した。ティランも同じようにこれに応えた。その音のあまりの凄まじさに世界が奈落の底に沈み込むのではないかと思われるほどであった。

ティランの艦隊も王の艦隊も港に入ると、さっそくシチリア王はティランの船に乗り移り、両者は抱擁と口づけを交わして再会を喜び合った。シチリア王はまた、ティランとともにやって来ていた貴族や騎士たちも丁重に迎え、フェス王とも口づけと抱擁を交わした。こうして皆がともに上陸したのである。ティランは船の乗組員には船から出ることを禁じた。その翌日には、出発する予定になっていたからである。一行が入港したのは午前の祈禱の時間の頃であった。シチリア王は王妃を岸壁に呼び寄せており、王妃はティランとフェス王夫妻を大歓迎した。とくにプラエール・ダ・マ・ビダには特別の配慮を見せたのだが、それは彼女がギリシャ皇女という高位の女性に仕えていたことを知っていたからであった。こうして皆は、宮殿へと向かった。その後には大勢の貴婦人や乙女たち、そして見物の人びとが付き従っていた。

宮殿には豪華な昼食が用意されていた。王は一方の手でティランの手を、もう一方の手でフェス王の手を取った。シチリア王妃はフェス王妃の手を取っていた。こうして五人は大広間に入って行った。広間は金襴緞子で美しく飾られ、床には見事な絨毯《じゅうたん》が敷かれていた。広間の奥には、金銀の食器が一杯に詰まった美しい棚があった。というのもシチリア王ファリップはいささか吝嗇《りんしょく》の気があり、熱心に財宝をかき集めて大変な富を築き上げていたからである。広間では、王はまずティランを席に着けようとした。しかし、ティランはこれを辞退し、フェス王にその栄誉を譲った。その後にシチリア王が席に着き、ティランはその向かいに座った。フェス王妃はシチリア王が着席するのを待って座り、シチリア王妃はフェス王妃のあとに着席した。大勢の喇叭手や楽師たちが演奏するなか、一同は大満足で、このような機会にふさわしい豪華な食事を楽しんだのだった。

食事が終わり、食卓が片付けられると、ティランとシチリア王は別室に入った。シチリア王妃はフェス王夫妻や大勢の貴婦人、騎士たちとともに広間に残り、華やかな舞踏会が始まった。一方、ティランとシチリア王は積もる話に花を咲かせていた。

ティランはシチリア王に自分が経験した苦難を語り、我が主のおかげで幸い大勝利を収め、バルバリア全土を征服することができたのだ、と説明した。さらに、ギリシャ皇帝が苦境に陥っていて、大至急救援に赴かねばならぬことも話した。シチリア王はそれを聞いてこう答えた。

「我が兄よ、遠征に必要なものはすべて用意ができている。馬も鎧兜も兵も集めてある。あとは騎兵を召集するだけだが、それも、二時間もあれば十分だ」

ティランはこう言った。

「我が弟である陛下、どうか市《まち》じゅうに、今夜じゅうに出発する予定なので、全員、乗船するように、命令に反した場合は死刑に処すとお触れを出してください」

シチリア王はすぐに執事に命じて市じゅうに伝令を走らせ、出陣予定の者は乗船するようにとお触れを出した。この命令はすぐに実行に移された。ティランとシチリア王は、王妃がいる広間へ戻り、しばし談笑した。

シチリア王妃はフェス王妃を大層愛想良くもてなし、皆から少し離れたところで、皇女はどれほど美しく、どのようなお方で、ティランと皇女の恋愛はどのように進展しているのかなどと、しきりにたずねていた。フェス王妃は皇女を大いに褒め称え、その美点を挙げていけば切りがないほどだと答えた。また、恋愛については、軽く、優雅に慎重に触れるに留め、得意の弁舌で再び皇女を褒め上げた。あれほど優雅で聡明で、しかも美しい皇女に肩を並べられる女性などこの世にいるとは思えない、自分はそのような皇女を心から慕っている、などと語ったのである。それを聞いてシチリア王妃は大いに喜んだ。

舞踏会が終わると、夕食の時間となった。夕食は楽しく穏やかであった。食卓が片付けられると、ティランはシチリア王に早速乗船してほしいと頼み、王はよろこんでそうしよう、と答えた。王はシチリア王妃と留守を守る者たちに別れを告げた。シチリア王は国を王妃の従弟(40)である、優秀で徳高い騎士メシーナ公爵に任せた。また、公爵を副王に任じ、王妃と王家のこともすべて託したのだった。こうしてなすべきことをすべてすませ、王とティランは全軍とともに乗船し、暗くなり始める頃に、艦隊は出帆した。我が主は彼らに好天というお恵みを賜わり、おかげで艦隊はわずかの日数でバロナの港に到着することができた。そこには、六隻の船が食料を満載して待機していた。彼らはティランらの到着に歓喜したのだった。

ティランは六隻の船が視界に入ると、バルガンティー船を派遣して、船長らに港を出て自分の艦隊について来るように命じた。船長たちはすぐさまこの命令に従った。

ここでティランの艦隊からしばし離れて、アスカリアヌ王の行動を記すことにしよう。

［第四百九章］――どのようにしてアスカリアヌ王は自国の全住民に洗礼を受けさせたか。

ティランと別れたアスカリアヌ王は、王妃とともに何日も馬で旅を続け、故国、すなわちエチオピア王国に到着した。二人の姿を見た家臣たちは大喜びで歓迎した。彼らは女王を丁重に出迎え、様々な贈り物をした。王が多くの土地を征服し、勝利者として凱《がい》旋《せん》したことを心から喜んでいた。

数日間休息をとった後に、アスカリアヌ王は王国じゅうの貴族、騎士らを、王国一の都トロゴディタ(41)に集めた。全員が集まったところで、王は演説を始め、次のような提案をした。

「貴族たちよ、こうして集まってもらったのは、まず、皆に余の武勇談を聞いてもらうためだ。余の成功はお前たちにも大いに喜んでもらえるであろう。周知のとおり、不

(40)　第百一章(第一巻)では「叔父」ということになっていた。

(41)　ヘロドトスは「歴史」(巻四・一八三)で「トロゴディタ」(洞穴の住人)が住む地をエチオピアとしている。

運にも余はキリスト教徒元帥、すなわちティラン・ロ・ブランの捕虜になってしまった。ところがこの元帥が、大層勇敢なばかりか大変寛大な人物で、この世に存在する騎士のなかで最良、最強の騎士と言ってもよいほどなのである。その高貴な寛容さのおかげで解放され、余はティランの義兄弟となった。それだけではない。トラミセン王の王女を妻としてその領地もろとももらうことにもなったのだ。この世の主にしてやると言われても手放したくない我が最愛の王妃がその王女なのだ。さらにチュニス王国ももらっており、ティランには大きな恩があると言えよう。今、ティランはギリシャ皇帝のために、スルタンとグラン・トゥルクの手から帝国を奪回しようとしている。そして義兄弟にして下僕でもある余に協力を求めているのだ。そこでお前たちに頼みたい。事情が許す限り、余とともに出陣してほしいのだ。兵の給金などの費用は余が持つこととする」

居並ぶ家臣たちは、異口同音に、徳高い王のことは心から慕っている、王の名誉のためならばよろこんで死のう、コンスタンチノープルどころか世界の果てまでもついて行く、と言った。アスカリアヌ王は家臣らの申し出に感謝し、すぐに領地に戻って準備をするようにと命じた。また、定められた日に都に集まり、軍資金を受け取るようにと指示した。他方、王国内の市《まち》や村に使いを出し、騎兵か歩兵かを問わず、また、王国出身であるか否かを問わず、傭兵として遠征に参加したい者はトロゴディタの都に集まるように、給金ははずむ、と触れまわらせた。

　こうして会合が開かれている間に、王妃は自分の力でキリスト教徒の数を増やしてみようと考えた。王妃は様々な徳に恵まれた善きキリスト教徒だったので、この地に教会や修道院を建てようと、コンテスティーナから大勢の司祭や修道士と二人の司教を連れて来ていたのである。トロゴディタの都に着くとすぐに、王妃は彼らに説教をさせ、住民をキリスト教に改宗させようと試みた。多くの住民は、自分たちが慕う国王夫妻がキリスト教徒であるという理由で、また、その他の者はキリスト教の教義に惹《ひ》かれて、洗礼を受けた。王妃はその後、多くの修道院や教会を建立させ、王に願って十分な補助金を出してもらった。これらの修道院や教会は司教の祝福を受けて開かれ、土地の多くの信者が修道院に入った。司祭や修道士が修道院長となり、司教たちには多額の年貢を生む領地が与えられた。また、それ以外の聖職者たちには、布教のために王国全土を巡り、希望する者全員に洗礼を授けることが命じられた。

　この当時、エチオピアの人びとは結婚というものを知らなかった。男たちは女たちを共有していたので、子の母は分かるものの誰が父親なのか分からない有様であった。世界でも最も卑しい人びとであったわけである。アスカリアヌ王妃がやって来て、彼らをキリスト教に改宗させて以来、結婚によって正しい夫婦関係が結ばれることになったのである。

このアスカリアヌ王の王国の南部、海に面した地方には大きな火山があり、絶えず噴火を続けていた。また、王国内の大洋沿岸には、遠くアラビアに達する無人の広大な砂漠もあった。

全員の集合が完了したところで王は、希望者には給金を支給させたが、無償で参加を申し出た者も多かった。アスカリアヌ王は、領地内の鉱山から大量に貴金属が採れたので、非常に裕福であった。大汗《たいかん》を除けば、世界で最も豊かであったと言うことができる。結局、強健で武術に長《た》けた二十二万の騎兵をそろえることができた。

このように出陣に必要な指示をすべて与えた後に、大変慎重なアスカリアヌ王は、王国の留守番役として優秀な代官を何人も任命した。さらには、騎兵、歩兵をいくつもの隊に分け、それぞれに隊長を置いた。そして出発の日を定め、その日に準備ができているように命じた。さらに食料や、天幕や、武器などの必需品を運ぶために莫大な数の馬と象を集めて輜重《しちょう》隊を組織させた。軍の食料として牛などの家畜も数多く集められた。一方、王妃も、数多くの衣装や真珠、宝石の装飾品、金銀細工で飾った服などを用意した。チュニス王国の白人の貴婦人と乙女、エチオピア王国の黒人の貴婦人と乙女が供として同行することとなった。これほど多くの衣装を王妃が用意したのは、ティランと皇女の結婚式、およびプラエール・ダ・マ・ビダとフェス王アグラムン領主の結婚式に出席するという約束をティランとしていたからである。二つの結婚式は同じ日にコンスタンチノープルで挙げられることになっていた。

準備が調った全軍を率い、アスカリアヌ王はトロゴディタの都を出発し、何日も王国内を行軍した後、国境のセラス(42)という市《まち》に到着した。この市はプレステ・ジュアンの王国との国境にあった。ここで一行は数日間休息をとり、いまだかつてなかったほど盛大な宴が催された。トロゴディタからセラスまで、じつに五十日におよぶ行程だったのである。

ここで、コンスタンチノープルを目指すアスカリアヌ王の軍勢から、ティランの使者としてシチリアに送られた騎士アスペルシウスに目を移してみよう。

［第四百十章］——騎士アスペルシウスの幸運。

シチリア王から伝言に対する返答を得て、大規模な遠征の準備が命ぜられたのを確認した騎士アスペルシウスは、王のもとを辞し、ガレー船に乗り込んでコンテスティーナ

(42)　シーラーズ（古代のペルセポリス）のこと。

への帰路に着いた。

アスペルシウスがパレルモの港を出てほんの数日後、ティランの艦隊がそこに到着した。運悪く、アスペルシウスはティランらと途中で出会うことなくコンテスティーナに至ったのである。ここで、すでに何日も前にティランの艦隊はシチリアへ向けて出港していて、もう到着している頃だ、と聞かされたのだった。アスペルシウスは途中で艦隊に遭遇しなかったことを大層悔しがり、ガレー船に新たに食料などを補給し、シチリア島に取って返した。ところがパレルモに着いてみると、誰一人いない。二週間も前に全艦隊は出帆したというのである。これを聞いて、今度はコンスタンチノープルを目指した。しかし、バロナの港では、またしても艦隊は出港した後であった。

アスペルシウスはやむなくロマニア海峡(43)へ向かったが、ここで運悪く嵐に遭い、ランゴ島(44)に流され座礁してしまった。多くの乗組員が命を落とし、難を逃れたのは騎士アスペルシウスとわずか十人の部下だけであった。彼らは島に上陸し、どこか身を寄せることができる村はないかと探した。

そうこうするうちに、数頭の家畜を連れた老人に出会ったので、どこかに村はないかとたずねた。老人は、この島には村などない、四軒の家が集まった小さな集落だけだ、と答えた。老人によれば、自分たちは不幸にもロードス島を追われてこの島にやって来ており、その暮らしはひどく貧しいということだった。島は呪われているので、何も作物がとれない、と言うのだ。騎士アスペルシウスは、後生だから何か食べる物を恵んでもらえないか、と頼んだ。前日から丸一日半、何も口にしていない、食べ物をもらえたら、できることなら何でも役に立とう、と訴えた。気の毒に思った老人は、大したことはできないが何とかしよう、と答えた。老人は家畜を集め、アスペルシウスらを家へ連れて行った。そこで彼らにあり合わせの食事を与えた。食べ終わるとアスペルシウスは老人に、こんなに美しい島なのに人がほとんど住んでいないとは惜しいことだ、いったい誰がこの島に呪いをかけたのか、とたずねた。

老人はアスペルシウスが信用できる男のように思い、次のようにすべてを打ち明けたのだった。(45)

「騎士殿、あなたさまもご存じのとおり、昔はこの島とクレタ島をヒポクラス様(46)が治

(43)　ダーダネルス海峡。
(44)　キオス島。エーゲ海東部の島。
(45)　本章の、以下の部分は、ジョアン・マンドゥビルが一三六一年にフランス語で書いた「旅行記」を忠実に再現したもので、本書の中で唯一幻想的な箇所である。この本はロマンス語圏で広く読まれていた。
(46)　「ヒポクラス」は、古代ギリシャの著名な医者ヒポクラテス。

めておいででした。ヒポクラス様には大層お美しいお嬢様がいらっしゃるのですが、そのお嬢様がなんと今では全長七コルザ(47)もある竜に姿を変えられてこの島においでなのです。私は何度もこの目で見ました。その名を《島々の女王》と申します。普段は、ほれ、あそこに見える丘の上の古い城の穴倉に棲《す》んでいて、年に何度か姿を現わすのです。べつに誰にも危害を加えるわけではありませんので、人に恨まれているわけではないのですが。高貴でお美しかったお嬢様は、ディアナという名の女神の呪いであのようなお姿に変えられてしまったのです。勇気のある騎士が現われて、その口に口づけをしたときに呪いは解けて元のお姿に戻ることができると言われています。あるとき、ロードス島の看護騎士修道会の騎士がやって来て、この方は大層勇敢な騎士だったのですが、口づけをしに行く、とおっしゃいました。馬にまたがり、城へ向かった騎士が竜の穴倉に入りますと、竜は騎士の方へ頭を向けたのだそうです。騎士はあまりの恐ろしさに逃げ出してしまったのですが、竜はその後を追いかけました。騎士は馬にまたがったものの御することができず、馬もろとも崖《がけ》から海へ落ちて死んでしまったのです。それからしばらく経って、そんな噂など耳にもしたことがなかった一人の若者が船でやって来ました。気分を変えるために島に上陸した若者は方々を歩きまわり、城の門のところまでやって来ました。穴倉に入って行くと小部屋があります。そこには鏡を見ながら髪を梳《と》かしている娘がおりました。その周りにはたくさんの財宝が積み上げてあります。若者は、娘は気がふれているのか、あるいは、このあたりを通りかかる男たちを客にする娼婦に違いないと考えたのです。若者はそこに立ち尽くしていましたので、やがて娘はその影に気づきました。近寄って来て、何の用か、とたずねました。若者は『どうか私をあなたの下僕にしてください』と言いました。娘は、若者が騎士かどうかとたずねました。若者は、違う、と答えました。『もし騎士でないのなら、私の主人になっていただくことはできません。お帰りになって、どなたかに騎士に任じてもらいなさい。明朝、お戻りになれば、私は穴倉から出てあなたをお待ちしております。そのときは、私の口に口づけをしてください。何も怖がってはいけません。私はとても恐ろしい姿をしていますが、あなたに何もしませんから。ご覧になっているこれが本当の私で、呪いによって竜の姿に変わるだけなのです。あなたが私に口づけすることができたら、この財宝はすべてあなたのものとなり、あなたは私の夫、二つの島の領主になれるのです』。こうして若者は船に戻り、仲間の騎士に頼んで騎士にしてもらいました。そして翌日、娘に口づけをするために城に戻ったのです。ひどく醜く恐ろしい姿をした娘が穴倉から出て来ますと、若者は恐怖のあまり船に逃げ帰ってしまいました。娘は海辺まで若者を追って行

(47)「一コルザ」は、肘から指先までの長さ。

ったと言います。若者が振り返ると、竜は人間のような嘆きの声を上げて、自分の住処《すみか》に帰って行ったそうです。この若者はすぐに死んでしまいました。それからも、やって来る騎士はすべて命を落としました。勇気を奮って娘に口づけすることができた騎士だけが死なずにすむのです。そればかりか、このあたり一帯の領主になれるのです」

老人の話を聞いた勇敢この上ない騎士アスペルシウスはしばし考えていた。そしてこう言ったのである。

「ご老人、あなたの言ったことは本当ですか?」

老人は答えた。

「全部本当です、どうか信じてください。お話ししたことは、すべて私が若かった頃に実際にあったことですし、ほかにもいろいろありました。決して作り話ではありません」

騎士アスペルシウスは、今度はじっと考え込み、それ以上、老人には何もたずねなかった。ただ、自分も運試しをしてみたいものだと独り言を言っただけであった。神がこの島に自分を連れて来たのも何か理由があってのことだろう、また、この無人島のような島にいては、再びティランに会うことなど絶望的だ、と考えたのである。こうして騎士は、部下たちに相談もせずに、一人で竜の棲む穴倉へ行くことをひそかに決意したのだった。部下に話さなかったのは、同行を望まぬ彼らに反対され、説得されることを恐れたからだった。勇気溢れる騎士は、一《いち》か八《ばち》かの賭けに運命を託したのである。部下たちも老人もそれに気づいてはいなかった。騎士はただ、迷わぬように城の場所を確かめただけであった。その晩、彼らは老人の家に泊まることになった。

夜になっても、善き騎士アスペルシウスはぐっすりと眠ることができなかった。夜明け前に起き出し、小用を装って外へ出た。部下たちは、疑いもせずにまた眠りに落ちた。集落の外に出ると、アスペルシウスは、ほかに武器もなかったので棒を手に持ち、城を目指して急いだ。部下たちが目を覚まして彼がいないことに気づくことを案じたからである。そして城のある丘の麓《ふもと》までやって来た。

陽はすでに高く昇り、空は晴れ渡っていた。そこからでも穴倉の入り口がはっきりと見えた。アスペルシウスはひざまずき、神に、限りない慈悲をもって自分をあらゆる悪から守り、そして気の毒な魂を解放しカトリックの聖なる教えに連れ戻すために、竜を恐れぬ勇気を与えてくれるように熱心に祈りを捧げた。

祈りが終わるとアスペルシウスは、十字を切りすべてを神に託して、穴倉に入って行った。まずは光が届いているあたりまで進み、そこから竜に聞こえるように大声で呼ばわった。その声を聞きつけた竜は、凄まじい足音を立てて出て来た。騎士はその音を聞いて、恐ろしさのあまりその場にひざまずいて何度も祈りのことばを繰り返した。竜が近くまでやって来て、その醜い姿を現わした。アスペルシウスは思わず目を閉じてしまった。逃げ出そうにも、まるで失神したかのように手足が動かない。

アスペルシウスが身動きせずにじっとしているのを見た竜は、そっと優しく近づいて行って口に口づけした。騎士はついに気を失って倒れてしまったが、竜は大変美しい乙女に姿を変えた。そして騎士の頭を膝に抱いてこめかみのあたりを撫でながらこう言ったのである。

「勇敢な騎士殿、何も恐れることはありません。目を開けてご覧なさい。素敵なものが見えますよ」

騎士アスペルシウスは一時間もの間、気を失ったままであった。その間、気高い乙女は絶えず騎士の額に手を当てたり口づけしたり、正気に戻そうと努めていた。アスペルシウスが息を吹き返し、目を開けてみると大層美しい乙女が目に入った。しかも自分にしきりに口づけをしてくれているではないか。アスペルシウスは力を振り絞って起き上がり、やっとのことで次のように言った。

［第四百十一章］―騎士アスペルシウスが乙女にした愛の告白。

「ああ、なんと完璧な美しさと聡明さに彩られた限りない魅力があなたには具わっているのだろう。私の口ではそのほんの一部でさえ到底言い表わすことができない。私の魂はあなたの虜《とりこ》になりました。あなたの眼差しは私を天に昇るような心地にしてくれます。私はこの島に流れ着き、大変美しい乙女がいるという話を耳にしました。そのときから、私の心の中では誠実な愛の炎が燃えさかり、絶えることがありませんでした。噂に勇気づけられて私は思い切ってここへやって参りました。あとは、あなたがご覧になったとおりです。あなたのことを聞いたとき、愛が芽生え、そのおかげで私は心の中にあなたのお姿を思い描くことができました。そして死を賭《と》してでもあなたを苦しみから解放して差し上げようと決心したのです。こうして優しいあなたに接することができた今、私の思いはさらに強まりました。ほかの女性には決して求めることのできない、あなたの数々の美点、完成された美しさ。私は心の底から、あなたの下僕となることを決心したのです。私のこの身も財産も、今後永遠にあなたのものです。あなたは私のご主人様です。どうか私の行いを多として望みをかなえてください。あなたのその美しさは私にとっては何にも換えがたい人生の喜びです。これほど素晴らしいお恵みを神からいただいた私はこの世の誰よりも幸せ者です。私の愛が、今までいかなる男も、どんなに名高い貴婦人に対しても抱いたことがないほど深く熱い愛であることは、これ以上ことばで表わす必要はありますまい。私のこの取るに足らない命がある限り、その愛はこの体に宿り続けるでしょう。いや、それどころかあの世に行っても永遠に変わらないでしょう。あなたのご命令には何でも従います。私があなたの幸福をどれほど切に願っているかということは、聡明なあなたでしたら、私の目の中に秘められたものを見ていただけばお分かりでしょう。もう私からは何も申し上げることはありません。慈悲深いあなたの口から限りない希望に満ちたことばが聞けるのを待つばかりです」

アスペルシウスはこうことばを終え、それに乙女はこう答えたのだった。

〔第四百十二章〕——騎士アスペルシウスに対する乙女の答え。

「勇敢な騎士殿、あなたが私のためにしてくださったことに、どのようにすれば十分に感謝申し上げられるのか、私には分からないほどです。ですから、私のことばの足りないところはあなたの想像で補っていただくしかありません。あなたの勇気ある行動にお応えするためならば、私はできることなら何でもするつもりでおります。あなたはあの苦しみの中から私を救い出すために命を投げ出そうとしてくださったのですから。あなたがどれほど勇敢で、あなたが私のためならばどれほどのことをなさってくださるかということは分かっております。このように比肩する者のないほど素晴らしい殿方の手に私を委ねられた神に感謝します。私はあなたのものです。あなたに対する愛は、私の命の限りを超えて続くことでしょう。あのようなあなたの優しさに触れた後では、そう思わぬわけには参りません。どうか私を信じてください。必ずやあなたに幸福な一生を過ごしていただけるようにしますので」

乙女はこう言い終わるとアスペルシウスの手を取って穴倉の中の美しい自室に導き入れた。豪華に飾られたその部屋には、財宝が山と積まれており、乙女は自らの体とともに、それを騎士に差し出したのであった。

騎士アスペルシウスは乙女の申し出に感謝し、乙女を抱き締め、何度も口づけをして、この上もない贈り物を受け取った。そして、それ以上ことばを交わすのももどかしげに、乙女を抱いて寝台の上に横たえ、そこで最後に残されていた愛のしるしを知ったのだった。

［第四百十三章］──騎士アスペルシウスは、征服した乙女とともに、いかに部下たちのもとへ戻ったか。

騎士が、征服した乙女に大層満足していたのは言うまでもない。朝になって目を覚ますと、二人は手に手を取って穴倉から出て、部下たちが待つ家へと向かった。このような美しい連れとともに戻って来た騎士を見て、部下たちは大いに驚き、また、喜んだ。何か騎士の身の上に事故が起こって命を落としてしまったのではないかと危惧していたからである。それが非常に美しい乙女を連れて現われたのだから、その安堵ぶりはひと通りではなかった。部下たちは乙女に近づいて行き、丁重な挨拶をした。乙女の慎み深い仕草から身分の高い貴婦人に違いないと思ったからである。そして慈悲深い神を称え、感謝の祈りを捧げた。高貴な乙女は部下たちを抱擁して挨拶に応えた。

一同が家の中に入ると、乙女は老人とその妻に十分な褒美を約束した。老人夫婦は大いにこれを喜んだ。穴倉から布地や金貨銀貨が運ばれ、老人の家は美しく飾られたのだった。

やがて時とともに、この島にも船が立ち寄るようになり、また、島に人を連れて来るために船が雇われたこともあって、島の人口は増え、活気が戻った。建物が次々に建造され、見事に姿を変えた市《まち》には、幸運の市アスペルティーナという名がつけられた。ほかにも町や村、城などが島じゅうに作られ、人が住むようになった。さらに神や聖母マリアを称えるために教会や修道院も建てられて、神のしもべたちの浄財で、十分な資金が寄せられた。アスペルシウスは妻とともにここに住み、島とその周辺を長く治め続けた。二人は何人もの息子と娘に恵まれ、その子孫も豊かに平和に暮らしたのだった。

これ以上、長々と騎士アスペルシウスの物語を語ることはせずに、コンスタンチノープルに向かったティランの艦隊に話を戻すことにしよう。

ティラン、ギリシャ帝国を解放する

［第四百十四章］──ティランは全艦隊が停泊するトロイアの港から、いかに皇帝に使者を送ったか。

バロナの港の外までやって来ると、ティランはガレー船を港内に入らせて、食料を積んでいる六隻の船の船長たちに、港を出て艦隊に同行するようにという命令を伝えさせた。命令どおりに六隻は港を出帆し艦隊に従った。艦隊はロマニア海峡を通過し、トロイアのジジェウ港を目指した。そこで食料や水などの補給を行い、援軍と落ち合うことになっていたのである。

ティランは、さっそくシチリア王、フェス王、そしてそのほかの貴族や騎士たちと軍議を持ち、今後の方針を協議した。というのも、ガレー船など三百余隻を有するスルタンの艦隊がコンスタンチノープルの港に入ったという知らせを受けていたからであった。ここで決定されたのは、モーロ人のことばを話す男を上陸させて、夜陰に乗じてコンスタンチノープルに潜り込ませ、皇帝に、ティランとその艦隊はすでに、都からは百ミーリャほどしか離れていない〈サン・ジョルディの腕〉の内側のトロイアの港に入っているということを伝えさせることであった。モーロ軍に捕らえられても秘密が漏れぬように、書状は託さず、代わりに使者には、皇帝に伝えるべきことを、十分に言い含めればよい、ということになった。

軍議が終わると、ティランはチュニス出身の騎士を呼び寄せた。この騎士はモーロ人の王族で、名をシナジェルスと言った。歴戦の勇士で機転が利き、弁も立つ男だった。かつて捕虜としてコンスタンチノープルにいたことがあったので、地理には明るかった。ティランは彼に皇帝と皇女への伝言を託した。そして皇帝に信じてもらえるように、自分の印を預けた。

騎士はモーロ人の下僕風の身なりをして、バルガンティー船に乗って闇夜の中を進み、コンスタンチノープルを包囲しているモーロ人の陣から一レグアほどのところに上陸した。そしてモーロ人の陣地を注意深く避け、都へ向かった。それでもモーロ軍の見張りの網をすり抜けることはできなかったのだが、使者は巧みにモーロのことばを操り、仲間と見せかけてなんとか通過することができた。都の門の前に立つと、衛兵が使者を見とがめて、敵の陣中からやって来たモーロ人として捕らえた。使者は、自分はティランの使いとして皇帝のもとへ送られて来た者なので、どうか危害を加えないでほしい、と懇願した。衛兵は厳重な監視のもとに使者を、ちょうど夕食の卓から立とうとしている皇帝の前へ連れて行った。

皇帝の前に引き出された使者はひざまずいてその手と足に口づけをし、ティランの印を手渡した。皇帝が印を見ると、確かにティランの紋が刻まれている。皇帝は使者を抱き起こし、ティランの使者なら十万回でも歓迎するぞ、と大喜びであった。騎士シナジェルスは次のように話した。

「皇帝陛下、私はティラン・ロ・ブラン元帥に送られてここへ参りました。皇帝陛下に神のご加護がありますようにと申しております。また、神のお力添えで、間もなく陛下を敵の手からお救い申し上げるので、どうかご安心のほどを、ということでした。さらに、陛下の騎兵隊に準備をおさせになり、都の警備を十分になさるように、とも申しておりました。というのも、明朝早く、モーロ軍の艦隊に攻撃を仕掛ける予定で、艦隊が敗れればモーロ人たちは都に矛先を向け占領しようとするに違いないので、防御を固めていただきたいということなのです。陛下もお分かりのとおり、モーロ人たちは、艦隊を取り上げられてしまえば逃げ道はなくなります。故国に逃げ帰ることもできないのです。ティラン様には敵を打ち破り、皆殺しにするに十分な軍勢がございます。ですから陛下もご安心ください」

「友よ」皇帝は言った。「今そちが申したことを聞いて、余は安堵《あんど》したぞ。神も我らを憐れんでくださり、そちが申したとおりになるであろう。余はティランの勇気と手腕には全幅の信頼を置いておる。さらに限りなき神のお助けがあれば、元帥はきっと我々の願いをかなえてくれるであろう」

　皇帝はすぐに総司令官であるイポリトを呼びにやり、こう言った。

「司令官よ、ティランは大艦隊を率いてトロイアの港まで来ておるぞ。明朝、モーロ軍の艦隊に攻撃を仕掛けるそうだ。そちは急いで都にいる全騎兵、および大将、歩兵隊長らを集め、戦闘準備をさせてくれ。総員を持ち場につかせ、モーロ軍の攻撃に備えさせるのじゃ。全員にこの命令を徹底させてくれ」

　イポリトは答えて言った。

「陛下、我が師ティランがやって来ると知って安堵いたしました。天のご配剤に感謝申し上げねばならないでしょう。これで敵の手から解放されるに違いありませんので、陛下もどうかご安心を。ギリシャ帝国は奪回され、陛下の御手の中に戻るのです。異教徒の捕虜となっている多くの騎士たちも救い出され、民もイエス・キリストの教えを捨てずにすむのです。今すぐ、陛下のご命令どおりにいたします」

　こう言って、イポリトは皇帝のもとを辞し、都の大広場まで行った。そしてひそかに騎兵隊全員と大将、歩兵隊長らに使いを出した。皆が集まったところでイポリトは次のように言った。

「諸君、限りなき善意の神は我らを憐れに思われ、敵の手から解放してくださるようだ。ティラン殿が大艦隊を率いてやって来ているのだ。艦隊は今、トロイアの港にいる。明朝モーロ軍艦隊に総攻撃をかけるはずだ。したがって、諸君は準備を調えなければならない。各隊長は隊を率いて持ち場につき、城壁を守るように。落ち着いて、物音を立てぬようにするのだぞ。敵に悟られてはならぬぞ」

この知らせを聞いて、全員が胸を撫で下ろし、神に感謝し、その名を称えた。隊長らは広場から散って兵たちを集め、それぞれの持ち場についた。彼らは胸を躍らせて朝を待った。ただし敵に気づかれぬように慎重に行動することは忘れなかった。

〔第四百十五章〕——使者シナジェルスはいかに皇后、皇女のところへ挨拶に行ったか。

シナジェルスは皇帝に対する伝言を終えると、皇后、皇女のところへ挨拶に行く許しを乞うた。皇帝はよろこんでこれを許した。許可を得たシナジェルスがまず皇后の部屋へ行くと、そこには、皇女もほかの貴婦人たちみんなとともにいた。騎士は皇后に丁重な挨拶をし、その手に口づけをした。続いて皇女の手にも口づけをした。そして片膝を床について、次のように話し始めた。

「皇后陛下、皇女様、そして貴婦人の皆様、我が主人、ティラン・ロ・ブラン元帥は、皆様方にくれぐれもよろしく、自分に代わって皆様の御手に口づけをしてほしい、間もなく自分自身が皆様の御前に参上してご挨拶することができるはずだから、と申しておりました」

ティランがすぐそばまで来ていることを知った皇女は、喜びのあまり気を失いそうになった。気は失わずにすんだものの、しばらくの間は何も考えられずにぼんやりとしていた。しかし我に返るとすぐに、皇后とともに、使者を抱擁し、体じゅうを撫でまわして歓迎の意を表した。そして使者を質問攻めにしたのだが、とくにティランとともにどんな人びとがやって来るのかということを知りたがった。

落ち着きを取り戻した使者は、シチリア王とフェス王が自前の軍を総動員して率いて来る、フェス王にはプラエール・ダ・マ・ビダという名の王妃も同行している、と答えた。さらにチュニス王国、トラミセン王国の全貴族、そしてそのほか多くの騎士たちも雇われて軍に参加していること、その出身地はエスパニア、フランス、イタリアにおよんでいるが、それはティランの勇名のおかげであること、などを伝えた。さらにティランと義兄弟の契りを結んだ勇敢な騎士であるエチオピアのアスカリアヌ大王も陸路でこちらへ向かっていることを付け加えた。

「アスカリアヌ王は騎兵と歩兵の大軍勢を率いていらっしゃいます。また、同行なさっている王妃様は、美しい皇女様の評判を耳になさり、是非ともお会いしたいとおっしゃっておりました。王妃様も世に聞こえた美しい方で、様々な徳をお持ちでいらっしゃいます」

プラエール・ダ・マ・ビダはアグラムン領主の妻となり、コンスタンチノープルに到着した暁には皇帝夫妻、皇女にその婚礼の宴に出席してもらいたいと望んでいる、と伝えることも忘れなかった。そのほか、ティランのバルバリア征服の武勇談、ティランが征服した土地を一つ残らずすべて分け与えてしまったこと、ティランを見たりその噂を耳にしたりした世の人びとは皆、ティランを敬愛するようになったこと等々、使者の話は尽きるところを知らなかった。ティランの様々な徳高い行いへの讃美はまだまだ続くのだが、それをすべて書き記すにはいくらインクや紙があっても十分ではない。

ティランの徳行や活躍について聞かされた皇后と皇女は、ティランがいかに神の寵愛を受け、世の人びとにも慕われているか、改めて悟ったのだった。そして、ティランがギリシャ帝国を奪い返し守ってくれるであろう、と安堵と嬉しさでぽろぽろと涙を流したのだった。なぜなら、自分たちはキリスト教にとっての敵の手に落ちて蹂躙《じゅうりん》されるしかないのだと失意と絶望の日々を送っていたからである。また、エチオピア王妃が訪れるという知らせは、とくに皇女を喜ばせた。常々、大変美しいうえに徳の高い女性だという評判を聞いており、是非近づきになりたいと思っていたからである。使者の話は嬉しいことばかりで、耳を傾けている間にすっかり夜が更けてしまい、いったん終わりになった。

皇后はそのまま自室に残り、使者は皇女の手を取って部屋を出た。そこで皇女は使者に、先ほど、なぜ三度手に口づけしたのか、とたずねた。使者はティランの命令でそうしたのだ、ティランは皇女に対して以前に犯した罪を大変悔いているが、直接謝りに来られないことを深く詫びてほしいと言っていた、と答えた。

皇女は答えて言った。

「騎士殿、どうかティラン様に伝えてください。罪を犯していない人が許しを乞うことは不要です、まったく余計なことです、と。しかし、もしあの方が私にすまなかったと思っているのなら、埋め合わせに、すぐに私の前に姿を現わしてほしい、それが何よりも私の望んでいることですと申し上げてください。私はどんなに長い間、あの方のご帰還を今か今かと待っていたことでしょう。これ以上、待たせないでほしいのです。どうか私を信じてください。お帰りになったら、あの方のお望みどおりにゆったりと平和に暮らさせて差し上げます」

使者は皇女に別れを告げ、皇帝が用意してくれた、何一つ不足のない宿舎に戻った。その晩、イポリトは都に完璧な警備態勢を敷いていた。城壁には十分な数の歩哨が置かれていた。モーロ人の攻撃を恐れて、眠りに就く者は誰一人いなかった。同時に一方では、皆、ティランの艦隊がモーロ軍に攻撃を仕掛けるのを今や遅しと心待ちにしていたのだった。

ここで都の防御を固めた皇帝のことはいったん措いておき、別名〈悪の権化〉ビウダ・ラプザダに目を移してみることにしよう。

［第四百十六章］——ティランの報復を恐れたビウダ・ラプザダはいかに命を断ったか。

ビウダ・ラプザダはティランがすぐ近くまでやって来ているということを聞いて、震え上がった。心臓が苦しいと言って自室に籠《こ》もると、自らの頭や顔を叩いて嘆き悲しんだ。ガレー船に乗り込んだプラエール・ダ・マ・ビダを通じ、また、後から届けられた黒人園丁の仮面によってあの途方もない悪巧みはティランに知れているはずだ、ティランは酷い仕返しを考えているに違いない、自分の命はもうないも同然だ、とビウダ・ラプザダは思い込んだのだった。もし皇女までこのことを知ったら、いったいどんな顔をして責めるだろうか？　しかもティランを恋しく思う気持ちが再び高じて、わけが分からなくなってしまっていた。

こうして一晩じゅうビウダ・ラプザダは想像を巡らし、自分自身と闘い続けていた。しかし、いったいどうすればよいのか、誰かに打ち明けて助言を乞うべきなのか、さっぱり分からなかった。なぜなら、事実を知れば、彼女に味方する者がいるわけはなかったからである。女性というものは軽率で気まぐれなもので、追い詰められて思い詰めたときには、最も不適当な道を選ぶことも稀ではない。

結局、気力も失せてしまったビウダ・ラプザダは、人びとに悪事を知られ自分の死体が焼かれたり犬の餌にされたりするよりは、と毒をあおるという慎重な方法で命を断つことにした。

こうしてビウダ・ラプザダは、脱毛軟膏《なんこう》を作るために置いてあった雄黄(48)を水に溶いて飲み干し、部屋の扉を開け放って裸で寝床に入った。寝床に入ると、ビウダ・ラプザダは大声で「死ぬ！」と叫び声をあげた。近くで寝ていた侍女たちはこの叫び声を聞きつけて急いで飛び起き、ビウダ・ラプザダの部屋へ駆けつけた。ビウダは死の苦しみにあ

(48)　硫化砒素を主成分とする鉱物。有毒。

えぎながらも叫び続けていた。

皇后と皇女も宮中が騒がしいので起き出したが、誰にたずねても何が起こったのか分からない。皇帝は、てっきりモーロ軍が攻撃を仕掛けて来て都に侵入したのだと思い、急いで飛び起きた。その一方で、娘が急病なのでは、という懸念も抱いていた。皇帝は心痛のあまり気を失ってしまい、至急医者が呼びにやられた。皇帝が倒れたという知らせに、皆、ビウダ・ラプザダは放っておいて、皇帝の部屋へ急行した。皇帝は息も絶え絶えというありさまであった。皇女はあまりの悲しみに耐えかねて、号泣してしまった。急いで駆けつけた医者たちが手当を施した。息を吹き返した王は、一体何の騒ぎだったのか、とたずねた。モーロ軍が都に侵入したのか、と聞くと、周りの者たちは、そうではなく、ビウダ・ラプザダが心臓の痛みを訴え、死にそうだと叫んだのだ、と答えた。皇帝は医者たちにビウダ・ラプザダのところへ行って、手を尽くして命を救ってやれと命じた。医者たちはすぐにビウダ・ラプザダの部屋へ行った。しかし、そのときはすでにビウダ・ラプザダは魂を冥界の神プルートに手渡すところであった。

愛する乳母ビウダ・ラプザダが死んだことを知った皇女は大変な悲しみようだった。美しい棺《ひつぎ》に入れ、立派な葬儀を準備するように命じた。夜が明けると、皇帝夫妻、皇女、そして都の主立った者たちがビウダ・ラプザダの遺体とともに聖ソフィア大寺院へ行き、荘厳な葬儀が執り行われた。その後、皇帝は皆を引き連れて宮廷に戻った。

ここでビウダ・ラプザダの話は終わり、騎兵隊に対し訓示をするティランに場面は移る。

[第四百十七章]——兵に対するティランの訓示。

「このたびの戦は楽勝が期待されるが、だからといって、勝利の名誉が半減するわけではない。なぜなら、諸君は神聖なる大義のために、騎士道に恥じぬ戦いをすべく、高貴で気高い勇気をもってここに集まってくれているからである。ここでもたついていては我らのためにならぬ。さあ、勇敢な騎士諸兄、眠った血をたぎらせよ！　調子に乗る敵を封じ込めるために武器をとって立ち上がれ。誤った信仰を持つ異教徒を震え上がらせ、倒すのだ。敵は自信過剰で油断しているぞ。我らの旺盛な気力をみくびっている。いつものように奴らを追い立ててくれようぞ！　敵は死の恐怖に震えながら逃げまどうであろう！　我らが聖なる信仰を貫き通せば、奴らの異教の教えは大混乱だ！　異教徒の魂を滅ぼしてしまえば、我らの魂は永遠の栄光に包まれるであろう！　我らの名声と名誉と栄光は一歩、不滅へと近づくのだ。さあ、栄光の海への船出だ。この海をかき乱し敵の血で赤く染めようではないか。高貴なる諸王陛下、私はできる限り声を大にして心の底からお願い申し上げたい。どうか命を惜しむことなく、名誉のために捧げていただきたい。皆さんが奮戦する姿を目の当たりにして、栄光の死と永遠の生のために命を捧げようという者たちが続々と後に続くならば、命を捨てるだけの値打ちはありましょう。戦は、幸運に恵まれ、我らは待望の栄光へと導かれるでしょう」

［第四百十八章］――ティランはいかにモーロ軍の艦隊を捕らえたか。

騎士シナジェルスを使者として皇帝のもとへ送ってから、ティランは全艦隊に戦闘準備を命じた。先頭を行く船を決め、ガレー船はガレー船を攻撃するように指示した。また、全艦長にモーロ軍艦隊の攻撃法を伝授し、喇叭《らっぱ》や拡声器を総動員して大きな音を立てさせるようにした。あらかじめこのような楽器、器具を大量に船に積み込ませていたのである。乗組員たちにも声や射石砲で応援させ、敵を怯《おび》えさせようという作戦なのである。

すべて準備が調ったところで、出帆を命じた。全艦隊が整然と静かに進み始めた。トロイアの港を出たときには夜が明けかけていた。それから航海は丸一昼夜続いた。神のご加護によって、その日は曇って霧が出ていたので、都の方からはもちろん、モーロ軍からも艦隊の姿は見えなかった。艦隊は夜明けの二時間前にモーロ軍艦隊の前に到着したのだが、敵はまったく気づいていなかった。ティランの艦隊は、突如、大変な勢いで敵に攻撃を開始した。喇叭や拡声器、叫び声や射石砲の連射、それはそれは恐ろしい大音響で、まるで天が地に落ちて来たかのようであった。各船には十本ずつ松明《たいまつ》が灯《とも》され、あたりを明々と照らしている。大きな音と強い光とともに艦隊が襲い掛かって来たので、モーロ軍は驚きのあまり何をしたらよいのかさえ分からぬ始末であった。なにしろそれまでは武装を解いて眠りこけていたのである。ティランらは、慌てふためいてほとんど防戦らしい防戦もできずにいる敵船をやすやすと拿捕《だほ》することに成功した。そして船にいた敵兵は一人残らず首を斬って殺したので、凄まじい光景となった。

海に飛び込んだ者や上陸した者たちがスルタンとトゥルクにこの悪い知らせをもたらした。船をすべて奪われ、乗組員も殺されたことを知った後もモーロ兵たちは、大音響を発し、強い光を放っていたのが誰なのか分からなかった。怯えた彼らはともかく武装し、馬にまたがって戦闘の準備をした。船同様に、自分たちも襲われるのではないかと考えたからである。こうして、海際まで行って、誰も上陸できないように警戒したのだった。

モーロ軍の船をすべて拿捕し終わったのを見て、ティランは大いに満足し、膝をついて次のように敬虔な祈りを捧げた。

「偉大なる主よ、限りなく慈悲深い神よ。このたびはひとかたならぬお恵みを私どもに賜わり心より感謝いたします。おかげさまで、我が軍には一人の死者も出ず、三百もの敵船を大量の積み荷ごと拿捕することができました」

あまりに迅速な勝利であったので、全艦隊を拿捕し終わったときには、まだ夜が明けていなかった。都の城壁で見張りをしていた者たちは、港の方角から、世界じゅうの軍隊が集まったのではないかと思えるほど大きな喇叭や射石砲の音や人の叫び声が聞こえて来て、また、強い光も見えたので、大層驚いた。それがモーロ軍の艦隊を攻撃するティランの艦隊だと知ったときには、大喜びであった。しかし、他方では、そろそろ陣中のモーロ軍が都を攻撃して来るのではないかと不安も感じないわけにはいかなかった。しかし、都の人びとが、ティランがモーロ軍艦隊を攻撃したことを知って、皆、大いに勇気づけられたことは確かである。

大音響を聞いた皇帝は寝台から飛び起き、そのとき宮中にいた少数の者たちとともに馬にまたがった。そして、いざというときには都の防衛戦に臨めるように準備をしておけ、と言ってまわった。また一方で、やがて包囲が解かれ、失った財産もすべて取り戻せるだろう、と励ますことも忘れなかった。

じつは、モーロ軍も劣らず不安を感じていた。船をすべて失ったモーロ軍は、敵が今にも上陸して来るのではないかと気が気でなく、都を攻撃する余裕などなかったのである。なぜなら、退路を断たれてしまった今、戻るところもなく、死か捕虜になることを覚悟せねばならなかったからである。ただただ、ティランの軍が上陸して来ないように、海岸の守りを固めるだけであった。

その日は快晴であった。ティランは拿捕したモーロの船のすべてに乗組員を乗せ、帆を上げて〈サン・ジョルディの腕〉を通って黒海へ向かった。ティランは、モーロ軍が動き出す前に陸の退路を断ってしまえば、あとはどうにでも攻めることができると考えた。拿捕した船を運び去るふりをしたのはそのためだった。案の定、ティランの艦隊が自分たちから奪った船を伴って港を出て行くのを見たモーロ軍は、敵は十分な戦利品に満足して引き上げたのだろうと思った。

この日、ティランらは、夜になってモーロ軍から自艦隊が見えなくなるまで黒海へ向けて航行し続けた。自分たちが立ち去ったとモーロ軍に思い込ませ、上陸を邪魔させないためである。夜の闇が訪れたところでティランは全艦隊に方向転換を命じ、陸へ向かった。

読者は、コンスタンチノープルが大変美しく、堅固な城壁で守られた三角形の都であることはご存じであろう。三角形の二辺は〈サン・ジョルディの腕〉と呼ばれる海峡の波に洗われており、そのうち一辺はマルマラ海に面し、もう一辺はトルコを向いている。残りの一辺は、トラキア王国に向けて開いている。ティランはこの陸につながる一辺を目指して夜のうちにモーロ軍陣地から四レグアのところに接岸した。ここで、全騎兵、全歩兵を上陸させ、必要なだけの射石砲類、さらに自陣のための食料も陸揚げした。すべてモーロ軍に気づかれないように注意して行い、船には留守番の兵を残しておいた。

全軍の準備が調い、騎兵が馬にまたがると、輜重《しちょう》隊を先頭に大きな川沿いに半レグアほど遡《さかのぼ》り、石の橋のところまで来た。その橋のたもとにティランは陣を敷かせた。つまり敵と自陣の間に川が横たわっている形になる。こうしてモーロ軍の夜襲や奇襲を防ごうとしたのである。また、ティランは自分の天幕を橋の上に張らせ、自分の目を盗んでは誰も橋を渡れないようにした。橋にはたくさんの射石砲を設置させ、敵の来襲に備えた。そしてモーロ陣中に密偵を放って、こちらに誰か来ようとしていないか見張らせた。

陣の設営が終わるとすぐに一人の歩兵にモーロ人の服を着せ、書状を持たせてコンスタンチノープルに送った。その書状には次のように書かれていた。

〔第四百十九章〕──ティランからコンスタンチノープルの皇帝に送られた書状。

「冷静沈着なる皇帝陛下、私は喜びをもってこの書状を認《したた》めております。なぜなら幸運に恵まれ、また神のご加護を得て、間もなく陛下の敵に対して勝利を得ることができるはずだからです。我が軍はスルタンとトゥルクから、コンスタンチノープルを包囲していた全艦隊を奪い取ることに成功いたしました。その総数は三百にのぼり、全船が食料を満載しています。乗組員は全員、容赦なく殺害いたしました。この奪った食料をどこへ陸揚げすればよいかご指示ください。というのも、戦力としては拿捕した船だけで十分足りますので、雇った船やシチリア王など友軍の船はすべて帰してしまおうと思うのです。モーロ軍にはもう艦隊はないわけですから、こちらに厳重に武装した船が四百もあれば、敵の補給や援軍を断ち、さらに退却も食い止めることができると思うからです。また、私は川の上流の地を確保し、石橋のたもとに陣を敷きました。私の天幕は橋の上にあります。これでモーロ軍は海も陸も退路を遮断されたことになります。モーロ人たちは都の包囲を解く前に、私に使者を送ってくるに違いありません。陛下におかれましては、どうかくれぐれも防御を固め、都を守り続けてください。なぜならモーロ軍には決死の攻撃を仕掛けるか、降伏するか、道は二つに一つしか残されていないからです。私が海も陸も塞いでおりますので、敵の食料は補給もできぬまま、やがて底をついてしまうはずなのです。都に食料がどれほど残っていて、あとどれくらい持ちこたえられるかについてもお知らせください。私のところには、十年分にも相当しようかという大量の食料がありますので。ご要請があれば、すぐさま全船に満載してお届けいたします。傭船を帰すことについて、食料を降ろすことについて、そのほかどんなことでも結構です、なんなりとお申し付けくだされば、私はよろこんでご命令に従わせていただきます。また、都の防御にご不安をお持ちで兵力を送ってほしいとお思いでしたらそれもお知らせください。陛下がお望みでしたら、食料を降ろした船に武装を施し、モーロ軍の前まで行かせ、抵抗したり船を出して援軍を呼んだりすることを防いで締め付けることもできますので。我が主は我々の望みをすべてかなえてくださるでしょう。陛下の早速のお返事をお待ちしております」

［第四百二十章］――善き騎士シナジェルスはいかにしてティランの陣へ戻ったか。

書状を認めたティランはカリリュという兵を選んでそれを持たせ、コンスタンチノープルの都へ向かわせた。カリリュはコンスタンチノープル生まれのギリシャ人で、いろいろな道をよく知っていたのである。その晩、カリリュはモーロ軍に悟られぬように抜け道を通ってコンスタンチノープルへ向かった。都の城壁にたどり着くと、歩哨に捕らえられて皇帝のもとへ連れて行かれた。カリリュは丁重な礼をし、手と足に口づけをしてからティランの書状を手渡した。皇帝は大層喜んで書状を受け取り、すぐに読んだ。読み終わって、その内容に、これ以上ないほど満足した皇帝は、天の配剤に感謝し、その名を称えた。そして皇后と皇女を呼びにやり、二人にティランの書状を見せた。皇后と皇女も、ティランがモーロ軍の艦隊を拿捕したことを知って大いに安堵した。

また、皇帝は総司令官であるイポリトも呼び、ティランの書状を見せた。読み終わったイポリトは皇帝にこう言った。

「陛下、私は今まで何度も、神をご信頼になるようにお勧めし、ティラン殿がもし生きているのならば、陛下のことを忘れるわけはない、それほどティラン殿は陛下を慕っているのだ、と申し上げて参りました。私のことばどおり、その信頼が現実となり、神のご加護のもと、ティラン殿が敵を倒し、ギリシャ帝国の領土を取り戻すことは確実となったのです」

皇帝はこう答えた。

「司令官よ、まことにティランの活躍には目を見張らされる！　我らはどれほどティランに恩義があることか。ティランとその一党が必ずや満足するような褒美をつかわそうぞ。司令官、早速だが、宮殿と都の食料の備蓄を調べ、ティランに知らせるようにしてはくれぬか」

イポリトはすぐにその場を辞し、部下とともにつぶさに調査した結果、まだ三カ月分の食料が残っているという結論に達した。イポリトは満足げに戻って来て、皇帝にこう報告した。

「陛下、都には三カ月分、いや、節約すれば四カ月分の食料がまだございます。ですからティラン殿が補給を手配してくださり、敵の包囲を解いてくださる前に食料が尽きるということはございませんので、ご安心のほどを」

皇帝は秘書官を呼んで、自分と重臣たちが決定したことを長々と記させた。そしてシナジェルスを呼び出し、こう言ったのだった。

「騎士よ、ティランのところへ帰ってこの書状を渡してほしい。また、そちが目にしたことも口頭で報告するのじゃ」

シナジェルスは、承知しました、と答えた。

使者シナジェルスは手紙を皇帝から受け取り、手と足に口づけして暇乞いをした。その後で、皇后と皇女のもとにも挨拶に行った。皇女は自室におり、どうか自分のことを忘れないでほしい、会えなくなってからどんなに辛い思いをしたことか、どんなことがあろうとも一刻も早く会えるようにしてほしい、そうでなければ恋しさで死んでしまいかねないと、くれぐれもティランによろしく伝えてくれと言付けた。騎士は皇女のことばは、できる限り迅速に伝える、と答えた。使者は皇女の手に口づけし、皇女は使者を抱き締めた。挨拶が終わるとシナジェルスは宮殿を辞し、再びモーロ人の扮装をして、皇帝に書状を届けたカリリュとともに、夜の十二時に都を出発した。カリリュが通って来た道をモーロ人に悟られぬように、十分に用心して戻って行った。そして夜明けにはティランが天幕を張っている橋に到着した。衛兵は二人を知っていたので、問題なく通してくれた。二人はまっすぐに天幕に行くと、すでにティランは起きていた。

二人の姿を見てティランは大層満足した。早速、騎士シナジェルスに、皇帝、皇后の様子、そしてとくに愛する皇女のことをたずねた。シナジェルスは宮殿で見聞きしたことや、皇帝が口にしたことなどを細大漏らさず語った。また、皇女からの伝言をことばどおりに伝えることも忘れなかった。皇女の伝言を聞いたティランは、目からぽろぽろと涙を流し、恋しさのあまり顔をゆがめたのだった。こうして感極まったティランはしばらくの間、話すことさえままならず、じっと皇女の愛を噛《か》み締めていた。皇女に会いたい気持ちがあまりに強く、気が変になってしまうのではないかと思うほどであった。ティランが普段の顔色に戻ったので、シナジェルスは皇帝の書状を手渡した。すぐにティランが読んだ書状には、次のようなことが書かれていた。

［第四百二十一章］―ティラン宛の皇帝の書状。

「我が息子ティランよ、そちが助けに来てくれたことを知り、どれほど安堵したことか。余は、このような窮地に陥り、破滅が目前に迫っているときに救いの手を差し伸べてくれた我が主とそちに対する感謝の気持ちで一杯である。イエス・キリストには、慈悲の権化であるそちを守って望みどおりに勝利を収めさせてくださり、また、その働きに余が報いてやれるようにしていただきたいと祈っている。また、そちの家来イポリトが司令官として都をしっかりと守ってくれていることも付け加えておく。イポリトは、この世で、そちに次いで最も優秀で勇敢な騎士である。イポリトの活躍がなければ、とっくの昔に都もそのほかの帝国の領土も敵の手中に落ちていたであろう。この勇敢な騎士の手にかかって命を落としたモーロ人は数知れぬ。我が主のおかげで、都には食料などの必需物資があと三カ月は優にもつほどある。また、防御のための騎兵なども足りている。食料が尽きて飢えのために降伏しなければならぬことを最も恐れていたので、たっぷりと準備をしておいたのである。したがって、この点は心配は要らぬ。神のお助けがあれば十分に持ちこたえられるであろう。そのためにそちが危険を冒すことはない。どうか、全力を傾けて敵との戦に臨んでほしい。今や、戦をするも控えるもそちの思いどおり、そちが望まねば、敵が戦を仕掛けてくることはまずあり得ぬのだから。食料の降ろし方については、次のようにしてほしい。一部は、堅固なシノポリ城に降ろしてほしい。そこに置いておけば安全なうえ、今後、どこへ転戦するにせよ、そちの軍と友軍の補給に役立つであろう。また、一部を、ペラの市《まち》に降ろしてほしい。都の近くにも食料を蓄えておきたいからだ。その護衛として五百人、兵を配備してもらいたい。残りは、安全に降ろせるようならば、都へ運んでほしい。その後に傭船を帰してもらえばよい。それはそちの判断に任せる。一つ提案があるのだが、四百の艦船が列をなして都の前を航行するようにしてはどうだろう。そうすれば敵は、我が軍の上陸に日夜、常に備えていなければならなくなるだろう。さらに都とそちの陣にも気を配らざるを得ないので、疲弊するであろう。

傭船料の支払いのために、余の財宝が必要であれば、ガレー船を一、二隻、あるいはそれ以上でもよい、派遣するように。いくらでも要るだけ送って進ぜよう」

〔第四百二十二章〕――モーロ軍は、いかに軍議を開き、ティランに使者を送ることを決めたか。

ティランが上陸し、石橋のたもとに陣を敷いたことを知ったスルタンとトゥルクは、この上なく動揺した。海にも陸にもどこにも退却路はなく、ティランに攻め滅ぼされることは必至と考えたのである。しかも、二カ月分の食料しかなく、船による補給路も断たれているので、現在の陣に長く留まれば飢えに襲われる危険がある。先の望みは失せたかのように見えたが、少しも気落ちした様子は見せず、騎士として勇気を奮い起こし、軍議を開いてどうすれば全滅を防げるか協議したのだった。この軍議には、アレッポ王、シリア王、クラクフ王、アッシリア王、ヒュルカニア王、ラステン王、そしてグラン・カラマニィの息子やスキタイ君主、そのほか多くの王侯貴族が参加したのだが、煩瑣《はんさ》なのでその名をすべて挙げるのはやめておこう。

軍議は大荒れとなった。ある者たちは、都を攻撃することを主張した。都を落とせば、そこに立て籠もって長期戦に持ち込み援軍を待つことができる、都に十分な食料がないはずはない、と言うのである。また、ある者たちは、ティランの陣の前まで行って挑発するのがよい、ティランは勇猛な騎士だと聞いているので、誘いに乗って出て来るはずだ、と言った。モーロ軍の騎兵隊は数が多いうえに優秀で、よもや敗れるようなことはあるまい、仮に敗れるようなことがあったとしても子羊のように従順に捕虜になるよりは騎士として死ぬほうがましだ、というのがその主張であった。また、運命の女神が味方してくれて戦に勝つようなことがあれば、そのまま事もなく敵陣を突破することもできるし、包囲を続けて都を落とすこともできる、とも言った。

さらに、ティランに使者を送って休戦と和平を申し入れてはどうか、と言う者もあった。その見返りとして、モーロ軍はギリシャ帝国全土から兵を引き上げ、捕虜にした兵を全員返還する、という条件を付けたらどうか、というのである。結局、軍議の結論は、ティランに使者を送ろう、ということでまとまった。もしティランがモーロ軍の退却を認めなければ、そのときは別の手段に訴えたらよかろう、ということになったのである。別の手段とは、まず都に総攻撃をかけ、万一都が落ちなければ、最終的には剣を手に騎士らしく討ち死にしよう、ということである。

このような軍議の結論に従って、グラン・カラマニィの息子とスキタイ君主が使者に選ばれた。この二人の騎士は、聡明なうえに弁が立ち、戦《いくさ》巧者でもあった。使者は、十分に注意してティランの兵力がどれほどで、そのうちどれくらいに戦闘準備ができているかを見て来るように言い含められた。さらに使者としての口上が授けられた。

使者たちは準備万端調えた。金襴緞子の美しい長衣をまとい、武器は持たず、二百の騎兵を従えていた。出発に先立ち、喇叭手が通行許可を求める合図をし、許可はすぐに与えられた。使者たちは陣をあとにし、敵陣を目指した。

［第四百二十三章］――ティランはいかに積み荷を降ろさせ、傭船を帰したか。

ティランは、皇帝の書状を読んだ後、艦隊司令官に任命してあるリサナ侯爵を呼び、傭船全部の船主の数を確認し、傭船料の支払いがすんでいない者には、十分な金額を支払うように命じた。また、食料を大体の見当で三つに分け、一部をシノポリ城に降ろすこと、残りの一部はペラ城に降ろし、五百の兵を護衛につけてペラの市《まち》まで運ばせること、そして、それが終わったら傭船を帰すことを指示した。また、傭船以外の、モーロ軍から奪った船にはすべて武装を施し、食料などの必需物資を十分に積み込んだうえ、コンスタンチノープルへ行き、そこで積み荷を降ろすように、という命令も出した。

「降ろし終わったら、そのまま艦隊はモーロ軍の陣地の前を航行して、射石砲を撃ち込んで敵に被害を与え、混乱させるのだ」

このような命令を受けた司令官はすぐに艦隊が停泊している場所へ行き、船主の数を確認して未払い分の支払いをすませた。ティランは、すべての船主に、敵船からの戦利品に加え、千ドゥカットの褒美を与えた。それぞれの船は荷を降ろすべき場所を指示され、そこで積み荷を降ろした後は、故国へ帰還してよい、と言われた。

ペラの市へ同行する五百人の兵の乗船も終わったので、傭船はすべて出帆し、それぞれの目的地へと向かった。コンスタンチノープルから、エーゲ海方向へ五十海里ほど離れているシノポリ城へ向かう船は、〈サン・ジョルディの腕〉海峡を通って航行し、目的地で積み荷を降ろした後、帰路に着いた。残りの傭船はペラの市へ行き、大歓迎を受けた。五百人の兵はここで上陸した。

ティランが差し向けて来た兵だということを知り、勇敢この上ない騎士でもあった市の長《おさ》は、守備兵たちを大いに歓待し、良い宿舎を提供した。また、積み荷は降ろされ、市の中に運ばれ、窮乏生活を強いられていた人びとの大歓迎を受けた。皆は、窮地から救い出されたことを神に感謝し、その名を称えたのだった。

積み荷を降ろした船は港を出て、それぞれの故国を目指した。

［第四百二十四章］——奪い取った船で組んだ艦隊を総動員し、ティランはいかにフェス王妃をコンスタンチノープルへ送り届けたか。

艦隊司令官リサナ侯爵が傭船をすべて帰してしまったところで、ティランは残りの船すべてに武装を施させた。その数は大船、ガレー船、そのほかの船合わせて四百三十五隻にのぼった。陣にも十分な食料を供給させた後、ティランは自分の天幕のそばにガレー船を二隻残しておいて、必要があるときにはすぐさまそれに乗ってどこへでも行けるように準備をさせた。

全艦隊の出発準備が調うと、司令官は陣中のティランのところへ行き、命令がすべて完了したことを報告した。報告を受けたティランはフェス王妃の天幕へ行き、こう言った。

「我が妹のような王妃様、ひとつお願いがあるのですが。艦隊とともにコンスタンチノープルの都へ行き、私の心を虜にしている方を慰め、安心させてあげてはもらえぬでしょうか。私は今のところ会いに行くことができません。その間にあの方に何か取り返しのつかないことでもあったら、死んでも死にきれません。ご存じのとおり、私がここを去って皇女様に会いに行ってしまえば、陣が危険にさらされるばかりか、ほかにも様々な問題が生じるでしょう。あなたならばコンスタンチノープルへ行けば、ここよりもずっと楽しく過ごせるでしょう。どうかあなたの天使のような聡明さで私の気持ちをお察しください。かつて恋の日々に、あなたが皇女様と私の間をよく取り持ってくださったように、この願いもかなえてほしいのです。そしてこう伝えてほしいのです。私はできるだけ早く、最愛の皇女様のもとに参上いたします、私も一日千秋の思いでその日を待ちわびているのです、神は別としても、皇女様以外に私がこれほどお目にかかりたいと思い、心からお仕えしたいと思う方はありません、と」

心優しい王妃は、それ以上ティランには話させずに、穏やかな表情を浮かべ、小さな声でこう答えた。

「我が兄、ティラン、私の命と名誉を救っていただいたご恩の大きさを考えれば、あなたのお頼みは、私にとっては命令、義務にも等しいものです。私が救われて当然であったというよりは、あなたの寛大なお心によってそのような結果になったことを思えば、なおさらのことです。私が受けたご恩を忘れるような恩知らずだとはどうか思わないでください。あなたには、そのお返しを受ける資格が十分におありです。我が兄、ティラン、以前に比べ、あなたの徳の高さを千倍もよく知った今は、あなたのお役に立ちたいという気持ちはさらに高まっております。また、私のご主人である皇女様のような完璧な女性は、あなたのような、徳高く、善良で、騎士道精神に溢れるお方のものになるべきだ、ということはしみじみと感じております。ですから、ほかにも何かご伝言やご依頼がございましたら、何でもお申し付けください。もし私に千の命がございましたら、そのすべてを懸けてご期待に添えるようにいたします」

ティランは王妃を抱き締め、頬に口づけして言った。

「我が妹たる王妃様、何とお礼を申したらいいか分かりません。あなたのその愛情と信頼で、私の今までの苦労はすべて報われました。我が主が、あなたの愛情と徳の高さにご褒美をくださいますように。あなたにはその資格がおありです。そして、私があなたにして差し上げたことに倍するお恵みがありますように」

王妃はティランの手に口づけしようとしたが、ティランはそれを許さず、出発の準備をして船に乗ってほしい、と頼んだ。王妃はよろこんでそうしよう、と答えた。ティランは王妃のもとを辞し、自分の天幕に戻ると司令官を呼んでこう言った。

「司令官、乗船を開始し、出帆準備を調えてほしい。王妃が乗船されたら、出帆するように」

司令官は、すべて準備は調っている、と言い、ティランに暇乞いをし、乗船した。その翌朝、王妃は侍女を全員引き連れて港へ向かった。シチリア王とティランは五百の兵とともに王妃に同道した。王妃が乗船すると、別れを告げ、陣中に戻ったのだった。司令官は、全艦隊に出帆を命じてコンスタンチノープルを目指した。

［第四百二十五章］──スルタンとトゥルクの使者は、いかにティランの陣にやって来たか。

スルタンとトゥルクの使者はティランが陣を敷いている石橋までやって来た。ティランは、隊長一人に五百人の兵を付けて出迎えに行かせた。いずれも光り輝く鎧をまとい、武装した大柄のシチリア馬にまたがった兵たちは、使者に丁寧な挨拶をした後、ティランの天幕まで同道した。ティランは天幕全体をパリで縫われた緋色の緞子《どんす》で覆わせていた。

使者たちが馬を下り、天幕の中に入ると、シチリア王、フェス王、および多くの貴族や騎士たちとともにティランが待ち受けていた。使者たちは皆に歓迎され、王侯にふさわしく名誉ある扱いを受けた。ティランは、すぐに用向きをたずねようとはせず、使者たちを、宿舎として特別美しく飾らせた天幕に案内させた。そして肉や鶏肉などの食事を、様々な種類の葡萄酒とともにふんだんに饗した。

大きく立派な馬にまたがり、イタリア風の羽飾りのついた見事な鎧をまとった五百人もの兵を見て、使者たちはすでに度肝を抜かれていた。さらに、武装を施し、今にも出陣しそうな様子で陣の周りを駆け巡る四千の馬や、陣中に待機する多くの騎兵たちを目にして、キリスト教徒軍がこれほど数が多く統制がとれているのでは、世界じゅうのモーロ軍が束になってかかってもとてもかなうまい、とお互いにささやき合った。そして、どうやらここまでやって来たのは無駄足だったようだ、ティランは休戦も和平も望まないだろうし、自分たちが生き延びる道はもはやありそうもない、と確信したのだった。勇敢なる元帥ティランが陣を張っている場所から考えて、誰一人、殺されたり捕らえられたりすることなく抜け出せる者はなかろう、ティランの陣に攻撃を仕掛けることも難しいし、キリスト教徒側はモーロ軍が飢えに苦しむのを待つこともできるのだから、戦に持ち込むことさえ困難だ、とも話していた。

意気揚々とやって来た使者たちであったが、一昼夜、こうして頭を悩ましていた。その翌日、ティランは自分の立派な天幕に陣中の高貴な王たちと貴族、騎士たちを集めて、ともにミサに参列させた。荘厳なミサの後、ティランは用向きを聞くために使者たちを呼び出させた。使命感にあふれる使者たちは進んで招集に応じ、大貴族にふさわしい威厳ある態度で勇敢なる元帥の天幕に向かった。ティランは使者たちを、その地位にふさわしい敬意を払って迎えた。そして自分の前に座らせると、どのような任務で来たのかとたずねた。

発言の順を巡ってしばし譲り合っていたが、まず地位が最も高いグラン・カラマニィの息子が立ち上がり、勇敢なる元帥に礼をした後、次のように話し始めた。

［第四百二十六章］——使者のことば。

「騎士であり領主でもあられる偉大なる元帥殿、聡明な貴殿ならば、このたびの戦では今後さらに数知れぬ犠牲者が出るだろうということはお分かりだと思います。まず、そのことを善意をもって念頭に置いていただきたい。また、この陣中に、さらに多くの騎士が埋葬されるであろうということもお考えいただきたい。心の目をしっかり見開けば、我々人間にも、これから両軍の将兵が流す血で川の水が赤く染まり、橋桁《はしげた》を洗って流れ行く様子がはっきりと見えるはずです。また、耳を澄ましてみれば、激戦の音は聞こえずとも、傷つき倒れて、天に昇り、非情な星の憐れみさえも買おうとしている者たちの呻き声や泣き声が聞こえてくるでしょう。このようなことを考え、ことばにしたところで、我々の公子としての強靭《きょうじん》な精神はびくともしませんが、貴殿やお仲間のような寛大で高貴な騎士たちの魂は揺さぶられることでしょう。そんな酷い事態を避けたく思い、我々、スルタンとグラン・トゥルクの使者は、貴殿に交渉に応じる用意があるか否かを確かめるために参りました。すなわち、我々は三カ月以上の休戦を求めます。またもし、百一年間におよぶ最終的和平をお望みならば、我々はよろこんでそれに応じ、今後は友愛の精神のもと、同盟者として貴殿の味方を味方とし、貴殿の敵を敵といたしましょう。協定が成立すれば、ギリシャ帝国全土から兵を引き、ギリシャ内のすべての城や市《まち》や村を住民と土地ごと貴殿に引き渡しましょう。さらに、我々が捕らえているキリスト教徒たちも、本人たちが望むならばお返ししましょう。また、スルタンとグラン・トゥルクの威信を大きく損なわない順当なものである限り、そのほかの条件にも従う用意があります。もしもこの申し入れに不満があるとすれば、貴殿が困難な目に遭わざるを得ないことは明らかです。間もなく、激しく酷い戦闘によって、苦い経験をすることになるでしょう」

使者はこのように話を終えた。

［第四百二十七章］―使者へ返答するにあたってティランが招集した軍議。

使者のことばを聞いて待ちに待った栄光の勝利の喜びが目前に迫っていることを知り、ティランの胸は高鳴った。しかし、持ち前の慎重さを発揮して、すぐに返事をするので、それまで休息をとっているようにと使者には言った。使者たちはティランの前を辞し、騎士たちの丁重な見送りを受けて宿舎に戻って行った。

ティランは、徳高い元帥であったので、翌日、王や公爵、そのほかの貴族や騎士たちを自分の天幕に招集し、ミサに参列した後、敵の申し入れを検討する軍議を開くことにした。皆、心からティランを慕う人びとだったので、すぐに招集に応じた。

ミサが終わり、それぞれが地位に応じて席に着いた。静粛が求められた後、徳高きティランが次のように話し始めた。

「高貴かつ寛大なる領主にして我が兄弟の皆さん、皆さんもご存じのとおりスルタンとグラン・トゥルクは和平と休戦の使者を送って来ました。敵が我らの圧力を受けて窮状に陥っていることは間違いありません。食料やそのほかの必需品も不足しているはずです。捕らえられ、聖なる真実の教えを捨てねばならぬ瀬戸際にあるキリスト教徒たちを解放し自由にすることができれば、勝利者としての栄光には計り知れないものがあり、我らが神も大きなご褒美をくださるでしょう。もし我々が敵を皆殺しにするか、捕虜にするかしてしまえば、その評判が広がり、モーロ世界全体を震え上がらせ、ギリシャ帝国が今までこうむってきた多大な被害や、亡くなった多くの騎士たちの復讐を遂げることができるでしょう。さらに重要なのは、敵を全滅させてしまえば、我々は恒久的な平和を手に入れることができるということです。ほかのモーロ人たちも恐れをなすでしょうし、ギリシャ帝国の人びとも我々も、皆、安心して休息できるのです。したがって、休戦も和平も受け入れず、無条件降伏を求める、命も財産も保証はしない、このような返答をすることが皇帝陛下に対する最高の御奉公であると私は考えます。敵がこの条件に不満ならば、抵抗でも何でもすればいいのです。我々は、敵が飢えるまで傍観していることもできるのですから。たとえ攻撃を仕掛けて来たとしても、我が軍の方が数においてはるかに優っているのですから、我々は好きなように対処できます。こちらから仕掛けるのは愚かな戦術だと思われます。なぜなら、追い詰められている敵は必死で向かって来るでしょうし、そうなればこちらにも大きな被害が出かねません。このまま敵の退路を断っておけば、そのような我々の優位が揺るぐ危険を冒さずにすむのです。先の話になりますが、このまま敵を封じ込めておけば、莫大な戦利品も期待できるのです。

我が兄弟の皆さん、私の意見はこうです。すなわち、皇帝陛下にご相談申し上げずに答えるわけにはいかないということです。さもなくば、将来、何か不測の事態が起こったときに、申し開きができないではありませんか。そこで、どのような返事をするべきか、私が兄弟とお慕い申し上げる皆さんのご意見をおうかがいしたい。徳高き皆さんご自身のお考えと、皇帝陛下ならばどのようなご判断をなさるだろうかということについてお聞かせ願いたいのです。なぜなら、勝利の暁には、その名誉も戦利品も我々全員のものであるからです」

ティランはこのように発言を終えた。

〔第四百二十八章〕――シチリア王の発言。

ティランの発言が終わるとすぐにシチリア王がフェス王の方を向いて、発言を促した。しかしフェス王は、そんなことはできない、どうぞお先に、と言う。ほかの王侯貴族にも勧めたが、皆、シチリア王に最初に発言することを促すので、王は帽子を取って次のように話し始めた。

「貴殿は、神のご意向を映し出す鏡、我々のみならず聡明な貴殿に従うすべての者たちの道を照らして平和と正義の宿に導くために現われた新星だ。ソロモンの生まれ変わり、あるいはソロモンその人と言ってもよい。したがって、ティラン殿、貴殿は我々の意見など聞く必要はないのです。これから起こり得ることを完全に予測してみせてくれたのですから。しかし、貴殿が満足するように私の意見を申し上げましょう。皇帝陛下にご相談申し上げるということには反対ではありません。おっしゃるように貴殿、そして我々の責任もそれで軽くなるのですから。陛下が御前会議を開かれて決定を下されればよい。ここにいる誰よりも、陛下にはそうなさる権利がおありです。陛下も必ずや、貴殿が言った道をお選びになるでしょう。それが最も有益かつ正当で、ギリシャ帝国にとって最も安全、確実であるからです。勇敢なる貴殿の今までの活躍を見れば、そのすべての意見に説得力があります。武功において貴殿に対抗できる者などおりはしません。貴殿は元帥として、部下を危険から守り、部下のために戦をし、敵を倒し、そして貴殿の旗のもとに戦った者たち全員に利益と名誉を与えてきたのですから。これ以上は申しません。私のことばの足りないところは、ほかの皆さんに補っていただきたい」

［第四百二十九章］――フェス王が、全員を代表してした発言。

シチリア王の発言が終わると、ほかの皆は王の言ったことに賛成だったので、フェス王に代表として発言を求めた。そこでフェス王は、場が静まるのを待って立ち上がり、次のように言った。

「いまだ苦難が去ってしまったわけではありません。理屈で考え、危険であることを避けるのは当然としても、良かれと思ってしたことが、後になって悔やまれるということがままあることは経験が教えているとおりです。それゆえ、我が主人たる元帥殿、私は貴殿のもっともな見解に異を唱えるつもりは微塵もありませんが、ここにおいでの徳高く地位ある大勢の方々が私に代表して答えよとおっしゃっているので、できるだけ早く使者に回答を渡すためにも、シチリア王がおっしゃったことを速やかに採択し実行すべきだと思います。すなわち、事の重大さに鑑《かんが》み、元帥殿と我々に過重な負担がかからぬよう、皇帝陛下にお伺いを立てるべきであると思うのです。ともかく良い結果になるも悪い結果になるも、すべてこの一事にかかっており、元帥殿、そして我々全員が責任の一端を負っているのですから。私が兄弟と慕う、ここにおいでの方々に代わって、元帥殿に進言いたします。早々に使者を出し、スルタンとトゥルクの使者たちに返答を渡せるようにすべきでしょう」

こうして王は発言を終えた。

徳高きティランは、すぐにそのようにしようと言い、このようにして一同はそれぞれの天幕に戻ったのだった。

〔第四百三十章〕―フェス王妃を乗せたティランの艦隊はいかにコンスタンチノープルの港に到着したか。

一方、徳高きティランの艦隊は、陣から出発し、高貴なる都コンスタンチノープルを目指した。順風、好天のおかげで艦隊は、同日、太陽の神ポイボス(49)が旅路を終える二時間前に、祝福された都の前に到着した。戦に勝利を収め、追い詰められて窮状を訴える者たちを助けに現われた救援隊は、歴史の中で常にそうであったように、陽気に浮かれていた。祝砲が放たれ、喇叭が吹かれ、兵たちは口々に叫び声を上げて高貴なる都に挨拶をした。

都の貴族も一般の人びとも歓声を聞きつけて、待ち望んでいた救援隊が港に入るのを見ようと城壁に駆けのぼった。艦隊は皇帝の旗と勇敢なる元帥ティランの旗を高々と掲げていた。食料を満載して入港する艦隊を見た都の人びとの喜びようも、救援隊のそれに劣るものではなかった。すべての鐘が打ち鳴らされ、苦しみから救い出してくれた神の名が称えられた。

老皇帝は馬にまたがって海へと向かった。艦隊にフェス王妃が同行しているということを聞いて、皇帝は皇女と皇后にそれを伝えさせた。皇女は大急ぎでイポリトとともに馬に乗り、大勢の騎士や貴族たち、そして宮廷の全女官を引き連れて皇帝が待つ港へ駆けつけた。皇女はイポリトに、船に乗り込んで、到着が待ち望まれていた王妃を出迎えるように言った。

イポリトが乗船すると、美しく着飾り親愛の情を満面にたたえた高貴な王妃が待ち受けていた。二人は丁重な挨拶の後、旧交を温めたのだった。皇女はどうしているのか、と王妃がたずねると、岸でお待ちかねです、とイポリトは答えた。緞子で綺麗に飾られた小舟に高貴な王妃とイポリトが乗り移るのを待って、美しく着飾った二人の貴公子が櫂《かい》を漕《こ》ぎ始めた。小舟は間もなく岸に到着し、大勢の貴族や貴婦人たちに迎えられた。

かつての自分の侍女プラエール・ダ・マ・ビダが立派な王妃となって凱旋して来るのを見た皇女は、敬意を表して馬から下りて迎えた。王妃は皇女の足元に身を投げ出し、皇女の足に口づけしようとしたが、高貴な皇女はそれを許さず、愛情のしるしに王妃の口に何度も口づけしたのだった。王妃は皇女の手に口づけし、皇女は王妃を抱き起こし

(49)　ギリシャ神話の太陽神アポローンの呼称の一つ。

た。そして手を取って皇帝のところへ導いて行った。王妃は皇帝の足と手に口づけし、皇帝も優しく、しかし丁重に歓迎の意を表した。そして艦隊司令官ほか、王妃に同行して来た貴族たちも同様に歓迎を受け、一同は宮殿へと上がって行った。宮殿では、皇后が笑顔で皆を迎えた。王妃は侍女として礼を尽くして皇后の足と手に口づけし、皇后は歓迎の意を表した。

老皇帝はイポリトに、艦隊の荷を降ろし、船をすぐさま陣へ戻らせるように命じた。イポリトは、すでに荷降ろしは始まっている、と答えた。徳高きイポリトは港へ行き、岸からもほかの船からもたくさんの小舟を出させ、夜通し荷降ろしを続けさせたので、夜が明け日が昇る頃にはすべての荷は降ろされて都の中の蔵に納められていた。大量の葡萄酒と油、塩漬け肉、蜂蜜に野菜など、いずれも籠城《ろうじょう》する者たちには必要なものばかりであった。

朝のうちに皇帝は司令官に使いを出し、王妃に同行してきた貴族や騎士たち全員とともに昼食に招待した。司令官はよろこんで招待に応じ、ほかの者たちとともに、金銀細工のついた緞子の美しい服を身に着け、太い金の首飾りを下げて宿舎を出た。皇帝が司令官らを招いて催した宴は驚くほど豪華であった。見事な鶏肉がふんだんに饗され、素晴らしい葡萄酒が宴を盛り上げた。皇后、皇女以下の女性たちもこの日ばかりは楽しくくつろいで、舞踏や余興を楽しんだのだった。

夜になったので、司令官は、そろそろ失礼して船に戻りたい、と皇帝に申し出た。夜が明けたらモーロ軍の陣の前を航行し、さらに疲弊させる予定だというのである。皇帝は、

「司令官、それはまことに結構じゃ」

と答え、退席を許した。司令官は皇帝の手と足に口づけし、そのほかの騎士や公子たちもそれに倣った。一行は続いて皇后と徳高き皇女、そして貴婦人たちにも丁寧に別れの挨拶をし、港へ下って行ったのである。

艦隊は夜も早いうちにコンスタンチノープルの港を出港し、モーロ軍の陣を目指した。モーロ軍の陣の前に到着すると、いっときにたくさんの射石砲を発射して、モーロ軍を混乱の極みに陥れた。モーロ兵たちは、すわ、敵の攻撃だと慌てて武器を取りに走った。こうしてモーロ軍は不安の淵に突き落とされたのである。

〔第四百三十一章〕——皇女とフェス王妃の会話。

フェス王妃が到着した日の夜、皇女は王妃に、積もる話もあるので一緒に寝てほしい

と求めた。寝台に入ると、皇女は次のように話し始めた。

「我が妹であり、我が主人でもあるプラエール・ダ・マ・ビダ、あなたがいない間、私はどれほど辛い目に遭ったことでしょう。それにはとても文字に書き表わすことができないほどいくつも理由があるのですが、なかでも貴婦人方の中で、いいえ、世界じゅうの女性の中で最も大切に思っていたあなたなしで生きることなど考えられなかったからなのです。とくに、私のために、私にとってよかれと思ってあなたがしたことのために、荒海に飲み込まれ、酷い死に方をしたのだと思うとたまりませんでした。そもそもの原因は、無情なティランが私に何も言わずに出発しようとしていたことにあります。私にはあの方が腹を立てていらっしゃるわけが、さっぱり分からなかったのですもの。毎日毎時間、私はあの方の偽りの愛を思い浮かべ、こんな辛い思いをするならばいっそ死んでしまいたいという気持ちになったものです。私を慰め、楽しませてくれる人びととも引き離されてしまっているように感じたのです。目からは止めどもなく涙が流れ落ち、自分の不幸を思っては辛さのあまり溜め息を漏らすばかりでした。ティランがいないために、父、ギリシャ帝国皇帝陛下と帝国じゅうの人びとがどんなに酷い目に遭わねばならぬかを考えては始終泣いておりました。私自身にしても、異教徒どもの手に落ちて貞操を踏みにじられ、絶望の淵に追いやられるという不幸が待ちかまえているに違いなかったのですから。こんな報いを受けねばならぬほど、酷い仕打ちを自分はあの徳高いティランに対してしたのだろうか、それが分からぬだけに、いっそう、私の悲しみは増し、罪もないのに不運に見舞われた自分が哀れでなりませんでした。それでも、必死に祈る者を見放されることは決してない聖母マリア様におすがりするために、女子修道院に入ったのです。そこで私は瞑想を続け、聖母マリア様に、慰めの天使をお遣わしになり、私の魂と肉体を癒やしてくださいい、老い先短い父が帝国を奪われ囚われの身にならぬよう、憐れみをおかけくださいと祈ったのです。我々のために御子を差し出すという、人間のことばをいくら連ねても言い表わすことができないほどの特段のお恵みをくださった慈悲深いマリア様ですもの。私が妹とも思うあなたが、このように立派になって戻って来たことを私はとても嬉しく思います。これ以上の喜びはありません。私と離れている間にも私の侍女たちのことを忘れないでいてくれた徳高きティランに感謝せねばなりませんね。私の妹にして、主人でもあるプラエール・ダ・マ・ビダ、どうか教えておくれ。徳高きティランは、あの方をこの世の誰よりも愛している私を置いて、どうしてあのように酷い出発の仕方をしたのでしょう？　私がどんな悪いことをしたと言うのでしょう？　私はあの方のご意向に添わぬようなことは考えたこともないし、あの方には愛のことば、慰めのことばしかかけたことはないというのに。私の魂はあの方の虜になり、ティランこそか弱いこの身の主人になるにふさわしい殿方と思っておりましたのに。あの方も私に劣らず私のことを愛してくださっていると信じて疑いませんでした。それが、これほど酷いことをなさるとは、いったいどんなわけがあったのでしょう？あの方のように、優しさと善意においてはほかの誰にも引けを取らぬ、寛大で勇敢な騎士が、このような無情なことをなさるなんて考えられません。きっとそういうふりをしているだけに違いありません。でも、妹にして、主人でもあるプラエール・ダ・マ・ビダ、昔からあなたは私の人生の支え、喜びでしたが、今度もあなたが運んで来てくれた希望が私を和ませてくれます。今は、前にもまして、あなたの徳に信頼を置いています。あなたが私の過去の恐れを振り払い、本当の愛を確信させてくれることは経験から分かっているのです。あなたはきっと私の辛い毎日を終わらせてくれるでしょう。私が、あなたが去ってしまったときから変わっていないとは思わないでください。愛の苦しみがあまりに大きかったので、私は当時のことなどすっかり忘れてしまいました。すぐにティランに会うことができなかったら、そんなに長くは生きられないような気がするぐらいなのです」

高貴な皇女は涙ながらにこう話し終わった。感情を抑えきれず、目からはぽろぽろと涙を流し、苦しげに呻き、溜め息を漏らしている。王妃は優しいことばで懸命に皇女を慰めた。皇女が落ち着いたところで王妃は次のように語り始めた。

［第四百三十二章］──皇女の嘆きに対する王妃の答え。

「私の身の上に起こったことですが、皇女様にとってもお辛いようなことばをこのうえ長々とお聞かせしてもお苦しいだけでしょう。私自身、思い出すだに心が乱れてしまうほどですから。今晩のところはご勘弁ください。皇女様があまり悲しまれると、宮殿の方々もご心配なさるでしょうし。お父君が眠れぬ夜をお過ごしになられるのも見るにしのびません。明日になって、皇女様のご気分が晴れてから、お話しいたしましょう。ただ、進んでお話ししたくなるようなことではありません。とても酷い話ですから、皇女様が動揺なさるのではないかと心配なのです。たった一つ、お喜びいただけることがございます。すべては、あなたさまのせいではないのです。ティラン様もそのことはご存じです。ティラン様は真相をお知りになって、大いに慌てられ、恥じ入っておいででした。自らの過ちを告白なさり、どうか皇女様に許していただけるよう、よしなに取り計らってほしいと私にお頼みになりました。皇女様はあの方をお許しにならねばなりません。なぜなら、ティラン様は信用していた人物に騙《だま》されたのですから。その人物がどれほどの悪漢であるか、皇女様はご存じないのです。残念な過去の出来事のことは、今は申し上げたくはありません。それが神の御心であれば、勇気あるティラン様がいらっしゃったことで、あなたさまと父帝陛下のお苦しみが終わるだろうということを、ただ喜んでいただきたいだけなのです。ティラン様がどれほどあなたさまを愛していらっしゃるか、それをお知りになれば、感激なさることでしょう。なにしろあの方は、本当の愛に魂を奪われた者だけがするような溜め息と呻《うめ》き声を漏らしながら、いつもあなたさまのことしかお話しにならないのです。あの方を、これ以上には愛せない、というほどお愛しなさいませ。あの方があなたさまに捧げる愛ほど深い愛を抱いた騎士はこれまで一人としていなかったし、これからもいないはずだからです。あの方は、ここを去ったあと、捕虜にはなったもののめげることなく自由を勝ち取り、続いてバルバリアで永遠に語り継がれるであろう数々の武功を立てられました。その素晴らしい武功はすべて、お父君とあなたさまをお救い申し上げるためだったのです。あなたさまと、祝福された安らぎの床をともにするために多くの危険をくぐり抜けていらっしゃったのです。今、こうしてすべての苦難が終わろうとしているときに、あなたさまは寛大で気丈なお心が萎《な》えてしまわれたとおっしゃるのですか？　どうか私を信じてください。私は皇女様がお困りのときに、ご期待に背いたことなど一度たりとないではありませんか。間もなくあの方をここにお連れして、ご挨拶できるようにいたしましょう。ティラン様は、本当に、あなたさまにお目にかかってお仕えすることしか望んでいらっしゃいません。なぜそんなことが分かるかと申せば、私はこの目で見ているからです。あなたさまを愛していらっしゃらなければ、わざわざここまで来てギリシャ帝国を奪還する必要などないからです。トラミセン王の世にも美しく徳高い娘を妻に、全バルバリアの王として君臨していればよかったのですから。その王女にも、数日後にはお会いになれることでしょう。ティラン様が、ことばを尽くして美しさを称えた皇女様を一目拝見しようと、ご挨拶に参上するはずですから。王女は、ティラン様が自分に敬意を表し、いろいろ手を貸してくれたことを恩義に感じ、ティラン様とあなたさまとの結婚式に出席することを約束しています。それほどの地位の女性と王国をあなたさまのために犠牲にした徳高き騎士こそ、あなたさまのご主人としてふさわしいのではありませんか？　そうに違いありません。あの方ほど多くの国を征服し、しかもそれを皆、惜しげもなく人にくれてしまうような王や貴族が今までにいたでしょうか？　ティラン様は、ご親族や、ご友人、ご家来に、すべて分けてしまわれたのです。人に与えれば与えるほど自分は豊かになるものだ、と申しますが、ティラン様ほどいつも気前のいいお方を見たことがありません。ですから、皇女様、辛いことはもうお考えにならずにお忘れくださいさい。ご自分を大切になさってください。辛い思いをなさると、心も体も傷つき、女は、貴婦人でも乙女でも、自らの美しさが損なわれてしまうものですから。あなたさまの美しさは世界じゅうに広く知られておりますが、今こそ、あなたさまが今までで一番美しく輝かねばならぬときです。位の高い方々がこれから続々とあなたさまにお目にかかりに参るのですから。ティラン様と一緒にたくさんの王侯貴族の方々がいらっしゃっておいでです。全員が結婚式にご出席になるでしょう。また、アスカリアヌ王が連れておいでになる王侯貴族の皆さまも宴にいらっしゃるでしょう。私は、あなたさまには、この世のどんなに高位の女性も、家柄や美しさ、そのほかの美点においてあなたさまにはかなわないということを皆に見せつけたいのです。もし反対のことを思われでもしたら、私の気持ちはどんなものを貰ってもおさまりません。自分のご主人様が貶《けな》されるのを聞くぐらいならば、死んだ方がましです」

こうして、プラエール・ダ・マ・ビダはことばを終えた。

「第四百三十三章」―王妃に対する皇女の答え。

「聡明な王妃よ、そのようなことを聞くと、私も心穏やかではいられません」皇女は答えて言った。「望むものをあり余るほど手に入れることができた者は、望みを遂げることができない者よりも、はるかに満足することでしょう。しかも、再び取り戻す望みがないものであるうえに、貞操など、簡単に失ってしまえるものなのですから。愛しているのに思いを遂げることができない――そこに大きな苦しみがあるのでしょう。怒りや不満があるところに、悩みや不信は生まれます。二人の思いが等しくなければ、お互いを求める気持ちも違ってくるでしょう。しかし、いったん何かを欲し、それが手に入らないとなれば、心は、それが遠く離れていけばいくほど熱くなったり、苦しく痛んだりするのです。我が妹よ、あなたが以前、私に仕えてくれていたときに、良い助言をしてくれているのに私が耳を貸さないということもありました。ですから、これからは、あなたの言うことをしっかりと聞こうと思うのです」

皇女のことばが終わるや否や王妃が話し始めた。

「皇女様、そうおっしゃっていただけるのなら、できるだけ早く、あなたさまが思っていらっしゃるよりもずっと早く、お望みをかなえて差し上げましょう」

皇女は久しぶりに王妃に会って積もる話ができることを大層喜んでいた。そうこうして話すうちに、すっかり遅くなってしまっていた。王妃は、

「皇女様、お体をこわされてはいけません、そろそろ休むことにいたしましょう」と

言い、二人は眠りに就いたのだった。

［第四百三十四章］――ティランは皇帝と話をするために、いかにコンスタンチノープルへ行ったか。

スルタンとトゥルクの使者にどのような返事をするかということについて、ティランが諸王、諸侯と持った軍議の結論は、まず皇帝にお伺いを立てようというものだった。また、勇敢なるティランは、何か正当な口実のもとに、自分の魂を虜にしている女性に会いに行って挨拶したいと切望していた。事の重大さに鑑《かんが》み、自ら赴くべきだと考えたティランは、ひそかに一人でコンスタンチノープルへ行き、皇帝と話をしてその意思を確かめることにした。その結果、ギリシャ帝国に平穏が戻り、自らも皇女の腕の中で静かに休めるようになることを望んだのである。

夜が来るのを待ち、ティランはシチリア王とフェス王に陣を任せてガレー船に乗り込み、二十ミーリャ離れたコンスタンチノープルへ向かった。

勇敢なるティランが港に到着し、船が錨を下ろしたときには、時刻は夜の十時になっていた。ティランは変装して、供を一人だけ連れて上陸した。ガレー船の船長には、そのままそこに留まるように言い置いた。都の門まで来ると門衛に、自分はティランの家来で皇帝陛下に伝言があって来た、と言って開門を求めた。門衛たちは急いで門を開け、ティランを皇帝のもとへ連れて行った。宮殿の中に入ると、皇帝はすでに床に就いたということだったので、ティランはフェス王妃の部屋へ行った。王妃は奥の間で祈りを上げているところだった。王妃は、すぐにティランだと分かり、駆け寄って抱擁し、口づけした。そしてこう言った。

「ティラン様、待ち望んでいたあなたさまがおいでくださって、なんて嬉しいんでしょう。神はいつでも取るに足らない私の祈りに耳を傾けてくださいますが、今日はいつにもまして感謝申し上げなければ。あなたさまのお姿を見て私がどれほど安堵したか、ことばでは言い表わせません。お祈りの最後に懸命に、あなたさまがいらっしゃってくださるようにとお願いしていましたら、その一番大きなお願いがかなってしまったんですもの。どんな悲しみも吹っ飛んでしまいます。これはきっと、私へのご褒美ではなく、あなたさまへのご褒美として、善き神がかなえてくださったんですわ。私が祈りの最後のことばを唱えている間に、天使の手が悲しみに沈んでいる私の体を、この殺風景な部屋の入り口の方へ向かせたのです。そうしたらどうでしょう、そこに、この世の人間の中で最も気高く徳のあるお方が立っていらっしゃるのが見えるじゃありませんか。さあ、さあ、どんな栄光にもふさわしいお方、こちらへいらしてください。名誉あるご苦労の数々を重ねていらしたあなたさまは、そのご褒美に、そろそろあの方の腕の中で楽しく憩われてもよい頃です。あなたさまの偉業はすべて、この幸福を目指して達成されたものなのです。あなたさまさえよろしければ、ずっとお望みであったことをかなえて差し上げましょう。今、私の申し上げるとおりになさらなければ、もうこれ以上、私には何も期待なさらないでください。私はさっさと自分の領地へ引き上げます」

勇敢なるティランはそれ以上、王妃には話させずにこう言った。

「我が妹たる王妃よ、もし私があなたのことばに従わなかったことがかつてあったとしたら、どうか許してください。騎士道に誓って申しますが、あなたに命じられたことなら、どんなことでもするつもりです。たとえそうしたら殺すと言われても、あなたに逆らうことはいたしません。私さえ耳を傾ける気になれば、あなたがいつも良い助言をしてくれることは分かっているのですから」

「それでは」王妃は言った。「あなたさまのおことばがどこまで本当か見せていただきましょう。やってみればすぐに分かることです。あなたさまには武術試合場に入っていただき、これから始まる楽しい試合に勝ちを収めていただかない限り、騎士とはお認めいたしませんよ。この奥の間で待っていてください。私は皇女様のところへ行って、今晩は私と一緒に寝てほしいとお願いして参りますので」

こう言って王妃はティランを残し、すぐに皇女の部屋へ行った。皇女はちょうど床に入ろうとしているところだった。皇女は王妃を見て言った。

「我が妹プラエール・ダ・マ・ビダ、そんなに慌てて、一体どうしたのです?」

王妃は、ふざけるふりをして近づき、皇女の耳元でこう囁《ささや》いた。

「皇女様、どうか今晩は私の部屋へいらして一緒に寝てくださいまし。たくさんお話ししたいことがあるのです。ティラン様のところからガレー船がやって来まして、船から降りて来た男が私にいろいろ教えてくれたのです」

喜んだ皇女は、昔もよくそうしたのだから、一向にかまわない、と答え、ともに王妃の部屋へ行った。二人は皇后や侍女たちに疑われないように、いかにもおしゃべりをするだけだ、というようなふりをした。

皇女が王妃の手を取り、こうして二人して部屋に入ると、部屋は、王妃の計らいで、綺麗に片付けられ、香が焚《た》きしめられている。ティランのことを一瞬でも早く聞きたい皇女は、さっさと床に入ろうとした。皇女の侍女たちが手を貸してその服を脱がせた。侍女たちは、何の疑いも抱かずに、皇女に就寝の挨拶をした。

侍女たちが出て行ってしまうと、王妃は扉に鍵をかけ、まだ、寝る前にお祈りが残っている、もう用事はないから、と言って、自分の侍女たちも下がらせた。侍女たちは全員、自分たちの寝室に入ってしまった。皆に就寝の挨拶をした後に、王妃は奥の間に入ってティランに言った。

「栄光の騎士ティラン様、靴をお脱ぎになって、下着一枚になり、あなたさまが命よりも大切だと思っていらっしゃるお方の傍らにお入りなさいまし。そして馬に拍車をかけて思いっきり攻めるのです。容赦ない攻撃こそ騎士に求められるものなのですから。口答えはなさらないでください。そんなことは許しません。さあ、ぐずぐずしないで。王妃として誓って申しますが、今、私の言うとおりになさらねば、一生、こんな好機は二度と訪れることはないでしょう」

王妃の親切なことばを聞いたティランは、固い床に両膝をつき、王妃の足と手に口づけしようとしながら、次のように礼を言った。

［第四百三十五章］――王妃に対するティランの感謝のことば。

「我が妹、我が王妃よ、私は太い鎖で繋《つな》がれたような恩義をあなたに負ってしまいました。私は今後は一生、奴隷としてあなたにお仕えします。私がどれほど感謝しているか、あなたはお分かりにならないでしょう。私はあなたのおかげで生きることができ、栄光に浴することができるのです。あなたは私の善だ、私の喜びだ。あなたは、私の疲れた魂に、この世の天国を味わわせてくれる。これからの私の人生、これから征服する土地や財宝、すべてあなたに差し上げますが、それでも十分なお返しはできないでしょう。私のためにこのような愛ある計らいをしてくださったからには、私は、同じ真実の愛をもって応えるしかないでしょう。あなたがこうして見せてくださった好意に匹敵するようなお返しをして差し上げるまでは、私は死ぬわけには参りません」

「ティラン様」王妃は言った。「どうかぐずぐずなさらないで。失った時間は取り返しがつきません。早く服をお脱ぎください」

徳高きティランは、急いで服と靴を脱ぎ捨て、裸になった。王妃はその手を取って皇女が寝ている床へと導いて行った。

王妃は皇女に言った。

「皇女様、あなたさまがお慕いなさってやまない、幸福な騎士殿をお連れしました。ですから、どうか皇女様らしく、優しくお迎えください。あなたさまのおそばにいらっしゃるまでに、どれほど多くの苦難を乗り越えていらしたかご存じなはずでしょう。世界に名だたる聡明なあなたさまなのですから、この方があなたさまの夫君であられることはお分かりでしょう。先のことはどうなるか分かりません。ただ、今のことだけをお考えくださいまし」

皇女は答えて言った。

「ああ、なんて嘘つきの妹なのかしら。あなたにこのように裏切られるとは思っていませんでした。私はティラン様の徳の高さを心から信頼申し上げています。ティラン様の徳は、あなたの欠点まで補ってくれるほど大きなものなのです」

この間、ティランがぼんやりしていたと思ってはならない。その手はしっかりとするべきことをしていたのだ。王妃は二人を置いて、補助の寝台へ眠りに行った。王妃が行ってしまうと、皇女は改めて闘志満々のティランの方へ向き直り、こう言ったのだった。

［第四百三十六章］――ティランはいかに戦に勝利し、城に押し入ったか。

「私の主人、ティラン、こうしてあなたにお会いできることを私はどんなに望んでいたことでしょう。どうかこの至福のときを苦しみに変えてしまわないでください。ティラン、落ち着いてください。どうか強引なことはなさらないで。か弱い乙女の力ではとても、あなたのような騎士に逆らうことなどできはしないのです。後生ですから、そんなに手荒に扱わないで。女性は力ずくではなく、優しい愛撫でだましだまし攻略しなくては。やみくもはいけません。酷いことはなさらないでください。ここは決闘場でもなければ異教徒と戦う戦場でもないのですから。あなたの愛の前にすでに屈伏している女を、改めて打ち負かそうとしなくてもいいではありませんか。無力な乙女に馬乗りになってどうしようというのです？　私が抵抗できるように、少しは力を分けてください。痛い！　愛していれば、私にこんな痛い思いをさせることなどできないはずです。あなたはもっと高貴で気高いお方であったはず。どうかやめてください。おやめなさい！　この乱暴者！　愛の武器に刃《やいば》はないはずです。危害を加えたりしないはずです。愛の槍は人を傷つけないはずでしょう。この孤立無援な乙女をどうか哀れんでください！　叫びますよ！　やめないと叫びますよ！　ティラン、私がかわいそうだとは思わないのですか？　あなたはティランじゃない！　ああ、私はなんて不幸なんでしょう！　これが、ずっと恋い焦がれてきたことなの？　私の一生の望みが潰《つい》えてしまう、あなたの皇女は死んでしまいます！」

皇女のこのような嘆願を聞き入れて、ティランが攻撃の手を緩めたと思ってはならない。実際、数時間後にはティランは愛の戦に勝利を収め、皇女は抵抗をやめて、ぐったりと気を失ってしまったのである。ティランは、皇女が本当に死んでしまったのではないかと思い床から跳ね起きた。そして大声で王妃に助けを求めた。

王妃は急いで床から起き上がり、バラ水の瓶《びん》を持って駆けつけた。バラ水を皇女の顔にふりかけてこめかみにこすり込むと、皇女は息を吹き返し、涙ながらにこう語ったのだった。

［第四百三十七章］――皇女は、愛するティランをいかになじったか。

「いくら愛の証だからといって、こんな力ずくで、残酷なことをなさるなんて。ティラン、あなたが私に清い愛情を抱いてくださっているとは、もう信じられなくなりました。なんて短い喜びだったのでしょう。愛しているはずの皇女を、こんなに酷い目に遭わせることを、あなたの徳が許したのでしょうか？　少なくとも、厳粛な婚礼の日まで待ってくださってもよかったのに。そうすれば、私の貞操の門を入る正当な資格が得られたはずだったのです。あなたは騎士らしい振舞いもせず、私を皇女として扱おうともしませんでした。私は本当に傷ついているのです。おまけに正当な怒りと、失った緋《ひ》色の血のおかげで、か弱い私の体はすっかり弱ってしまいました。あなたが異教徒を震え上がらせたうえ、打ち破り、天幕から戦利品を回収している間に、戦に敗れた私は黄泉《よみ》の国にお先に行っています。ですから私が楽しみにしていた宴も、悲しく痛ましい葬儀になってしまうでしょう」

傷心の皇女にそれ以上は言わせずに、王妃が嬉しそうな顔でこう言った。

「ああ、なんて無邪気なことを！　あなたさまは、嘆いて見せるのが本当におじょうずです。騎士の武器は乙女を傷つけたりはいたしません。あなたは死にそうだとおっしゃいますが、そんな甘くて楽しい死ならば私が代わって死にたいくらいです。朝が来てもまだ辛いようでしたら、どうぞおっしゃってくださいまし」

純潔を失った皇女は十分に慰められたふうでもなかったが、あえて王妃に逆らおうとはせずに、黙ってしまった。ティランは床に戻り、王妃も寝に行った。二人の恋人たちは、普通の恋人たちがするように、一晩じゅう、幸福な愛の遊戯に励んだのだった。

［第四百三十八章］――皇女と仲直りしたティランは、いかに自分の苦難とその後の成功を語ったか。

その夜、ティランは皇女に、皇女への想いのためにいかに辛い思いをし、様々な迫害にも耐えて来たかを詳しく語った。続いて、逆境から数々の征服、勝ち戦へと順を追って説明した。勝利と成功を語るときにはじつに楽しそうであった。そして最後に、高貴な皇女を征服できたことに比べれば、そのような栄光も、何の意味もない、と言った。

今度は、甘い恋の怒りが収まって気分も落ち着き、最初の元気と力を取り戻した皇女が、ティランの不在中の生活を話して聞かせる番であった。その間は、何をしても心が楽しむことはなく、一度も笑ったことがなかった、と言った。世の娯楽から離れて女子修道院に籠もり、愛するティランのために祈り続けた、ティランからの嬉しい知らせが届くまで持ちこたえることができたのは、ひとえにそのような禁欲生活を送ったおかげなのだ、とも説明した。こうして二人は愛の溜め息を漏らしつつ、ほかにもいろいろ楽しい会話を交わし、また、何度も愛の行為にふけったのだった。

この逢引きのお膳立てをした王妃は、恋する二人は楽しさのあまり、夜明けが近づいているのに、自分たちに不都合が起ころうとは考えつかないのであろうと察した。そこで、急いで床から起き上がると、二人のところへ行って、楽しい夜ではあったが、神がさらによい一日を与えてくださるようにしよう、と言った。恋人たちは王妃に、機嫌よく朝の挨拶を返した。しかし、お互いに満足しきっている二人はなおも楽しげに戯れている。王妃はティランに言った。

「ギリシャ帝国の主であるティラン様、もう夜が明けます、起きてください。誰にも見られぬように、こっそりと抜け出さねばなりません」

徳高きティランは、その夜が一年間、明けることがなければよいのに、と思ったであろう。何度も皇女に口づけして、どうか許してほしい、と言った。

皇女は答えて言った。

「我が主人、ティラン、愛に免じて許して上げましょう。ただし、早く帰って来ること。あなたなしではもう生きていけません。これが恋なのですね。以前には分からなかったのですが。あなたは力ずくで私を虜にしてしまった。私を救い出すことを拒んではいけませんよ。この命も、この自由も、そしてこの体も、これからは私の物ではないのですから。私は命や自由や体を奪われましたが、結局はそれらを取り戻すことになるのです。この先訪れるはずの栄光の勝利とともにあなたはそれらを携えて戻っていらっしゃるのですもの。私がその勝利を喜ぶのは、愛するお方の栄誉が高められれば高められるほど、その妻である私の栄誉もいや増すからにほかなりません」

［第四百三十九章］――皇女に対するティランの答え。

皇女が最後のことばを発し終えるのを待って、徳高きティランはすぐにこう答えた。

「我が希望、我が人生の喜びであるあなた、私があなたを優しく傷つけてしまったのに、あなたは私の苦労に免じて許してくださるとおっしゃる。どれほど感謝しても感謝しきれないことでしょう。力ずくで奪ったにせよ、進んで差し出されたものであったにせよ、私があなたの虜になってしまったことに変わりはありません。あなたがいらっしゃらなければ私は辛くて死んでしまいます。あなたの腕の中で幸せに休んでいられたらどんなに嬉しいことでしょう。愛の力が私に強いていることを、わざわざあなたがお頼みになることはありません。まあ、ご覧になっていてください、戦はあっという間に終わらせてみせます。あなたの奴隷である私が一刻も早く、あなたに愛のご奉公ができますように」

ティランは愛情のたっぷりこもった口づけをし、その場を辞した。王妃はティランの手を取り、裏口から果樹園へ連れ出した。階段を降りながら、ティランは王妃の手に口づけをしようとした。王妃はそれを許さずに、こう言った。

「ティラン様、どうです、皇女様はあなたさまの情熱にご満足だったでしょう？」

ティランは答えた。

「我が妹よ、私が皇女様と過ごした時間と、あなたのしてくれたことにどれほど満足しているか、ことばでは言い表わせないほどです。あなたの素晴らしいご助力に、今は十分なお返しはしたくともできないでしょう。全能の神が、私に目的を完遂することを許してくださった暁には、足りない分は改めてお返しさせてもらいます」

王妃は感謝をこめてこう言った。

「ティラン様、そのようなもったいないおことば、私の身に余る光栄です。これから一生かけてお仕えしても、十分にあなたさまのお役に立てるとは思っておりません。どうか、神があなたさまに、皇女様にふさわしい武功を立てることをお許しくださいますように」

このように二人は丁寧な挨拶をし、念の入ったことばを交わした後に、別れたのだった。ティランはイポリトの宿舎へ向かい、王妃は皇女のところへ戻って床の中のティランが寝ていた場所に潜り込んだ。こうして、二人は陽が高く昇るまで、眠りを貪《むさぼ》ったのである。

〔第四百四十章〕――ティランはどのように皇帝と話をしたか。

師であり主人であるティランを見たときのイポリトの喜びようは、ひと通りではなかった。嬉しさのあまり、足元に身を投げ出して、その足に口づけしようとした。勇敢なティランはそれを許さず、床から抱え起こし、抱擁し、口づけして再会を祝した。運命の女神によってティランが連れ去られて以来の対面だったからである。ひとしきり喜び合った後に、ティランはイポリトに、宮殿に上がって皇帝に、ティランが来ていて、皇帝と内密に話がしたいと言っていると伝えてほしいと頼んだ。

イポリトは急いで皇帝のもとへ行き、ティランの伝言を伝えた。皇帝は、どんな形にせよ、来てくれれば、喜んで会おう、と答えた。ティランがわざわざ来たからには、重要な用件に違いない、と皇帝は思い、一刻も早く何事か聞きたいと思ったのである。そこでイポリトに、早速会いたいので、すぐにティランを連れて来るように、と命じた。

イポリトは宿舎に帰り、ティランに皇帝の意向を告げた。叔父、甥《おい》の仲である二人は、変装して宿舎を出、あまり足音を立てぬように注意しながら宮殿へと向かった。皇帝の部屋に入ると、すでに皇帝は着替えをすませていた。

皇帝の前に出たティランは足元に身を投げ出して、足に口づけをしようとした。寛大なる皇帝はそれを許さず、ティランを床から立たせて口に口づけした。ティランは皇帝の手に口づけを返した。皇帝はティランを別室に招き入れ、自分の横に座らせた。その目からはぽろぽろと涙がこぼれた。それは喜びの涙であるとともに、失われた多くのものを惜しむ涙でもあった。ティランがいてくれたら、あれほど大きな被害をこうむらなくてもすんだはずなのに、と悔しく思われたのである。そして、重々しいなかにも人情味のある声で次のように語った。

［第四百四十一章］――ティランの来訪について、皇帝が語ったこと。

「偉大なる元帥にして、大切な我が息子よ、そちがここに姿を見せてくれたことは余にとって、これ以上ない喜びじゃ。余はそちをそれほど信頼し、愛しておるのじゃ。そちの武功、そちの様々な献身的奉公もあるが、とくにこのたびは、そちが来てくれただけで、きっと我々が守られ、解放されるであろうという希望が生まれてくるのじゃから、なおさらのことじゃ。そちは、我が帝国の権威を高め、繁栄と名誉をもたらしてくれるであろう。陣を後にして、ここまでやって来たからには、何か重要な用件があるのであろう。余に相談したいことがあるのか、余の同意を得たいことがあるのか？　積もる話はまた別の機会にするとして、早速その用件を聞こうではないか。そちが勝利を携えてやって来てくれたことはまことに嬉しい限りだが、これ以上何も言わずに耳を傾けることにしよう」

皇帝のことばが終わるのを待って、ティランは次のように話し始めた。

〔第四百四十二章〕――皇帝に対するティランの答え。

「皇帝陛下、私がこうして参りましたのは、スルタンとグラン・トゥルクの使者が尊き皇帝陛下にお伺いを立てねばならぬ様々な条件を届けて参ったからでございます。皇帝陛下のご許可、ご命令なしに私が単独で決定を下すのはあまりに出過ぎたことと思いましたので、どうするべきか、尊き御前会議を開いていただき、決定を下していただきたいのです。私一人が将来の結果に責任を持つにはあまりに重大すぎることなのです。その使者がもたらした書状によれば、スルタンとグラン・トゥルクは三カ月、あるいは陛下のご意向次第でそれ以上の休戦を求めております。また、最終的な和平をお望みならば、百一年間にわたる同盟協定を結び、陛下の味方は味方とみなし、敵は敵とみなしてもよい、とも言っております。陛下がそのような条件をご承認なされば、奴らは帝国全土から兵を引いて帰国し、奪い取った町や村を、陛下の領土でなかったものも含めて(50)、すべて返すと約束しています。さらに、スルタンとグラン・トゥルクの領地内にいるキリスト教徒の奴隷や捕虜も全員、解放されることになっております。もし、陛下がこの申し入れを拒まれるのでしたら、私は戦闘の準備をいたします。奴らはすぐにでも我が陣の前に現われて攻撃を仕掛けてくるでしょうから」

皇帝は次のように答えた。

「勇敢なる元帥よ、余はそちを息子のように大切に思い、そちの慎重さと勇気に全幅の信頼を置いておる。重大な局面においては、そちがギリシャ帝国とその名誉のために最善の選択をしてくれることを信じておる。ゆえに、そちが決定し、実行に移したことならば、余はすべて受け入れるぞ。しかし、たっての希望とあれば、さっそく会議を召集しよう」

寛大なる皇帝は、ティランが早く陣に戻れるように、すぐに御前会議を召集した。

ティランは皇帝の許しを得て、皇后と徳高き皇女のところへ挨拶に行った。二人は皇女の部屋にいた。皇女が気分がすぐれないという口実で休んでいるのを心配して、皇后が見舞いに訪れていたのだ。皇后はティランの姿を見て大喜びし、皆が待ち望んでいた元帥を、抱擁するなどして大層な歓迎ぶりであった。一方、皇女は、昨晩のことを隠すために、いたって冷淡に歓迎の意を表しただけだった。

ここではいろいろなことが話題になったが、とくに皇女は、エチオピア王妃は確かに

(50) 敵方の使者が提示した条件にこのことは含まれていない。

やって来るのかどうか知りたがった。ティランはこう答えた。

「徳高き皇女様、三日前にアスカリアヌ王から手紙が参りまして、どうか自分が到着するまでモーロ軍との戦を始めないでほしい、そんなことはどうあっても避けてくれ、と書かれていました。つまり、十五日以内には、きっと到着するはずです」

皇女はこれを聞いて言った。

「元帥殿、私は王妃に会いたくてならないのです。なぜなら、この世で王妃ほど美しい女性はいないという評判ですから」

ティランは答えた。

「皇女様、そのとおりです。皇女様を別といたしまして、ほかにあれほど美しく、徳の高い女性はいないでしょう。王妃も同じように皇女様にお目にかかりたいと思っております。ここへやって来るのも、皇女様の素晴らしさを噂に聞いているからなのです」

こうしてティランと皇后と皇女はしばし、会話を楽しんでいた。そこへ沈痛な面持ちでマケドニア公爵夫人アスタファニアが入って来た。アスタファニアは聖フランシスコ修道会の黒衣を着ている。気高く徳高い夫のマケドニア公爵ディアフェブスが敵の捕虜となって以来、修道院に入ってしまい、苦しみが終わる喜びの日まで出て来ないつもりだったのである。

アスタファニアはティランの足元に身を投げ出し、涙ながらに次のように嘆いたのだった。

[第四百四十三章]——ティランの足元に身を投げ出したマケドニア公爵夫人の嘆き。

「誠実な貴婦人方、貞淑な未亡人方、どうかここへ来てこの悲しみの公爵夫人とともに嘆いてください。苦い涙を流す私の顔を皺《しわ》だらけの布と黒いベールで覆ってください。置き去りにされ、鎖で縛られたように重いこのアスタファニアの体を支えてください。みなさん、どうか私を助けてください。憐れみのことばをかけてください。私とともに悲しみの叫びを上げてください。嗄《しわが》れた声で私の嘆きに和してください。私とともに、常勝の元帥殿にお願いしてください。ティラン様、神を除けば、我々を救い出し、守ってくださるお方はあなたしかいらっしゃいません。どうかお慈悲を！　どうかお慈悲を、ティラン様、私たちにお慈悲を！　いいえ、幸運に見放された不幸な私ではなく、私の最愛のあの人にお慈悲を！　あなたさまの血を熱くたぎらせてください！　異教徒どもの捕虜になっているあなたさまの従弟《いとこ》は、私にマケドニア公領を残してくれましたが、私は悲しく、打ちひしがれております。夫が囚《とら》われの身になっていることはあなたさまにとっても恥ずかしいことであるはず。夫が引きずっている重い鉄の鎖が、あなたさまを戦に駆り立てるはずです。ティラン様、どうか報復をお願いします。ディアフェブスを自由にしていただけたら、私は夫だけでなく、あなたさまにも一生お仕え申し上げます。あなたさまの手で生き返らせ、自由にしていただいた者として」

徳高きティランは、公爵夫人がひざまずいていることに耐え切れず、腕を取って起き上がらせた。そして抱擁し、口づけをしてから次のように言った。

［第四百四十四章］──ティランがマケドニア公爵夫人にかけた慰めのことば。

「私も絶えず苦しく辛い思いをしてきましたので、苦しんでいる人をお助けすることは私にとっては喜びなのです。しかも、多くの女性が同じように苦しんでいらっしゃるなら、なおさらのことです。それゆえ、我が妹にして、主人でもある公爵夫人、あなたの正当な願いにお応えいたしましょう。ですから、これ以上、お泣きになったり、お体に障るようなことをなさったりしないでください。あなたが今おっしゃったような不幸を私はいっときも忘れたことはないのですから。今までに例がないほど迅速に、なんとかいたしましょう。騎士道に誓って申します。神のご加護を得て、一カ月以内にマケドニア公爵とそのほかの捕虜の方々を救い出し、あなたにご満足いただけるように、ここに連れて参りましょう。ここへこうしてやって来たのも、そのためにほかならないのですから」

勇敢なティランのこの謙虚で優しいことばを聞いた徳高きマケドニア公爵夫人は、その足元に身を投げ出して足に口づけしようとした。しかし、徳高きティランはそれを許さず、床から抱き起こして、もう一度口づけをし、手を取って座らせた。こうしてお互いに今までの辛い思いを分かち合ったのであった。

徳高き元帥が女性たちと戯れ、また、公爵夫人と話し慰めている間に、皇帝は重臣会議を召集し、スルタンとトゥルクからティランに送られてきた書状について、ティランのことばどおりに諮った。

この良い知らせが出席者に伝えられると、様々な意見が出て会議は紛糾した。ある者は、ティランに攻撃を仕掛けさせ、敵を皆殺しにすべきだ、強大な兵力に物を言わせ一人も逃さぬようにできるだろう、そうすれば、敵は二度と襲ってはこないだろう、と主張した。また、ある者は、敵に攻撃を仕掛けて、大勢の兵を危険にさらす必要はない、モーロ兵の数とて少なくはなく、優秀な騎士がそろっている、しかも必死になっているのでキリスト教徒兵は苦戦するであろう、それよりは敵をこのまま待たせておいて、食料が尽き、飢えたのを見計らって全員捕虜にしてしまった方が得策だ、と言った。あるいは、敵の要請に応じて休戦するのがよい、ただし、奪われた領土と捕虜たちがすべて返還されるまでスルタン、グラン・トゥルク、そのほかの王たちを人質にしておくべきだ、たとえ今、敵を皆殺しにしても、また新たな指導者が出てきて防御を固め、残った勢力を維持しようとするだろう、そうなればさらに大きな、いつ終わるとも知れぬ戦にならぬとも限らぬ、という意見の者もあった。

様々な意見が出揃ったところで、結論が出された。そして皇帝の臨席が求められ、次のように会議の結論が上奏された。

「尊き皇帝陛下、我々は、そろそろお歳《とし》を召した陛下にご休息いただくとともに、帝国じゅうの疲弊した臣民を休ませるべきときであろうと考えます。そこで、我らは、ギリシャ帝国の領土奪回のための戦いで、さらに多くの命が失われるのを防ぐために、敵が申し入れて来ている恒久的和平に応ずべきであろうと進言申し上げます。ただし、大スルタンとトゥルク、そしてそのほかの諸王は、条件がすべて満たされるまで、捕虜として厳重な監視下に置かれるものといたします。残りのモーロ軍も、武器を捨て、徒歩で帰還せねばなりません」

この練り抜かれた答申を聞いて、皇帝は大いに満足した。こうして会議は終了した。

皇帝は皇女の部屋へ行き、親しみをこめてそこにいた徳高きティランの手を取り、自分の横に座らせた。そして次のように言った。

〔第四百四十五章〕――皇帝はいかにティランに重臣会議の結論を告げたか。

「我が息子、ティラン元帥よ、そちの勇敢さは、今までの経験で十分に承知しておるが、そちの重責の一部でも軽減するために、余は和平に応じるべきだろうと思う。すでに述べたように(51)これは重臣会議の答申でもある。しかし、これまで何度も見てきたそちの慎重さと徳の高さに鑑み、念のため、是非そちの意見も聞いておきたい。もしそれが我々の決定と違うようなことがあれば、余はむしろそちの意思に従いたいと思うのじゃ」

皇帝のことばが終わると、ティランは次のように述べた。

「私も陣内で軍議を開いたことは陛下もご存じのとおりでございます。陣内には聡明な君主、騎士が大勢おり、その徳を信頼して、回答に関する意見を聞く必要があったからです。そこで出た意見の中で最良と思われたのは、まさに陛下がおっしゃったもので

(51)　実際にはその内容は本文中には記されていない。

した(52)。きっと神が、全員の意思がこのようにまとまるようにご配慮くださったのでしょう。ですからあとは陛下にそうせよと命じていただけばよろしいのです」

ティランのことばを受けて皇帝がすぐにこう答えた。

「つまり、神もそちが栄光の勝利を収めることを望んでいらっしゃるのだ。ご苦労だが、すぐに出発してはくれぬか。できるだけ早く使者に回答を渡してもらえれば、余は一番満足なのじゃ」

かしこまりました、とティランは答え、皇帝のもとを辞した。その後、皇后と皇女に暇乞いをした。二人は別れの挨拶に当たって、ギリシャ帝国の解放に全力を尽くしてほしいと、懇願した。

徳高きティランはこう答えた。

「皇后様、皇女様、お二人のお望みを一刻も早くかなえられるよう、神のお力添えをお祈りしております」

貴婦人たちとの挨拶が終わった後、王妃プラエール・ダ・マ・ビダは部屋の出口までティランを送って行き、暗くなってすぐに果樹園側の入り口から入って来てくれれば皇女と話ができるだろう、と告げた。ティランは、よろこんでそうしよう、と答えた。

こうして徳高きティランは女性たちを後にし、イポリトの宿舎へ戻った。そこで暗くなるのを今か今かと待ったのである。日が落ちたので、ティランは変装をして一人で、見慣れた果樹園へ入り、高貴な王妃の部屋を目指した。そこには、皇女と王妃が待ち受けていた。皇女は大喜びでティランを迎え、三人は王妃の部屋の奥の間に入って行った。ティランは、就寝の時間が来るまで、皇女と楽しく語り合ったり、戯れたりして過ごした。皇女がまず床に入り、王妃はそれを合図に侍女たちを全員下がらせた。それから勇敢なるティランを皇女の傍らに導き入れた。皇女は前夜にまして愛《いと》しそうにティランを迎え入れた。王妃は二人を床に入れ、愛の戦が始まったのを見届けてから、この分ならうまくいくだろう、戦は果てしなく続くに違いない、と確信して、寝床に入った。

ティランはその晩、一睡もせずに、勇敢な騎士らしく振舞った。まことに、戦場の勇者は床の中でも勇敢なものである。夜明けが近づいてきたので、ティランは皇女にこう言った。

「我が命の皇女様、もう行かねばなりません。皇帝陛下に、今日の朝には陣に戻っている、とお約束したからです」

皇女は答えて言った。

「私の最愛のご主人様、あなたが行ってしまわれることが辛くてなりません。できる

(52) 実際にはティランの陣中の軍議で合意をみた内容とは異なる。

ことなら、ご出発の姿をこの目で見たくはありません。以前も辛かったのですが、今はその千倍も辛く感じます。私に長生きしてほしければ、どうか、早くお戻りください。あなたなしで生きていることなどできません。あなたに大切な任務がなければ、そしてギリシャ帝国の安寧があなたの双肩にかかっているのでなければ、お引き止めするのですが。私はそれほどまでに愛に縛られているのです。まるで生ける屍です。私の本意では決してありませんが、あなたを送り出すしかありますまい」

こうして皇女から出発の許しを得たティランは、急いで床を出て服を着た。そして涙ながらに、愛情のこもった口づけを残し、皇女と王妃に別れを告げ、果樹園の裏口から出てイポリトの宿舎へと戻って行ったのだった。

寝ていたイポリトはすぐに起き上がり、都の出口までティランに同行して、門を開けさせた。ティランは港へ降りてガレー船に乗り込んだ。ガレー船は誰にも悟られぬようにひそかに港を出て、ティランの陣を目指したのである。

日の出から一時間ほど後にティランの船は陣の前に到着した。陣中のすべての人びとにティランの帰還が知れ渡った。シチリア王とフェス王は馬にまたがって、多くの騎兵とともに出迎えた。そして礼を尽くしてティランを勝利の天幕まで送って行った。この日、陣中は喜びに満ち溢れていた。なぜならティランが皇帝の決定を伝え、誰もがその決定に満足したからである。

〔第四百四十六章〕――ティランがスルタンとトゥルクの使者に与えた回答。

その翌朝早く、徳高きティランは、諸王と大貴族たちをミサに呼び寄せた。全員が、騎兵を大勢連れてティランの天幕にやって来た。ミサが終わるとティランはスルタンとトゥルクの使者に、回答を取りに来るように、と使いを出した。

使者たちは、これを聞いて大変喜んだ。モーロ風に美しく着飾り、大貴族の威厳をたたえた使者たちは、大勢のティラン側の高貴な騎士に伴われて、落ち着いた歩調で天幕までやって来た。使者たちは自分たちの天幕を出る前に馬や荷物を召使いたちに用意させ、ティランから回答を受け取ったらすぐに出発できるようにしてあった。

期待に胸をふくらませて、勇敢なる元帥の前に出た使者たちは、まず丁重な挨拶をした。ティランもにこやかに彼らを迎え、使者にふさわしい礼を尽くした。使者たちが席に着くのを待って、ティランは次のような回答を与えた。

「祝福された人生を送る節度ある者たちには、心して徳ある行動をすることが期待されます。なぜなら、騎士道にのっとって、大きな危険を冒しながらも栄光と名声に到達することがその者たちの務めだからです。また、知恵と節度がある者は、人知の蓄積を踏まえ、それまで誰も考えたことがないようなことを考えつくことが求められるのです。徳高き使者の皆さん、回答までに時間を要したことをご勘弁いただきたい。あなた方が持って来られた条件に関し、皇帝陛下のご意向をまずうかがわねばならなかったのです。善良で慈悲深い皇帝陛下は、あなた方を大変憐れに思っていらっしゃいます。ご承知のとおり、あなた方の生死は我々の手中にあります。そしてあなた方をどうするも、こちらの意思次第なのです。あなた方は皇帝陛下とその家臣、臣民に対してずいぶん酷いことをなさってきましたし、これからもなさるかもしれない。しかし、人情味あふれるお優しい皇帝陛下は、それでもあなた方の命を助けてやろうとおっしゃるのです。ただし、条件があります。すなわち、そちらの申し出どおりに、帝国の領土がすべて返還され、スルタンとトゥルクの領内に捕らわれているキリスト教徒が全員戻されるまで、スルタンとトゥルク、そして陣中の王侯貴族は全員、皇帝陛下の捕虜となることです。皇帝陛下は、そのほかのモーロ将兵には無傷で帰国を許すとおっしゃっています。ただし、武器は捨て、徒歩で帰らねばなりません。さらに、スルタンとトゥルクは、モーロ人と敵対することはあってもキリスト教徒とは敵対しないという条件で、百一年の和平協定を結ぶことにも同意なさっています。以上の事項はただちに発効するものとします。もし、皇帝陛下のご好意に不満がある場合には、死を覚悟なさってください。私が保有する騎兵隊を総動員して、容赦なく皆殺しにしてしまいます」

使者たちは、徳高きティランが伝えたこの素晴らしい回答に感謝の意を表わした。そして、ティランの満足のいくような返答をもたらすので、三日間の猶予を与えてくれるように懇願した。ティランはよろこんでこの願いを聞き入れた。使者たちは明るい表情でティランとそのほかの面々に暇乞いをし、馬にまたがって自陣へ帰って行った。死しかあるまいと観念していたところに、望んでいた回答が得られたので、大いに満足げであった。

陣に到着すると、使者たちはスルタンとトゥルクの前に出て、ティランの提案を細大漏らさず報告した。スルタンとトゥルクは、報告の内容を聞いて大喜びした。使者たちは報告に加え、ティランがいかに寛大であるか、どれほど強大な軍勢を保有しているか、その騎兵隊がいかに優秀であるかも語った。また、使者たちの一行が、敵の陣中で、ことばでは言い表わせないほど丁重に扱われ、盛大な歓迎を受けたことも付け加えた。これを聞いたモーロ人は皆、ティランの恐ろしさを実感し、よい回答を引き出せたことに胸を撫で下ろしたのだった。

その翌朝、モーロ人たちは、ティランの回答について軍議を開き、満場一致で条件をすべて受け入れることが決定された。あとはティランに、条件をどのように満たすか具体的な指示を仰ぎ、それにすぐに従うのみとなった。使者たちは早速、ティランの陣に再び赴いた。使者たちはまたしても丁重な歓迎を受けた。勝者も敗者も、ともに休息を求め、平和を喜んでいたからである。

使者たちはティランに、スルタンとトゥルク、その他の王侯貴族たちの返答を伝え、ティランが提示した条件はすべて飲むので、具体的にどうすればよいか指示してほしいと言った。

ティランは大使たちにこう答えた。

「まず、スルタン、トゥルク、そのほかの王、貴族の皆さんは、私のもとに投降していただきたい。その後にそちらの軍の通行の安全を保証しましょう。騎士の名誉にかけて、将兵の命と自由を尊重することを誓いましょう」

大使たちは、承知したと答え、自陣に帰った。徳高きティランの指示は忠実に実行に移され、人質となるべき王侯貴族たちはすぐに馬にまたがった。その数、二十二人にのぼり、いずれも位の高い者ばかりであったが、いちいち名を挙げていると冗長になるのでやめておこう。しかし、あまりの空腹に、彼らがゆっくりと道中を楽しむ余裕がなかったことは確かである。一行がティランの前に出て丁重な礼をすると、ティランも彼らを優しく礼を尽くして迎えた。モーロの王たちには、身分にふさわしい豪華な食事がふんだんに饗された。それはあたかも大きな都の饗宴のようであった。食事が終わると、ティランは人質を二隻のガレー船に乗せ、自分も同行することにした。

二隻のガレー船は出港して一路コンスタンチノープルを目指した。大勝利を収めたティランが捕虜とともに入港したことを知った皇帝の喜びようはひと通りでなく、これほど大きな恵みを与えてくれた慈悲深い神に感謝の祈りを捧げた。固い床に両膝をついた皇帝の祈りのことばは次のようなものだった。

［第四百四十七章］——皇帝の祈り。

「限りなく大きく、不可知なる主よ、人類の創造者にして王のなかの王であられるお方よ。不可能なことなど何一つない、全能の神よ。あなたを崇め、お慕いするとともにそのお名前を称え、お慈悲によって与えてくださったお恵みに謙虚に感謝申し上げます。このような罪深き身にはもったいないことですが、主よ、あなたは無限の善意とご加護によって繁栄をもたらしてくださり、このたびも敵の攻撃を打ち砕き、隷属の危機からお救いくださいました。そればかりか、皇帝としての地位、帝杖、指揮権も、元のままに戻してくださいました。この身が犯した罪のために、わずかな望みさえ消え去ろうとしていたときに、あなたのお慈悲に改めておすがりして祈ったおかげで、救われることができました。こうして、あなたの教えを尊重し、異教の教えを奉じる悪漢どもを攪乱《かくらん》し、撃退し、あなたのお名を高めようとする者は、やがてあなたにお守りいただき、お力添えをいただき、待ち望むあなたの栄光に達することができたのです」

祈りを終えた皇帝は、皇后と皇女のところへ使いをやって、ティランがスルタンとトゥルク、そのほか二十人の王侯貴族を捕虜にしてやって来るので、出迎えの準備をするように、と伝えさせた。栄光の勝利を収めたティランが帰って来るということを聞いた皇女の喜びようは大変なものだった。あまりの嬉しさに気を失わんばかりであった。気を取り直した皇女は、多くの貴人の前に出ることを考え、美しく着飾ったのである。

皇帝はまた、イポリトに宮殿内の美しく大きな中庭での準備を命じた。広場は、全体をサテンで覆われ、その上から色とりどりの布をかけられた。一方の端には皇帝のために、高く大きく、金襴緞子で飾られた美しい壇が作られ、もう一方には、絹布で覆っただけの低い壇が設《しつら》えられた。その二つの壇の前に、さらにもう一つ台が設けられ、皇帝が所有する見事な金銀の食器の入った棚が置かれた。すべて、皇帝の命令どおりであった。

〔第四百四十八章〕――ティランは捕虜たちを連れて、いかにコンスタンチノープルに入城したか。また、どのように皇帝に迎えられたか。

勇敢にして寛大なる元帥の船団が港に入港すると、ティランが大勝利を収め、モーロ人の王侯貴族を捕虜にして凱旋したことが、都じゅうの人びとに知れ渡った。敵の包囲に苦しめられ、さらにひどい先行きを覚悟していた人びとは、大変な喜びようで、こぞって神の慈悲に感謝し、その名を称えた。誰もが捕虜たちを一目見ようと港へ駆けつけた。港には、数えきれないほどの男女が集まり、口々にこう叫んでいた。

「元帥万歳！　元帥に祝福を！　我らを苦しみと囚われの身から救ってくださった元帥に神のお恵みを！」

ティランは、皇帝からの使者としてイポリトが大勢の騎士とともにやって来るまで姿を見せようとはしなかった。イポリトはティランのガレー船に乗り込むと、ティランにこう言った。

「ティラン様、皇帝陛下はあなたさまの上陸を望まれております。どうか上陸なさってください」

ティランは、皇帝の要請によろこんで従おう、と答えた。すぐにガレー船を接岸させ、梯子《はしご》を下ろすと、捕虜全員とともに上陸した。陸では都の代表たちが出迎え、ティランに対して丁重な礼をした。こうして一行は港を離れ、大勢の人びとを後ろに従えて皇帝が待つ宮殿へ向かった。

宮殿内の大きな中庭に入ると、壇上の玉座に皇帝が座り、その左手に皇后が、そして、帝国の継承者として皇女が右手の少し低い椅子に座っているのが目に入った。皇女の出立ちは、次のようなものだった。光り輝くルビー、ダイヤモンド、サファイア、エメラルドで模様を描いた黄色いダマスコ織りの長衣をまとっている。その幅広の縁取りにはオリエントの大きな真珠がちりばめられ、七宝の草花が見る者の目を奪った。頭には何もかぶらず、ただ金色の髪を後ろで一度まとめ、髪の先は大きく肩から背中に流している。額に飾った大きなダイヤモンドとともに光り輝くその顔は、人間というよりは天使のような美しさであった。皇女の胸にはさらに、大きな真珠の首飾りで吊るした、価値を推し量ることさえできぬルビーが光っていた。長衣の上には黒いビロードの肩掛けを羽織っているのだが、そこにも大粒の真珠で巧みな刺繡がほどこされている。

ティランと捕虜たちは、皇帝の姿が見えたところで両膝を地面について礼をし、続いて皇帝が座っている壇の前へ進んだ。それからティランを先頭に壇上へあがって行った。

ティランは皇帝の足元に身を投げ出して、その足に口づけしようとしたが、皇帝はこれを許さず、床から抱き起こして口に口づけした。ティランは足と手に口づけしてこれに応えた。トゥルクとそのほかの王侯貴族たちもそれに倣った。皇帝は捕虜たちを、穏やかな表情で優しく迎え、もう一つの壇上へあがるようにと言った。捕虜たちはそのことばに従った。

もう一方の壇上にはすぐに食卓が置かれ、モーロ人たちは地位の順に座らされた。皇帝はティランに自分と同じ食卓で食事をするように言い付けたので、その食卓には、皇帝夫妻、皇女、ティラン、そしてフェス王妃の五人が着くことになった。それぞれの前に皿とナイフが用意されていた。ティランは皇女の正面の席を与えられた。イポリトは執事を務める。皇帝は、捕虜たちにも、礼儀を尽くした給仕がなされるように指示した。異教徒とはいえ、皆、身分の高い者たちだったからである。素晴らしい料理がふんだんに出され、様々な葡萄酒もあった。捕虜たちはこれに驚き、キリスト教徒はモーロ人よりも良いものを食べている、と囁き合った。

食事が終わると、ティランは、モーロ軍の陣へ行き、将兵のトルコへの帰還を監督したい、とその場を辞す許しを皇帝に求めた。皇帝はよろこんでこれを許した。許可を得たティランは、皇后と皇女にも暇乞いをし、ガレー船に乗り込み、モーロ軍の陣の前に停泊している艦隊へ戻った。

ティランが戻って来たのを知った司令官は喇叭を吹かせ、皆、大声を上げて元帥を歓迎した。司令官は元帥の船に乗り移ってこう言った。

「元帥殿、なんなりとご命令ください」

ティランは答えて言った。

「全船を接岸させて、モーロ軍の将兵を全員、トルコへ運ぶのだ」

司令官は了解し、船に戻ると、全艦隊に接岸の合図をした。全艦隊の接岸はすぐに終了した。ティランは、連れて来ていたスルタンの家臣である騎士を上陸させ、将兵に、無事トルコまで移送するので、船に乗るように、と伝えさせた。飢えに苦しんでいたモーロ兵たちは、進んで船に乗り込んだ。あまり急いでいたので、馬や鎧兜も置き去りにし、衣服が置かれている天幕さえ畳もうとはしなかった。モーロ人を満載して艦隊は出港し、トルコ側に降ろすと、次の一団を乗せるために、すぐに引き返して来た。〈サン・ジョルディの腕〉海峡を渡るだけだったので、航行距離は極めて短かった。四百隻以上の船が十往復もしたのだから、モーロ軍の数の多さが知れようというものである。

モーロ軍が去ったことを知ったティラン配下の兵たちは、戦利品をめがけてモーロ軍の陣へ急いだ。艦隊の乗組員たちも移送を終えた後に上陸したのだが、それでもまだ十分に分け前は残っていた。というのもその陣には、ギリシャ帝国からの戦利品、略奪品があったので、おそらく世界で最も豊かな陣だったからである。モーロ人は戦利品を陣中に残して行くしかなかったが、一方、その分配に与《あずか》ったキリスト教徒兵たちは、一生、裕福に暮らすことができた。

モーロ軍陣地の略奪が終わるのを見計らって、ティランは全軍、自陣に戻るように命令を出した。命令はすぐに実行された。シチリア王、フェス王、そしてそのほか数人の貴族だけがその場に残り、皇帝に拝謁するためにに陸路でコンスタンチノープルへ向かうことになった。艦隊は海路コンスタンチノープル港を目指したのである。

〔第四百四十九章〕——皇帝は捕虜たちを、いかに安全な場所に閉じ込め、厳重な監視下に置いたか。

捕虜たちが食事を堪能したのを確認してから、皇帝は食卓から立ち上がり、イポリトに、あらかじめ用意ができている宮殿の塔へ彼らを連れて行くように命じた。イポリトは捕虜たちの壇へ行き、ついて来るように、と言った。捕虜たちは両膝をついて皇帝に丁重な挨拶をし、壇を下りて、イポリトの後に続いて塔へ上がって行った。イポリトはスルタンとグラン・トゥルクを絹布で飾られた美しい部屋に入れた。部屋には立派な寝台があり、綺麗に整頓されていた。イポリトは二人の王に言った。

「ここでお休みいただきたい、と皇帝陛下はおっしゃっておいでです。お二人のご身分にふさわしいおもてなしをするので、しばしご辛抱いただきたいということでした」

スルタンは答えて言った。

「勇敢なる騎士殿、これほど丁重に扱っていただき、我らは皇帝陛下に大変感謝しています。捕虜というよりは、兄弟のように遇していただいているのですから。自由の身になった暁には、このご恩を忘れずに、陛下にお仕えし、そのご命令には何でも従いましょう。陛下がいかに徳高く、寛大なお方であるかが分かったので、是非家臣、いや、下僕にしていただきたいのです」

イポリトは四人の小姓に、決して部屋を空けずに、両王を尊重し、十分な給仕をするように命じた。小姓たちはこの命令に忠実に従った。イポリトは塔に十分な警備態勢を敷くことも怠らなかった。

ほかの捕虜たちは、別の塔へ連れて行かれた。彼らもまた、絹布で飾られた美しい部屋に入れられ、それぞれ立派な寝台が与えられた。給仕も十分につけられたので、皆、大いに満足げであった。捕虜たちの扱いと監視に遺漏がなきよう、相当数の召使いと警備兵が置かれたことは言うまでもない。捕虜たちは皆同様に、皇帝の心遣いに感謝した。皇帝は、貴婦人たちとともに宮殿の部屋に上がったが、中庭はそのままにしておくように命じてあった。なぜならシチリア王、フェス王、そのほか大勢の貴族たちが挨拶に訪れるとティランから連絡があったからである。また、一行のために様々な鳥の肉を用意するように執事たちに命じてもいた。一方、イポリトには、都の中にしかるべき宿舎を確保し、立派に用意を調えるように指示した。イポリトは有能かつ慎重な男だったので、皇帝の意を酌んで十分な用意をした。

［第四百五十章］── いかにシチリア王とフェス王は皇帝に謁見しに来たか。

ティランがシチリア王、フェス王、そしてそのほかの貴族たちと、都から一レグアのところまで来ている、という報告が皇帝のもとにもたらされたのは、その数日後であった。皇帝は徳高きイポリトに都じゅうの貴族や騎士全員を託して、出迎えに行かせた。自分は、少数の供とともに都の門で待つことにした。皇后と高貴なる皇女、そしてフェス王妃とそのほかの貴婦人たちは、非常に美しく着飾り、新たにやって来る客との対面を控えて胸を高鳴らせながら宮殿の大きな中庭に下りて行った。まもなく、勇敢かつ高貴なる王たちがティランとともに都の門のところまで到着した。

一行の姿を見た皇帝は馬に乗ったまま、ゆっくりとした歩調でそちらへ近づいて行った。皇帝がそれほど近くまでやって来たのを見て、シチリア王以下全員が馬を下りた。王たちが馬を下りて徒歩で来るので、皇帝も馬を下りた。勇敢なティランはシチリア王に挨拶の順番を譲り、まずシチリア王が皇帝を抱擁した。それから固い地面に片膝をつき皇帝の手に口づけしようとした。しかし、善良なる皇帝はそれを許さず、王の腕を取って立ち上がらせ、三たび口に口づけをして限りない親愛の情を表わした。二番目は徳高きティランであった。ティランは片膝を地面について皇帝の手に口づけした。皇帝はティランを立ち上がらせて口に口づけした。フェス王はティランに倣い、皇帝もフェス王をティランと同様の挨拶で迎えた。続いて、貴族と騎士全員が皇帝の手に口づけし、皇帝は彼らを一人ずつ抱擁して歓迎した。

全員、再び馬に乗り、ティランが先頭に立ち、その後に皇帝が続いた。皇帝の右はシチリア王で左はフェス王である。こうして一行は宮殿の門に到着した。皇帝は馬を止め、そこで、徳高きティランに皇后、高貴なる皇女、フェス王妃およびすべての貴婦人たちが総出で、歓迎のために宮殿の中庭に降りて待っていることが伝えられた。

宮殿に入るとティラン、シチリア王、そのほかの者たちは馬から下りた。皇帝は馬をまわして、別の入り口から入り、中庭の皇帝用の壇上にあがった。馬を下り、揃って宮殿に入ったティランと王たちは、皇后と高貴なる皇女、そのほかの貴婦人たちが待ち受ける中庭に入って行った。

ティランはシチリア王に最高の栄誉を譲って、まず皇后と皇女に挨拶してもらい、その後にフェス王が続いた。皇后と皇女は王たちをにこやかに、丁重に迎えた。王たちが貴婦人全員と抱擁を交わしたところで、ティラン以下の者たちが同じように挨拶をした。シチリア王は皇后の腕を、フェス王が皇女の腕を、そしてティランがフェス王妃の腕を取った。その他の騎士たちも、それぞれ貴婦人の腕を取って、ゆっくりと老皇帝がいる壇の方へ歩いて行った。全員がへりくだった礼をし、皇帝は立ち上がって、その礼を受けた。この後、それぞれが自分の地位に応じた席に着き、しばらく親しく談笑したのだった。

初めてコンスタンチノープルにやって来た者たちは、貴婦人たちの美しさ、とくに高貴なる皇女の輝く鏡のごとき並外れた美しさに感嘆していた。皇女はこの日、次のような装いだった。まず金糸で刺繡を施した緋色の長衣。この長衣にはオリエントの大粒の真珠、ルビー、サファイア、エメラルドでジャスミンの花と葉をかたどった縁取りがある。この上から艶のあるフランス製の黒サテンの短い上着を羽織っている。上着は四方に切れ込みがあり、切れ込みはすべて、幅広のレースに様々な七宝細工をあしらったもので縁取りがされている。袖と肩掛けの部分も同じ生地で、やはりレースの縁取りがされており、緋色のサテンの裏がのぞいている。上着の上から一面に光り輝くダイヤモンド、ルビー、バラスルビー、サファイア、エメラルドを散らした金糸織りの帯を締めている。胸には、フランス風に結んだ金糸の紐で吊るした大きなルビーが光を放っていた。黄金色の髪を、金箔《きんぱく》に七宝で埋め尽くした髪留めでとめたその顔は、女神と見まがうばかりであった。

皆が貴婦人たちと十分に楽しんだ頃に、夕食の用意ができたと皇帝に告げられた。皇帝は用意された食卓に着き、シチリア王と皇后が続いて席に着いた。さらに、皇女、フェス王がその隣に座り、フェス王妃は王の隣であった。

この日はティランが、自分が執事を務めたいと申し出ていた。皇帝はティランにも食卓に着いてほしいと言ったのだが、ティランは頑として聞き入れなかった。ほかの貴族や騎士たちは、もう一つの壇上に導かれ、申し分のない給仕を受けた。楽師たちが様々な楽器で素晴らしい音楽を奏でるなか、勝利の宴が催された。

食卓が片付けられ、大舞踏会が始まった。シチリア王は皇后に踊りを申し込んだ。徳高き皇后は、もうずいぶん長いこと踊っていないのだが、王のたっての願いとあらば、と承知した。二人は何曲も何曲も踊り続けた。じつは、皇后は若い頃には、素晴らしい踊り手として知られていたのである。高貴なる皇女はティランやフェス王と踊った。シチリア王は気高いフェス王妃とも踊った。そのほかの貴族や騎士たちも全員、貴婦人たちと踊ったのだった。

中庭には都じゅうの人びとも集まって、宴や踊りを見物していた。平和と栄光の勝利が達成された今、これほど壮大で楽しい宴会を見るのは、じつに素晴らしいことだった。また、それとは別に、都の中ではいろいろな踊りや祭りが陽気に繰り広げられていた。皇帝が八日間の祝日を宣言していたからである。午前中に教会でミサに出席した後、人びとは、昼食をとり、着飾って踊り、楽しんだ。

夜になって舞踏が終わると、夕食となった。皆、たくさんの松明《たいまつ》が明々と照らすその場所で、身分に従って着席し、食事をした。夕食がすむと、一行は、皇帝や貴婦人たちに就寝の挨拶をして宿舎へ引き上げて行った。宿舎は身分の高い客人にふさわしく、豪華に準備されていた。

徳高きティランは、祝宴の間じゅう、シチリア王から離れようとせずに、食事のときも、就寝のときも、常に一緒であった。これは、自分と皇女の間に起こった、妙《たえ》なる調べのような出来事を隠すためだったのである。他の者たちは、それぞれ身分に応じた宿舎で、八日間を過ごした。一方ティランは、毎日皇女に求愛し、危険が去り、幸せを享受できるようになったのだから、待ち望んでいた婚礼を実現してほしい、と懇願した。

これに対して、皇女は次のように答えた。

［第四百五十一章］──ティランに対する皇女の答え。

「受けた恩に感謝し、お返しをしようとする者は、恩人がどのような意図でそうしてくださったかを探るよりも、ただただ、感謝するものなのです。とくにあなたは、肉体的に命を救ってくださったばかりか、私たちが栄光の名誉を守るために永遠に高めていかねばならない精神的な命も救ってくださったのですから。ああ、あなたは、この世の誰よりも徳高きお方！　私がこの世で一番実現したいと思っていることを、私に頼んだりなさらないでください。高貴なあなたがしてくださったことの値打ちが分からないほど私が恩知らずな女だとは思わないでください。あなたはすでに私を征服するという幸運を手に入れられているのですから、私たちの幸福が成就するのを、もう少し、いらいらせずにお待ちになっていただきたいのです。あなたはあんなにたくさんのモーロの王や貴族たちを倒し、あなたご自身と、あなたが取り戻してくださった帝国に栄誉をもたらしたではありませんか。あとは、この帝国を継承し、ご自分の領地として支配なさるだけなのです。私のことを申せば、あなたは私にとって生きる支えです。私は帝国の継承権をあなたに譲り、待ち望んだ婚礼を執り行い、あなたに皇帝になっていただくことを約束いたします。父である皇帝もそのことは約束してくださいました。なにしろ、帝国を治めていくには、あまりにご高齢ですので」

徳高きティランは、それ以上、皇女に話しつづけさせることを潔しとせず、次のように優しいことばをかけたのだった。

「天使のごとく高貴なる皇女様、私は気が動転してしまって、うまく舌が回りませんが、私はとてもそのような寛大なお申し出を受けるわけには参りません。また、皇帝陛下のご存命中に私が皇帝の座に即《つ》くなどという過ちを神が許してくれるはずもありませんし、私自身もそのような大それたことはできません。なぜなら皇帝陛下は非常に多くの徳を具えられた完璧なお方でいらっしゃり、ご存命中に退位なさるべきではございません。私はただ、皇女様の虜となった息子、下僕として皇帝陛下にお仕えいたしたいのです。私がこの世で望んでいるのはそれだけなのです」

徳高きティランがこのような心のこもったことばを終えると、高貴な皇女は真の愛に胸を打たれ、ぽろぽろと涙をこぼした。そしてティランの首に両腕を回し、何度も口づけしたのだった。しばらくして、皇女はこう言った。
「私の大切なご主人様、気高いあなたの完璧な人格と素晴らしい長所の数々をことばで言い表わすことはとてもできません。こんなお方は世界にあなたしかいないということが、今、はっきりと分かりました。あなたにこのような手柄を立てさせてくださった神にお願いいたしましょう。神のためにさらに尽くし、慈悲深き神がお喜びになるような行いをなすことができるよう、あなたを危険から守り、長生きさせてください、と。また、ギリシャ帝国の皇帝の座に即かせてくださるように、ともお願いしましょう。なぜなら、それはあなたが名誉ある苦難の末に勝ち取ったものだからです。さらに、私が一生あなたにお仕えし、ともに、望みどおり平和で幸せに暮らせますように、とも」
こうしてお互いにいたわり合った後、二人は別れたのだった。

［第四百五十二章］―ティランはいかに皇帝のもとを辞し、帝国の領土回復に向かったか。また皇帝は、出発に先立ち、いかにティランに皇女を娶《めと》らせたか。

暗い夜を、ティランは、太陽神ポイボスが東の果てに到達し、この世界に明るい光を投げかけてくれるのを心待ちにしながら、恋の想いに浸って過ごした。徳高き元帥は頃合いを見計らって、ゆっくりとした歩調で皇帝のところへ行き、謙虚な態度で次のように奏上した。

「神のごとく偉大なる皇帝陛下、陛下はスルタンとトゥルクが陛下に誓ったことを覚えておいででしょう。つまり、ギリシャ帝国から奪い取られた領土をすべてお返しするという、あの約束です。そこで、もし皇帝陛下のお許しがいただけるのでしたら、私が早速出発し、本来陛下に属していたものを取り返して参りましょう。力ずくにせよ納得ずくにせよ、帝国の領土をすべて回復し、あわよくばそれ以上の領土を獲得してご覧に入れます。幸運に恵まれさえすれば、陛下は、祝福された生活を送っていらっしゃる間に、ご先祖のユスティニアヌス帝のご治世にも匹敵する領土を手になさることができるでしょう」

ティランはこのようにことばを終えた。

皇帝はこれに対し、次のように答えた。

「我が息子、勇敢なる元帥よ、我が帝国の繁栄を願ってくれるそちの気持ちはよく分かった。そちが余と帝国のためにこれまでどれほど尽くし、その名誉を高めてくれたかということも十分に承知しており、感謝に堪えない。たとえ帝国のすべてをそちに与えたとしても、その奉公に十分に報いることはできないのではないかと思えるほどじゃ。

そこで、余は存命中に、そちとそちの家臣たちに帝国を委ねたいと思っておる。さらに、そちさえよければ、娘のカルマジーナを娶《めと》ってほしい。余はこのような歳じゃ。帝国を守ることはおろか、治めることさえままならぬのじゃ。余はそちの高い徳と騎士道精神を信頼している。余の望みどおりになれば、そちの栄光の功績に報いることができ、そちは余の息子以上の存在となるであろう。どうか余のことばに従ってくれ、断わられては余の立つ瀬がない」

ティランは皇帝のこの思いやりのこもったことばを聞いて、その足元に身を投げ出し、へりくだった態度で、心をこめて足に口づけした後に、次のように言った。

「皇帝陛下、陛下がご存命中に退位なさるなどという大それたことに、この陛下の卑しい下僕ティラン・ロ・ブランが同意いたしましたならば、神はその過ちを許してはくださらないでしょう。私は死を選んだ方がましなくらいです。しかし、寛大なる陛下が、どうしても私の奉公にご褒美をくださるとおっしゃるのでしたら、謹んでお受けしたいと存じますが、帝国については、たとえ十の帝国をくださるとおっしゃられても、現在はもちろん、今後生涯を通じてご奉公申し上げても、それをいただけるほどの働きはできまいと存じます」

ティランの真意を酌んだ皇帝は、抱き起こしてその口に口づけした。ティランは皇帝の手に口づけしてこれに応えた。皇帝はティランを皇女の部屋へ連れて行った。高貴なる皇女はほかの貴婦人たちとともにシチリア王と談笑していた。

　寛大なる皇帝が部屋に入ると、全員が立ち上がって丁重な礼をした。皇帝はゆったりと腰掛け、右側に皇女を、徳高きティランを左側に座らせ、シチリア王には正面の席を勧めた。皇帝は娘の方を見て、優しい態度で、次のように言った。

「娘よ、お前もこの勇敢なるティランが、我らが帝国を多大な被害、苦難、侮辱から守り、モーロ人に押さえつけられていた我々を救い出すために、どれほどの苦労をし、どのような働きをしてくれたか知らぬわけではあるまい。一方、我々は、その功に報いるに十分な褒美を用意することはできない。そこで、余は、余が持っているものの中で最も大切にしているもの、すなわちお前を与えることにした。これは余の願いであるとともに命令でもある。愛する娘よ、ティランを夫、主人とすることを承知してくれ。承知してくれればこれ以上の親孝行はないのだぞ」

　皇帝はこのようにことばを終えた。高貴なる皇女は、感情を慎重に抑えて、満足げに静かな口調でこう答えた。

「優しく善良なる陛下、それほど大切に思っていただけるとは身にあまる光栄です。勇敢なティラン殿が陛下と帝国の人びとのために立てられた数知れぬお手柄のご褒美として、私などでよろしいのでしょうか。ティラン殿の素晴らしい働きや、様々な長所を考えれば、私には、そのお靴を脱がせて差し上げる役でさえ、もったいなく思えます。しかし、それでもよろしいのでしたら、私はティラン殿に下女、奴隷としてお仕え申し上げたいと思います。徳高き陛下がよいとお考えのことは、すぐに実行させていただくことにしておりますので」

皇女のことばを聞いて、皇帝は婚約のために、すぐに都の大司教を呼びにやった。このめでたい決定に際し、ティランも皇女も、感激に胸が一杯で、しばらくことばを発することができなかった。大司教がやって来ると、皇帝は娘とティランの婚約の儀式を執り行うように命じた。

婚約が成った後、宮殿や都で祝宴が催された。宮中の祝宴には皇帝夫妻のほか、シチリア王ファリップ、フェスおよびブジア王たるアグラムン領主とその妃プラエール・ダ・マ・ビダ、ティランの艦隊の司令長官リサナ侯爵、ブランシュ子爵、ティランの執事イポリト、騎士アルマディシェル、艦隊の隊長にしてアスペルティーナ島の領主である騎士アスペルシウス、ムンタガタ領主であるマルキザデック、そのほか大勢の貴族や貴婦人、そして数限りない一般の人びとが出席した。祝宴には、国費によって、マジパンなど様々な種類の貴重で素晴らしい菓子がふんだんに出された。整然とした給仕、晴れやかななかにも慎ましさのある配膳。七宝の見事な細工がある金銀の食器。滅多に見られぬほど美しい壁掛け、絨毯《じゅうたん》、壇、カーテン。塔や窓など様々な場所に楽師たちが配され、各種の喇叭、太鼓、チリミーア笛、風琴、タンバリン等々が陽気に奏でる音楽は、悲しんでいる者でも浮かれぬわけにはいかぬ賑《にぎ》やかさだった。小さな部屋では、チェンバロ、横笛、ビオラの伴奏で合唱隊が天使のような歌声を響かせている。大広間では、リュートやハープなどの楽器に合わせて貴婦人や女官たちが愛敬《あいきょう》のある踊りを披露している。

都の人びとにとって、これほど豪華で賑やかな素晴らしい宴は後にも先にもこれが初めてであった。外国からの客や、そのほか全ての者にとって、この婚約は喜ばしいものであった。というのも、皆、徳高き騎士であるティランの意志の強さには全幅の信頼を置いており、ティランがいれば、平和と幸福が維持されると信じていたからである。こうして宮中、都じゅうの祝宴は八日間にわたって続けられた。

皇帝は都じゅうに、ティランが帝位の継承者、カエサル(53)となったことを、喇叭と太鼓の音とともに、触れてまわらせた。そして、人びとに、自分の死後は、ティランを皇帝としていただくことを誓わせたのだった。こうしてティランは、ギリシャ皇帝の後継者、

(53)　ローマ皇帝の称号として用いられるほか、「副皇帝」の意味もある。

新皇太子となったのである。皇帝の出したお触れは次のような内容であった。

〔第四百五十三章〕──娘カルマジーナの婚約後に皇帝が出したお触れ。

「皆の者、よく聞くがよい、我らが神聖なる皇帝陛下のご命令であるぞ！　勇敢なる騎士、ロカ・サラダ家のティラン・ロ・ブランが元帥として奮闘し成し遂げた数々の歴史に残る偉業については周知の通りである。元帥は、ギリシャ帝国に救援の手を差し伸べ、助言をし、その利益と防御のために多大な貢献をしたばかりか、帝国が敵に攻撃されて陥落目前となり、もはや虜囚となることは避けられぬと思われていたときに、危機から救い出し、解放してくれたのだ。それだけではない。ギリシャ帝国の領土をさらに広げ、その名誉と名声を高めてくれたのだ。こうして平穏な日々を過ごし、夢に見た、豊かで楽しい生活を送れるのもみな、元帥のおかげである。神の名誉とギリシャ帝国の繁栄のために、心身の危険を顧みずに尽力してくれたその功績は、この世に比ぶべきものもないほど偉大であり、何らかの形で報われねばならぬ。そこで寛大かつ善意の皇帝陛下は、この心広き騎士の巧みな戦術で取り戻すことができた帝国を、ご存命中にもかかわらず、元帥に譲ることをご決意なされた。しかるに、元帥は、歳を重ねてこられた陛下こそ皇帝の位にふさわしく、ご存命中にそのようなご好意に甘えることはできぬ、とこれを固辞した。しかし、幸いなる臣民たちよ、周知の通り、帝国の繁栄と栄光を約束してくれる元帥と、信仰篤く、高貴なる皇女様の婚約はすでに成立している。したがって、元帥は、皇帝陛下亡き後に後継者として帝位を継ぐことには同意しているのである。そこで我らが偉大なる皇帝陛下はご自分の決定に従い、すべての臣民の一人一人が、卓越した元帥ティランを皇太子として認め、祝福された老皇帝陛下亡き後にギリシャ帝国を引き継ぐ、将来の皇帝として崇め敬うことを求めておられる。皇帝陛下は、臣民たちがこの決定を喜び、感謝の証として、声を合わせてその偉大さを称えるであろうことを確信なさっておいでだ。のちのち、そのような知らせは聞いていないと言う者がなきよう、こうして広く知らしめるものである」

これを聞いた人びとは、声を合わせて「天使のごとき善意に満ちた皇帝陛下万歳！ギリシャ帝国の新カエサルに名誉と長命と栄光を！」と叫んだのだった。

［第四百五十四章］――いかにティランは全軍を率いてコンスタンチノープルを出発し、アスカリアヌ王を迎えに行ったか。

ティランを新たな帝位継承者、カエサルに指名した後、皇帝は貴婦人たちを引き連れ、カエサルや王侯貴族たちとともに宮殿内に入った。これから敵との戦闘に赴けば、想ってやまない皇女に会えなくなることを考えると、ティランの胸中は、暗く沈みがちであった。一刻も早くギリシャ帝国の領土を取り戻して皇帝に返還し、待ち焦がれる婚礼を実現するために、遠征に出発したいという気持ちがある一方で、遠征中、皇女に会えないことはこの上もなく辛いだろうということも分かっていた。すでに皇女なしで生きることなど考えられなかったからである。戦闘に疲れた体を静かに休めたいという気持ちが強いこともまた、事実であった。いったい、人間というものは、いつか求めている夢に到達できるものなのか、と運命を疑いたくなる気分であった。

また、他方で、こちらへ向かっていた偉大なるアスカリアヌ王が無数の兵を従えて、すでにコンスタンチノープルから十日間の行程のところ、ギリシャと国境を接するピンシャナイスまで来ているということを知り、勇敢なるカエサルは、一行がコンスタンチノープルの近くへ到着する前に出迎えに行くことにした。皇帝に挨拶をする前に、帝国領土奪回戦に同行してもらいたかったからである。いったん、王が都に入城すれば歓迎の宴が続き、出発が大幅に遅れることが予想されるのである。

こう決心した後、勇敢なるカエサルは諸王、諸貴族たちとともに皇帝の許しを得て、皇后と高貴なる皇女、およびそのほかの貴婦人たちに暇乞いをして、宿舎へ戻って休息をとった。夜になると勇敢なるカエサルは、スルタンとグラン・トゥルクに命じて信任状を作らせた。それは我々のことばに訳せば、次のような内容だった。

［第四百五十五章］――スルタンの信任状。

「ムハンマドの教えを奉じる民の君主たる余、バラリンダは、莫大な財産、財宝、広大な領地によってではなく、強大な力によって君臨するものなり。村や町の長、軍の長、そのほか本状を受け取ったすべてのモーロの民に通告し、命ずる。我らの自由と幸福のために、新たにギリシャ帝国後継者カエサルとなった有徳の勝利者ティラン元帥を、丁重に扱い、その命令に従うべし。余の代理及び使者に忠実なる騎士グラン・カラマニィの子息を任命するので、その命令はすぐさま実行に移すべし。グラン・カラマニィの治世第七年、コンスタンチノープルの宮殿内の牢《ろう》にて」

これと同様の信任状をグラン・トゥルクも作ったが、グラン・トゥルクはその中で、自らをトルコの支配者、トロイアの血の復讐者と称していた。ギリシャ帝国の領土を、祝福されたる帝国の後継者、新カエサルのティランに返還することを命じるこの信任状は、勇敢な騎士であるスキタイの君主に託された。

信任状を持ったこの二人の騎士とともに高貴なる都コンスタンチノープルを出発するにあたり、ティランは皇帝夫妻、および婚約者である皇女に辛い別れの挨拶をした。こうして王侯貴族たちとともに自軍の陣に向かったのだった。陣に到着したカエサルは喇叭を吹かせ、陣を引き払うように命じた。命令を受けた将兵たちは、翌朝には準備を調えて橋のたもとを後にし、アスカリアヌ王がやって来るはずの方向へと出発した。アスカリアヌ王には、すぐに合流するので、この手紙を受け取ったところで行軍を停止し、そこで待つようにと連絡してあった。その手紙の内容は次のようなものだった。

［第四百五十六章］──徳高きティランがアスカリアヌ王に宛てた書状。

「親愛なる我が義兄弟にしてチュニス及びトラミセン王であり、エチオピア全土の君

主殿
　ギリシャ全土の継承者カエサルおよび元帥たるロカ・サラダ家のティラン・ロ・ブランは、親愛なる義兄弟アスカリアヌ王の健康と繁栄を祈って、この書状を認《したた》めるものである。援軍に駆けつけてくれたことを大変嬉しく思う。貴殿が来てくれただけで勝利は約束されたようなものだ。その名を称え、偉大な王にふさわしい歓迎をいたしたいと思う。現在、どこにおられようとも、本状がお手元に届いた時点で行軍を停止し、陣を敷き、本営を設置し休息をとっていていただきたい。トルコの異教徒どもとの戦の勝利と平和はすでに我らが手中にあるのだから。あとは、直接お目にかかってからのこととしよう。幸いにも我々の婚約が成ったことについてもお話ししよう。貴殿はこの身を最も愛し、気にかけていてくださるお方なのだから」
　カエサルのこの手紙を受け取った寛大なるアスカリアヌ王は、ひとかたならぬ喜びようだった。そして栄光の騎士ティランが、騎士道精神にのっとった精勤によって、並み居るモーロの大君主らを打ち破って大勝利を収め、大きな幸運を手にしたことに感嘆を禁じ得なかった。アストレナスという大きく立派な市《まち》のそばまで来ていた寛大な王は、ここで全軍に停止を命じ陣を敷いた。アストレナスは、大きな川の畔《ほとり》にある美しい市で、コンスタンチノープルから五日ほどの行程のところにあった。書状を届けた使者は陣が敷かれるのを見届けてからティランのもとへ戻り、アスカリアヌ王が書状を見て行軍を停止し、アストレナスの前に陣を敷いたという喜ばしい知らせをもたらした。

徳高きティランは全軍を率いて出発し、シノポリ(54)という美しい市《まち》を目指した。市の外に陣が敷かれた後に、スルタンとグラン・トゥルクの代理として同行していたモーロ人二人は市の長《おさ》のところへ行って、信任状を見せ、ギリシャ帝国のカエサルに市を明け渡すように命じた。市の長《おさ》は信任状を受け取り、それに口づけをし、何度も拝んでから、読み上げさせた。朗読が終わると、よろこんで命令に従おうと言った。

回答を受け取ったカエサルは、諸王と貴族たちとともに入城した。そして市を掌握してから、キリスト教徒と元キリスト教徒たちの歓迎を受け、キリスト教を捨てていた者たちは再びカトリックの教えに復帰させてやった。また、モーロ人は全員追い出し、キリスト教徒の善き長《おさ》を任命した。元帥ティランがこの市にいる間に、十の城とそれに付属する町や村から降伏のしるしに鍵が届けられた。ティランはこれを親切な態度でよろこんで受け取り、代官を派遣して町や村の引継ぎを行わせるとともに、モーロ人を追放させた。

カエサルはシノポリを出て、アンドリノポル(55)というもう一つの大きな市へ向かった。とてもことばで言い尽くせないほどの魅力に富むこの市も、シノポリ同様の手順で、周辺の多くの城、町や村とともに明け渡された。また、徳高き元帥ティランには莫大な献上品が届けられた。こうしてアスカリアヌ王が待つ地を目指して行軍を続けるうちに、さらにたくさんの城や町や村がカエサルに帰順したが、煩雑になるので、その名前をすべて挙げることはやめておく。ティランの部隊はなおも前進を続け、アスカリアヌ王が陣を敷くアストレナスから半レグアのところまでやって来た。

義兄弟にして親友であるティランが近くまでやって来たことを知ったアスカリアヌ王は、早速馬にまたがり、重臣たちとともに陣を出た。こうして双方はちょうど中間のあたりで出会ったのだった。義兄弟二人と王たちは急いで馬を下り、最大限の親愛の情をこめて抱き合い、口づけを交わして再会を喜び合った。

挨拶が一段落したところで、ティランはアスカリアヌ王に、自分が兄弟の契りを結んでいるシチリア王、そしてフェス王も同行していることを告げた。アスカリアヌ王はシチリア王とフェス王のところへ行き、抱擁と、口づけと、愛情のこもった挨拶をした。その後、全員が馬にまたがり、市へ向かった。アスカリアヌ王の天幕に到着すると、皇

(54)　ティランは第四百二十三章で、皇帝の命により、同名の城を守るギリシャ人たちに食料を届けている。同名の別の場所でない限り、矛盾がある。
(55)　ティランのモデルとされるルジェ・ダ・フローが謀殺された町。

太子ティランと王たちは馬を下り、高貴なるエチオピア王妃のところへ行った。王妃は満足げな表情で一行を大歓迎し、一人一人抱擁し、口づけをした。

徳高き皇太子ティランは、美貌の王妃との挨拶をすませた後に、スルタンとグラン・トゥルクの才気あふれる使節に、市《まち》に行って、おとなしく市を明け渡す気がないのなら、戦《いくさ》の用意をするように、戦を望むわけでは決してないが、戦となれば、老若を問わず、市のモーロ人は容赦なく皆殺しにする、と伝えるように命じた。

使節が市の門の前に行き、長と話がしたいと申し入れると、衛兵が長を門まで呼び寄せた。門が開かれ、使節たちはスルタンとグラン・トゥルクの信任状を見せた。長は、しかるべき敬意をもって信任状を読んだ後、自分はこの市をスルタンとグラン・トゥルクに任されているだけなので、その命令にはよろこんで従おうと言った。

これに対し、グラン・カラマニィの息子はこう言った。

「市の長よ、まず、ギリシャ帝国の大カエサルに市を謹んで差し出すこと。もしおとなしくカエサル、ティラン元帥の命令に従わぬ場合は、容赦のない戦となるであろうから覚悟するように」

長は答えて言った。

「高貴にして徳高き使節殿、カエサル様にお伝えください。私は畏れ多き我が主君の皆様方の命令によろこんで従います。つまり、カエサル様、皇帝陛下にも従い申し上げるということです」

こうして長は、使節たちの面前で、市じゅうの門を開け放つように命じた。この答えを受け取ったティランは、馬にまたがり、アスカリアヌ王やそのほか両軍の諸王や貴族たちとともに、喇叭、太鼓の音も高らかに、勝ち誇って入城した。両軍は大歓迎を受け、見事に飾り付けられた宿舎を与えられた。またカエサルには様々な貢ぎ物が届けられた。

主立った者たちが市の中に落ち着いたところで、皇太子ティランはアスカリアヌ王の天幕と自分の天幕を並べて張らせた。市は大きく設備も整っていたのだが、両軍の兵の数があまりに多く、その三分の一が中に入りきれなかったのである。一行は、中に入れた者も、市外に留まった者も、変わらぬ歓待を受け、必要なものすべてが提供された。

カエサルはアスカリアヌ王と王妃に、この市で八日間休むように勧めた。というのも、アスカリアヌ王の領地からここまでは、百日以上の長旅だったからである。しかもアスカリアヌ王はティランがスルタン、トゥルクに挑もうとしていた戦に是非とも参加したかったので、強行軍で進軍して来たのである。その間、毎日、ティランに使いを送って自分が到着するまでは戦を始めぬように頼み続けていたことを見ても、熱意のほどが感じられようというものである。その配下の将兵や馬が疲弊しており、休息を必要としていたのも無理からぬことであった。

アストレナスでは、皇太子ティランは寛大で徳高きアスカリアヌ王及びその王妃と談笑し、楽しい時を過ごした。徳高きティランは、バルバリアで別れて以来、収めて来た数々の栄光の勝利について語り、また、大変寛大なことに、皇帝が皇女カルマジーナとの婚約を認めてくれたうえ、自分を帝国後継者カエサル、つまり皇太子とし、皇帝の死後、帝国を任せると宣言してくれたことをも話した。スルタンとトゥルクが、モーロの大貴族たちとともに皇帝の虜囚となり、帝国全土を返還することに同意したので、自分は高貴なる都コンスタンチノープルを発って、スルタンとグラン・トゥルクによって奪われていた土地を回り、こうして城や町や村を取り戻しているのだ、と説明した。

「というわけで、我が兄弟たる王よ、私はいつもどおり、あなたの徳と寛大さには全幅の信頼を置いているからお願いするのだが、この困難な遠征に同行してはもらえないだろうか。神のご加護に加え、あなたの大軍勢があれば、この世に抵抗する者などあるまいと思うからだ。また、王妃様にはコンスタンチノープルに行っていただければありがたい。なぜなら、私の皇女様は美しい王妃様にとても会いたがっておいでだからだ。また、王妃様も我らの遠征中、コンスタンチノープルならば快適に過ごせるだろう」

アスカリアヌ王は次のように答えた。

〔第四百五十七章〕──アスカリアヌ王は、いかに王妃のコンスタンチノープル行きを快諾したか。

「ギリシャ帝国の主にして、我が兄弟であるティランよ、そちの成功と繁栄を余がどれほど嬉しく思っているか、ことばでは言い表わせぬほどだ。そんなことはわざわざ頼む必要もない、家臣、下僕に対するように、ただ命令してくれればよいのだ。たとえ地獄の暗闇に降りて行こうと言うのであっても、余はついて行くぞ。この世にそちほど余が恩義を感じている人間はいないのだから。実の父といえども例外ではない。とくに、このようにそちの名誉にかかわることであれば、なおさらのことだ。余と妃に関する限り、これからは何でも一言、命ずる、と言ってくれさえすればよろこんでそちに従おう」

アスカリアヌ王の誠意に満ちたことばを聞いて、徳高きティランはその友情に深く感謝した。そして、美しい王妃をコンスタンチノープルへ送ることを決定し、供として五百の兵と、見事に着飾った大勢の貴族と騎士をつけることにした。夫アスカリアヌ王とティラン、その他の王や貴族たちは一レグアほど王妃に同道し、そこで別れの挨拶をした。別れの挨拶がすむと一行はコンスタンチノープルを目指し、ティランたちは市《まち》へ戻って行った。

［第四百五十八章］―ティラン以下全軍は、いかにアストレナスの市を出発したか。

高貴なるエチオピア王妃がアストレナスの市を去った後、徳高きティランはアスカリアヌ王に言った。

「我が主人にして兄弟である王よ、そろそろここを出ねばならぬときだ。そちの将兵も十分に休養がとれただろうし、私は、この命の支えとなっているお方に会えないことが辛くてならぬのだ。一刻も早く帰還して、この痛む魂を休めたい。運命の女神が望みどおりに事をうまく運ばせてくれるかどうかは分からぬが」

アスカリアヌ王は答えて言った。

「我が主人にして兄弟であるティランよ、神はきっとそちの願いをかなえてくれるであろう。そちはそれだけの働きをしてきたのだから。望みが早く成就するように余も喜んで手を貸そう」

二人の偉大な指揮官は早速、陣を払うように命令を出した。そしてそれぞれの軍に出発の準備をさせた。両軍はトラキアを目指して市を出発し、やがてスタゲイラ(56)の市に到着した。スタゲイラは立派な壁と、均整の取れた見事な塔がある美しい市であった。

市の前まで来たカエサルは、スルタンとトゥルクの使節を市へ送り、降伏するか、戦を望むかたずねさせた。市の長は使節の姿を見るや、すぐに馬にまたがり城外に出て、丁重に迎えた。

使節が用向きを説明すると、長は、カエサルと事を構える気はない、言われるとおりにしよう、市の門はすべて開かれるであろう、と答えた。長はすぐに使いを出して、門を開けるように命じた。その後、長は使節たちとともにティランの陣へ行き、ティランの前に出ると、馬から下りてその手と足に口づけをした。そして次のように言ったのだった。

[第四百五十九章]—スタゲイラの長《おさ》はいかに市の鍵をティランに渡したか。

「聡明なる皇太子殿下、常勝の元帥閣下、あなたさまの栄光の名を聞くと、すべての騎士は、あなたさまを尊敬し、あなたさまにお仕えしたいものだと胸を高鳴らせるので

(56)「スタゲイラ」は、後述のとおり、アリストテレスの生まれた町である。

す。というのも、あなたさまが信仰なさり、お守りになっている徳高き神がお与えになった数々の成功によって、あなたさまは騎士道精神と徳において、世のどんな騎士や君主にも優る手本となられているからです。私はグラン・トゥルク様のご厚意により騎士に任じていただき、その家臣となった者です。この市《まち》を任され、今まで、平和に治めて参りました。この市をあなたさまを通じてギリシャ皇帝に引き渡せとの主人の命令でありますので、主人に対すると同様の忠誠心をあなたさまに捧げましょう。このように市の門の鍵をお渡しいたしますので、どうか私をあなたさまの家臣、下僕にしてください。というのも、神を除けば、あなたさまほどの主君は見つからないからです。私に聖なる洗礼を授けてください。そうしてくだされば、私は妻や子にも洗礼を授け、皇帝陛下の忠実この上ない家臣となりましょう」

ティランはこれに対し、次のように答えた。

「賢明な人間というものは、慎重な行動によって欲するものを手に入れ、運悪く犯してしまった過ちを正し、逆境をばねにさらに大きな幸いを手にすることができるものだ。長《おさ》殿、あなたは徳高く慎重な御仁のようだ。市の鍵を受け取り、あなたを家臣として召し抱えることにしよう。引き続き皇帝陛下およびその後継者の代官として市の長を務めるように。もし、私がこの後、幸運に恵まれれば、あなたも大貴族に取り立てて差し上げよう」

カエサルがこう言い終えると、その前にひざまずいていたモーロ人の長は、再びその足と手に口づけし、声を振り絞ってこう言った。

「我がご主人様、私のように取るに足らぬ男に、そのような寛大でお優しいおことばを頂戴し、深く感謝申し上げます。あなたさまがお仕えになっている偉大なる神が、あなたさまにご長命を賜わらんことを。あなたさまがモーロ全土を聖なるカトリックの教えに改宗させ、皇帝として君臨なさる姿を見たいものでございます」

徳高きティランは全軍に、市の前に陣を敷くように命じ、自分はアスカリアヌ王やそのほかの王侯貴族たちとともに市の中に入り、ギリシャ人住民の大変な歓迎を受けた。カエサルには大量の贈り物が届けられたほか、皆に立派な宿舎が与えられた。城外に陣を敷いている将兵には、十分な食料が提供された。

翌朝、市の長はカエサルのところへ行き、洗礼を授けてくれるように願い出た。まずカエサルは、軍に同行している司教に市一番の教会を祝福するように言った。この教会はもともとキリスト教の教会だったのだが、モーロ人がイスラム教寺院に作り変えていたのである。洗礼用の水盤も作られた。司教が命令どおりに祝福をすませると、美しい祭壇が設置され、そこに聖母マリアの像が安置されたのである。

教会の祝福が終わったと連絡を受けた徳高きティランは、アスカリアヌ王とその他の貴族たち、そして市《まち》の長とともに教会に赴いた。その後には、市のほとんどのモーロ人が付き従っていた。一行が教会に入ると、素晴らしい儀式が開始された。ティランが連れて来た合唱隊に、アスカリアヌ王の合唱隊が加わって賛美歌を歌い、司教がミサを執り行った。妙なる音楽はモーロ人たちを魅了し、彼らにキリスト教の教えの完璧さを知らしめたのである。

聖なるミサが終わると、ティランはまず市の長に洗礼を受けさせた。ティランの希望により、その代父はアスカリアヌ王が務めた。長は、これ以降、ジュアン・アスカリアヌと呼ばれるようになった。続いて、ティラン自身が代父となって、長の妻が洗礼を受け、アンジェラという洗礼名を授かった。長の五人の息子たちも洗礼を受けた。息子たちは、一番下の子でも二十歳に達していたので、ティランによって騎士に任じられた。五人は馬と武器が与えられ、勇敢で立派な騎士となった。もう一人、モーロの女性が洗礼を受けた後に、二千人のモーロ人が次々と洗礼を受けた。自分たちが賢者として尊敬している長が洗礼を受けるのを見たからである。

ティランは、次に、キリスト教を捨てていたギリシャ人たちの信仰を回復し、善きキリスト教徒にしてやった。彼らは皇帝の名代《みょうだい》としてのカエサルにキリスト教への復帰を誓ったのだった。改宗を拒んだモーロ人たちは市から追放された。この市では、アリストテレスが生まれており、哲人は聖者として崇められていた。

皇太子ティランは、この市に滞在し、休息をとっている間に、モーロ人の二人の使節を周りの土地に派遣した。近隣の町や村や城はすべて、鍵を持たせた代表を送ってティランに恭順の意を表してきた。ティランはこれらの町や村や城の長を入れ替えた。

スタゲイラを後にした一行は、マケドニアを目指し、オリュンピア(57)という市に到着した。この市の名は、近くにある、世界でも最も高い山の一つ、オリュンピア山から取られていた。ここでは、ほかのどの地よりも申し分のない歓迎を受けた。なぜなら、住民はカエサルが領主ディアフェブスの従兄《いとこ》だということを知っていたからである。したがって、当然、よろこんで市の門を開いたのである。市の長はキリスト教を捨てたギリシャ人だったので、カエサルには莫大な財宝が贈り物として届けられた。マケドニアは非常に恵まれた、豊かな土地だったからである。数日間で、マケドニア公領全土がギリシャ帝国に帰順した。

マケドニア公領を後にした皇太子ティランは、トラパゾンダへ向かった。トラパゾンダはすぐに降伏した。なぜなら、カエサルが、世界じゅうのモーロ人を脅かすほどの大

(57) 実際にはオリュンピアの町はペレポネソス半島にある。

軍を率いていたからである。その数は、各国から集まった兵士だけで、じつに四十万に達しており、いかなる市《まち》も要塞も抵抗のしようがなかった。トラパゾンダ全域の人びとも、一カ月ですべてカエサルに恭順の意を示したのである。

スルタンによって捕虜となった騎士たちは全員、この地に連れて来られており、その中にマケドニア公爵ディアフェブスもいた。彼らは総勢百八十三人で、アレキサンドリアで虜囚生活を送っていたが、後にここへ移送されて来たのである。これ以外の多数の者たちは、あるいは戦で、あるいは牢で命を落としていた。ティランは、スルタンとトゥルクを捕らえた後に、スルタン配下の騎士を船でアレキサンドリアへ派遣し、代官たちに、捕虜となっている騎士たちを陸路ですぐに、カエサルの遠征地へ送るようにと厳命させたのである。こうして捕虜たちはカエサルが駐屯しているトラパゾンダに到着し、大歓迎を受けたのだった。

ティランがマケドニア公爵はどこだ、とたずねたので、公爵が連れて来られた。その変わり果てた姿は、言われなければ公爵だとはとても分からなかったであろう。顎鬚《あごひげ》は腹のあたりに達し、髪は背中にかかり、痩《や》せ細って、美しかった顔もかつての面影が失われてしまっていた。黄色の長衣をまとい、頭に青い布を巻いている。ほかの騎士たちも、似たり寄ったりの酷い身なりであった。

マケドニア公爵はカエサルの前に出ると、足元に身を投げ出して足に口づけしようとした。カエサルは公爵を床から抱き起こして、ぽろぽろと涙を流しながら口に口づけをした。そしてしきりに辛そうな溜め息を漏らして、次のように話しかけた。

［第四百六十章］――ティランが親愛の情をこめてマケドニア公爵にかけた慰労のことば。

「私とて血も心もある人間だ。お前のその姿を見て胸が痛み、涙を堪《こら》えることができない。お前の顔には、今までの辛さと悲しみ、そして苦労がまざまざと見て取れる。それを見せられては、私の心も千々に乱れる。お前は私のために、その苦しみに辛抱強く立派に耐えてくれたのだからな。私はこうして謙虚に許しを乞いたい。どうか私を許してくれ。我らが神の限りなきお力とお慈悲を少しも疑うわけではないが、神は、私の過ちゆえに、私とお前に罰を下し、償いをさせようとなさったのだ。しかし、今や、栄光の勝利とともにギリシャ帝国を取り戻すことができるという新たな喜びを我らにお与えくださった。私には、何よりもお前を解放してやれたことが嬉しい。ほかの者たちが自由になれたことにも、もちろん満足しているのだが。我が従弟《いとこ》よ、喜ぶがいい、公爵夫人は健在だぞ、お前によろしくと申しておった。ここにお前宛の手紙を預かって来ている」

公爵も落ちくぼんだ目から苦い涙を流して答えた。

「ティラン様、あなたの姿を見たときには、煉獄《れんごく》に繋《つな》がれた我らが先祖たちが救世主のお姿を目にしたときの喜びもかくあらん、と思うほどの喜びでした。私たちが声を嗄《か》らして叫んだのがあなたのお耳に届いたのでしょう。我が従兄よ、よくぞ来てくださった。こうして涙ながらの再会ですが、なんと嬉しいことでしょう！　あなたこそ聖なる信仰を高めることのできるお人だ。キリスト教徒の栄光の望みだ。我らの命を救う身の代金のようなお方だ。あなたは私たちを暗い牢獄から救い出し、私たちを繋いでいた太く短い鎖を断ち切ってくださった。あなたが与えてくださったこの安堵の大きさに比べれば、今までの苦労などはなんでもなかったように思えます。今後、あなたのために何らかの苦難に立ち向かわねばならぬとしても、喜んでこの身を捧げましょう。なぜなら、あなたに仕えてさえいれば、我々がいつかきっと幸せになれることは分かっているのですから」

公爵が読んだ夫人からの手紙には、次のように書かれていた。

〔第四百六十一章〕――夫人が夫、マケドニア公爵に宛てた手紙。

「悲しみのどん底から喜びの極みへ、あまりの変化の激しさに、あなたのアスタファニアは生きているのが奇跡のように思われます。この青ざめた顔をあなたにお見せできたときに、今までいつも恐れおののいてばかりいた心は、失った陽気さを取り戻すでしょう。あなたを失ってからの悲しみや苦しみや不安を書き記すことはとてもできません。なぜなら、考えただけで辛くなりすぎて、どう表わしたらいいか分からなくなるからです。あなたの足元にひざまずき、二人をしっかりと繋ぐ鎖に口づけをしてお願いいたします。どうか自由になったらすぐに戻って来て、私の危機に瀕している心を救ってくださいまし。少しでも遅れれば、私の命はないものとお思いください。新しいカエサル様がいらしただけであなたの命が救われたのと同じように、あなたのお姿を見ただけで、私の身は自由になり、あなたのお声を聞いただけで、私の命は悲しみの牢から救い出されるに違いないのです。私の苦しかった日々については語らないことにします。私の愛が、その日々に耐えるだけで精一杯のものであったと思われたくないからです。とてつもなく大きな苦しみや困難からあなたをお守りするためなら、もっと辛いことにでも喜んで耐える覚悟はできていたのですから。実際に辛酸を嘗《な》めたあなただけが、涙を流し、苦しみを語る資格をお持ちなのです。栄えある行いをなさってきた善良で徳高いあなただけが。かくも気高い公爵殿が、下賤《げせん》の異教徒どもの獄に繋がれている姿を見て涙しない者などありましょうか？　あなたが虐待され、貶《おとし》められ続けているところを見て、心が張り裂けんばかりの痛みを感じないでいられる強い者などどこにいましょう？　私が、囚われの身となった寛大なあなたのお姿を思い描けないほど愚かな女だとお思いでしょうか？　髪は伸び放題、髭《ひげ》は美しい顔の大部分を隠し、あなたの妻が幾度も頭をもたせかけた胸にまで及んでいます。落ちくぼんだ目、痩せて青白いお体も目に見えるようです。たとえそうなっても、立ち居振舞いによってあなたの身分の高さは自ずと知れてしまうのですが。そのようなあなたのご様子を思い浮かべては、私は胸を締めつけられるようで、顔を掻きむしり、髪を引き抜いて少しでもあなたと苦しみを分かち合おうとしたものです。そうして苦しみ、泣くことで私は自らを慰めていたのです。涙の染みがついた黄色の薄い長衣、帝冠をいただいてもおかしくない頭に巻かれた青い布を見ると私は胸がつぶれそうです。あなたと同じ苦しみを味わおうとして、この恵まれた身を、肌触りの悪い布でくるんだり、修行用の頭陀《ずだ》袋をまとったりもいたしました。私はあなたのことを思ってどれほど祈り、溜め息や呻き声を漏らしたことでしょう。私がいかに苦しみ悲しんだかお分かりでしょう。あなたを繋ぐ鎖に代えて、帯に結び目を作り、我が身を締めつけました。裸足《はだし》で歩くことで、足枷《あしかせ》の辛さを想像いたしました。牢に繋がれたあなたと同じように、私も世の中から隔絶された修道院に入り、祈りの日々を送ったのです。あなたのお声が、『我が妻よ』と私をそこから呼び出してくださるときまで。あなたは私の魂と肉体のご主人様。私は愛と、正式な結婚による義務によってあなたに結びつけられているのです。あなたが解放される日が近いと聞いています。自由になったらすぐに戻って来てくださいっ！　あなたは私の希望、私の心を開ける鍵、私を支配する王杖、私の栄光の冠です。あなただけが悲しみの日々を終わらせる喜びなのです！マケドニア公爵ディアフェブス様、お戻りになって、私の心の中の闇を追い出してくださいっ！」

マケドニア公爵は号泣していた。従兄のティランに再会できたこと、さらに自由を取り戻したことも嬉しかったのだが、なによりも最愛の妻の手紙に感激したのである。

(58)　当時、囚人が皆、同じような格好をさせられていたのなら別だが、そうでない限り、アスタファニアは、ディアフェブスの身なりや、様子をまだ知らないはずである。

［第四百六十二章］――ほかの捕虜たちは、いかにティランに礼を述べたか。

それから少し経ってサン・ジョルディ侯爵が、徳高きティランの前に現われて固い床に両膝をついて、心から解放の礼を述べた。皇太子ティランは満足げに親愛の情を示し、床から抱き起こして口に口づけをした。

その後、ペラ公爵とその兄弟サン・ジュアン、そしてほかの騎士たちが身分の順にやって来た。カエサルは、皆がそれぞれ賞讃に値するほどの苦労を積んできたことを知っているので、親愛の情をこめて温かく迎えた。

マケドニア公爵は、アスカリアヌ王やシチリア王、フェス王にも礼を述べに行った。三人の王は、公爵がティランの従弟であることを知っていたので、その身分にふさわしく、丁重に礼を受けた。

カエサルはマケドニア公爵とともにやって来た騎士たちの衣服にも気を遣い、全員にそれぞれの身分にふさわしい衣装を与えた。また、最上の武器と馬も与えたので、皆、大いに満足していた。彼らの解放を祝うとともに、体がひどく弱っている彼らが少しでも早く回復できるように、できる限り良い待遇をした。また、徳高き皇太子ティランは、傷心のマケドニア公爵夫人を慰める手紙を認《したた》め、伝令に届けさせた。公爵夫人は、夫が虜囚の身であることを悲しみ、コンスタンチノープルで行われた数々の祝宴にも一度も姿を現わしていなかった。徳高きカエサルは、そんな公爵夫人に、夫の公爵が近々帰還することを知らせて安堵させてやりたかったのである。

こうしてカエサルは、解放を祝う宴を催し、マケドニア公爵以下の者たちが回復するのを待つために、トラパゾンダの市《まち》に滞在することにした。

〔第四百六十三章〕――エチオピア王妃はいかにコンスタンチノープルに到着し、どのような歓迎を受けたか。

アストレナスの市を出発したエチオピア王妃は、旅を楽しみつつ高貴なる都コンスタンチノープルの近くまでやって来た。

王妃の到来を知った老皇帝は、娘のカルマジーナを呼んで、迎えに出るように命じた。高貴なる皇女は大喜びで、立派に身支度をすませ、令名高きフェス王妃、マケドニア公爵夫人とともに、滅多にないほど美しく着飾った百人の貴婦人と百人の乙女たちを引き連れて都を出た。大勢の貴族たちと騎兵の大部隊が皇女の護衛に当たった。

堂々たる出迎えの一行はこうして、高貴なる都を出て一レグアほど進んだ。皇女は、美しさで名高い王妃に早く会いたくて気が急《せ》いていた。また、ティランがアスカリアヌ王と王妃を厚遇していることも知っていたので、自分もできる限りのもてなしをするつもりだった。

皇女は都を出るに先立ち、豪華な天幕を都から一レグアのところに運んで張らせておいた。天幕は、緋色の金襴《きんらん》でできており、様々な動物や鳥が見事な技で刺繡されていた。皇女は天幕に到着すると、馬を下りて貴婦人たちとともに中に入った。この巨大な天幕の中に、後刻、エチオピア王妃も貴婦人、乙女を伴って入ることになるのである。その素晴らしい光景は想像に難くないであろう。

皇女を天幕に残し、騎兵隊は王妃のところまでやって来た。騎士たちは王妃にしかるべき挨拶をし、王妃もこれに丁寧に応えた。それから一同は馬に乗り、天幕に向かった。優雅な王妃は、その天幕の中に皇女がいるのだ、と告げられた。王妃はそれを聞いて、すぐに馬を下り、供の貴婦人や乙女たちとともに中に入った。皇女は王妃の姿を見て立ち上がり、ゆっくりと天幕の中央まで進み出た。王妃は皇女の前まで来ると、固い床に両膝をついたが、高貴なる皇女はその腕を取って抱き起こし、三度口づけして親愛の情を表わした。それから王妃の手を取って、自分の横に座らせた。

聡明で慎み深い貴婦人である皇女は、戦のたびに父帝のもとを訪れる多くの外国人との接触によって、幾つもの外国語を学んでいた。ラテン語については、文法と詩学をしっかりと学んでいたので、会話だけでなく読み書きも完全に我が物としていた。一方、エチオピア王妃は、皇女との婚礼に出席するためにコンスタンチノープルに来ることをティランに約束したときからラテン語の文法を学び始め、今では見事なラテン語を話した。こうして皇女と王妃は、貴婦人にふさわしい、礼儀にかなった会話を交わしたのだった。

皇女は王妃の美しさに感嘆していた。今までにこれほど美しい女性は見たことがなかったし、その美しさと比べれば、自分などはいかほどのこともない、とさえ思った。一方、エチオピア王妃も皇女の非常な美しさに驚嘆し、世界じゅうを探してもこれほど美しい女性はいないだろう、人間というよりは天使のような美しさだ、と思ったのだった。しばらく礼儀正しくことばを交わした後、二人の女神は馬に乗った。その間もお互いをうっとりと見つめ続けていたのだった。双方のお供の女性たちも馬に乗った。皇女は王妃に右側を行かせようとしたが、王妃はこれを固辞した。

皇女は王妃の手を取り、そのまま都まで行った。都の門へ着くと、皇帝夫妻が馬に乗って待っていた。王妃は皇帝に近づいて行き、その手に口づけしようとしたが、善良で徳高い皇帝はそれを許さず、親愛の情をこめて王妃を抱き締めた。それから王妃は皇后のところへ行き、手に口づけしようとしたが、皇后もそれを許さず、その口に三度口づけして歓迎の意を表した。まことに畏れ多い光景であった。

皇帝夫妻が先頭を行き、その後から皇女とエチオピア王妃、フェス王妃、マケドニア公爵夫人が従った。さらに供の貴婦人たちが続いている。一行は後ろに大勢の人びとを引き連れ、この順を守ったまま宮殿まで行った。宮殿に着くと、皆、馬を下りて美しく飾られた宮殿に上がった。王妃は金襴緞子で豪華に飾られた素晴らしい部屋をあてがわれた。ここで、身分の高い貴婦人にふさわしく、しばし休息をとり、身なりを整えることになるのである。この部屋には、生活のために必要なものがすべて、ふんだんに揃っていた。優雅な王妃とともにやって来たほかの貴人や貴婦人たちにも立派な宿舎が与えられた。

翌日、皇帝は、王妃に対して最大限の歓迎をしようと、大広間で昼食をとるように勧めた。大広間に供の貴婦人たちと現われた王妃は、じつに見事な出立ちであった。食卓では、皇帝は王妃を皇后の隣に座らせ、さらにその隣にフェス王妃、マケドニア公爵夫人が座った。エチオピア王妃の正面が皇女である。部屋のもう一方の端に設えられた食卓では、王妃とともにやって来た貴族や騎士たちが食事をした。また、別の食卓には、皇女やエチオピア王妃に仕える貴婦人たちが着いていた。広間に突き出した中二階には楽師たちが居並び、彼らが奏でる音楽は音量の大きさと、楽器の種類の多さで、聴く者を感嘆させた。金襴緞子に金銀細工をあしらった豪華な衣装を着け、太い首飾りを掛けた騎士や貴公子たちが給仕をし、昼食は大いに盛り上がった。この日、執事を務めたのは、ひときわ立派に着飾ったイポリトであった。

食卓が片付けられ、舞踏が始まった。エチオピア王妃は、緑の地に刺繡を施し、高価なルビー、ダイヤモンド、エメラルドで繊細な縁取りをした長衣を着ていた。その上から、一面に七宝の飾りを巧みに配した黒いダマスコ織りの上着を羽織っている。首からは七宝の上にルビーとダイヤモンドを象嵌《ぞうがん》した太い金の首飾りを下げ、黄金と見まがうばかりの金髪には大きな真珠と光り輝く宝石で飾った小さな冠を載せている。額は大変な値打ちの宝石で飾られていた。王妃のお供の貴婦人たちは、白人も黒人も、美しく着飾っていた。王妃は、白人も黒人も連れて来ていたのである。白人の女性たちはチュニス王国の出身で、黒人の女性たちはエチオピア王国の出身だった。いずれも大貴族の娘たちばかりだった。

宮廷の人びとは皆、エチオピア王妃のえも言われぬ美しさに打たれ、この王妃の求愛を拒んだティランはなんと徳が高いのだろうとお互いに囁き合っていた。王妃がティランに、自分と結婚し、チュニス王国と全バルバリアの王になってほしいと求めたにもかかわらず、皇女への愛のためにそれを断わったということは周知の事実となっていたのである。

このような声を耳にした皇女は、皆に本当のところを知らしめたく思った。というのは、二人が別々にいるときには、王妃の美しさは皇女の美しさに匹敵するように見えるのだが、一緒にいると、皇女の美しさの前にはさすがの王妃も見劣りすることが明らかだったからである。

この日、こうして美しく着飾った貴婦人たちは貴人たちと踊り続けていた。舞踏会が最高潮に達した頃、急使が広間に駆け込んで来て、マケドニア公爵夫人との面会を求めた。使者は公爵夫人の前にひざまずいてこう言った。

「公爵夫人様、よい知らせです。マケドニア公爵様は解放され、カエサルとともにトラパゾンダの市《まち》にいらっしゃいます。他の方々もご無事です」

公爵夫人は嬉しさのあまり、答えることさえできず、気を失って倒れてしまった。舞踏会は大混乱となり、皆、踊るのをやめてしまった。急いでバラ水が持って来られ、おかげで公爵夫人は正気を取り戻した。しかし、およそ一時間もの間、手紙を握り締めたまま、一言も発することができなかった。やっと少し落ち着いたところで、カエサルからの手紙を開けて読んだ。その内容は次のようなものだった。

［第四百六十四章］――皇太子ティランからマケドニア公爵夫人に宛てられた手紙。

「あなたが辛い目に遭っていらっしゃるということを知り、私はあなたの最大の喜びを取り戻すべく精進して参りました。私が妹よりも大切に思う公爵夫人殿、あなたの心からすべての心配を追い払い、この喜ばしい知らせを受け取ってください。あなたのご主人で、私が誰よりも愛する従弟でもあるマケドニア公爵は解放されて名誉も取り戻し、心身ともにしっかりとしていらっしゃいます。疲労からも順調に回復しておいでです。公爵の、そしてあなたのご希望どおりに間もなく帰還できることでしょう。捕虜の身から救出された喜び、自由を謳歌《おうか》する喜び、健康である喜び、名誉を重んぜられる喜び、早期に帰還できる喜び、勝利と富を手にした喜び、栄光に満ちた幸福な余生をあなたと過ごす喜び、公爵はこの七つの喜びを噛み締めておられます。あなたがそのことをお喜びになってくだされば、公爵にとってもそれが大きな喜びとなるのです。公爵が手紙を認《したた》めるよりも早く、ご本人があなたのもとへ到着するでしょう。私はただ、一刻も早くお祝いを申し上げるべく、この手紙を差し上げる次第です。皇帝陛下やそのほかの方々には手紙を差し上げるまでもないと考えました。なぜならば、我々の幸運を祈っていてくださる方々には、間もなく良い知らせを持って直接お目にかかることになると思うからです」

手紙の内容を読んだ高貴な公爵夫人は、千ドゥカットを持って来させ、使者に与えた。使者は公爵夫人に何度も礼を言ってから、満足げに立ち去った。安堵した公爵夫人は皇帝の前にひざまずき、手紙を手渡した。それを読んだ皇帝は、良い知らせに大変満足し、都じゅうの教会に、すべての鐘を打ち鳴らすように命令を出させた。

エチオピア王妃の到来、キリスト教徒の捕虜解放の知らせで都じゅうは喜びに湧き返っていた。一般庶民も、平穏で幸せな日々が訪れることを心の底から祝っていた。しかし、罪深い人びとの喜びは、そう長くは続かなかった。

カエサルの手厚い世話を受けた後、マケドニア公爵とその他の人びとは許しを得て、トラパゾンダの市《まち》を出発し、コンスタンチノープルへ向かった。何日か旅を続けて高貴なる都に到着した一行は、皇帝と皇后、そしてすべての貴婦人たちの盛大な歓迎を受けた。とくに高貴なるマケドニア公爵は妻である公爵夫人に、最愛の夫にふさわしい歓待を受けた。捕虜の帰還によって宮中のお祭り気分は再び盛り上がったのだった。

エチオピア王妃と高貴なるマケドニア公爵、そのほかの貴族や騎士たちをもてなすために皇帝が催した賑やかな宴のことは冗長になるのでこのぐらいにして、かつては帝国の領土であった土地を次々に取り戻しつつある皇太子ティランとアスカリアヌ王の活躍に目を向けてみよう。

［第四百六十五章］――トラパゾンダの市を出発したカエサルは、いかにして旧帝国領を取り戻したか。

高貴なるマケドニア公爵がほかの仲間とともにトラパゾンダの市を出た後、徳高き皇太子ティランは自軍の陣とアスカリアヌ王の陣をたたませ、両軍の指揮官に出発を命じた。よく統制のとれた両軍は相次いで出発し、六日の行程のところにあるベンディン(59)の地を目指して整然と行軍を始めた。ベンディンの市も、カエサルが軍を率いて到着するやいなや、スルタンとトゥルクの命令に従って開城したのだった。

カエサルとその代官たちに降伏の意思表示がなされた後、新たな市の長が置かれた。続いて両軍は、ブラガイの地とブリナ全地域、フォシヤ、ブシナ全域を取り戻した。これらの地は大きな一つの地方を成していて、そこにはたくさんの町や村や城があった。それがすべて、進んでカエサルに降伏した。というのも、彼らはモーロ人の圧政に苦し

(59)　現在のブルガリアのビディンか。

んでいて、元どおりギリシャ帝国の支配下に戻りたがっていたからである。

カエサルはこの地を後にし、さらにアルカディア、マジェア、トゥリナの市《まち》を取り戻した。

その後、ペルシャ王国に入った。ペルシャ王国はスルタンのものでもトゥルクのものでもなく、独自の王をいただいていたのだが、武力で征服したのである。商品の集積地として豊かに栄えるタウリス、ブテルナ、フィゾン川沿いのサヌライアントなども征服した。

ペルシャ王国では他にも多くの市を征服したが、これらのうち主なものだけを挙げるにとどめる。このように、徳高き皇太子ティランは、栄光の勝利を重ねて多くの領土を征服し、帝国に編入したが、すべてをここに記すことはとてもできない。その活躍の場は、ギリシャ帝国の旧領土ばかりか、小アジア、ペルシャ全土、サロニック(ガリポル)、モレア、アルカ、アルカ岬、バロナに及んでいたからである。また、コンスタンチノープルに残して来た艦隊を派遣して島々の奪還に当たらせた。艦隊司令官であるリサナ侯爵は、勇気と知略で、かつて帝国の領土であった島々を取り戻した。その名はカリストラス、コルコス、オリティジャ、テスブリア、ニモチャ、フラクセン、マクルタパセなどであるが、あとは煩瑣になるので省略する。

［第四百六十六章］――艦隊司令官はいかに栄光の勝利を手にコンスタンチノープルに帰還したか。また、皇帝は司令長官の活躍に報いるために、いかにペラ公爵令嬢アリゼアを娶らせたか。

かつてギリシャ帝国の領土であった島々を、あるいは武力で、あるいは平和裏に征服した勇敢なる司令官は艦隊を率いて、意気揚々とコンスタンチノープルの都に帰って来た。港に入るときに、艦隊は何発も祝砲を鳴らし、乗組員たちも歓声を上げて高貴なる都に挨拶をした。人びとは艦隊の入港を見ようと城壁に駆け登り、大喜びであった。司令官は大勢の、着飾った騎士や貴族たちとともに上陸し、皇帝のもとへ帰還の挨拶に向かった。皇帝は満足げに、温かく一行を迎え、一行は皆、皇帝の足と手に口づけをした。

皇帝は司令官であるリサナ侯爵を代官としてギリシャ帝国の領土となった島々を治めさせることとし、また、帝国海軍司令長官に任命した。この地位は代々その跡継ぎに受け継がれ、島々からの年貢として毎年十万ドゥカットがその収入となることとなった。さらに皇帝は司令官に、皇后の侍女を務める美貌の女性、ペラ公爵令嬢アリゼアを嫁がせることとした。父の公爵は妻を失っており、おまけにアリゼアは一人娘であった。公爵は皇女を後妻に迎えようといろいろ手を尽くしていたのだが、ティランの出現によって断念せざるを得なかったという経緯があった。

勇敢なる司令官は皇帝に限りなく感謝し、もう一度その手に口づけをした。司令官は十万ドゥカットの年貢よりも、美しい令嬢を妻にできることを喜んでいた。皇帝はさっそく二人の婚約を祝って盛大な祝宴と舞踏会を催させた。卓抜したマケドニア公爵、令嬢の父ペラ公爵、その叔父に当たるサン・ジョルディ侯爵、エルサレムのサン・ジュアン師、そのほかの貴族や騎士たちが解放されたあと、それまで何日も宴は催されていなかった。

秀麗なる皇女は祝宴と舞踏会の間じゅう、二人の王妃を引き立てようと懸命であった。一方、皇帝は、虜囚の身から解放された貴族や騎士たちの労をねぎらうために、皇后と皇女の侍女たちの中から容姿端麗な者たちを選んで妻《めあ》わせた。彼女たちには、身分にふさわしい生活が送れるように、十分な支度金が与えられた。すべての婚約が成ったところで、その挙式は、格式を高めるために、ティランと皇女の挙式と同じ日に行われることが決まった。しかし、運命の女神は、人間がこの世において、それほど大きな栄誉と幸福を手にすることは許さなかった。なぜなら、人間はこの世においてではなく、天国において栄誉と幸福を褒美として与えられる存在として神によって創られたからである。

だが、日々、人びとの記憶に永遠に残るような功績を上げているときに、このようなことを考える者はいない。徳高き皇太子であり、勇敢なる騎士であるティラン・ロ・ブランもその例に漏れない。騎士道精神を発揮し、戦略を駆使して数多くの王国を征服し、バルバリアとギリシャの数知れぬ人びとを聖なるカトリックの教えに導いていながら、苦難を重ねて追い求めてきた目標には、ついに到達できなかったのである。

［第四百六十七章］——いかにティランは死に至る病を得たか。

人間がいかに自分の運命について無知であるかということを紙の上に描き出さぬうちは、私は、いかに辛かろうとも、この疲れた手を休めるわけにはいかない。数々の輝かしい功績にもかかわらず、ティランがついにその報酬を受け取ることができなかったということは、思い出すだに残念なことである。しかし、いかに成功を享受したとしても運命の女神を信用してはいけないということ、また、成功を収めるために身も心も捧げて必死に精進したり、途方もない野望を抱えて軽率で無謀な行いをしたりする者たちは、ただでさえ乏しい人生の時を無駄に浪費しているのだということを、後世の人びとにはっきりと知らしめる例として書いておかざるを得ない。

カエサルは帝国全土を征服、回復し、さらにその他の周辺諸地方を平らげた後、寛大なるアスカリアヌ王、シチリア王、フェス王、その他、大勢の王侯貴族、数えきれぬほどの騎兵たちとともに、堂々と都を目指して凱旋して来た。（彼らは凱旋を祝う盛大な祝宴に出席するため、あるいはアスカリアヌ王を慕ってついて来たのだが、それにもまして、ティランの婚礼という見逃すことのできない慶事に対する期待は大きかった。）皇帝は帰還の知らせを受け、盛大この上ない祝宴の用意をさせるとともに、城壁を二十パサにわたって壊させ、勝利の馬車に乗ったティランが通れるようにした。

ティランがコンスタンチノープルから一日のアンドリノポルという市《まち》まで到着したところで、許可があるまで都には入城せぬようにという皇帝の命令を持って使者が訪れたので、行軍は停止された。

カエサルはこの大きく美しい市で、くつろいだ楽しい日々を送っていた。ある日、アスカリアヌ王、シチリア王と城壁のすぐわきを流れる川の畔を散歩しているときに、カエサルは横腹に鋭い痛みを感じた。あまりの苦しさに抱きかかえて市の中に運ばねばならないほどだった。

ティランは寝台に寝かされ、隊に同行していた世界でも有数の名医六人とアスカリアヌ王の医師四人が駆けつけた。そしてティランに様々な薬を投与したが、痛みを鎮めることはできなかった。

ティランは、自分の死期が近いことを悟って、臨終の告白を求めたので、従軍していた聴罪司祭が呼ばれた。この司祭は聖フランシスコ会の信仰篤い修道士で、神学に詳しい博学の人物であった。医者たちがどのような治療をしても、痛みは強くなるばかりなので覚悟を決めたティランは、聴罪司祭に悔悟の念をこめて心から、熱心に罪の告白をした。

カエサルが告白をしている間に、フェス王は皇帝のもとへ急使を立てて、カエサルが重病であり、医者たちも手の施しようがないこと、もう間に合わないかもしれないが、皇帝の侍医たちを至急応援に送ってほしいと伝えさせた。

告白が終わると、カエサルはキリストの像を持って来させ、目に涙を溜めてそれをじっと見つめたのちに、次のように祈ったのだった。

［第四百六十八章］——聖体を前にティランが捧げた祈り。

「ああ、人類の救済者よ、自然に君臨する無限の神よ！　あなたは、日々の糧、かけがえのない財宝、比類なき宝石、罪人の救い、そして期待を裏切ることのない守護者であられる。我が主のまごうかたなき肉と血であるあなたは、従順で汚れなき子羊として、我々に永遠の命をお与えくださるために犠牲になってくださいました。ああ、王のなかの王よ、あなたにはすべての生き物が従うでしょう。広大で、謙虚で、優しく、善良なる神よ！　この脆《もろ》い生き物である私に賜わったご寵愛《ちょうあい》にどのように感謝申し上げればよいのでしょう？　あなたは、聖母マリアのかけがえなきお腹を借りて、神でありながら人間でもある存在としてこの惨めな世にお生まれになり、厳しい拷問に耐えられた後に、聖なる肉体を十字架にかけられて、苦しい死を遂げられました。あなたが天から降りていらっしゃってそのような苦難をお受けになったのは、ただ私に代わって数々の大罪を償うばかりでなく、その肉体によって、私の汚れた魂を癒やしてくださるためだったのです。神よ、多大なる思し召し、まことにありがとうございます。それだけではありません。私がこの世でこれほどの成功を収めることができたのも、すべてあなたのおかげです。あなたは私を何度も危険からお救いくださいました。そして今、私に死を賜わろうとなさっていらっしゃいます。あなたの御心とあらば、私はこの死をよろこんでお受けし、自分の罪や過ちを償いたいと思います。そしてさらに、謹んでお願いいたします。どうかこの痛みで私が罪を贖《あがな》い、あなたの慈悲深きお許しを得られますことを。また、私が信仰を持ち続けることができるようにお力をお貸しください。私はカトリックの信者として生き、そして死にたいのです。あなたの限りないご慈悲に希望を見出すことができる徳をお与えください。信仰に燃え、自らの罪に悔恨の涙を流し、罪を告白し、あなたの聖なる名前を呼び、称え、お許しが下るのを待ちたいのです。天国で永遠の幸福と栄光を享受できますように」

このような祈りを捧げた後、涙ながらに聖体を拝領した。部屋の中にいる人びとは、その祈りを聞いて、ティランは単なる騎士ではない、聖人だ、と囁き合った。こうして心の準備をすませた後、ティランは書記を呼んで、皆の前で次のような遺書を作らせた。

［第四百六十九章］――ティランの遺書。

「人間には自分の死期を正確に知ることはできないが、いつか死が訪れることは確実である以上、この惨めな世の巡礼を終え、創造主のもとへ戻ったときに、その御前で自分の手元に託された財産の内訳を報告できるよう、賢者は将来に具えるべきである。このような考えに基づき、ブルターニュのロカ・サラダ家出身で、ガーター騎士団の騎士にしてギリシャ帝国の皇太子、そしてカエサルである私ティラン・ロ・ブランは、病を得て死に瀕していることを自覚し、意識がはっきりとしている間に、明確なことばで過不足なく意思を明らかにしておきたいので、我が主人にして義兄弟であるアスカリアヌ王、シチリア王、我が従弟フェス王、その他の王、貴人の方々の前で、我がイエス・キリストの名のもとに、最後の意思を遺書として残すものである。

遺言執行人として、ギリシャ帝国皇女であり、我が婚約者でもある、徳高く高貴なるカルマジーナと、我が従弟にしてマケドニア公爵であるディアフェブスを選出する。この二人には私の意思を忠実に実行することを期待する。

まず、私の財産の中から十万ドゥカットを取り、我が魂のために、適当と思われる形で人びとに分け与えてほしい。また、私の遺体は、ブルターニュに運び、ロカ・サラダ家の先祖全員が眠る聖母教会に埋葬してほしい。

さらに、私が今までないがしろにしてきた一族の者たちにはそれぞれ、私の財産から十万ドゥカットを与えること。私の執事、召使いたちにはそれぞれ五万ドゥカットを与えること。神のご加護と皇帝陛下のご好意によって手に入れることができた残りの財産と権利についてはすべて、執事として私に仕えてくれた我が甥、ロカ・サラダ家のイポリトを相続人とする。イポリトの意思は私の意思として尊重され、自由に財産を使い、権利を行使することができるものとする」

遺書の作成が終わると、ティランは書記に、皇女宛の短い手紙を書くように命じた。

その内容は次のようなものだった。

［第四百七十章］――ティランが皇女に宛てた短い別れの手紙。

「死が目前に迫っていて、残された時間はほとんどありません。私は、卓越した徳の持ち主であるあなたに、悲しく辛いお別れのことばを届けることしかできません。

運命の女神は、私には、あなたの夫となる資格がないと思ったようです。私はあなたと一緒になれることを夢見て苦労を重ねてきました。あなたの腕の中で悲しく辛い人生を終えることができたとしたら、死ぬことがこれほど残念ではなかったでしょう。高貴なる皇女様、どうかこのために命を断つようなことはなさらないでください。私が今まであなたに抱いてきた愛のご褒美として、私を覚えていてほしいのです。私の罪深い魂は、いずれ未練を残しながら元の持ち主である創造主のところへ帰って行きますが、どうかそれまで預かっておいてください。

私の運命を司る女神は、私があなたに会うことも、あなたと話をすることも許してはくれません。それができれば私の命も救われたかもしれないのですが。死はこれ以上待ってはくれないようなので、この短い手紙を書くことにしました。私が人生最後の瞬間にあなたに会えないことをどれほど悲しんでいたかを、せめて知っていただきたいからです。痛みがひどく、これ以上、何も言うことができません。どうか私の縁者、家来たちをよろしくお願いいたします。

あなたの足と手に口づけをし、魂をあなたに委ねるティランより」

ティランの没後

［第四百七十一章］――いかに皇帝は、マケドニア公爵、イポリトを医者たちとともにティランのもとへ送り、いかにティランはコンスタンチノープルへ運ばれる途中で他界したか。

皇太子ティランは遺書を作らせた後、アスカリアヌ王、シチリア王、フェス王に、命があるうちにコンスタンチノープルに連れて行ってほしい、と懇願した。なぜなら、皇女に会わずに死ぬことほど辛いことはなかったからである。また、一目皇女に会えば、病がよくなるかもしれぬと、祈るような気持ちでいたのである。

その意志の固さに鑑《かんが》み、ティランは都へ移送されることとなった。すでにティランを見放していた医者たちも、皇女に会うことがなにがしかの慰めになるならと、賛成した。それほど深く皇女を愛しているのならば、あるいは自然が、この世のどんな薬よりも効力を発揮してくれるかもしれぬという期待もあったのである。早速、ティランは男たちが担ぐ輿《こし》に乗せられ、あまり揺れぬように注意して運ばれて行った。王侯貴族全員がこれに従い、護衛の兵はたった五百人であった。残りの軍は市《まち》に残った。

フェス王からの手紙を受け取った皇帝は、苦渋に満ちた面持ちで考え込んでしまった。

そして、できる限り内密に、侍医たちと、マケドニア公爵、そしてイポリトを呼び、フェス王の手紙を見せた。そして彼らに、急いで馬で、アンドリノポルへ向かうように言い付けた。公爵とイポリトは、誰にも言わずに医者たちとともに宮殿を出た。皇帝は、皇女がこのことを知ったら、あまりの衝撃に気を失ってしまい、命さえ危ぶまれることになるのではないかと懸念した。

一行が都を出て、半日ほど進んだところでティランたちと出会った。彼らは馬を下り、ティランの輿は地面に下ろされた。マケドニア公爵がティランに近寄ってこう言った。

「我が従兄にして、ご主人であるティラン殿、お加減はいかがです？」

ティランは答えた。

「我が従弟よ、最後にお前に会えて嬉しいぞ。もう私の命もおしまいだ。どうか私に口づけをしておくれ。そしてイポリトも。これがお前たちとの今生の別れとなるだろう」

公爵とイポリトは涙ながらにティランに口づけをした。それからティランは、自分の魂と、婚約者である皇女をよろしく頼む、と言った。とくに皇女は、自分たちの命よりも大切に守ってやってほしい、と念を押した。これに対して公爵は言った。

「ティラン殿、あなたのような勇敢な騎士がこれほど弱気になるなど、考えられません。どうか神のお慈悲を信じてください。きっと憐れに思われて、あなたを助け、健康を回復させてくださるでしょう」

これを聞いて、ティランは大声で叫んだ。

「イエスよ、ダビデの息子よ、どうか私をお憐れみください！　私は信じています。抗議します、悔い改めます、信頼申し上げます。ですからどうかお恵みを！　聖母マリアよ、守護天使よ、天使ミカエルよ、私を助けてください、守ってください！　イエスよ、あなたの御手の中に、この魂をお預けいたします」

このことばを最後に、美しい体をマケドニア公爵の腕の中に残して、高貴なティランの魂は去って行った。

居合わせた大勢の人びとから号泣の声と悲痛な叫びが上がった。それは、皆が皇太子ティランを慕っていたことをそのままに表わす、聞くだに悲しい声であった。

涙と嘆きが一段落したところで、アスカリアヌ王はシチリア王とフェス王、そしてマケドニア公爵、イポリト、そのほか数人を呼んで、少し離れた場所で、これからどうすべきかを話し合った。アスカリアヌ王らがティランの遺体とともに都まで行くことには全員が同意したが、王は都の中には入らぬこととした。なぜなら、アスカリアヌ王は皇帝と会ったことがなく、このような悲しみのときに、初会見を行うべきではない、と考えられたからである。さらに、遺体をブルターニュに運ばねばならないので、香で処理をすることが決定された。

遺体は、ティランが絶命した場所からコンスタンチノープルへと運ばれた。都に到着したときには、すでに夜になっていた。門の前で、アスカリアヌ王はシチリア王、フェス王、マケドニア公爵、イポリトに別れを告げ、大いに嘆きながらアンドリノポルの市《まち》へ戻って行った。なぜなら王はティランを心から慕っていたからである。その他の者たちはティランの遺体を都の中の一軒の家へ運び込み、そこで医者たちが香で処理をした。

処置が終わると、緞子の胴着と、身分の高い者が着る、黒テンの毛皮で裏打ちした緞子の長衣が着せられた。こうして遺体は都の聖ソフィア大寺院へ移された。聖堂には緞子で覆われた、高く、大きな祭壇が設えられており、その上には金糸で刺繍をした絹布をかぶせ、同じ布の天蓋を付けた大層立派な寝台が用意されていた。その寝台の上に、ティランの遺体は剣を下げたままで安置された。

ティランの死を知らされた皇帝は、あまりの不幸を悲しんで、皇帝の陣羽織を引き裂き、玉座を降りて、次のような嘆きのことばを発したのだった。

［第四百七十二章］―ティランの死を悼む皇帝のことば。

「今日は、我が帝杖を奪われ、勝利の帝冠が地面に投げ捨てられるのを見るような心持ちじゃ。運命の女神よ、汝は余の体から右腕をもぎ取り、余が頼りにしていた大黒柱を引き倒してしまった。ああ、なんと不当な死であることか！　おかげで数知れぬ異教徒たちに生きる道が開かれてしまった。ああ、なんと忌むべき死であることか！　おかげで余は終わることのない、死ぬほどの苦しみに見舞われることとなった。汝はティランの命を奪うことで、コンスタンチノープルの皇帝まで殺すことになるのだぞ。余はもはや死んだに等しい。ティランの栄光と名声にこそ永遠に生き延びてほしい。ああ、天国のお歴々よ、選ばれて褒賞を受けたあなた方の仲間にこの祝福された騎士を加えられることを喜ぶがいい。そして、暗黒世界の王たちよ、お前たちも喜ぶがいい。日々、キリスト教を広めるために尽くした男が死んだのだから。さらには、数多くの敵国も、無敵の常勝者ティランの死を喜ぶがいい。汝ら獰猛《どうもう》な異教徒どもが束になってかかってもかなわなかった男が、今、死の前に屈したのだから、嬉しくてたまらぬだろう。一人取り残された余だけが悲しみの葬儀を行わねばならない。厚い霧と雲によって我らの太陽は隠されてしまった。世界が暗闇に包まれてしまっても月が照らしてくれるかもしれぬが、太陽のぬくもりは望むべくもない。風よ大地を揺るがせ、高い山よ崩れよ、川の流れよ止まれ、澄んだ泉の水に砂が混ざるがよい。その水を飲まねばならぬのはギリシャの民なのだ。あたかもティランという主人を失った雌鳩のように。大いなる海から放り出された魚のように。我らにとって、その死はそれほどまでに大きな悲しみなのだ。美しい人魚たちよ、地上の不幸を歌にうたえ！　人間でありながら不死鳥にたとえられた男の死を悼め！　獣よ吠えよ、鳥よ歌うのをやめて無人の森を住処《すみか》とせよ！　余はいっそ命を断って、この悲しみを地獄のプルートのもとへ持って行きたいくらいだ。オウィディウスをして我がティランを称える詩を作らせしめよう。余の黄金の衣装を脱がすがいい、宮殿じゅうの見事な紫の衣を奪うがいい。余は苦行者のごとき、粗布の衣をまとおう。皆の者、分厚い喪服を着よ。いっせいに鐘を乱打せよ。余のことばが語り尽くすことのできなかった悲しみを噛み締めよ」

こうして皇帝は、ほとんど一睡もせずに夜通し嘆き続けた。夜が明けると教会へ行き、ティランを称えるために立派な墓を作らせ、身分の高い者の葬礼に準じた捧げ物をした。

皇女は、皆が泣いているのを見て不思議に思い、どうして泣いているのか、と宮廷の人びとや侍女たちにたずねた。まさか、父帝が死んだのではあるまいが、と案じ、寝巻きのまま起き上がり、窓のところへ行って外を見ると、マケドニア公爵が頭をかきむしり、泣きながら歩いているのが見えた。イポリトやそのほかのたくさんの人びとも手で自分の顔を叩いたり、壁に頭を打ちつけたりしている。

「唯一無二の神に誓って本当のことを言いなさい。いったい何があったのです？　なぜ皆悲しんでいるのです？」と皇女は言った。

ビウダ・モンサントが答えて言った。

「皇女様、いつかはお耳に入ることですから申し上げます。ティラン様がご他界なさり、自然のふところへ戻って行かれたのです。ご遺体は夜半に、あのお方にふさわしい形で教会に納められました。皇帝陛下は教会で死を悼んで泣いておられ、誰も慰めて差し上げることができないほどなのです」

皇女は呆然《ぼうぜん》として、声を上げて泣くことも、話すこともできず、ただしゃくり上げるばかりであった。少し経ってから、皇女はこう言った。

「父上に作っていただいた結婚衣装を出してちょうだい。大層値打ちのある衣装なのに、まだ袖を通してないのですもの」

急いで衣装が持って来られた。皇女が着終わると、ビウダ・モンサントが言った。

「でも皇女様、皇帝陛下やあなたさまにお仕えになった偉大な騎士がお亡くなりになったのでございますよ。それなのにそのような、結婚式に臨まれるような格好をなさるなんて！　ほかの者たちは誰もが喪服を着て、涙を堪《こら》えられずにいるのです。あなたさまが一番お悲しいはずですのに、そのように着飾られるとは。そんなことは、見たことも聞いたこともございません」

「そんなことはないのよ」皇女は答えた。「この格好がふさわしいことを今に見せてあげましょう」

悲しみに沈む皇女は身繕いが終わると、貴婦人や侍女たちを全員引き連れて宮殿を出て、急ぎ足でティランの遺体が安置されている教会へ向かった。

壇上に登り、ティランの遺体を目にしたときには、心臓が張り裂けんばかりであった。激情に襲われて寝台によじ登り、涙をぽろぽろ流しながら遺体の上に覆いかぶさった。そして涙ながらに次のように嘆いたのだった。

〔第四百七十三章〕――ティランの遺体に覆いかぶさったまま皇女が漏らした嘆きのことば。

「ああ、運命の女神よ、あなたはまるで物《もの》の怪《け》のよう。休む間もなく次々に顔を変え、いつでも哀れなギリシャ人に不利なことをする。あなたは勇気ある者には嫉妬し、弱い者は痛めつけることで、自分の並外れた力を誇示するのです。あなたは勝利を好み、とくに強い者を倒すことに喜びを見出す。私の兄を奪い、帝国全土を苦難のどん底に突き落としただけでは十分でなかったのですか？　さらに全ての者を震え上がらせようというのですか？　この殿方は、私の命の支えでした。すべての民にとっては慰め、年老いた父にとっては休息そのものだったのです。今日は私の人生最後の日であり、我が帝国の祝福された皇帝一族の最後の日となるでしょう。ああ、なんと運命は残酷で無慈悲なのでしょう！　なぜこの不幸な手で、この栄光の騎士のお世話をすることを許してはくれなかったのでしょう！　せめて私の傷ついた魂を癒やすために、何度も口づけをさせてください」

傷心の皇女は冷たくなったティランの体にあまりに強く口づけをしたので、鼻血が出て、目も顔も血だらけになってしまった。嘆き悲しむ皇女を見て同情の涙を流さぬ者はなかった。皇女はさらにこう言った。

「運命の女神の望みどおりに、私は今後、喜びを目に表わすことはありますまい。私は、かつては私のものであったティランの魂を探し求め、できることなら、その魂が安らっている祝福された場所へ参りましょう。生前、ティランに仕えることができなかったので、せめて死後は一緒にいてあげたい。ああ、貴婦人、侍女の皆さん、どうか泣かないで！　涙は現在の、そして将来の辛い出来事のために取っておいてください。これは私の苦しみなのですから、私だけが泣けばよいのです。ああ、私はなんと不幸なのでしょう！　私のティランはどこにいるの！　私はどうしても泣き叫んでしまう。目の前に私の血で汚れた体が横たわっているのに、その体に命はないのです。ああ、ティラン！　私の口づけを、涙を、溜め息を、受け取ってちょうだい。あなたにこうして差し上げられるものはすべて、あなたが私に残してくれたものだけなのですから。思い残すことがなければ死も受け入れやすいというものでしょう。あなたに差し上げた肌着は私のために残していってください。私の涙で洗い、あなたの剣の錆《さび》を落としてから、二人のお墓に入れましょう」

これだけ言い終わると、皇女は気を失ってティランの遺体の上に倒れてしまった。皇女の体は急いで遺体の上から下ろされ、医者たちが気付け薬を与えるなどの処置をしたので、すぐに意識を取り戻した。ほとんど生気を失った皇女は、すぐさま、またティランの冷たくなった体に覆いかぶさり口づけをした。髪を振り乱し、服もろとも胸や顔をかきむしり、皇女はほかの誰よりも悲しみに暮れていた。遺体の上で冷えた口に接吻を続ける皇女の熱い涙がティランの冷たい涙と混ざり合うのだった。あまりの辛さに、何か言いたくともことばにならない。震えた両手でティランの目を開け、まず口づけをしてから自分の目をその上に重ね、あふれる涙を流し込んだ。こうすると、あたかも死んだティランが、生きている皇女が苦しんでいるのを悲しんで泣いているかのように見えるのだった。透き通った涙が尽き果て、誰もが血の涙を流していた。皇女は自分のために命を落とした男の上で、一人取り残されて嘆いていた。そして火打石かダイヤモンドか鋼鉄でもなければ砕けないような、厳しいことばを吐いたのだった。

[第四百七十四章]――ティランの遺体の上でさらに嘆く皇女。

「極度の苦しみはことばで言い表わすことなどできやしない。私にとってはそれが何よりも辛い。私の体全体が一枚の舌に変わってしまったとしても、私の苦しさや、どれほど辛い思いをしているか、十分に表現することなどできはしない。私のような愚か者の頭でも、意地悪な運命の女神が悲しみをもたらし、私の哀れな心を苦しめることもあるだろうと、しばしば想像してはみたわ。私の人生に大きな不幸が降りかかってくることは確信していたから、苦しみの理由も分かっているの。私の苦しい心の奥底からは溜め息がこみ上げて来る。目からは尽きることなく涙が湧き出し、心を貫きずたずたに切り裂く。我が魂よ、ティランなしで、私の体にそう長く留まってはいられないと覚悟しなさい。おまえも私とともにお墓に入るのよ。死んでしまった後には、栄光に包まれるのも、苦しみに耐えるのも、二人の魂はいつも一緒。二つの魂は、命あるときには愛で結ばれていた。死んでからも、同じように一つのお墓の中で抱き合っていましょう。そうして私たちは、ともに栄光のときを生きるのよ」

皇女はさらに続けて言った。

「私の魂をティランのもとへ連れて行ってくださるのはどなたでしょう？　ああ、不幸な星のもとに生まれた私はなんと悲しい運命を背負っているのか！　私が生まれた日は日蝕、不吉な日だった。水は濁り、暑い真っ盛りだった。母は大変な痛みを感じ、死んでしまうのではないかと思ったとか。あの悲しい日に、私は死んでしまえばよかった。そうすれば、今、こんなに魂が傷つくことはなかったはずなのだから。天の王国を治めるお方、星の宮殿の大王様、聖なるあなたさまにお願いします。私がただちに死ぬことを止めようとする者たちを欺いてやってください」

嘆いている娘の様子に心を痛めた皇帝はこう言った。

「我が娘の悲しみと嘆きが尽きることはあるまい。今や永遠の生だけしか眼中にないのだから。騎士たちよ、力ずくでも納得ずくでもかまわぬ。娘を宮殿の部屋に連れて帰ってくれ」

皇帝の命令はすぐさま実行に移された。傷心の父帝は、こう言いながら後について行った。

「皆が哀れな様子で悲しんでいる。涙を流し、人びとの嘆きの叫びを聞くことで少しでも自らを慰めようとしているのじゃ。『騎士道を支えて来た騎士が死んだ』。我々はこう叫ぼうではないか。娘よ、余の所有するすべてのものの主であるお前は、自分のことにばかりかまけていてはいかんのじゃ。お前が悲しんでいるのを見ると余は生きた心地がせぬ。ほかの者たちにも辛そうな姿を見せてはならぬ。まるでお前に責任があるように見られてしまうではないか。罪というものは、とかく悲しんでいる者に着せられるものだ。後悔するのはよいが、お前に罪はない。泣くのはやめて、明るい顔を皆に見せてやれ」

皇女は答えて言った。

「ああ、お父様！　私を創ってくださったお父様！　どうか私の苦しみを察してくださいまし！　あのお方こそ私の心の慰めになってくださると思っておりましたのに。哀れな私は涙を止めることができません。沸騰した湯の泡のように、あとからあとから湧いて来るのです」

気の毒な父帝は、娘とそのほかの貴婦人たちがティランの死を悼んで涙に暮れているのを見て、その場にいたたまれなくなり、部屋を出て行ってしまった。寝台の上に座った皇女は言った。

「忠実な侍女たちよ、どうかこちらへ来て服を脱ぐ手伝いをしておくれ。泣く時間はこれからもたっぷりあるでしょう。まず頭の飾りを外し、それから服を脱がしてちょうだい」

そしてできる限りきちんとした姿勢をとって、こう言った。

「私はギリシャ帝国の後継者です。私は皆の者に、祝福された勇敢な騎士ティラン・ロ・ブランの死を悼んで、しかるべき喪に服すよう求めずにはおられません。ティランは私たちを悲しみのどん底に取り残して行ってしまいました。その悲しみはすべて私の上に降りかかってくるのです。ああ、私のティラン、私たちは右手で胸を叩き、顔をかきむしって、あなたの死をさらに強く悲しもうと思います。なぜなら、あなたは帝国の者たち全員にとって、紋章のような存在だったからです。ああ、美徳の剣よ、なんと悲しい運命が私たちを待ち受けていたことでしょう！　ティラン、私の記憶の中からあなたが消えてしまうことなど、あり得るとはお思いにならないでくださいませ。命ある限り、私はあなたの死を嘆き続けます。さあ、忠実な侍女たちよ、私に残された時はもうわずかなようです。私が涙を流す手伝いをしてちょうだい」

　皇女たちの泣き声と嘆きはあまりに大きかったので、都じゅうに響き渡るほどだった。皇女が半ば死んだ状態になってしまったのを見た侍女たちは、これほどの苦しみを与えた運命の女神を呪った。皇女を診た医者たちは、死相が表われていると言った。ティランの死を悲しむあまり、口から鮮血を吐くまでになっていたのである。

　娘の容態を聞いて、悲しみに暮れる皇后が部屋に入って来た。皇女の様子を見て、動揺のあまり、口をきくことさえできなかった。少し経って気を取り直した皇后は、こう言った。

「私は、女ながらも気持ちを強く持とうとしてはいますが、次から次へと難事が襲って来て、私を動揺させ、窮極の選択を迫ります。私がこうしてもっともな理由で嘆いているのを見れば、その理由が理由だけに、気丈なあなたの気高い心にも自ずと同情が生まれることでしょう。そう思えば少しは心の痛みも楽になるような気がします。このように悲しみの涙を流し、溜め息をついている私の正当な願いを聞き入れて、あなた自身と私を哀れんでちょうだい。ああ、我が娘よ！　あなたを産んだときには、もっと楽しい喜びが待ち受けていると思ったのに。あなたの婚約を喜んだときに、お父様と私、そして帝国の民はこんなことになろうとは夢にも思わなかったことでしょう。婚礼が行われるはずだった日々に、このような出来事が起ころうとは。これが結婚の喜びに溢れる新婦にふさわしい初夜の床だとでも言うのでしょうか？　こんな歌が婚礼のときにうたわれるべき歌なのでしょうか？　娘よ、教えてちょうだい。娘が新郎と結ばれる日に、両親がかけるべき祝いと励ましのことばがこれなのでしょうか？　ああ、なんて嘆かわしい。私の心の中にあるのは、悲しみや苦しみや辛さばかり。どちらを向いても嫌なこと、悲しいことしか目に入りません。皇帝陛下が床に横たわっていらっしゃるお姿が見えます。乙女や貴婦人たちが髪を振り乱し、顔を血だらけにし、傷ついた胸をさらけ出して悲しそうに叫びながら宮中を彷徨《さまよ》っているのが見えます。騎士や貴族の方々は皆、喪に服し、手をひねったり、髪をかきむしったりして悲しんでいらっしゃる。なんて悲しい日なのでしょう！　列をなしてやって来る司祭たちの悲痛な声が聞こえます。誰一人歌をうたうことができないのです。教えてちょうだい、こんな祭の日があるかしら？　悲しそうな表情を浮かべずに話ができる者など一人も見当たらない。こんな娘を持った母はなんと悲しいのでしょう！　娘よ、どうか明るい顔を見せてちょうだい。この陰気さをどうにかしてちょうだい。辛い思いをなさっておいでの年老いたあなたのお父様を慰めてあげて。そしてあなたを大事に育ててきた、この不幸な母も」

皇后は悲しみのあまり、それ以上話を続けることができなかった。

［第四百七十五章］――母である皇后に対する皇女の答え。

「もし、死ねるという望みが遠のいてしまったら」皇女は言った。「私は自分の命を絶とうと思います。お母様、私に楽にせよ、明るい顔をせよなどと、どうしてそんなことがおっしゃれるのでしょう？　私は自分の夫、主人となる、世界でただ一人の殿方を失ったのですよ。あの方は若いにもかかわらず力を発揮され、ばらばらだった人びとを一つにまとめて支配し、何世紀も、何千年も語り継がれるような栄光の勝利と名声を手に入れられました。戦場で自分の血を流すことも厭《いと》わなかった方なのです。ギリシャ人が戦争でこうむった屈辱を雪《そそ》いでくださったのもあの方です。ギリシャを倒した敵を攻め立て、私たちのために何度も勝利を収め、この地から追い出してもくれました。多くの貴族や騎士、公子の方々を異教徒のもとから救い出し、国に帰してくれもしたではありませんか。もう自らを守ることもできなくなっていた私たちを苦難から解放してくれたのもあの方です。あの方こそ、私たちの敵を脅かし、モーロ人の主立った王たちを屈服させ、虜にした方です。このように虚しくことばを費やすことにどんな意味がありましょう？　私は死ぬことなど怖くはありません。また、死を避けるべきでもないと思っています。あの勇敢な、ほかの誰よりも素晴らしい騎士に寄り添いたいのです。あの方は私の苦しみを倍にさせることもありましたが、今は終わらせてくれようとしているのです。私は何も恐れません。何でもないことを恐れても仕方がないではありませんか。ああ、苦痛よ！　私の傷をすべて暴き出しておくれ。この世に私ほど哀れな女はいないのだから！　さあ、歩き始めたこの道に終止符を打ちましょう。生と死が一つにつながるように。私の命があるうちに、庇護者であるお父様にここに来ていただいてください」──悲しみに沈む父帝がやって来ると、皇女は、傍らに寝てほしい、と優しく頼んだ。そして皇后にももう一方の側に横たわってくれるように頼んだ。こうして二人の間に挟まれた皇女は、次のように話し始めた。

［第四百七十六章］──皇女はいかに自分の気持ちの整理をし、公開で懺悔をすることにしたか。

「臆病な心よ、迷わずに言いたいことを言っておしまいなさい。勇気と善良な心においてはほかの騎士に優るとも劣ることなく、また、その腕前と才気においては誰にも負けることがなかった、かの名高いティラン・ロ・ブランを称えることばを悲しみに沈んだ胸の中から口いっぱいに吐き出してごらんなさい。あらゆる点で優れた、完璧な才能を持っていたあの方に欠けたところがあったとすれば、それはほんの少しの王族の血でしょう。しかし、今は、そのようなこの世の虚飾など捨てて、本当になさねばならぬことに集中しましょう。なぜなら、私の魂がこの体を抜け出て、ティランのもとへ行きたがっていることが分かるからです。ですから皆さん、どうか私の告白を聞いてくださる神父様を呼んで来てください」(この神父は、聖フランシスコ修道院の長を務め、聖なる神学に造詣《ぞうけい》が深い博学の人物であった。)

神父が到着すると、皇女は言った。

「神父様、私はここにいる皆の前で、公開で懺悔《ざんげ》をしたいと思います。私は罪を犯したことを恥じてはおらず、したがって、それを告白することも恥ずかしくは思わないからです」

そして、こうことばを続けた。

「罪深き私は、我らが主と聖母マリア、そして天国においでのすべての聖者、聖女の方々に、神父様、あなたを通して、私がイエス・キリストのご意思に反して犯してきた数々の罪を告白申し上げます。まず第一に、私はカトリックの聖なる教えと、母なる教会の秘蹟《ひせき》を堅く信じて疑わないことを宣言します。そしてこの聖なる信仰のうちに生き、死んでいきたいと思うのです。私は生も死も我が神、我が創造主に捧げます。その教えに反することはどんなことでも無効であると見なし、拒絶することを今、そして死を迎えるときにも、変わらぬ思いで宣します。そのうえで、罰を受けても当然である罪人として、私は告白いたします。私は父上のお許しを得ずに、その財宝の一部をティランに与えました。帝国の大貴族たちの中で、ティランが立派に見え、気前よく振舞えるようにしてあげたかったからです。皇帝陛下、どうか私をお許しください。私にくださるおつもりのものの中から、その分を減じてください。我が主たる神に、そして聴罪司祭である神父様にも告白申し上げます。私は心からその罪を悔いております。さらに、神父様、私はもっと重い罪を犯しているのです。今は私の婚約者であるティランが、聖なる教会にお認めいただく前に私の貞操を破ることに同意したのです。この罪を悔い、イエス・キリストと神父様にお許しいただきたいのです。神父様、私は我が神、創造主を十分に愛してきませんでした。自分の時間の大部分を虚栄や、魂のために役立たないことに割いてきたからです。このことを我が主にお詫《わ》びし、神父様に懺悔申し上げたいと思います。私は善き娘として、父と母をしかるべく尊敬し、愛し、二人に従順であることを怠ってきました。ときにはそのことばに耳を傾けようとせず、私自身の魂が傷ついたこともありました。このことについても、神であり創造主であられるお方のお許しを求め、神父様に懺悔申し上げたいのです。そのほか、私が犯し、あるいは心に抱いてきた様々な罪のすべてを覚えているわけではありませんが、もしそれを思い出すことができ、十分な時間が私に残されているのであれば、許しを乞い、懺悔いたしたいと思います。我らがために受難に耐えてくださったお優しい主イエス・キリストのお慈悲におすがりします。どうかこの私の罪をお許しください。神父様、私は、数々の罪を犯さねばよかったと心から悔いております。どうかお許しください」

聴罪司祭は皇女の全般的な罪の告白を受け入れ、それを許し、赦免してやった。というのも、神父は、教皇の大勅書によって、コンスタンチノープル皇帝とその子孫たちの罪を、死に際して許し、赦免する権限を与えられていたからである。この特別な権利は、教会に様々な寄進をすることによって、歴代ローマ皇帝が得たものであった。

罪の赦免が終わり、皇女は、イエス・キリストの尊い像を持って来てくれるように頼んだ。皇女がその像を丁重に迎えると、部屋にいた人びとは、その意志の強さに感嘆したのだった。像の前で長々と祈りを捧げるその姿を見れば、心が鉄でできているのでない限り、溢れ出る涙を抑えることができる者は世界じゅうに誰一人いなかったであろう。

心の内を吐露し尽くした皇女は、皇帝の秘書官を呼び寄せ、皇帝に向かってこう言った。

「父上、よろしければ、私は自分の財産と魂について遺書を作ってもらいたいのですが」(というのも、皇女はバナシーという広大な伯爵領と、膨大な数の衣装や、大変な値打ちの宝石類を持っていたからである。)

皇帝は答えた。

「娘よ、なんでも好きなようにするがよい。余が許可を与える。お前がいなくなってしまったら、余の命と財産も無に帰してしまうのだから」

皇女は父帝に深く感謝し、秘書官の方を向いて、次のような遺書を認《したた》めさせた。

[第四百七十七章]──皇女の遺書。

「この世のものはすべてはかなく、過ぎ去って行くものである。肉体の死からは何人《なんぴと》も逃れることはできない。死は必ず襲ってくるものである。賢い者なら将来の備えを怠ってはならない。なぜなら、この惨めな世の巡礼が終われば、よろこんで創造主のもとへ帰って魂の中身を洗いざらい御報告申し上げねばならないからである。そのときを楽しみに、冷静沈着なコンスタンチノープル皇帝の娘にしてギリシャ帝国の継承者である私カルマジーナは、病を得て、死を望むとともに確信し、冷静にして確固たる明確なことばで、父である皇帝陛下、母である冷静沈着な皇后陛下、ご自分の自由なご意思をお持ちのこの両陛下の御前にて、神イエス・キリストの名のもとに、私の最後の意思をこの遺書に記させるものである。

まず私の意思の代行者、この遺書の執行者として、高貴なるマケドニア公爵ディアフェブスと、その妻、高貴なるアスタファニアを指名し、私の意思のすべてをその手に委ね、その実行を切に願うものである。

上記の代行者には、良心に誓って私の体をティランの遺体とともに、ティランが希望した場所へ運んでくれるように計らってほしい。生きている間に一緒に暮らせなかった以上、少なくとも死後は、世界の果てまで寄り添っていたいと思うからである。

さらに、私の所有する伯爵領、衣装、宝石類は売却し、その代金を結婚持参金として侍女たちに、それぞれの身分と職種に応じて代行者がふさわしいと思った額を分け与えること。また、私の魂を慰めるために、私の財産の中から、代行者が適当と思う額を割いてよい。そのほかのギリシャ帝国内の私の財産と権利については、聡明なることこの上ない皇后陛下を相続者とする。また、皇后陛下は私に代わり帝位の継承者となっていただき、私に代わって、すべての権利を自由に行使していただきたい」

こうして財産と気持ちの整理をつけた皇女は、父帝と母、皇后の手と口に何度も口づけして別れを告げ、謹んで許しと祝福を乞うた。

「ああ、なんと私は哀れで、悲しいことでしょう！」皇女は言った。「私のせいで皇帝陛下は死んだようなお顔をなさっていらっしゃる。片方ではティランの死に引かれ、もう一方ではおとう様に未練が残る。私はどちらへ行けばよいのでしょう」

気の毒な父帝は、苦しみの涙を目に溢れさせ、死に行こうとしている娘を前に話すことさえできない。娘のかくも苦しげなことばを耳にし、部屋の中のみならず宮廷じゅうに嘆き悲しむ声が響くのを聞いて、居ても立ってもいられず、半狂乱になり、死人のような顔色で、寝台から起き上がって出て行こうとした。しかし、起き上がった途端に床に倒れ、そこで気を失ってしまった。人びとは皇帝を抱いて別室に運び、寝台に寝かせたのだが、そこで娘の皇女よりも先に他界してしまったのであった。

皇帝の死を嘆く叫びがあまりに大きかったので、皇后と皇女の知るところとなった。皇后が大急ぎで駆けつけたときには、皇帝はすでにこの世の人ではなかった。

哀れな皇后がどのような有様だったかは想像に難くない。夫、娘、そして娘婿の死を見なければならなかったのだから！　この日の宮殿内の様子がどうだったかなどとは聞いてほしくない。たった一日の間にこれほど多くの不幸があったのである。

皇女は言った。

「どうか私を寝台の上に座らせてください。そして私の言うことをお聞きなさい。皆さん、ご存じのように、父、皇帝が亡くなった今、ギリシャ帝国を継承するのはこの私です。ですから、騎士の皆さん、皆さんが前帝に対して持っていたのと同じ忠誠心を私に持ってくださるという証明に、皇帝のご遺体とティランの遺体をここへ運んで来てください」

こう言われては逆らうわけにもいかず、皇帝の遺体は右に、ティランの遺体は左に置かれた。皇女はその真ん中に横たわり、父帝に数回、ティランにははるかに多く口づけをした。そしてこう言った。

「ああ、私はなんと不幸なのでしょう！　ティランに捧げた極限の愛情が、これほど酷い苦しみに変わるとは！　ティランの魂よ、宮殿の宴に現われてちょうだい。そうすれば私はあなたのために死んで、この大きな苦しみと痛みから遠く離れることができるのですから」そして小さく頼りなげな声で叫んだ。「残酷で、悪辣《あくらつ》な死よ、お前の武器を私に向けるがいい。私のすぐそばに、かつて私のものだったティランがいる今なら喜んで死にましょう。酷い苦しみに苛《さいな》まれたおかげで、気がどうかなってしまいました。愛情と恐れの間で揺れ動いているのでなければ、とっくにこの苦しみを自分の手で終わらせてしまっているでしょう。騎士の方々、よくご覧ください。恋に落ちている方々は、私が幸せであると思われるのなら、私を手本になさってください。私の片側には皇帝が横たわり、もう片側には世界最高の騎士が横たわっています。これほど素晴らしい道連れとともにあの世に行けることを喜ぶべきなのでしょうか？　これほど苦しんだ末に他界しても、あの女は、この世に生きている間、無邪気なあまり楽しみを味わうことができなかったということばかりが取り沙汰されるでしょう。さあ、死よ、いつでも好きなときにいらっしゃい。落ち着いて迎えてあげましょう。しかし、自然の主であり、自然にはたらきかけることのできる神よ、あなたのお慈悲によって、ラザロに行った奇跡をティランにもなさってください。ここであなたの限りなく大きな力をお見せください。私はティランに命と健康が戻るかじっと見ておりましょう。もし、ティランを許していただけないのでしたら、私の死を免じることもなさらないでください。私はこの人なしで生きていたくはないからです。そして、自分がティランへの愛に殉じたということをいつまでも人びとの記憶に留め、誰からもその点については後ろ指をさされることがないようにしたいのです。ああ、我がイエス・キリストよ！　私は武器を置いて降伏します。私の魂は、これ以上、この体に留まっていたくはないようです。足も、もう、何も感じなくなってきました。私の忠実な友、姉妹たち、どうかこちらに来て一人ずつ口づけしてちょうだい。そうすれば少しでも私の辛さが分かるでしょう」

貴婦人や侍女たちは皇女のことばに従った。最初はエチオピア女王で、次はフェス女王だった。マケドニア公爵夫人、そのほかの貴婦人、皇女と皇后の侍女たちと続き、皆、その手と口に口づけした。そしてぽろぽろと涙を流しながら、皇女に悲しみの別れを告げたのだった。

これがすむと、皇女はへりくだった態度で、皆に様々なことについてまとめて許しを乞い、涙を流し、苦しそうな溜め息をつきながらこう言ったのだった。

「私は幸せと休息を求めて、私の主人、命となるはずだった人のもとへ旅立ちます。もしあの方が生きていらしたら、私たちの婚礼の日に、あなた方侍女のうち百人にも花嫁になっていただき、私の財産の中から満足がいくだけの持参金を分けてあげられましたのに。しかし運命の女神は、このような結末を望んだのでした。今となっては、私は誰に対し、愛を、幸せを、そしてわずかながらの希望を求めればいいのでしょう？　私は、自分が、祝福された聖水で洗礼を受けていないのではないかとさえ思えてしまいます。私の洗礼のときの水は、苦しみの水だったのではないのかしら。そのために、皇帝の一族でありながら、自分でも呆《あき》れるほど不幸な運命をたどらざるを得なかったのではないでしょうか。不公平な運命の女神に、これ以上、足止めされたくはありません。あの世の幸福と栄光に早く触れたいのです。ティランが、輝く光の中で私を待っているのが見えるのです」
皇女は十字架を近くへ引き寄せて、それをじっと見つめながら、心をこめて次のように続けたのだった。

［第四百七十八章］——皇女の最後のことば。

「ああ、我が主、イエス・キリストよ。あなたは十字架にかかって苦しみ、死ぬことを選ばれました。罪深い人びと、そして罪深い私をお救いくださるために。どうかあなたの宝の箱を開いて私にも苦しみの一滴を味わわせてください。そうすれば、罪深い私がこの世であなたの教えに背いて犯してきた数々の不正を嘆く助けになりましょう。神よ、お願いです。私の心に苦しみと同情をお与えください。そして、あなたが罪深い私に経験させ、耐えさせようとなさった苦痛を嘆くことができるようにしてください。私がキリスト教徒として修道女の衣をまとって死ぬことができるように、格別のお計らいをお願いいたします。私は、我が創造主、神、そして隣人に対して犯した様々な罪や過ちを、進んで、心から懺悔いたしました。確かに、私は、自分の時間を正しく使って生きてきたわけではありません。もし神が時間をくださるならば、自分の人生を矯正しようという意思はあります。イエス・キリストの聖なる受難と死がなければ、この世に救われる者など一人もいないでしょう。私を救い、全人類を悪魔の手から救い出すために、神の子は十字架にかかられたのだと思います。私は今まで生きてきたなかで、そのキリストから授かった様々なものに感謝し、その名を称えます。我が主よ、かけがえのない我がイエス・キリストの死が、私を自分の罪から引き離し、あなたの審判において私を弁護してくださるのです。そうでなければ、私はあなたのお裁きに耐えられないでしょう。我が主よ、かけがえのない我がイエス・キリストの死が私をあなたの怒りから護ってくれるのです。我が父、我が主よ、あなたのかけがえのない手に私の魂をお預けします。なぜなら、慈悲深く憐れみ深いあなたは私をお救いくださったからです。我が栄光の主よ、あなたは私を繋ぐ縄を断ち切って解放してくださいました。感謝のしるしに、讃美の捧げ物をし、あなたの聖なる名を称えます。私は心の底からその名を叫び、お助けを求めます。私は、ご自分の姿に似せて私をお創りくださった父なる神と、悪魔の手から私を救うために受難なさった御子イエス・キリスト、そして私の体の隅々にまで行き渡っている聖霊の名のもとに逝きたいと思います。また、聖なる天使、大天使、座天使、主天使、権天使、能天使(60)、聖なる族長、預言者、使徒、殉教者、聴罪師、修道士、聖処女、聖寡婦、禁欲者、そのほか天国においでのすべての聖者、聖女の名のもとに逝きたいと思うのです。憐れみ深く、慈悲深い神よ、あなたの数多きお慈悲によって、懺悔する者の罪をお消しください。また、犯した罪を許し、罰を解いてください。祝福された聖者、聖女の皆様の徳と祈りに免じて、あなたの罪深き下僕である私を優しくお見守りください。神よ、罪深き私は告白によってあなたに体をお預けします。どうか私の祈りを聞き入れ、多くの罪からお救いください。強大なる神よ、肉体の軽率さゆえに私の中で腐ったり、失われたりしたもの、悪魔の誘惑に負けて損なわれたり、付け加わったりしてしまったものをどうか元に戻してください。どうか私をお助けください。あなたの聖なる教会に属する私を、あなたに救われる者の中に加えてください。あなたの下僕である私の呻き声を憐れとお思いください。私はあなたのお慈悲だけを信頼し、それにすがってきたのですから。神よ、ノアを洪水から解放なさったように、私の魂を解放してください。そのように魂を解き放っていただきたいのです。普通の人間の死からは自由であったエリヤ、エノクのように、私の魂が、地獄の苦しみ、そのすべてのしがらみ、労苦、そして地獄の悪辣な住人の手から自由でいられるようにしてください。父アブラハムが手にした短剣によって生け贄《い にえ》にされそうになったイサクをお救いになったように私の魂をお救いください。ソドムとゴモラの市《まち》が滅びたときに難を逃れたロトのよ

(60)　座天使以下は、いわゆる天使の九隊に含まれる天使の種類。

うに、また、エジプト王ファラオの手からモーゼをお救いになったように私をお救いください。ライオンの洞窟からダニエルを解放なさったように私の魂も解放してください。あるいは燃えさかる炉から助け出されたシャデラク、メシャク、アベデネゴ[61]のように。ホロフェルネスの手を逃れられたユディット[62]のように。カルデア人[63]から救われたアブラハム、苦しみを癒やされたヨブ、濡れ衣を晴らすことができたスザンナ[64]、サウル[65]や巨人ゴリアテの手を逃れられたダビデ王、繋がれていた牢獄から助け出された使徒聖ペトロと聖パウロ、残酷な拷問から救い出された聖女テクラ[66]のように。もし御心にかなうならば、私の魂も地獄の苦しみからお救いください。そして清い魂が、今もこの先も憩うという天国へお連れになって永遠の喜びを味わわせてやってください。栄光の主よ、私の魂をあなたにお預けしますので、どうかないがしろになさらないでください。あなたは魂の救済のために地上に降りていらしたのですから。あなたのお創りになったものたちは、異教の神々によってではなく、唯一、真に存在する神であるあなただけによって創られたのだということをお認めください。なぜならあなた以外に神はなく、あなたのなさる業をなすことができる神などほかにはいないからです。栄光の主よ、尊いあなたがいらしてくださることを私の魂は喜んでおります。どうか私の心労や、悪しき心が赴くままに犯した馬鹿げた過ちをお忘れください。主よ、私は確かに罪や過ちを犯しましたが、いつも父と御子と聖霊にきちんと告白して参りました。ことばだけであらゆるものを創造された、万能の神であるあなたの存在を固く信じ、敬い、称えて参りました。こうして謹んでお願いいたします。我が神よ、あなたの大きなお慈悲によって、私の若い頃の罪や無知はお忘れになり、今の私だけを覚えていてください。そして天上のあなたの栄光の天国の扉が私に開かれますように。偉大で全能の、栄光に満ちた我が神よ、この世で死んだ後もあなたとともに生きられますように、私の魂をお預けします。主よ、あなたのお慈悲で、軽薄な生き方ゆえに犯した罪を洗い流して私を清めてください。主よ、あなたの聖なる両手に私の魂をお任せしますので、暗黒の王が私を傷つけぬようにしてください。憐れみ深い我が神よ、どうか私をお守りください。あなたのもとへ戻って行く私の魂を受け入れ、天上の服を着せ、永遠の命の水を飲ませてやってください。

(61) アベデネゴは、ネブカドネザルが造った金の像を礼拝することを拒んだために炉に入れられたが、神の助けで無事だった。(ダニエル書)
(62) 寡婦ユディットは、アッシリアの将軍ホロフェルネスを殺してユダヤを救った。(創世記)
(63) バビロニアを支配していた古代セム人。(エレミア書ほか)
(64) スザンナは、美貌の彼女を我がものにするために、ありもしない不貞の嫌疑をかけた長老二人の手から神によって救い出された。(ダニエル書)
(65) ダビデに人々の人気が集まるのをねたんだイスラエル初代の王。(サムエル記上ほか)
(66) キリスト教で、伝説上の聖女。聖パウロの弟子であったとされる。

ほかの皆とともに楽しみ、博学の人たちとともに学び、殉教者たちとともに冠をいただき、族長、預言者たちとともに憩い、イエス・キリストの聖なる使徒たちに従い、聖なる天使たちとともにあなたの聡明さに触れ、天国の建物の中で永遠の愉悦に浸り、智天使や上位天使たちとともにあなたの威厳を仰ぎ見ることができるようにしてください。地獄のくびきと刑罰から私をお救いください。この世の監獄の中からあなたの名を呼んでいる、下僕の魂をお受け取りください。祝福された天国、その永遠の光の中で憩えるように、そしてあなたがお選びになった聖人たちとともに、永遠の命と栄光を享受できるようにお取り計らいください。ああ、愛と善意に満ちた神よ！　あなたは許すことしかなさらぬ、死後の癒やしでいらっしゃる。主よ、私の魂が地上の悪徳を払い落とし、あなたに救われる者の一員となれますように。私をお創りくださった神にこの身を委ねます」

このように語るうちに、皇女の魂は創造主に引き渡された。大勢の光り輝く天使たちがその最期を見守るなか、その魂は、皇女を待つかのように隣に横たわるティランの魂とともに天に運ばれていったのだった。

［第四百七十九章］――皇女の死を悼み、嘆く声。

こうして、ギリシャ皇帝家は最後の直系の後継者を失ったのである。皇女は何度も惨めな思いをし、多くの苦難に疲れた後に、幸運の女神もこれを認めたのか、安息を得ることができた。人生の絶頂にあると思われたときに命を落とすこともあるのであるから、まことにこの世の成功などは信頼するに足りないものである。

皇女がこの世を去った後、宮殿は灯《ひ》の消えたような寂しさであった。宮殿内の泣き声や嘆きはそのあまりの大きさに、都じゅうに響きわたるほどであった。また、ティランや皇帝の死を悼む声も、それとともにさらに高まったのだった。

医者たちも、気を失ってしまった皇后に正気を取り戻させることができなかった。イポリトは、皇后が死んでしまうのではないかと、自らの頭や顔を叩いて心配した。様々な薬が処方され、およそ一時間後にやっとのことで皇后の意識は戻ったのである。イポリトは終始そのそばに付き添って、皇后の額を撫でたり、顔にバラ水を振りかけたりしていた。意識が戻ると、イポリトは皇后を腕に抱いて部屋へ連れて行き、寝台の上に横たえた。

イポリトはそれから片時もそのそばを離れず、いろいろ慰めのことばをかけたり、元気づけるために何度も口づけをしたりした。それは、慰めるためでもあったが、二人の心の中にあれ以来ずっと秘められていた愛情を蘇《よみがえ》らせるためでもあったのである。皇后は、常に善良で優しく、また従順なイポリトのことを娘や自分自身よりも愛しく思っていた。

このときイポリトは、それほど悲しんでいたわけではないということを言っておかねばならない。なぜなら、ティランが死に、さらに皇帝と皇女が死ねば、自分が皇帝になれるだろうと計算したからである。というのも、皇后に愛されているということは確信していたし、皇后は恥も外聞も気にせずに、自分を夫そして子のように遇するだろうと思っていたからである。老寡婦が、若い頃の不幸を償うために息子を夫の如く愛することは珍しくないのである。

イポリトとしばし話をし、その口づけのおかげで悲しみもいくぶん薄れたので、皇后はこう言った。

「私の息子、私のご主人様、あなたを見込んでお願いします。亡き皇帝陛下、我が娘、そしてティランのためにきちんとした葬儀を準備してください。それがのちのち私たちの望みをかなえるためには、有益なのですから」

皇后の愛あることばを聞いたイポリトは、その手と口に口づけして、なんでもおっしゃるとおりにする、と答えた。

イポリトは三人の遺体が横たわっている皇女の部屋へ行き、皇后に代わって、まず、ティランの遺体を教会の祭壇に運ぶように命じた。この命令はすぐに実行に移された。その後、外科医に命じて皇帝と皇女の遺体を香料で処理させた。それからイポリトは聖ソフィア大寺院にティランの祭壇よりもはるかに高く立派な祭壇を作らせ、皇帝にふさわしい見事な金襴緞子で飾らせた。そこへ皇帝の遺骸を運ばせ安置した。皇女の遺体はティランの遺体の右側に安置させた。

都じゅうに、皇帝、皇女、あるいはティランの死を悼んで喪に服したい者は、男女を問わず指定した所へ行けば喪服用の生地を与えるというお触れを出した。丸一日経った後には、外国人を含む宮中、都の人びと全てが喪服を着用していた。さらにイポリトは、コンスタンチノープルから旅程二日以内の地に住む司祭、修道士、修道女らを全員都に集め、葬儀を執り行わせることとした。こうして集められた聖職者は千二百人に達した。

皇帝が亡くなって二週間後にその墓所が決定された。ギリシャじゅうの貴族に、武功で貴族になった者、爵位を相続した者の別を問わず、皇帝の葬儀に出席するように、というお触れが出された。

その後、皇帝とイポリトの名でアスカリアヌ王へ使いが送られ、皇帝と皇女の葬儀と、さらに王の親友であり義兄弟でもあったティランの葬儀への出席が要請された。皇女とティランの婚礼ではなく、葬儀への出席となってしまったわけである。アスカリアヌ王は、神もお喜びになるだろうから、もちろん出席する、と返事をよこした。ただ、コンスタンチノープルには、別の嬉しい理由で入城したかったものだ、と書き添えてはあったが。王はさっそく自軍の態勢を整え、将軍たちに自分が戻るまで動かぬようにと命令した。そして百騎を連れてコンスタンチノープルへと向かった。

［第四百八十章］──ティランの縁者たちは、いかに会合を開いて、誰を皇帝にすべきかを話し合ったか。

人びとが集まり始めている間に、イポリトは、シチリア王、フェス王、マケドニア公爵、リサナ侯爵、ブランシュ子爵、そのほかのティランの縁者に一室に集まってもらい、会合を開いた。イポリトは次のように口火を切った。

「我がご主人方、我が兄弟たちよ、皆さんも、我らが父であり、主人であったティランの死が大きな損失であることは、よくお分かりのことと思われます。というのも、ティランは皇帝となり、それとともに我ら一党も繁栄を享受できるはずだったからです。その望みが失《う》せた今、今後のことを話し合わねばなりません。皆さんが御承知のとおり、現在、帝国全土は皇后陛下の支配下にあります。皇后陛下はご高齢ではありますが、我々以外のどなたか地位の高い方が皇后陛下と結婚なされば、その方は帝位に即《つ》くことができるわけです。そして皇后陛下がお亡くなりになった後に、全権を握った皇帝は、我々異邦人を迫害しないとも限りません。したがって、我々のうちの誰かが皇帝となり、その者を皆で盛り立てていくのが得策ではないかと思うのです。そうすれば皇帝となった者は、我々皆によいような施政を行うでしょう。どうか皆さん、意見をおっしゃってください」

イポリトはこう話し終わった。続いてシチリア王が発言し、この中から皇帝を選ぶことに異存はない、誰が最も適当か話し合おうではないか、と言った。

縁者の中で一番位の高いフェス王は、こう言った。

「我がご主人方、我が兄弟たちよ、我々の一人が選ばれて皇帝となることに賛成だ。しかし、我々はティランの遺言にも忠実であらねばならないと思う。また、皇女の遺言も尊重せねばならない。二人の遺言状を見て、誰が最もふさわしいか考えようではないか」

全員がフェス王の提案はもっともであると思った。そしてティランの秘書官と、皇帝の秘書官を呼び、二人の遺言状を読ませた。朗読が終わり、秘書官が出て行ったところで、マケドニア公爵が発言した。

「我がご主人方、我が兄弟たちよ、どうやら選択すべき結果ははっきりしており、議論をするまでもないようだ。我らが善き縁者、我らが主君は、ギリシャ帝国内で獲得した全権と、前皇帝によって与えられたすべての権利、および帝国の継承権を、ここにいるイポリトに残すとしているからだ。また、皇女様は母上である皇后陛下に帝国全土を譲るとおっしゃっている。そのうえ我らが知っているとおり、以前よりイポリトが皇后陛下と親交があることからしても、彼が皇后陛下を妻とし、皇帝となることが正当であろうと思う。善良で徳高いイポリトは、必ずや、我々一人一人の世襲の権利を維持してくれるであろう。なぜなら、我が一族の一員だからだ」

続いて、艦隊司令官のリサナ侯爵が発言した。

「皆さん、私はマケドニア公爵のおっしゃるとおりだと思います。イポリト以外の者は妻を持っていますし、ティランもイポリトを皇帝にすべきだと言っているのですから」

ほかの者たちも皆、賛成し、満場一致で、イポリトが皇后と結婚して皇帝となることになった。縁者たちが示してくれた好意にイポリトは深く感謝した。そして、自分が皇帝になった暁には、必ずや皆に満足のいくような施策をし、好意に応える、とイエス・キリストと聖母マリアの名に懸けて誓った。こうして、葬儀が終わり次第、イポリトを皇帝に選び、皇后との婚礼を行うことが決定された。

〔第四百八十一章〕――アスカリアヌ王はいかにコンスタンチノープルに入城し、皇后に挨拶したか。

徳高きティランの縁者たちがこのような結論に達した翌日の夜、寛大なるアスカリアヌ王が喪服を着用し、部下を率いてコンスタンチノープルに入城して来た。王と王妃は、来訪を喜ぶイポリトの丁重な歓迎を受けた。イポリトはアスカリアヌ王を、宿舎となる宮殿の中の美しく調度の整った部屋に案内した。それからすぐに、この部屋にシチリア王、フェス王、マケドニア公爵ほか大勢の騎士たちが挨拶に訪れ、歓迎の意を表した。しばらく挨拶が続いた後、アスカリアヌ王はその場を離れ、供は連れずに王妃の手を取って、イポリトとともに、皇后に挨拶をしに行った。

皇后の部屋に入ると、アスカリアヌ王は丁重な挨拶をし、皇后は満足げな様子で王を優雅に抱擁し、弔問に感謝した。そして王の手を取って隣に座らせた。アスカリアヌ王は次のように話し始めた。

「ギリシャ帝国皇后陛下の名声は世界じゅうに鳴り響いております。私はかねがね陛下にご挨拶申し上げることを楽しみにし、なんとか尊き陛下のお役に立てないものかと考えて参りました。我が義兄弟にして主人である徳高き騎士ティラン・ロ・ブランに対する友情も、私がそう考える理由の一つでもありました。私はティランを深く尊敬しており、生き返らせることができるものなら、神とティランのおかげで手に入れることができたものばかりか、私の余生の三分の二を差し出してもよいほどです。私はティランを慕っていたからこそ、国を出て、帝国全土を取り戻す手伝いをしに来たのです。私の妻である王妃も、我が義兄弟ティランと徳高き皇女の婚礼に出席するためだけにやって来ました。二人が他界してしまったことが私には残念でなりません。どちらも非常に徳の高いお方だったのですから。二人に代わって一生、皇后陛下にお仕えすることができれば望外の幸せです」

アスカリアヌ王がことばを終えてから、少し間があった。皇后は小さな声で次のように話し始めた。

「あなたさまのような寛大で徳の高い王が私にそのようなお優しいおことばをかけて

くださるとは、とても光栄なことです。お話ができるだけでも感謝申し上げねばならぬほどですのに。わざわざお越しいただきありがとうございます。また、帝国の失地回復を成し遂げるためにいろいろご苦心いただき感謝に堪えません。神のご加護と、あなた方、そして我が息子ティランの尽力のおかげで、幸い、その偉業は達成されました。しかし、その代償として、この世で最も素晴らしい三人を失わねばなりませんでした。私は、今現在、そして今後、この世で持つことができる最も大切なものをなくしてしまったのですから、それを素直に喜ぶことはできません。私はこれからの悲しい一生を、涙ながらに過ごしていかねばならないでしょう」

皇后はこれ以上、ことばを続けることができず、泣き崩れてしまった。アスカリアヌ王も思わず貰い泣きしてしまった。二人してひとしきり泣いた後、アスカリアヌ王は、とても優しいことばで皇后を慰め始めた。そのおかげもあって、皇后もだいぶ落ち着きを取り戻したので、アスカリアヌ王は皇后のもとを辞した。すでに夜も更けていたので、休むことにしたのである。

一方、イポリトは、その晩、皇后と床をともにしに行った。イポリトは、縁者たちと相談したことを皇后に報告し、皆が、その結論に賛同したことを告げた。

「皇后様を、私が妻にせよ、ということです。私は、自分にそんな資格がないことはよく知っています。夫はおろか、下僕にも不足でしょう。しかし、私があなたさまの虜になっていることは、愛情深く、徳高い皇后様なら認めていただけることと思います。どうか私を信じてください。私は全力であなたさまにお仕えし、どんなご命令にも従います。今までお持ちになったどんな家来よりも従順であるように努めます。私が皇后様にお仕えすることをお認めいただけることほど私にとって嬉しいことはないのですから」

それに答えて、皇后はこう言った。

「我が息子イポリトよ、私があなたをどれほど愛しているか知らないわけではありますまい。妻にしていただけるなら、幸せです。我が息子にして主人のイポリト、私は確かに年寄りですが、私ほどあなたを愛している者はほかにはいないでしょう。あなたをきっと大切にしますし、きっとうまくいくことと思います。今まで、あなたの徳の高さと優しさは十分に見せてもらっています。私はほかのどんなことよりも、あなたを夫にすることを望んでいるのです」

イポリトはこれを聞いて、皇后の足と手に口づけしようとした。しかし、皇后はそれを許さず、抱き締めて口づけした。その晩、二人は、葬儀を待ちながら祭壇に横たわっている者たちのことにはあまり頓着せずに、楽しく過ごすことができた。

翌朝、太陽神ポイボスが地上に光線を投げかける前に、皇后と愉悦の一夜を過ごし、新たな喜びに燃える勤勉な騎士イポリトは起き出し、皇帝の葬儀に必要なことをすべて指示した。

葬儀の当日、招待を受けたすべての貴族、騎士たちはコンスタンチノープルの都に集まって来た。第一日目には皇帝の葬儀が行われた。その照明はいまだかつて、世界のどんな君主の葬儀でも見られたことがないほど素晴らしいものであった。葬儀には王侯貴族、騎士たちが数多く参列した。名君を失ったことを嘆き悲しむ都の人びとも参列し、聖職者たちは、聞く者すべてに滂沱《ぼうだ》の涙を流させずにはおかない悲しげな声で歌い、自らの務めを果たしていた。こうしてその日、皇帝の葬儀は荘厳に執り行われた。

二日目には、同じ形式で皇女の葬儀が執り行われた。三日目は、ティランの葬儀であった。

人びとは、この三日間に一年分の涙を流し、一年分嘆いたのだった。儀式がすべて終わると、皇帝の遺骸は碧玉に黄金とアジェライトで象嵌《ぞうがん》をほどこし、繊細な技術で皇帝の紋章を彫り込んだ見事な墓に入れられた。この墓は、だいぶ前に皇帝が作らせておいたものである。ティランと皇女の遺骸は、ブルターニュまで運ばねばならないので、木製の棺《ひつぎ》に入れられた。

これらのことがすべて終わると、シチリア王、フェス王、そしてマケドニア公爵はアスカリアヌ王のもとへ行き、ティランの縁者の会合でイポリトを新皇帝とすることに決まった、と報告した。アスカリアヌ王は言った。

「あなた方の決められたことに私は大変満足しています。というのも、イポリトが徳の高い、善き騎士であることを知っているからです。彼こそ皇帝にふさわしい人物です」

一同が王に、ともに皇后のもとへ使者として行ってもらえないか、と頼むと王はこれを快諾した。こうして三人の王とマケドニア公爵は連れ立って皇后のところへ行った。男性、女性を問わず、使者にこれほど豪華な顔ぶれがそろったことは、いまだかつてなかった。皇后の部屋に入ると、皇后が王たちを大変丁重に迎えた。皇后はアスカリアヌ王とシチリア王の二人と手を取り合って皇帝用の壇上にあがり、二人の王に挟まれる形で椅子に腰掛けた。皇后への進言はアスカリアヌ王がすることになっていたので、王は張りのある声で、力をこめて次のように話し始めた。

［第四百八十二章］――ティランの縁者たちは、いかに皇后にイポリトと結婚するよう進言したか。

「高貴なる皇后陛下、これまで我々に対して皇后陛下がお見せくださったご好意に甘え、あえて、我々が良かれと思う提案をさせていただきたいと存じます。受け入れていただければ幸甚です。ここにおります我が主人にして兄弟でもある者たちと私は、陛下のお苦しみを少しでも軽くし、傷ついたお心に平安を取り戻していただくためには、こうしてお独りでいらっしゃるのはよろしくないのではなかろうかと考えた次第でございます。また、陛下は様々な重大な決定を下さねばならず、お独りでは大変に過ぎるとも存じます。そこで、徳高く、名誉ある陛下を心からお慕い申し上げる私どもといたしましては、夫君をお迎えになっていただきたいのでございます。我々がお勧めする騎士は徳高く、善良で、陛下に忠実に仕え、陛下を大切にお慕い申し上げるはずで、必ずやご満足いただけるものと確信しております。どうか、私が申し上げることにお怒りになられぬようお願い申し上げます。陛下もご存じのとおり、善き騎士ティランには、その活躍でギリシャ帝国が善き状態に服した功によって、亡き皇帝陛下から様々な恩典や特権が与えられました。ティランは、その権利などの継承者として甥のイポリトを指名いたしました。皇后陛下お独りでは、帝国内に大勢おります大貴族、大領主を抑え、近隣の異教徒どもから帝国を守ることは困難であろうかと存じます。陛下に夫君を迎えられるように進言し、お勧めするのは、このような理由にもよるのです。徳高き騎士イポリトは陛下を心から愛し、崇拝申し上げることでしょう。騎士としての技量はもとより、知恵者でもあり、大変な苦労を重ねて取り戻した帝国を守り通し、良く治めることができるでしょう。この我々の進言に、速やかにご回答をいただければ幸いでございます」

アスカリアヌ王の行き届いたことばに皇后は大いに満足し、すぐに返事をした。。

〔第四百八十三章〕――王たちに対する皇后の返答。

「天上の人のごとく気高く、また寛大にして徳高き皆様、私は頭の中が混乱してしまって舌も満足に回らず、どのようにあなた方のお勧めにお答えしたらよいか分からぬほどです。様々な方向から吹く風に翻弄された私の傷ついた心は、なんらかの助言を受けられねば、どうして正しい選択をすることができましょう？　しかし、あなた方のおことばどおりに、必要なことであるならば、もはや助言云々を言っている場合ではなく、進言をお受けするしかないのかもしれません。他方、皆さん、よくお考えになってください。私にはお断わりする理由もないわけではありません。私はもう子供を産める歳ではないのに、夫を持てば、民に良い模範を示すことにはならないでしょう。ですから、どうかこの件はご勘弁いただきたいのです」

アスカリアヌ王はそれ以上皇后のことばを聞いてはいられず、力をこめてこう言った。「皇后陛下、そしてここにおいでの皆さん、おことばを途中でさえぎる失礼をなにとぞお許しください。というのも、陛下はご自分のお気持ちに反することをおっしゃっておられるからでございます。また、そのようなことをおっしゃるのは、皇后陛下のご名誉と名声にそぐわないことでございます。神は陛下が、ギリシャ帝国の支配者としてこれを治めることをお望みです。もしお独りで帝国を治め、守ることがおできにならぬのなら、帝国を失うか、夫君を迎えられるか、どちらかをお選びにならざるを得ないのです。ですので、陛下、重ねてお願いいたします。どうか我らが陛下のために良かれと思いお勧め申し上げていることをご承認ください。我々がお勧めする人物には陛下もご満足なさるでしょう。また、その人物が、帝国領土を守る手腕を具えているうえ、栄光のティランの縁者、従者であり、帝国育ちだと聞けば誰もが喜ぶことと存じます。どうか、我々が満足して帰れるようなご返答をお願いいたします」

王はこう話し終えた。皇后は、ほんの少しの間、可愛らしく照れていたが、次のように答えた。

「寛大、かつ徳高き皆様、あなた方は私にとっては兄弟のようなもの、私に不利なことや、不名誉なことをお勧めになろうとは考えてもおりません。ですから、私は思いきってあなた方の手にすべてをお任せしましょう。私も帝国もお好きなようになさってください」

　皆は皇后に最敬礼をし、限りない感謝を表わした。そして皇后の色よい返事に満足して退出した。

　三人の王とマケドニア公爵は、イポリトの部屋へ行った。イポリトは王らを歓迎した。王たちは、皇后との話し合いを一部始終報告し、皇后が提案をよろこんで受け入れたことを伝えた。

　イポリトは両膝をついて心から感謝し、これ以上ないというほどの喜びようであった。そこで一同は、さっそくイポリトを抱き起こして皇后の部屋へ連れて行った。都の司教が呼ばれ、エチオピア女王、フェス女王、そしてマケドニア公爵夫人、および宮廷じゅうの貴婦人全員の前で、二人の婚約が成立した。皇后はあまりに辛い思いをし、先は長くないのではないかと懸念していただけに、貴婦人たちの喜びはまたひとしおであった。

皇后がイポリトと婚約したという知らせはまたたく間に都じゅうに広まった。人びとは、それを聞いて安心し、イポリトのように素晴らしい人物を遣わしてくださったことを神に感謝した。イポリトは危機に際して人びとを励まし続けた、善き指導者として皆に慕われていたのである。

その翌日、イポリトと皇后は美しく着飾り、同じく貴婦人たちも美しく装った。皆、喪に服すことに疲れていたのである。また、以前のように宮殿じゅうを金襴などで飾らせた。

イポリトは、その日の宴をいっそう盛大にするために、フェス王、リサナ侯爵、そしてビウダ・モンサントの娘と婚約していたブランシュ子爵に祝福を受けさせた。また、これ以外にも多くの騎士たちの婚約が成立し、その総数は二十五組におよんだが、冗長になるので、名前は省略する。

新婦たちの着付けがすむと、イポリトは美しく着飾った新郎たちの先頭に立って宮殿を出た。一方、皇后はアスカリアヌ王とシチリア王の間に挟まれ、ほかの新婦たちを引き連れて出て来た。その後ろには大勢の公爵、侯爵、伯爵らが従っていた。こうして一同は意気揚々と教会に向かった。教会では、慣例に従って戴冠式が行われ、イポリトは全力を尽くして聖なる教会を守ることを誓った。また、列席した貴族、騎士たちは、全員、その家臣となることを誓った。この誓約が終わったところで、皇后と皇帝、そしてほかのすべての新郎新婦が祝福を受けた。

儀式の後、一同は、来たときと同じ順序で宮殿に戻った。道々、喇叭、笛、太鼓等々、とても名前を挙げきれぬほど様々な楽器が賑やかに演奏された。身分の高い客人たちにふさわしく盛大に催された昼食会に饗された料理はとても描写できないほどに豪華であった。その後、舞踏会が開かれた。素晴らしい宴はこうして十五日間続き、毎日、舞踏会や、馬上槍試合、武術試合そのほか様々な余興があり、過去の苦しみがすっかり嘘のようであった。

すべての祝宴が終わると、アスカリアヌ王は皇帝夫妻やシチリア王、フェス王夫妻、マケドニア公爵夫妻、そのほかの貴族、騎士、貴婦人たちに暇乞いをした。王妃もそれに倣った。こうして二人は大勢に見送られて都をあとにした。皇帝、二人の王が全騎兵を動員して一レグアの間、同道したので、見送りは大変な人数だった。

皇帝は騎兵隊とともに都へ戻り、アスカリアヌ王は軍を引き連れて無事自国に到着し、家臣たちの歓迎を受けた。

［第四百八十四章］――いかに新皇帝は兵士たちを集め、十分な報酬を与えて故郷に戻してやったか。

コンスタンチノープルに戻った新皇帝は、ティランが残した軍に報酬を与えるために招集をかけさせた。命令どおり、数日のうちに、将に率いられた兵たちが都に集まって来た。皇帝は兵たちに十分な給金を払い、多くの騎士たちにも褒賞を与えた。また、ティランの家臣たちには、遺言どおりのものを分配し、全軍に故郷に帰る許可を与えた。

以上のことが終わったところでシチリア王が皇帝にこう言った。

「聡明なる皇帝陛下。今のところ、私には何もすることがありません。よろしかったら、シチリア島に帰ろうと思います」

皇帝は答えて言った。

「我が兄弟たるシチリア王殿、あなたのお気持ちと、あなたがギリシャ帝国のためになさってくださったことには、心から深く感謝しています。今後、何かお力添えできることがありましたら、なんなりとおっしゃってください。皇帝の名にかけてお役に立ちましょう」

こう言って皇帝は、王に莫大な贈り物をし、王妃にはたくさんの宝石を贈り、配下の騎士たちにも十分な報酬を支払ったので、皆は、皇帝は世界で最も気前のよい寛大な君主だと口々に言った。

皇帝は、艦隊司令官であるリサナ侯爵を呼び、シチリア王を故国に送り届けるのに必要なだけの船の用意をするように命じた。司令官は命令に従い、二日間で船と食料の用意を調えた。

シチリア王は部下たちと船に乗り込んだが、大部分の馬は置いて行くことにした。王は皇帝夫妻とフェス王夫妻、マケドニア公爵夫妻、そのほかの貴族や騎士たち、貴婦人たちに別れを告げてから乗船し、無事に出港した。

［第四百八十五章］——皇帝はいかにティランと皇女の遺骸をブルターニュに送り届けたか。

シチリア王の出発を見届けた後、皇帝はフェス王とブランシュ子爵に、どうかティランと皇女の遺骸をブルターニュに届けてほしいと懇願した。二人は、皇帝の頼みとあらば、そしてティランへの忠誠の証に、よろこんでそうしようと快諾した。皇帝は艦隊司令官に、この任務をしかるべく遂行するために、ガレー船四十隻の準備をするように命じた。すぐさまガレー船の準備と武装がなされた。

皇帝は、木製の美しい棺を作らせ、金の薄板に象嵌《ぞうがん》を施し、繊細な細工をしたもので全体を覆わせた。それはまるで大君主の棺のようであった。ティランと皇女の遺骸は、腐敗せぬように、金糸で作られた衣装に包まれ、その中に収められた。顔は覆われていなかったので、二人とも眠っているようであった。

この棺は一隻のガレー船に載せられ、ティランのすべての武器、旗、鎧の上に着ていた陣羽織も積み込まれた。これらは、墓に納められ、その働きを長く人びとの記憶に留めるためのものだった。皇帝はブルターニュにティランと皇女にふさわしい墓を作るようにと、フェス王に二十万ドゥカットを与えた。

すべての準備が調ったので、フェス王夫妻は皇帝夫妻とマケドニア公爵夫妻、宮廷のそのほかの人びとに暇乞いをし、乗船した。ブランシュ子爵もともに乗船した。船団はこうして出帆し、好天に恵まれたので、数日で無事にブルターニュに到着することができた。

フェス王夫妻とブランシュ子爵、そして大勢の貴族や騎士たちは、ナントという名の市《まち》に上陸した。ここで一行は、ブルターニュ公爵夫妻そのほかの縁者によって盛大な歓迎を受けた。
　人びとはティランと皇女の棺を捧げ持ち、大勢の司教、司祭、修道士たちとともに、市《まち》の一番大きな教会へと運んで行った。棺は四頭の大きな獅子《しし》像が支える墓の中に安置された。この墓は一個の大きな白大理石を彫って作られたものだった。その周りには、次のようなギリシャ語の碑文が金文字で彫られていた。

武器をとれば不死鳥のごとき騎士
この世に並ぶ者なき美女
この小さき墓に眠る
世界にとどろく二人の名は
ティラン・ロ・ブランと気高きカルマジーナなり

　獅子の細工も素晴らしかったが、金、青、その他の色の宝石の象嵌で繊細に飾られた墓もまた劣らず見事であった。墓の右側面には二人の天使が描かれ、反対側にも同じく二人の天使の姿がある。天使たちは大きな二つの紋章を持っている。一つはティランの、もう一つは皇女のものである。獅子像と墓は、碧玉の四本の柱に支えられた斑岩《はんがん》製の屋根の下に安置されている。その鍵は中空の純金製で、たくさんの宝石が嵌《は》め込まれている。鍵の表面にも、多くの戦いの血で汚れたティランの剣を手に持つ天使が描かれている。

墓所の表面は大理石張りで、壁は緋《ひ》色の生地に刺繡を施したもので飾られているが墓そのものはむき出しであった。外側には、ティランが戦いや決闘で倒した大勢の騎士たちの盾がずらりと掛けられ、凱旋門の上部には、ティランの見事な武勲や栄誉を讃える大きく立派な絵が何枚も掲げられている。そこには、ティランの武器や、身につけていたもの、あるいは美しい真珠やバラスルビー、サファイアなどを縫いつけたガーターなどが並べられていた。教会内の一番高いところには、ティランが征服した多くの市や地方の旗が掲げられている。とくに二枚の目新しいティランの旗がひときわ誇らしく広げられていた。一枚の旗には緋色の地に金で炎の舌が描かれ、またもう一枚の旗には、金の地に赤い炎が描かれていた。金色の炎の中ではC.C.C.という文字が、赤い炎の中ではT.T.T.という文字が燃えている。つまり、金色のティランの愛がカルマジーナの炎で純化され、一方、負けずにティランを慕っていた皇女の愛が、純化されたティランの愛と一体になっているのである。

墓の上には金文字で次のように刻まれていた。

生前二人を結びつけた残酷な愛
しかし、二人は苦しみの末、命を失い
死後にやっと、一つの墓の中に入ることができた

［第四百八十六章］――ブルターニュにおいてティランの遺骸がいかに大切にされたか。

ブルターニュで執り行われたティランの葬儀がいかに荘厳なものであったかを表現することは難しい。ティランの記憶に値する数々の偉業と出世を知り、その死を惜しんでブルターニュ公爵夫妻とティランの親族一同は厳粛な喪に服したのである。ただ、このときはすでにティランの両親は他界してしまっていた。

フェス王は、ティランと皇女の魂のために、莫大な寄付をした。また、皇帝に託された二十万ドゥカットも気前よく、有効に活用した。公爵はじめ、縁者全員と親しく交わっていたが、皇帝から命じられた任務遂行のためのブルターニュ滞在もはや、六カ月におよんでいたので、自国へ帰ることにした。

フェス王夫妻は、別れを惜しむ公爵夫妻と縁者たちに暇乞いをした。また、ブランシ

ュ子爵も同じように別れを告げた。一行はガレー船に乗り込み、フェス王の領地へ向けて出帆した。

神のご加護で好天に恵まれたので、数日で、船団はタンジェの港に入港することができた。ここで、フェス王およびその家来全員が下船した。一方、ブランシュ子爵は四十隻のガレー船とともに無事コンスタンチノープルに帰着し、皇帝の歓迎を受けた。皇帝はブルターニュでの葬儀の様子を知りたくて首を長くして待っていた。

ブランシュ子爵は、皇帝の求めに応じて、一部始終を丁寧に報告した。それを聞いて皇帝は大変満足し、皇女の所領であったバナシー伯領を三十万ドゥカットで買い上げ、ブランシュ子爵の労をねぎらうために報奨として与えた。また、新たに結婚した皇女と皇后の侍女たちには、それぞれの身分に応じて安楽に暮らすに十分な財産を与えたので、皆、大いに満足したのだった。残っていた侍女たちも、その後、相手としてふさわしい貴公子を見つけて嫁がせた。

［第四百八十七章］――皇帝はいかにスルタンとトゥルクを牢から出し、和平と同盟の協定を結んだか。

イポリト帝は、幸運の女神の力添えを得ることができたうえ、徳高き騎士でもあったので、騎士道精神を発揮してギリシャ帝国の権威を高め、多くの地方を征服してその版図を拡大した。また、精勤によって帝国の財産を増やした。帝は、家臣はもとより、周辺の領主たちからも慕われるとともに恐れられるようになった。

帝位に即《つ》いて数日後、皇帝はスルタンとグラン・トゥルク、そのほかの王侯貴族らを牢から出し、百一年にわたる和平と休戦の協定を結んだ。その手厚いもてなしに、スルタンらは大変に感激し、皇帝に忠誠を誓うとともに、必要とあらばいつでも、世界じゅうを敵にまわしても救援に駆けつけることを約束した。皇帝は二隻のガレー船を仕立てて彼らをトルコまで送り届けた。

イポリト帝は長生きをしたが、皇后は皇女の死後三年しか生きることができなかった。そこで皇帝は、皇后の没後しばらくして、イングランド国王の娘を后に迎えた。新皇后は大変な美女で、そのうえ、正直で誠実かつ慎ましく、徳高い敬虔なキリスト教徒であった。皇后はイポリト帝との間に三人の息子と二人の娘をもうけた。息子たちはいずれも、父同様、勇敢な素晴らしい騎士となった。長男は父の名をとってイポリトと名づけられ、寛大な領主として、一生の間に様々な武勲を立てたのだが、その記述は、イポリトについて書かれた伝記に譲ることとしたい。いずれにせよ、皇帝は死を前にして、この長男のみならず、すべての縁者、侍従、召使いたちに十分な遺産を分け与えたのである。

皇帝夫妻は長寿をまっとうし、いずれも同じ日に息を引き取って、前もって皇帝が用意していた大変立派な棺にともに納められた。良い治世を行い、徳高い人生を送った二人が天国の栄光に包まれるであろうことに疑いの余地はない。

神に感謝を捧げる。(67)

ここに徳高く勇敢な騎士であり、コンスタンチノープルのギリシャ帝国帝位継承者カ

(67) マルトゥレイとガルバ、誰がどの部分を書いたのか、という議論のもととなっている後書きである。ガルバは騎士ではなかったのにそう書かれていることから、印刷者が付け加えたものと考えられている。初版印刷年は、これに基づいて決定されている。

エサルであったティラン・ロ・ブランの物語は終わる。本書は英語からポルトガル語に訳された後、徳高き騎士であるジュアノット・マルトゥレイによってバレンシアの口語に翻訳された。マルトゥレイは、生前に四分の三しか翻訳を終えることができなかったので、本書の結末となる残りの四分の一は、気高きイザベル・ダ・リョリス夫人のたっての希望で、素晴らしい騎士であるマルティ・ジュアン・ダ・ガルバによって翻訳された。もし何か誤りがあれば、それは訳者の無知に帰せらるべきものである。限りなき善意の我らが主イエス・キリストは、その労苦に報いるため、天国の栄光をご用意くださるであろう。万一、本書中にカトリックの教えにふさわしくない、書くべきではなかったと思われる箇所が見つかった場合には、聖カトリック教会にその訂正をお願いしたい。

本書は、我らが主イエス・キリスト生誕後一四九〇年十一月二十日、バレンシア市で印刷された。

解説

本書は、ジュアノット・マルトゥレイ作(一部マルティ・ジュアン・ダ・ガルバ作)、「ティラン・ロ・ブラン」(*Tirant lo Blanc*, 一四九〇年)の全訳である。

翻訳にあたっては、カタルーニャの碩学マルティ・ダ・リケー編の、一九八二年および二〇〇〇年アリエル社刊のカタルーニャ語原典に主として拠りながら、一五一一年に出版されたルネサンス期のカスティーリャ語訳(一九七四年、エスパサ・カルペ社)、カスティーリャ現代語訳(一九八四年、アリアンサ社)、英語訳(一九八四年、ジョンズ・ホプキンス大学出版局)、フランス語訳(二〇〇三年、アナシャルシ社)などを参考にした。とくに、二〇〇五年にマルティ・ダ・リケーと並ぶ権威であるアルベール・ハウフの浩瀚《こうかん》な注釈本(ティラン・ロ・ブラン社)が出版され、翻訳完成前に参照できたことは幸運であった。おかげでいくつか未解決であった問題の解答を得ることができ、より正確な翻訳になったと思う。

作品について

二〇〇二年、ノルウェー・ノーベル・インスティテュートが世界の著名な作家に対して行った調査で、セルバンテスの「ドン・キホーテ」が世界最高の文学作品に選ばれた。調査に参加した作家はミラン・クンデラ、ジョン・ル・カレ、ノーマン・メイラーなど、錚々たるメンバーである。その「最高の文学作品」を書いたセルバンテスが「ドン・キホーテ」の登場人物の口を借りて「世界一」と絶讃しているのが、この「ティラン・ロ・ブラン」である。

ドン・キホーテとはご存じの通り、騎士道物語の読みすぎで頭のおかしくなってしまった郷士である。そのドン・キホーテを戒めることばの中で、村の司祭がこう言う。「わしはこの物語(「ティラン・ロ・ブラン」)を、たのしみの宝、なぐさみの泉と思ったことを覚えとりますて。(……)親方さん、わしは嘘を言わぬ。この種の物としては、まことに世界一の本じゃ。よいかね、この物語では、騎士というものが飯をちゃんとくうし、眠るにも死ぬにも床へはいるし、臨終には遺言をしたゝめるし、どんな騎士物語にも書いてないいろ〳〵の事をするのじゃ」(永田寛定訳、岩波文庫)

この小説を再評価し、現代の読者に紹介したのは、ペルー人の作家マリオ・バルガス＝リョサである。彼は、「ティラン・ロ・ブランの挑戦状」と題された小冊子の中で、次のように述べている。

「「これは世界一の本だ」とセルバンテスは書いている。一見この評価は冗談のように思える。しかし、彼の目は確かだったのだ。「ティラン」は古典文学の中でももっとも野心的な小説であり、その構造という点から見れば、もっとも現代的な小説であると言えるかもしれない。(……)マルトゥレイは、フィールディング、バルザック、ディケンズ、フローベール、トルストイ、ジョイス、フォークナーと続く「神の代理人」の系譜の第一号なのである。彼らが目指したのは自分の小説の中に「現実の全体像」を創り出すことであった」

確かにバルガス＝リョサの言う通り、「ティラン」はただの騎士道物語ではない。騎士道物語であると同時に、歴史小説であり、戦記であり、エロティシズム溢れる恋愛小説であり、心理小説である。つまり「全体小説」なのである。「ティラン」がカスティーリャ語はもちろんのこと、フランス語、イタリア語、ポルトガル語、英語、ドイツ語、オランダ語、スウェーデン語、ロシア語、フィンランド語、ルーマニア語、そして中国語と広く翻訳されているのも当然のことと言えよう。

それでは、いわゆる「騎士道物語」の伝統の中で、「ティラン」はどのように位置づけられるのだろうか。

「騎士道物語」の起源は、十二世紀半ばのフランスで書かれたクレティアン・ド・トロワの作品群に求められる。これらは、騎士道の理想、とりわけ宗教的義務と世俗的義務——とくに女性への愛と献身——を、虚構の枠組みを借りて称えるものであった。一方、イギリスではその少し後に、「ランスロット」や「トリスタン」などのアーサー王伝説を題材とする韻文の騎士道物語がいくつも書かれ、やがてそれらが散文化されて人気を博するに至って、騎士道物語はヨーロッパ中で広い読者層を獲得していくことになる。「ドン・キホーテ」の中で、「ティラン」と並ぶ傑作として挙げられている、カスティーリャ語の「アマディス・デ・ガウラ」もその一つである。

「ティラン」も確かに伝統的な「騎士道物語」の型を継承してはいる。まず、主人公ティランは、「トリスタンとイゾルデ」など「ブルターニュもの」で知られる騎士道の本場、フランス北西部のブルターニュの出身ということになっている。また、もう一つの本場、英国での活躍によってガーター騎士団の一員に任じられる。さらに、コンスタンチノープル救出に赴くまでのティランの足跡をたどると、その行動は「遍歴の騎士」そのものである。想い姫を持ち、名誉のために決闘に臨み、キリスト教的道徳に忠実で、キリスト教徒がイスラム教徒に脅かされているとみれば、駆けつけて武勇と知略でこれを退ける。また、随所に見られる長々しい嘆きのことばや書簡、約束事へのこだわりや極端な理屈っぽさなども、時代を引きずったものと言えよう。

しかし、一つ大きな違いがある。それは、「ティラン」が、非常に写実的、現実的で、当時の社会状況までをも忠実に映し出しているという点である。従来の騎士道物語は、エキゾチックな架空の土地で、スーパーマン的なヒーローが大活躍する空想冒険・恋愛物語であった。騎士道物語が、ルネサンス期に、幼稚で子供じみた物語としてモンテーニュらに批判された理由もここにある。これに対し、「ティラン」には、そのような要素は皆無に近い。唯一の例外が、魔法で竜に変えられた姫を若者が口づけによって救う場面であるが、この部分はいかにも取って付けたようで、明らかに全体から浮いており、マルトゥレイ自身の筆によるものであるかどうか疑わしいほどである。また、ビラゼルマス侯と、下着一枚で、紙の盾を持って決闘するところなどは現実にはありえないことではないか、と思われる向きもあるかもしれないが、そんなことはない。このような条件の決闘が実際にあったことは文献で確認でき、その他の一見無茶に思える事柄にもいちいち根拠、裏付けがあることがこれまでの研究でわかっているのである。

マルティ・ダ・リケーは、旧来の騎士道物語を「騎士道本」(llibre de caballeries)、「ティラン・ロ・ブラン」のようなタイプのものを「騎士道小説」(novel·la cavalleresca)と呼んで、両者を区別することを提唱している。(後者のジャンルの作品として、他に、プロバンス語で書かれた「ジュアン・ドゥ・サントレ」〈アントワーヌ・ドゥ・ラ・サール作、一四五六年〉とカタルーニャ語の「クリアルとグエルファ」〈作者不明、一四三五—六二年〉を同氏は挙げている。)そして、「騎士道本」は、一方では、やがてセルバンテスによってパロディー化されて葬り去られるが、他方では、「ティラン」のような「騎士道小説」によって乗り越えられ、過去のものとされることになった、と指摘している。つまり、「騎士道本」と「騎士道小説」の間には、形式的な類似点はあるにせよ、本質的な違いがあり、「騎士道小説」は、「騎士道本」の発展形というよりは、新たなジャンルとして登場したものだということである。「ティラン」の中にコンスタンチノープル皇帝の宴の余興として、アーサー王を探し求めるモルガン姫を主人公とする大掛かりな劇が演じられる場面があるが(第百八十九章以下)、これも、騎士道物語の源流の一つである「アーサー王物語」との隔絶を象徴していると考えられるだろう。

マルティ・ダ・リケーは、十四世紀半ばからフランス語の韻文でさかんに書かれるようになった実在の騎士の伝記を「騎士道小説」の起源の一つと考えている。これらは、百年戦争などで名を挙げた騎士たちの活躍が、戦争に同行した部下などの手で記録されたものである。それが読者の人気を呼び、やがて、同じような形式で、架空の騎士の「伝記」が書かれるようになった。ただし、架空とはいえ、実在の人名や地名、歴史的事件などをふんだんに盛り込み、内容に真実味を持たせたので、従来の騎士道物語とは異なる「騎士道小説」が生まれることになったというのである。

そのようにして成立した「騎士道小説」の中でも、「ティラン」の「小説」としての完成度は群を抜いている。

ほぼ同時代の「クリアルとグエルファ」と比較してみれば、その差は歴然としている。「クリアルとグエルファ」は、名もない若者クリアルに、夫に先立たれた若い貴婦人グエルファが、教養を身につけさせ資金を与えて遍歴の旅に送り出し、一人前の騎士に育て上げる、というストーリーである。「クリアル」の時代は十三世紀ペラ大王の治世に設定されており、舞台になる地名や登場人物の多くは特定可能である。また、クリアルの活躍は十分に現実的で、もはやかつての騎士道物語の荒唐無稽な武勇伝からは程遠い。クリアルがグエルファの恩を忘れて若い女性によろめきかけるなど、それなりに凝った筋立てがあり、新しさを感じさせる。しかし「ティラン」の複雑で周到な構成や、重層的な登場人物の性格づけはそこには見られない。

「ティラン」の作者マルトゥレイは、若きティランに騎士の心得を教える役割を帯びた隠者（ウォーウィック伯爵）を登場させるにあたって、その出家から、還俗、イスラム教徒との戦い、そして再びの出家といった、込み入った背景を描いてみせることから始めている。

立派な騎士となったティランは故郷に戻るわけだが、やがてロードス島の騎士団救出に赴くこととなる。このときにも作者は、物語の展開を急いでティランをすぐさま目的地に到着させるのではなく、シチリアに立ち寄らせ、愚鈍であることから父フランス王に疎まれるファリップ王子に利発で勝ち気なシチリアのリクマナ王女を苦労の末に娶らせるというエピソードを織り込んでいる。

最大の見せ場であるギリシャ帝国救援の部分では、ティランの武勲もさることながら、皇女カルマジーナとの運命的出会いに始まる恋の顚末が華やかな展開を見せる。その描き方は一通りではない。かなわぬ恋の苦しみを悲劇的に描いてみせるかと思えば、恋愛にまつわる失敗や鞘当てをユーモラスに描いたりもする。騎士道物語の伝統の中で、貴婦人との恋愛は常に重要なテーマであり続けたが、恋愛がこのように笑いの対象として扱われているのは珍しい。

紆余曲折を経て、ティランは、やっと（不完全ながら）「秘密の婚礼」にまで漕ぎ着け、有頂天となる（第二百七十七章以下）。しかし、作者はこの直後に、ビウダ・ラプザダの恐ろしい姦計を配し、一気にティランを奈落の底に突き落とすのである。

ビウダ・ラプザダの姦計によって、ティランと皇女の関係は決定的にこじれてしまうのだが、作者はそれを単純に解決してしまおうとはしない。むしろ、ティランの船を遭難させることによって、北アフリカに新たな展開の場を求めるのである。しかも、その巻き添えをくって、プラエール・ダ・マ・ビダまでもが、彼の地で苦難と冒険の日々を送ることとなる。

一旦は奴隷の身分に甘んじていたティランはすぐに頭角をあらわし、やがて北アフリカを征服する。そしてキリスト教徒に改宗し盟友となったアスカリアヌ王とともに危機に瀕しているギリシャ帝国の救出へと向かう。一方、プラエール・ダ・マ・ビダも、女奴隷に身を落としはしたものの、その機知を生かして困難を克服し、ティランに再会して、その北アフリカ征服を助けるとともに、皇女カルマジーナとの間の誤解を解く。

こうして物語がハッピーエンドに向かうかのように思えるところで、作者はなんともあっけない幕切れを用意している。コンスタンチノープル凱旋目前のティランは病に倒れ、そのままこの世を去ってしまうのである。後述のように、ティランのモデルとされるルジェ・ダ・フローがギリシャ皇帝の裏切りに遭って、宴会の席上で暗殺されてしまうのに比べると、よほど非小説的な最後である。

このように「ティラン」においては、ストーリーの展開が直線的ではなく、さまざまなエピソードを盛り込んだり、時間軸を行きつ戻りつするなどの手法を用いたりすることによって、空間的・時間的な広がりが与えられている。これによって読者は、一つの世界のパノラマを見ているような印象を受ける。バルガス＝リョサが「ティラン」を評して「全体小説」だと言った所以であろう。

さらに、その世界に奥行きを与えているのが、登場人物の造形である。「ティラン」の主な登場人物において、類型的で単純な性格づけをされている者は皆無である。そのすべてをここで分析することはできないので、対象を絞って考えてみたい。

この小説でとくに注目に値すると思われるのは、女性の登場人物たちである。ティランはもちろん、主人公として、全体の筋に一貫性を持たせる重要な役割を担っているが、そのティランさえも、女性陣の前には霞んでしまいがちなほどである。いわんやディアフェブス、イポリト、アスカリアヌ王、その他の男性バイプレイヤーたちをや。その印象は、女性陣のそれに比べるとはるかに薄いと言わざるを得ない。

まず、導入部に登場するウォーウィック伯爵夫人からして、単純な良妻賢母ではない。何一つ不自由のない育ち方をしてきた貴婦人かと思いきや、夫の出発を嘆くことばの中で、幼い頃に孤児になり、一度は嫁いだものの離縁したという複雑な過去が明らかになる。一見、貞女の鑑《かがみ》のようでありながら権利意識も強く、夫が巡礼に旅立つに際し、自分がいかに不当な扱いを受けているかを、夫人連を集めて、明日は我が身かもしれない、と脅して協力を求めるという手段に訴えたりする。また、一旦は、隠者であった頃の新王に対する施しの少なさを後悔しながら、息子が兵隊に取られるとなると、かつて施しをしたことをお忘れくださるな、と言い出す浅はかさも見せる。

ヒロインであるカルマジーナは、信仰心と道徳心に篤く、気位の高い皇女で、ティランへの恋心をどう処理していいかわからず悩み苦しむ(ティランと出会ったときは十四歳である)。あるときは素直にティランを受け入れようとするかと思うと、あるときは頭でっかちな議論でティランを諭して拒む。その一貫性のなさに読者は当惑し、苛立つことさえある。また、モーロ人の子供を捕虜にして悦に入るような貴人独特の冷酷さも持ち合わせる。

そのようなカルマジーナにも、もちろん肉体的な快楽にあこがれる一面がないわけではない。この側面をあたかも代弁するかのような活躍をするのが、アスタファニアとプラエール・ダ・マ・ビダである。

「ギリシャ帝国のティラン」の前半で、この役目を担うのはアスタファニアである。

アスタファニアは皇帝と縁戚関係にある名家マケドニア公爵家の令嬢で、皇女の侍女を務めるが、こと恋愛に関しては大変ひらけた考えの持ち主である。彼女は、「まっとうな恋愛」「計算ずくの恋愛」「悪しき恋愛」のうち三番目――つまり遊びとしての恋愛を最高の恋愛とする。「私の服の裾をあの方がおめくりになれば、私はそうとは勘づかれずに自ら下着もめくり上げましょう」(第百三十八章)という大胆な台詞まで飛び出す始末である。もっとも、これが頭の中だけの観念的なもので、実際には初心《うぶ》な乙女であることが、マルバイー城でのディアフェブスとの一夜で露見するところがマルトゥレイの巧みさなのだが。

この役割は、アスタファニアが結婚し、プラエール・ダ・マ・ビダが皇女の夜伽《よとぎ》を受け継いで以降、プラエール・ダ・マ・ビダへと移る。プラエール・ダ・マ・ビダは陽気な侍女で、その名前の意味「人生の喜び」のとおり、生来のエピキュリアン、恋愛至上主義者である。おっとりしたアスタファニアに比べ、頭の回転が速いところが彼女の特徴である。実際、その機知は、老皇帝をして、皇后がいなければお前を妻にしたいぐらいだ、と言わしめるほどである。彼女の手引きでティランが皇女の寝室に忍び込む場面は、二人の恋愛の展開上も、その後の物語の展開上も、大きな転機のきっかけとなる。しかし、そのような彼女とて、作者の「ひねり」を逃れることはできない。北アフリカでは、涙なくしては語れない辛い思いを強いられるのである。

女性たちの中でもみごとなのは、ティランに横恋慕をし、皇女との仲を裂こうと画策するビウダ・ラプザダの造形である。「ビウダ」とは未亡人のことなので、おそらく若くして夫を亡くしたのであろう。読んでいるといかにも老女のごとき印象を受けるが、実は四十歳にも達していないはずだ。事実、作者自身が、その裸体を「均整のとれた美しい体」だと評している。(ただし、「赤い下ばきと麻の頭巾という姿ではそれも台無し」だと、すぐにこき下ろして、読者にあまり魅力的に映らないような配慮をしているが。)このビウダが仕組んだ、モーロ人園丁と皇女の情事の逸話は、全編を通じて一、二を争う見せ場といってよかろう。たしかにビウダは、悪魔のごとき悪知恵をはたらかす、憎らしいことこの上ないキャラクターなのだが、女盛りの肉体を持て余す未亡人の悲しみがその背後に見え隠れするところが秀逸なのである。

最後にギリシャ帝国皇后はこれらの女性たちに比べると地味な描かれ方ではあるが、物語に陰影をつける上で無視できない貢献をしている。息子をマケドニア公爵の裏切りで失い、年配の皇帝との夫婦生活に倦んだ皇后は、崩壊寸前の帝国を象徴する人物である。それがティランらの到着とともに少しずつ息を吹き返す。自らの女性としての魅力をあきらめていた皇后の胸が、若いイポリトに求愛されて再びときめき始めたのである。

そして戸惑いながらも喜びを隠し切れず、最後には愛欲に溺れてしまうことになる。もちろん若い貴婦人たちは、この小説の華である。しかし、マルトゥレイは、その美しさと、若さゆえの悩みを描いただけでなく、衰えてゆく中年女性の悲しみやわずかに残された喜びにも目配りを怠らなかったのである。

ここまで、「ティラン」の構造と登場人物の描き方について若干の考察を加えてきた。十分ではないにせよ、それによって明らかになったことは、構造が重層的であること、登場人物の造形が類型的でなく、それぞれの人物がさまざまな矛盾を内包する存在として描かれていることである。

セルバンテスは、「騎士というものが飯をちゃんとくうし、眠るにも死ぬにも床へはいるし、臨終には遺言をした、めるし、どんな騎士物語にも書いてないいろ〳〵の事をする」ことを理由に、「ティラン」を騎士道物語の傑作として評価しているが、こうして見てくると、セルバンテスが感じていたすばらしさとは、実は人間性を尊重するというルネサンス的な新しさだったのではないだろうか。セルバンテスは文学史的な定義ができる立場にはなかったかもしれないが、「この種のものとしては」と限定はしつつも、実は何かまったく新しいものをこの中に感じていたのではないか。マルティ・ダ・リケーの「騎士道小説」という位置づけも、もう一歩踏み込めば、中世からルネサンスへの過渡的なジャンルと解することもできる。バルガス＝リョサがマルトゥレイを「「神の代理人」の系譜の第一号」と評し、その意図を「小説の中に「現実の全体像」を創り出すこと」と解釈したのもそのような意味だったと考えられる。

著者について

作者マルトゥレイの生没年は明らかではない。一四〇五年から一四一〇年の間に、バレンシアで生まれたという説や、一四一三年または一四一四年に、バレンシア県のガンディアで生まれたという説がある。没年は一四六五年四月二十四日以前であったことが確認されているのみである。

マルトゥレイ家は、古い中流貴族の家柄であった。サトウキビなどの商品作物の販売によって周囲の貴族階級がブルジョア化するなか、かたくなに旧来の生活形態を維持しているような一族であったと思われる。マルトゥレイは文人というよりは武人であった。生涯にさまざまなもめごとを起こしているが、訴訟による解決よりも決闘によって決着をつけることを好んだ。マルトゥレイに関して残されている資料は、訴状や果たし状ばかりである。

「ティラン」の献辞で、マルトゥレイは「私は、一時期イングランドにおりましたために、ほかの者よりも英語には通じております」と述べている。イングランドに赴いた理由も、決闘がらみであった。決闘の相手はムンパラウという遠縁の男だった。ムンパラウは結婚を餌に、ジュアノット・マルトゥレイの妹ダミアタを弄《もてあそ》んだらしい。マルトゥレイはこれを妹に対する辱しめ、一族に対する侮辱と受け取り、決闘を申し込んだ。その条件は「徒歩、騎乗、いずれでもかまわない。武器の選択は貴殿にお任せする。いずれかが降参するか、絶命するまで決闘は継続するものとする」という、まさに「ティラン」の物語そのままであった。

ムンパラウは自らの罪を認めず、この挑戦を受けた。条件は、騎馬による闘い、武器は剣二振りと槍一本、というものであった。審判の選抜はマルトゥレイに委ねられた。国王は、家臣間の私闘の審判は務められないしきたりだったので、マルトゥレイはほかを探さざるを得ない。マルトゥレイがイングランドからムンパラウ宛に送った最後の書状(一四三八年四月)には、イングランド国王が両者の決闘を認めてくれたということと、ランカスターのヘンリー六世のもとに来るようにということが書かれていた。

ところが、ムンパラウはこれに応じる代わりに、マルトゥレイがアラゴン皇太子あるいはその母である王妃マリアの許可なくバレンシアを出た、という罪で彼を訴えたのである。この後の詳しい経緯はわかっていないが、ムンパラウが決闘のためにイングランドに赴かなかったことは確かなようだ。なぜなら、結局、国王アルフォンスの裁定により、ムンパラウはマルトゥレイの妹に四千フローリンの慰謝料を支払うことになったからである。このような決闘状は、相手に届けられるだけではなく、主な建物の門口に張り出されたので、マルトゥレイには、たとえ決闘が実現しなくとも、それによって妹と一族の名誉が守られる、という計算もあったのではないかと思われる。しかし、実際には、かえって妹の不名誉を世間に喧伝することになってしまったようで、一四六八年になっても妹は独身であったということが文書で確認されている。

時代はすでに「中世の秋」。騎士道華やかなりし日々は遠くなりつつあった。この例を見てもわかるように、マルトゥレイは時代に取り残されつつある古いタイプの人間だったのである。また彼には大時代な行動が多く、その経費が生活を次第に圧迫していった。生涯、妻帯はしていない。晩年には借金に追われ、自宅すらも手放していたと言われている。旧来の「騎士道物語」を超える「騎士道小説」の先鞭をつける作品を著わしたマルトゥレイ自身が、このような時代錯誤な一生を送ったということはまことに皮肉である。

共作者のマルティ・ジュアン・ダ・ガルバについては、一四五七年に結婚し、一四九〇年に死亡したということ以外は、ほとんど具体的なことはわかっていない。彼の家も貴族階級で、マルトゥレイの兄弟の領地の隣に住んでいたらしい。晩年、経済的に困窮したマルトゥレイに何度か金を都合してやっている。「ティラン」の未完の原稿がその手に渡ったのも、借金のかたであったとの説もある。

「共作者」とは言っても、マルティ・ジュアン・ダ・ガルバが執筆した部分はごく限定的である。言葉遣いの変化などをたよりに昔からさまざまな分析が試みられてきたが、おそらく「北アフリカのティラン」あたり以降であろうと推測されているにすぎない。

「ティラン」が書かれた場所と時代

「ティラン」はバレンシアで書かれ、出版された。この小説がカタルーニャの中心であるバルセロナではなく、バレンシアで出版されたことは時代の趨勢を如実に反映している。

バルセロナを首都とするカタルーニャ・アラゴン連合王国は十四世紀前半に、政治的に、軍事的に、そして経済的にも絶頂期を迎える。イスラム教徒からの国土回復はすでに前世紀に終了し、地中海へと進出した連合王国は遠くアテネ周辺までその領土に含める。

しかし、絶頂は同時に下降の出発点でもあった。飢饉、ペスト、地震、イナゴの被害。カタルーニャの人口は激減してしまった。さらに、バルセロナでは大商人と、中小の商人や職人の間で紛争が続き、農村部では農奴と領主が激しく対立していた。落ち目のカタルーニャに追い討ちをかける、王家の断絶まで歴史は用意していた。

バルセロナからかなり離れたバレンシアは、このような厄災を逃れることができた。むしろ低迷するバルセロナに代わって地中海貿易の中心地として栄えてもいた。繁栄は文化にも反映され、この時代のカタルーニャ文学は、マルトゥレイのほか、アウジアス・マルク、バルナット・メッジャ、ルイス・ダ・クレリャなど、バレンシアの文人によって支えられている。

十四、五世紀のイベリア半島の文化的状況は他のヨーロッパ諸国と類似していた。つまり、教会が支配する伝統的な世界観に対し、人間中心の世俗的な世界観が台頭してきた時期であった。言語にもその傾向が反映されている。従来、書き言葉といえばラテン語に限られていたが、カスティーリャ語やカタルーニャ語といった、いわゆる俗ラテン語が文章に用いられるようになってきていたのである。文化の担い手は、内陸部のカスティーリャ王国では依然として司祭と貴族が中心であったが、カタルーニャなどの地中海沿岸では、貿易によって力を増していた都市のブルジョアジーがかなりの重きを占めるようになってきていた。

豊かになった商人たちにとって、「教養」は一つのステータス・シンボルとなった。彼らは競って高価な本を買い集め、個人蔵書の構築に努めた。写本の高価なものになると、バルセロナ市議の年収に相当するほどの値段がついたが、豪商の中には百冊を超える蔵書を持つに至った者もあった。

「ティラン」の初版は、一四九〇年、バレンシアでドイツ人の印刷業者ニコラウ・シュピンドラーによって印刷、出版された。つまり、マルトゥレイもダ・ガルバもこの本の出版を見届けていない。出版は、ダ・ガルバが亡くなる直前、一四八九年九月二十八日付けの、シュピンドラーとバレンシア在住のドイツ人商人ジュアン・リックス・ダ・チュルとの間の契約に基づいてなされたが、原稿がどのようにしてダ・ガルバの手を離れたかなど詳しい事情はわかっていない。グーテンベルクが発明した印刷機がイベリア半島に初めて導入されたのが一四七四年であることを考えると、「ティラン」の印刷出版は相当早い時期に属すると言える。初版部数は七百十五部。当時のカタルーニャ語人口はおよそ六十五万人で、九百九人に一部という割合になる。一九七九年に出版されたカタルーニャ語版の部数は一万部で、同様に計算すると九百十人に一部という割合になるので、七百十五部は決して少ない数字ではない(第二版はバルセロナで九年後に出版されている)。

当時、「ティラン」がどれほど人気があったかを伝えるエピソードを二つ紹介しよう。まず、ジャウマ・ガスイの「ジュアン・ジュアンの夢」(一四九六年)と題された詩の中に出てくる二人の夫人の会話である。

「奥様、お話しがお上手で、法律にもお詳しい、奥様は、しばしば「ダビデの詩篇」と「ティラン」を引用なさいます。

さて、さて、「ティラン」に出てまいります愛の神様のお名前はなんと申しましたか」

上流の有閑夫人の会話に信仰生活の代表としての「詩篇」と並んで、娯楽の代表として「ティラン」が挙げられているわけである。

つぎは一五〇〇年にさかのぼる異端審問所の記録である。ユダヤ人ラビを告発する証人はこのように証言している。

「ビオランタ・ドゥルセタという女性は被告に「「ティラン」をちょうだい、私は急いでいるんだから、早く」と申しました。そして被告は「予言集」を渡したのです」

つまり、禁書であったユダヤ教の「予言集」の偽名として当時人気のあった「ティラン」を使ったというのである。

最初の例に見られるように、「ティラン」は、女性の読者の間でも大いに人気があった。先に分析したように、女性の登場人物の描き方が秀逸であるということが、女性の人気を博す大きな要因であったろうことは想像に難くない。ジュアン・リュイス・ビベスのような人文主義者は「女性には薦められない書」としている。しかし、お堅い筋から批判されるということが娯楽作品として面白いという折り紙がついたことになるのは、いつの世でも同じことであろう。

ところで当時、「ティラン」の重要な読者層であったカタルーニャの女性はどれくらい文字が読めたのだろう。端的に言えば、貴族、大商人の家族、修道女を除けば、ほとんど文盲であったと言ってよい。貴族の女性なら必ず読めたかというと、そうでもない。カタルーニャ・アラゴン連合王国国王のペラ儀典王の妃シビラ・ダ・フルティアーなどは、結婚後五年経った後に読み書きの勉強を始めている。他方、大商人の夫人連中は、本を読むためというよりは夫の商売を手伝うために帳簿、書類などが理解できなくてはならないという実用的な必要性に迫られて字を覚えることが多かった。文字を覚えられる場所としてはまず修道院、そして意外なことに、裁縫塾のような実用的技術訓練機関でも教えているところが少なくなかった。女性の非識字率は高く、当時の男性のそれを上回っていたのは確かであるが、思ったより女性の読書家は多かったらしい。また、字が読める上流女性の知識欲、読書欲はきわめて強く、女性の中にも個人蔵書を作ることに熱心な者があったことが知られている。

「ティラン」の人気は、中世の荒唐無稽なファンタジーには飽き足らなくなった、近代に片足をかけた男たち、実生活では自由な外出さえままならないものの、熱く、ロマンチックでしかも現実味のある恋愛・冒険物語にあこがれる女性たち、そういう読者たちによって支えられていたと言えよう。

ティランのモデル——「ラモン・ムンタネーの年代記」をめぐって

主人公ティラン・ロ・ブランのモデルとして最も有力視されているのは、十三世紀末から十四世紀にかけて活躍したカタルーニャの傭兵隊長ルジェ・ダ・フローである。このほか、マルトゥレイは、自分とほぼ同時代のルーマニアの騎士ヤノス・フニャディ（「白い騎士」と呼ばれており、紋章がカラスであった。「ティラン・ロ・ブラン」の「ブラン」は「白」の意味である。「白い騎士ティラン」と訳すことも考えられるが、ティランの母の名ブランカがその由来であると本文中にあるので、翻訳にあたってはそのまま「ティラン・ロ・ブラン」とした）やカスティーリャの騎士ペドロ・バスケス・デ・サアベドラ（実際に行われた英国の武術試合で名を挙げ、コンスタンチノープルの救援にも赴いている）からもインスピレーションを得た可能性がある。ここでは、ルジェ・ダ・フローについて、以下やや詳しく述べてみたい。

十三世紀から十四世紀にかけて、カタルーニャでは四つの重要な年代記が書かれた。「ジャウマ一世の年代記」（一二〇八―七六年）、「ベルナット・ダスクロットの年代記」（一二八三―八八年）、「ラモン・ムンタネーの年代記」（一三二五―二八年）、「ペラ三世儀典王の年代記」（一三四九―八五年）である。これらの年代記はいずれも、そのときどきの王の命令によって書かれたもので、王の行動の正当化や政治的な宣伝を目的としている。主観的な記述が多く、ときとして伝承や創作が入り込むことはあるものの、いずれもカタルーニャの絶頂期の歴史を知るための第一級の資料となっている。

この中で、「ティラン・ロ・ブラン」に大きな影響を与えたのが「ラモン・ムンタネーの年代記」である。著者のラモン・ムンタネーは一二六五年にカタルーニャ北部のパララダに生まれ、一三三六年アイビサ島に没している。ムンタネーは軍人、外交官、書記として歴代の王に仕え、常に権力の中枢の間近にあって見聞きしたことを年代記に記している。その中心は、ジャウマ二世の治世に行われた「大遠征」、すなわち、カタルーニャの有名な傭兵部隊「アルムガバルス」の地中海遠征に関する部分である。

「アルムガバルス」の名が記録に現われ始めるのは、ペラ二世の父、ジャウマ一世征服王の頃である。もともとは、イスラム教徒との戦いで起用され、主に、最も危険であった、イスラム教徒の領土とキリスト教徒の領土の国境地域の警備に当たっていた。「アルムガバルス」という名はアラビア語起源で、「突然侵入してきて荒らしまわる者たち」という意味である。アラビア語の呼称がそのまま伝えられているということは、いかにイスラム教徒に恐れられる存在であったかということの証左であろう。

ムンタネーは彼らのことを次のように描写している。「戦闘だけを生業としている。町には住まず、山や森に住む。(……)他の誰も耐えられないような劣悪な条件にも耐えうる。必要なら二日間も食べずにいられるし、野の草だけで生きながらえることもできる。(……)夏も冬も、丈の短いシャツを一枚着ているだけである。(……)屈強な者たちで、追う時も逃げる時も素早い」

「アルムガバルス」が本格的な活躍を開始するのは、ペラ二世の治世になって海外を転戦することが多くなってからである。軍規が厳しく、組織立って行動し、しかも一人一人は死を恐れず勇敢である。彼らのおかげでカタルーニャ・アラゴン連合王国は連戦連勝。「アルムガバルス」の名前は、イベリア半島の辺境から一気に全ヨーロッパにとどろくようになった。

十三世紀末から「アルムガバルス」の首領を務めていたのがルジェ・ダ・フロー、ティランのモデルではないかとされている男である。「華《フロー》のルジェ」という名前に似合わず、大変な曲者《くせもの》で、ドイツ出身で(イタリア出身という説もある)テンプル騎士団にいたのだが、戦利品の横領が発覚して放逐された。その後、避難民を脅して金品を奪っていたとも、海賊に身をやつしていたとも言われている。

十四世紀になると、「アルムガバルス」に危機が訪れる。地中海の国際情勢が安定し、活躍の場が減ってきたのである。二十年余りにわたって、教皇、フランス、そしてカタルーニャの間で奪い合いが続いていたシチリアの帰属がカルタベリョッタ条約(一三〇二年)で関係者痛み分けの形で一応の決着をみたことがその原因であった。やむなく、ルジェ・ダ・フロー率いる「アルムガバルス」は戦場を求めて、オスマン・トルコに脅かされていたビザンチン帝国に招かれ、その防衛に当たることになった。

「アルムガバルス」の遠征地図とティラン・ロ・ブランの物語の展開を示す地図を比べてみると、二つがよく似ていることがわかる。その他にも、ルジェ・ダ・フローが大歓声の中をコンスタンチノープルに入港したときの船団が十二隻からなっていたこと(ティランの船団は十一隻)、彼が皇帝から大公の称号を授けられ、さらには後にカエサルの称号を得ていること(ティランもカエサルに任命される)、皇帝の姪(ティランの場合は王女)との婚姻を約束されたこと、ティラン同様、アナトリアでグラン・カラマニィと戦っていること、そして、ティランが死の病を得た土地アンドリノポルで彼が非業の死を遂げたこと、など両者には共通点が多い。いずれにせよ、「ムンタネーの年代記」がギリシャ以降の「ティラン」の重要な情報源であることは明らかである。

　ただし、結末については前述の通り、年代記とは相当に異なっている。「アルムガバルス」の威力は評判通りのものであった。小アジアにトルコ軍を散々に打ち破り、いくつもの都市を解放した。しかし、いったん危機が去ってしまうと、ビザンチン皇帝は、「アルムガバルス」を、そのあまりの強さ故に、うとましく思うようになり、ある勝利の祝宴で、ルジェとその部下たちを騙し討ちにして葬り去ってしまったのである。しかしビザンチン皇帝は「アルムガバルス」を甘く見ていた。ルジェ・ダ・フローたちが謀殺されたことを知った残りの隊士たちの怒りはすさまじいものであった。「アルムガバルス」の残党は、すぐさまトラキアを、次いでマケドニアに侵攻し、破壊、殺戮の限りを尽くす。後々までこの出来事は「カタルーニャ人の復讐」という名で語り継がれることになった。

この後、彼らはアテネ公国を占領(一三一一年)し、その直後にはネオパトリア公国も領有する。そして、これらの領土は、かつての主君筋であるペラ三世に献上されたのである。

カタルーニャ人によるギリシャのこの地域の支配は一三八八年まで続いた。地域的に限定されてはいたが、西洋文明発祥の地ギリシャでカタルーニャ語による統治がなされたということは、カタルーニャ人の自尊心をくすぐるのに十分であった。なんといっても、紀元前六世紀にギリシャ人がカタルーニャのアンプリアスに植民地を築いてから千八百年余を経て、逆にカタルーニャ語がギリシャに到達したのである。ただし、ギリシャのこの地方は、当時の貿易の主要ルートからは外れており、領有には実質的な意味はなかったのだが。

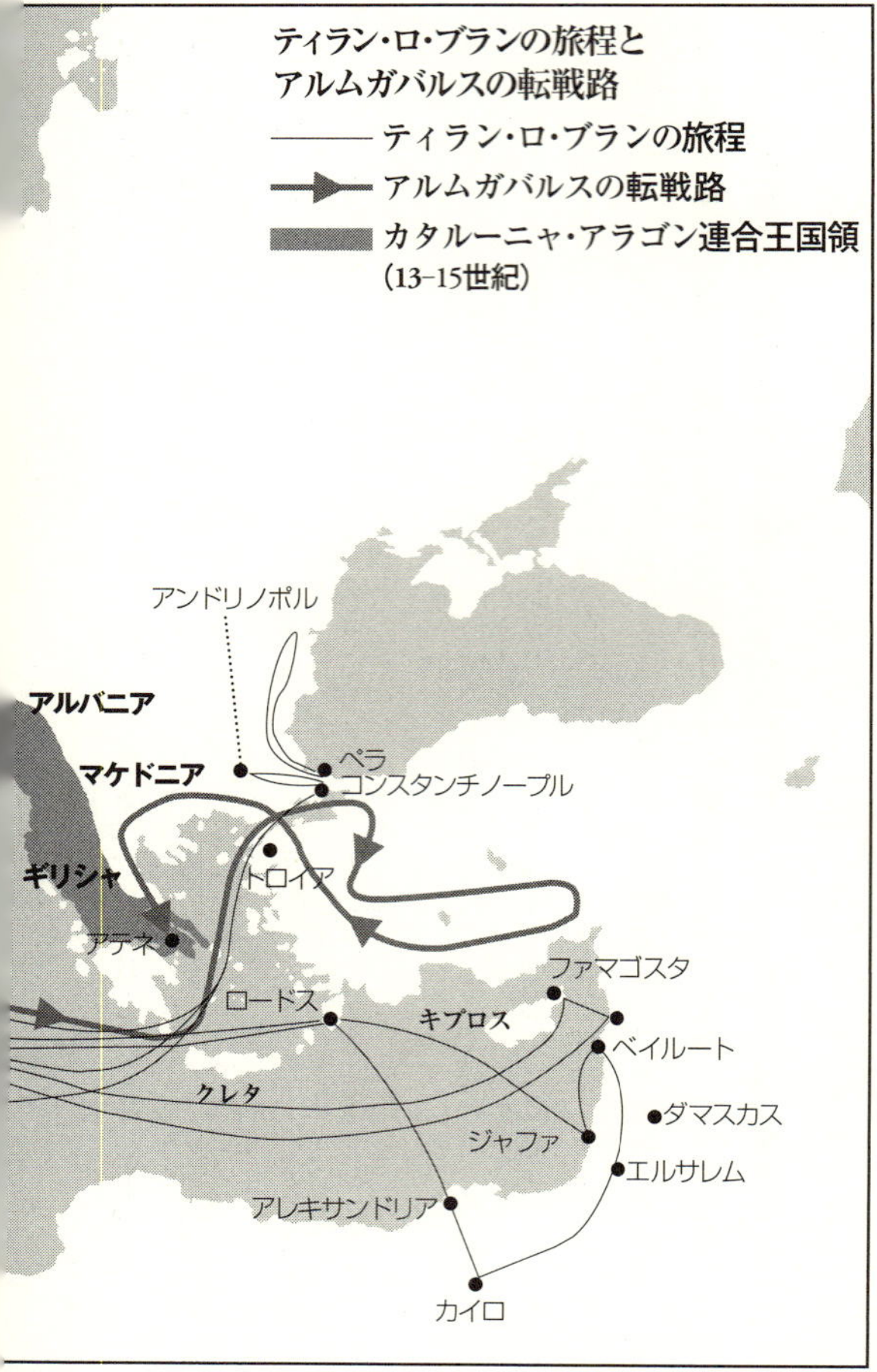
ティラン・ロ・ブランの旅程と
アルムガバルスの転戦路
ティラン・ロ・ブランの旅程
アルムガバルスの転戦路
カタルーニャ・アラゴン連合王国領
(13–15世紀)
アンドリノポル
アルバニア
マケドニア
ペラ
コンスタンチノープル
ギリシャ
トロイア
アテネ
ファマゴスタ
ロードス
キプロス
ベイルート
クレタ
ダマスカス
ジャファ
エルサレム
アレキサンドリア
カイロ

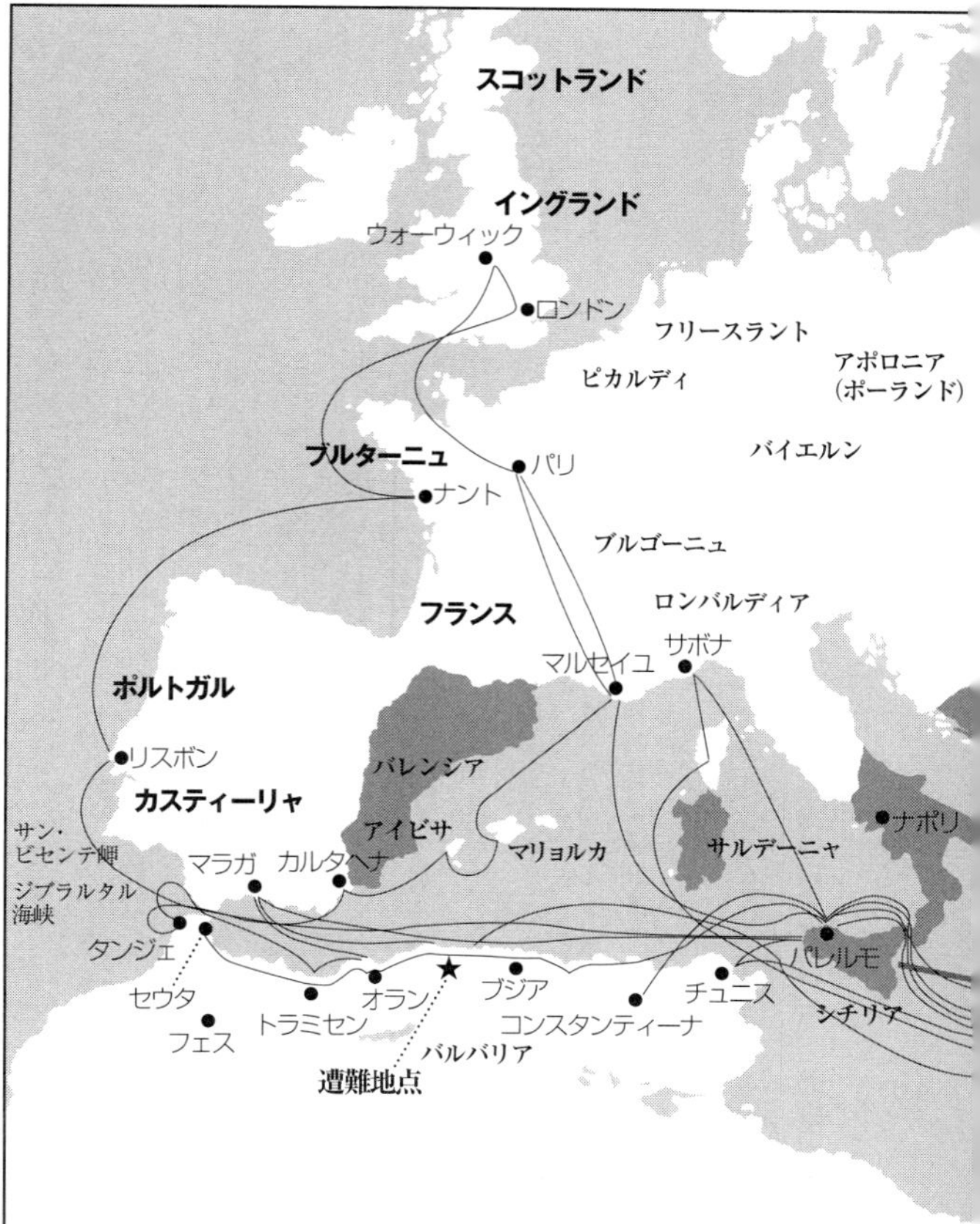

(Isidor Cònsul, *TIRANT LO BLANC*, Editorial Labor, Barcelona,1992所収の図をもとに作成)
Permission : INFIESTA EDITOR, Barcelona.

「ティラン・ロ・ブラン」のオリジナリティ

ここでいう「オリジナリティ」とは独創性という意味ではなく、どの程度「ティラン・ロ・ブラン」がマルトゥレイのオリジナル作品であると認めうるか、ということである。

本書の冒頭に置かれたポルトガル皇太子ドン・フェランドへの献辞には、「このティランの活躍の物語は英語で書かれていますので、殿下は、ポルトガル語に翻訳されることをお望みと存じます。(……)英語をポルトガル語に直すのみならず、そのポルトガル語からバレンシアの口語にも翻訳するという大それた試みに挑戦してみようと存じます」とある。はたして「ティラン」は英語の原典からの翻訳なのだろうか?

結論から言えば、「ティラン・ロ・ブラン」がマルトゥレイのオリジナル作品であることに疑問の余地はない。その根拠は、「ティラン」全編を通じて、マリョルカの神学者ラモン・リュイ(一二三二/三三—一三一五/一六)の著作のほか、当時存在していたカタルーニャ語の著作からの引用が数多くあることである。また、引用には部分的かつ飛び飛びのものも少なくない。もし仮に作者が英国人であったとしたら、それらをすべてカタルーニャ語で読み、英語に翻訳したことになる。さらに、マルトゥレイはその英語文から、元のカタルーニャ語文を忠実に復元したのでなければならない。そんなことは、まず不可能と言える。作品が外国語の原典からの翻訳である、という体裁は、真実味を高めるために当時よく行われていた手段であり、作者はそれを踏襲したにすぎないと言えよう。

次に、その「引用」について述べておきたい。

前述の通り、「ティラン」には、ときになんの断わりもなく、ほかの作品からの引用が数多く挿入されている。その最たるものは、「ウォーウィック伯ウィリアム」の中に見られる、ラモン・リュイの「騎士道の書」からの引用で、相当の長さにわたって転載されている。また、「ウォーウィック伯ウィリアム」自体が、中世の叙事詩「ウォーリックのギイ」の翻案である。

このほか「ティラン」には、聖書からの引用、セネカ、オウィディウス、ウェルギリウスなどの古典ラテン文学からの引用、ダンテ、ペトラルカ、ボッカチオなどイタリア文学からの引用、さらにはジュアン・ロイス・ダ・クレリャ、アウジアス・マルク、バルナット・メッジャ、アシメニスなどカタルーニャ文学の著作からの引用も見られる。

いずれの場合も引用が正しく行われているとは限らず、ある程度の長さにわたって忠実に引用されている場合もあれば、本文の内容に合わせて適当に変えられていることもある。アリストテレスの場合のように、原典が存在しないのに引用のような形式で名が出ている場合さえある。主な原典の特定はだいぶ以前にすんでしまっており、最近の「ティラン」研究には、重箱の隅をつつくような、マイナーな原典探し的なものが多く見られる。ハウフの注釈本にはその成果がふんだんに盛り込まれているのだが、一般の読者にとっては無用の情報だと思うので、訳注には最小限のものを含めるにとどめた。しかし、出典を明記せぬ引用は「剽窃」ではないのか、それほど多くの「引用」があってはオリジナルな文学作品たりえないのではないか、という疑問がわいてくるのは当然といえよう。

筆者の考えでは、いずれの問いの答えも「否」であると思う。そのような疑問は、十五世紀末の作品を現代の感覚で評価しようとするために生じるのである。

現代においては文学作品が氾濫しており、ある作品と別の作品がどう違うのか、すなわちオリジナリティということが極端に重要視されるようになっている。一つ一つの作品の「著作権」が確立され、無断の引用は「剽窃」として指弾されることになる。しかし、中世においては、存在する文学作品はきわめて少数であった。また、印刷術が発明された後でさえ、書物は貴重品であった。読者はなかなか書物に接する機会がなく、一回の読書からできる限りの情報を得たいと考えたとしても不思議はない。また、教育機関が少なかった当時であれば、読書が教養を深める重要な手段でもあったはずである。既存の文学作品、あるいは口承文学の情報を盛り込むこともまた、時代の要請だったのではないだろうか。

もちろん、中世においても現代においても、文学作品の生命は読者にどれほどの感銘を与えられるかということに尽きると思う。その意味では、原典の有無、その明示の如何《いかん》は、いわば二次的な問題である。「ティラン」がこれほど長きにわたり、数多くの読者に読み継がれてきたのは、文学作品として一番重要な魅力に富んでいるからであり、引用の多さがそのオリジナリティを損なうというような議論にさほど意味はないのではないだろうか。

カタルーニャ語とカタルーニャ文学

最後にカタルーニャ語とカタルーニャ文学について概説しておきたい。カタルーニャ語自体、我が国であまり知られておらず、またカタルーニャ文学についても紹介される機会は極めて少ない。その概略をここに記すことで、「ティラン・ロ・ブラン」の歴史的位置づけが容易になると思うからである。

カタルーニャ語は、いわゆるロマンス諸語の一つである。

古代、ローマ帝国の支配下にあった地域では、ラテン語が共通語として使用されていた。ところが、ローマ帝国の衰退期から崩壊に至る過程で、ラテン語はそれぞれの地域で、独自の変化を遂げていった。それらの言語はやがて、イタリア語、フランス語、スペイン語、ポルトガル語などになるのである。これらをまとめてロマンス諸語という。カタルーニャ語もその一つである。つまり、フランス語やスペイン語とは、ラテン語という母を同じくする姉妹の関係にある。いずれかの言語の方言ではなく、独立した言語である。

現在のカタルーニャ語の言語人口はおよそ六百万人だと言われている。スペインのカタルーニャ地方、バレンシア地方、バレアレス諸島、フランスのルサリョ地方、ピレネー山中の小国アンドラ公国などで使用されている。

現存する最古の、カタルーニャ語によって書かれた文書は「ウルガニャー説教集」で十一世紀にさかのぼる。しかし、カタルーニャ語が文章語として使われるようになったのは、十三世紀に、マリョルカ島出身のラモン・リュイが登場して以降のことだと言ってよい。リュイはもともと、宮廷に仕える貴族であったが、あるとき信仰に目覚め、生涯を著作と異教徒への布教に捧げることになる。その二百五十にものぼる作品の中では、

「騎士道の書」(一二七五年)、「アバスト、アロマ、ブランケルナの書」(一二八三―九五年)、「フェリックまたは奇跡の書」(一二八八年?)などが名高いが、なかでも、「アルス・マグナ」(一三〇五―〇八年)は、集めうる限りの哲学、神学、科学の知識を動員して書かれたもので、イタリア・ルネサンスの思想家や、かのライプニッツにも影響を与えた。また、ラブレーの「ガルガンチュアとパンタグリュエル物語」にも「ルリウス」(リュイのラテン語名)という名が見える。リュイの功績は、著作の内容の豊かさもさることながら、カタルーニャ語を著述、創作に適する言語の地位にまで高めたことにある。

こうして誕生したカタルーニャ語文学が一つの頂点を迎えるのが十五世紀である。まず第一に、カタルーニャ語の詩の創始者とも言うべきアウジアス・マルク(一三九七―一四五九)をその代表として挙げねばならない。彼は、「愛の歌」「死の歌」「魂の歌」「道徳の歌」の四つに分類される一万二百六十三編もの詩を残した。それまでは、詩といえばオック語(南仏語)で書くことが常識であり、カタルーニャ語での詩作自体が革命的なことであったが、さらに、その作品は文学史上高い評価を受けており、現在でもカタルーニャの人々に広く愛唱されている(因みに、彼の一人目の妻イザベルはジュアノット・マルトゥレイの妹である)。そしてこの時期のカタルーニャ語の散文文学の代表は言うまでもなく「ティラン・ロ・ブラン」である。十五世紀中頃には、前出の「クリアルとグエルファ」という騎士道小説の秀作が書かれているが、スケールの大きさや文学的価値という点では「ティラン」に遠く及ばないことはすでに指摘した通りである。

この後、コロンブスの新大陸到達以降、交易の中心が地中海から大西洋へと移り、カスティーリャ王国がイベリア半島の政治の中心となるとともに、カタルーニャは政治的にも経済的にも長い停滞期に入る。文学も例外ではなかった。カスティーリャ文学が「黄金世紀」と呼ばれるほどの隆盛期を迎える陰で、カタルーニャ文学は、注目に値する傑作を生み出すどころか、存続が危ぶまれるほどの危機的状況に陥り、そのまま数世紀が経過した。

カタルーニャ文学が再び息を吹き返すのはようやく、小規模な産業革命とともに経済が回復し、カタルーニャが再び産業の中心となる十九世紀のことであった。その潮流を、「ラナシェンサ」(再生)という。「ラナシェンサ」は、一八三三年にブナベントゥーラ・カルラス・アリバウ(一七九八—一八六二)が「祖国への頌歌」という詩をカタルーニャ語で発表し、文章語としては忘れられていたカタルーニャ語を復活させたことに始まる。「ラナシェンサ」は、当初は、復古的な文学運動であったが、やがて、国民的大詩人ジャシン・バルダゲー(一八四五—一九〇二)が出て「アトランティダ」「カニゴー」などの傑作を次々に発表するに至って、カタルーニャ文学復興の確固たる流れとなったのである。この少し後に、ポンペウ・ファブラ（一八六八―一九四八）という偉大な言語学者が出て、正書法、辞書、文法書などを著わし、カタルーニャ語の規範化を実現したことも見逃すことができない。

十九世紀末から二十世紀初頭にかけて「ラナシェンサ」は、より近代的で幅広い「ムダルニズマ」（近代主義）と呼ばれる運動に引き継がれる。ジュアン・マラガイの詩、ビクトー・カタラーやサンティアゴ・ルシニョルらの小説など、興味深い文学作品が次々に生み出された。「ムダルニズマ」は文学のみならず、絵画、彫刻、建築などの分野にも及んだ。絵画ではラモン・カザス、前出のサンティアゴ・ルシニョルらの作品がもてはやされ、若き日のピカソもバルセロナでその洗礼を受けた。建築では、プッチ・イ・カダファルクやドゥメナク・イ・ムンタネーらの華麗な建物がバルセロナを飾った。かのアントニ・ガウディもその同時代人である。米西戦争（一八九八年）で植民地のほとんどを失い、凋落を露わにしているマドリードを中心とするカスティーリャに対し、「ムダルニズマ」は意気軒昂たる新興ブルジョワジーが闊歩するカタルーニャの勢いを象徴する芸術運動であった。

しかし、このようなカタルーニャ文学の隆盛も長くは続かなかった。一九三六年に勃発したスペイン内戦（―一九三九年）は、フランコ将軍率いる反乱軍が勝利をおさめ、フランコ独裁政権が誕生する。フランコと敵対する共和国政府側についていたカタルーニャには戦後、徹底的な弾圧が加えられ、カタルーニャ語の公的使用も厳しく禁止されることとなった。弾圧を逃れて海外に亡命し、カタルーニャ語で創作活動を続ける作家もおり、マルセー・ルドゥレダ(一九〇八—八三)の小説「ダイヤモンド広場」のような傑作も生まれたが、カタルーニャ本土では、カタルーニャ語は再び文章語の地位を追われることになったのである。

その後、約四十年にわたるフランコ政権の下で、時期によって厳しさに差はあるものの、カタルーニャ語根絶やし政策は継続された。フランコの死後の民主化の過程で、カタルーニャ語も復権を遂げたとはいえ、四十年間の空白を埋めるのは容易ではない。地道なカタルーニャ語正常化運動によって、あらゆる分野におけるカタルーニャ語の使用が定着してきたのはごく最近のことである。

*

「ティラン・ロ・ブラン」は奇蹟の書であると言うことができる。その第一の理由は、これだけの内容の本が十五世紀に書かれたという事実である。「ティラン」は中世的な騎士道物語を超越した、ルネサンス的な人間臭さに溢れた、「デカメロン」にも匹敵する傑作である。しかも、その時代の文学の漸次的な進歩の積み重ねの上に現われたというよりも、突然もたらされたという感がある。それまでほとんど著作に手を染めたことのない一騎士によって。潮流が大きく変わるときには、そういうことが起こるものなのかもしれない。

「奇蹟」であるという第二の理由は、「ティラン」の初版(揺籃期本)が現在まで残っていたということである。一四九〇年にシュピンドラーが印刷した七百十五部のうち、現存するのは三部で、それぞれバレンシア大学、ニューヨーク・ヒスパニック・ソサイアティー、大英図書館に保管されている。コロンブスのアメリカ大陸到達(一四九二年)の頃から現代にいたるまでの膨大な歴史的出来事を思い浮かべてみれば、当時印刷されたものが三部も残っているのはまさに奇蹟というほかない。

しかし、そのような世界文学史に残る大傑作もごく最近まで、一部の専門家を除いて、その存在に注目する者はほとんどなかった(近代以降に出た初めての、カスティーリャ語以外の外国語訳は、一九八四年のローゼンタールの英語訳である)。それを「発見」したのがバルガス＝リョサである。彼がこの作品に出会い、世の読者に紹介すべく筆をとったこと自体、「ティラン」にとって奇蹟的な幸運であった。なぜならば、文学的名声や地位を獲得していたバルガス＝リョサが紹介文を書いたからこそ、そのひと言が世間から重んぜられ、「ティラン」がいまふたたび文学の表舞台に立つことになったからである。紹介者が無名の一学徒、一文士ではこうはいかなかったであろう。

このような「ティラン」に直接かかわる「奇蹟」に、カタルーニャ語の運命の奇蹟を加えておかねばなるまい。カタルーニャ語とその文学は、前節で概説したような盛衰を経験してきている。存続が危ぶまれる時期も一再ならずあった。それは英語、フランス語、ドイツ語あるいは日本語など、大言語を母語とする者からは想像もつかない事態である。なんとかそのような危機を乗り越え、現在の安定的状態につなげたのは、ひとえにカタルーニャの人々の強い民族的アイデンティティ意識と言語に対する忠誠心、愛着である。数多くの少数言語がこれまでに死滅し、そして今も死に瀕していることを思えば、この過程自体が奇蹟的である。カタルーニャの人々が「ティラン」を誇りに思うのは、まず第一にその内容が世界の古典に比肩し得るものだからであることは言うまでもない。また、その時代背景が、カタルーニャが地中海の覇者であった絶頂期であるということも一因であろう。しかし、「ティラン」が世界に広く知られるようになることが、自らの言語カタルーニャ語の真の復活の証の一つになるということも、カタルーニャ語、カタルーニャ文学の歴史を見れば容易に推察できるのである。

日本は、翻訳大国であると言ってよいのではないかと思う。世界の文学史に残るような主な傑作はほとんど訳出されている。そんななかで、セルバンテスが賞讃し、バルガス＝リョサが認めた「ティラン・ロ・ブラン」のような作品が未訳であったということはまさに信じがたいことであった。そのような作品を翻訳する機会に恵まれるということは、翻訳に携わる者にとってめったにあることではない。自らの力量と作品の重要性を見比べれば、あきらかに力不足ではあるが、せっかく巡ってきたチャンスを逃せば、このあといつ同様の幸運が訪れるかわからないので、蛮勇をふるって取り組むことにした。これまで学んできたカタルーニャ語・カタルーニャ文化の知識を総動員して翻訳に当たったが、至らぬところも多いと思うので、諸氏のご指摘、ご指導をまちたい。

最近の厳しい出版界の事情を知る者には、このような大部の古典作品の翻訳が可能になったことはそれこそ奇蹟的に映るだろう。「ティラン・ロ・ブラン」の価値を認め、岩波書店に紹介の労をとり、出版を強力に後押しするとともに、バルガス＝リョサによる「日本語版への序文」の翻訳まで引き受けてくださった鼓直先生にまず感謝申し上げたい。思えば、一五一一年に出版されたカスティーリャ語訳を貸してくださったのも先生であった。次に、この難しい企画の実現に尽力し、出版までの過程でいろいろ有益なアドバイスをして訳者を助けてくださった岩波書店の入谷芳孝氏にも感謝申し上げる。

なにぶん「ティラン・ロ・ブラン」は五百年以上も前に書かれた作品である。そのカタルーニャ語は現代のカタルーニャ語とは大分違うし、また、揺籃期本の印刷の過程でのミスがないわけではない。翻訳には当然、少なからぬ困難が伴った。その都度、親身になって相談にのってくれたのが、カタルーニャの作家にして日本文化の良き理解者である、わが友ジュゼップ・ナバロ・サンタウラリアである。彼の協力なしに翻訳を完成させることは難しかっただろう。ここで改めて感謝の意を表しておきたい。

このような古典作品の翻訳出版を、純粋に商業ベースで実現することが難しいことは明らかである。カタルーニャ政府の機関である「ラモン・リュイ・インスティテュート」は多大な補助金交付によって我々の企画の実現に力を貸してくれた。かれらの理解と、その背後にあるカタルーニャの人々の熱意に感謝したい。

ここに挙げたうち、どれか一つが欠けていても、この「奇蹟」は起こらなかったであろう。ひたすら感謝するばかりである。

二〇〇七年七月

田澤　耕

文庫版へのあとがき

『ティラン・ロ・ブラン』が岩波文庫に入ることになった。とても嬉しい。

このカタルーニャ語文学の最高傑作は、日本において、これ以上望みようのないほど幸せな運命を享受することになった。まず、岩波書店という権威ある出版社から豪華な造りの単行本として二〇〇七年に出版され、それが時間をかけつつもじわじわと売れて、このたび、「無事」に岩波文庫にたどりついたのだから。

単行本で大事に扱われ、文庫本でさらに多くの読者の手元に行きわたる。これがどれほど稀有な、素晴らしいことなのかを、さっそく私はカタルーニャの人たちに説明しなければならない。というのも彼の地には、文庫本の文化というものが根付いていないからだ。文庫に相当するポケット版はどうしても、エンターテインメント系の読み捨て本というイメージを持たれてしまう。岩波文庫がいかに日本の読書文化に貢献して来たかを知ってもらわねば。むしろ逆に、『ティラン』が文庫化されたということが、その役に立つかもしれない。

さて、本文は今読み返してみても、とくに大きく手を入れる必要は感じなかったので、いくつか小さな改変を加え、注を二、三付け加えるにとどめた。

一方、単行本の出版から約十年、その間に『ティラン』を囲む環境にはいろいろ変化があった。

まず、『ティラン』を現代において「発掘し」、日本語版にも序文を寄せてくれたペルー出身の作家マリオ・バルガス＝リョサが二〇一〇年にノーベル文学賞を受賞した。バルガス＝リョサは受賞演説の中でも『ティラン』の著者マルトゥレイに触れている。

「物語を書くのは容易ではありませんでした。思い描いていたことを言葉にするとそれは紙のうえで枯れ、思考やイメージはその生命力を失いました。そこに再び力を吹き込むにはどうすればいいだろう？　幸いなことに私の目の前には学んで範とすべき先達たちがいました。フロベールは才能とは弛みない訓練と長年にわたる忍耐であるということを教えてくれました。フォークナーは素材の価値を高めるのも貶めるのもひとえに形式――文体と構造――であることを教えてくれました。マルトゥレイ、セルバンテス、ディケンズ、バルザック、トルストイ、コンラッド、トーマス・マン、彼らは小説において物量と野望が文体的巧緻と語りの戦略と同様に大事であることを教えてくれました。」(松本健二訳、Instituto Cervantes のホームページより)

また、二〇一〇年六月十七日付けのスペインABC紙掲載のインタビューにこうも答えている。「私は自分の小説にどんな特徴が必要かということをこの小説から学びました。マルトゥレイは意識はしていなかったかもしれないが、この作品を読むと彼が小説の技術に関していかに豊富な知識を持っていたかがわかります。彼は言葉で世界を再構築することの必要性を理解しており、同時にその世界に現実味を持たせるためには一定のメソッドやシステムがなければならないということもわかっていました。また、理屈だけでなく、感性や感情の部分で読者に訴えかけることが肝心だということも。しかも、この作品には彼の著者としての個性がありありと現れているのです」

ノーベル賞作家にここまで言わせるか、というほどの賛辞である。

単行本の解説で、カタルーニャ語がたどってきた歴史についても触れた。それが今また、大きな転機に差し掛かっていることも変化の一つである。

すでに述べたように、カタルーニャ語は政治の荒波に翻弄されてきた。ここでまた巨大な波が押し寄せてきている。

ことの発端は、二〇〇六年、カタルーニャ自治州政府が州の憲法にあたる自治憲章を改正したことにあった。新自治憲章は全体としてカタルーニャ自治州の独立性を高めることを目的としている。ところがスペイン中央政府はこれを憲法違反だとし、憲法裁判所に提訴し、憲法裁判所は二〇一〇年、一部違憲の判断を示した。違憲とされた条項の中には、公の場でのカタルーニャ語の優先的使用など民族のアイデンティティの根幹にかかわるものが含まれている。当然、カタルーニャの人々は強く反発した。二〇一二年には百五十万人規模のデモがバルセロナで行われ、それ以降毎年「カタルーニャ国民の日」である九月十一日に様々な形で抗議デモが行われるようになった。

その後の地方選挙で独立支持派が勝利をおさめ、カタルーニャ自治政府は明確に独立を目標に掲げて、そのためのプロセスを開始した。もちろんスペイン中央政府は黙ってはいない。また、カタルーニャ人の絶対的多数が独立を望んでいるかというと必ずしもそうではない。たしかにカタルーニャが独自の文化と言語を持つ民族であることは間違いない。また、スペインの政権与党が左派であるか右派あるかを問わず中央政府からカタルーニャが冷遇されてきたのも明らかである。しかし、スペインから離れて果たして経済的にやって行けるのか――自信を持ってこの問いにイエスと言い切れない人々がカタルーニャ人の中に半数近くはいる。今後どのような展開を見せるのか現時点では不透明である。

そもそも、自治憲章にカタルーニャ語の公の場での優先使用を盛り込まなければならないのは、それが常態になっていないということである。たとえば、日本国憲法にそういう規定は必要ない。単行本の解説に書いたように、スペインでフランコの独裁政権が終焉を迎え、民主化が進む中、カタルーニャ語は一九七八年のスペイン国憲法で自治州の公用語としての地位を与えられた。これに基づき公の場から姿を消していたカタルーニャ語に本来の姿を取り戻させるべく、「正常化」の努力が続けられてきた。なのに今なお、このような言語に関する条項を自治憲章にもうけなければならない状況がある。それはカタルーニャの人々の努力が不足しているということではない。たとえば、スペイン一の経済先進地区たるカタルーニャにはスペイン内外から大勢の移民がやってくる。彼らの言語、あるいは彼らがまず覚える言語はカスティーリャ語(スペイン語)である。その勢いはなかなか食い止められるものではない。問題の本質は、ある言語を人為的に約四十年にわたって抑圧しておくことの罪深さである。この先、独立問題の帰趨によって、カタルーニャ語は文字通り完全に独り立ちするのか、それとも再び辛酸をなめることになるのか。独立への賛否とは別に、これはカタルーニャ語を母語とする人々が共通して持つ不安であろう。

そんな中で、カタルーニャの人々の心のよりどころが、豊かなカタルーニャ語文学の伝統であることは想像に難くない。その最高峰がこの『ティラン』である。『源氏物語』は日本の誇りでありながら、それを読破した日本人が必ずしも多くはないのと同様に、『ティラン』を読み通したことのあるカタルーニャ人もそう多くはないのだが、まあ、名作には存在自体の重要性というものがあるのだからそれはそれでいいとしよう。

もっとも、バルガス＝リョサはカタルーニャの独立には冷淡である。キエフで行った講演の中で、「私はカタルーニャに五年住み、娘は今でも住んでいるが、スペインからの独立を望んでいる人など一人も知らない」と述べた。どう少なく見積もっても、カタルーニャの人口の半数は独立支持派である。カタルーニャで、どのように暮らせば独立を望む人と会わずにすむのだろうか。もちろん、文学と政治は別物であるという考え方もあり、『ティラン』のファンが独立支持派でなければならないということはまったくないのだが、いささか極端ではある。

単行本の『ティラン』は、おおむね好意的に受け入れられたと言えると思う。たとえば東京大学の斎藤文子先生はスペインのアラカン大学の雑誌 TIRANT（第十二号、二〇〇九）で「この翻訳の重要性は文化普及という点にとどまらない。十五世紀末から十六世紀を通してヨーロッパ各地で読者を熱狂させた、イベリア半島生まれの騎士道物語の一冊が、本書によって初めて日本語で読めるようになった。騎士道物語のパロディとして書かれたセルバンテスの『ドン・キホーテ』は、一八八七年に初めてその一部が邦訳されて以来これまで数多くの翻訳が出版され、今現在本屋で手に入るものでさえ、異なる三種類が流通しているほどである。この状況に比べ、ドン・キホーテが、脳みそが干からびるまで愛読した騎士道物語は、前篇六章の蔵書検閲のエピソードで名前が上がったもののうち、『アマディス・デ・ガウラ』を含め、一冊も翻訳されていなかった。ドン・キホーテの図書室で言及されなかった本を含めれば、イタリア語の韻文によって書かれたものではあるが、ルドヴィコ・アリオストによる『狂えるオルランド』が訳されているのみである(脇功訳、二〇〇一)。ヨーロッパ文学の源流ともいえる騎士道物語の傑作のひとつが、今回翻訳された意義は大きい。訳文はたいへん読みやすい」とその意義を評価してくださった。ただし訳者の解説について、「ただそのなかで、『ティラン』の読者として女性が重要な役割を占めていたはずだが、女性の識字率は一般に低かったということを問題にしている箇所がある。最近の読書史研究によれば、この時代、文字が読める人だけではなく、読めない人も、耳で聞くことで読者となりえたことが明らかにされている。実際、目で読む読者よりも耳で聞く読者の方が数としては多かった。そのため、読者層を考える場合、必ずしも識字率を気にする必要はない、ということを指摘しておきたい」とおっしゃっている。それはまったくその通りで、この場を借りて訂正しておきたい。

最後に、『ティラン』研究の主要拠点の一つであるスペイン、バレンシア自治州のアラカン大学のビセン・マルティネス教授のイニシアティブで二〇一一年に『ティラン・ロ・ブラン、ポリグロット』という冊子が編まれたことに触れておきたい。この冊子は、『ティラン』の初めてのカスティーリャ語訳(一五一一年)の五百周年を記念したもので(セルバンテスが読んだのはこの翻訳である)、そのタイトルの「ポリグロット」(多言語使用)が示す通り、今なお世界各国で綿々と続けられている『ティラン』の翻訳と研究について紹介したものである。翻訳に関しては、カスティーリャ語をはじめ、古くはイタリア語(一五六六)やフランス語(一七三七)といったカタルーニャ周辺の言語から始まり、最近ではトルコ語、アラビア語、タガログ語、中国語……とじわじわと世界に広がりつつある様子がよくわかる。ヨーロッパ、中東あたりならともかく、フィリピンや中国のように、言語はもちろん、歴史や文化がまったく異なる場所で、『ティラン』が読者に理解されるのか、受け入れられるのかという疑問は当然生じる。しかも五百年以上も前の物語である。もちろん、日本語訳についても同じことが言える。その答えはイエスであり、まさにそのことこそが古典の力を示している。つまり、地理的な距離、時間的な距離を超えて、人間が面白いと感じる普遍的なエッセンスを古典になる作品は持っているということなのだろう。

古典作品が普遍性を持っている反面、これまた当然なことにそこにはどうしても越えがたい言語的、文化的バリアがある。それが何か、それをどう解決するか、ということを中心に『ティラン』研究もまた、果てしなく続けられていくのである。この冊子にも、クロアチア語やアラビア語への翻訳の問題点に関する小論文が載せられている。私も、カタルーニャ語と日本語の言語的な違い、そして文化的・歴史的距離に由来する翻訳の困難さに関して書かせてもらった。

この、『ティラン』の他言語訳の長いリストの中で、個人的に私の目が行くのはスウェーデン語訳(一九九四)である。訳者ミゲル・イバニェスはスペインがまだとても貧しかったころにスウェーデンに移住したスペイン人の息子であった。彼と私は三十年近く前、マリョルカ島の修道院で開かれた「ラモン・リュイ講座」という夏季講座で机を並べて勉強した仲だった。物静かな彼とは馬が合い、休みの日には観光客のいない小さな浜辺を探して一緒に泳いだりしたものである。当時からすでにカタルーニャ語やカタルーニャ文学の知識では私をはるかに上回っていた彼は、帰国後しばらくして『ティラン』の翻訳を完成させた。さすがだな、と思ったことを覚えている。しかし、それから数年後、人伝えに彼が自ら命を絶ったことを知った。マリョルカ島以後会っていなかった私には何が理由だったか知る由もない。聡明で勉強家の彼なら、生きていれば大家になっていただろう。とても惜しいことをした。

彼が亡くなったのを知ったとき、悲しいと思った。しかし、同時に、スウェーデンのカタルーニャ語古典研究はどうなるのだろうとも思った。マイナーな言語の場合はそんなものだ。本場からの地理的・文化的距離が遠くなればなるほど研究者の数が少なくなるのはやむを得ない。その国でたった一人の人間がすべてを背負っているということも少なくない。翻訳や研究が途絶えてしまわないためには、常にできるだけ多くの人にその言語と文学を知ってもらう努力をしていなければならない。そうすればもしかすると読者の中から後継者が現れるかもしれない。その意味でも、『ティラン』の文庫化には大きな意義があると思う。

二〇一六年十一月

田澤　耕

ティラン・ロ・ブラン 4 〔全4冊〕
J. マルトゥレイ／M. J. ダ・ガルバ作

2017年1月17日 第1刷発行

訳 者 田《た》澤《ざわ》 耕《こう》

発行者 岡本 厚

発行所 株式会社 岩波書店
〒101-8002 東京都千代田区一ツ橋 2-5-5

案内 03-5210-4000 営業部 03-5210-4111
文庫編集部 03-5210-4051
http://www.iwanami.co.jp/

印刷・精興社 製本・中永製本

ISBN 978-4-00-327384-5 Printed in Japan

読書子に寄す

――岩波文庫発刊に際して――

岩波茂雄

真理は万人によって求められることを自ら欲し、芸術は万人によって愛されることを自ら望む。かつては民を愚昧ならしめるために学芸が最も狭き堂宇に閉鎖されたことがあった。今や知識と美とを特権階級の独占より奪い返すことはつねに進取的なる民衆の切実なる要求である。岩波文庫はこの要求に応じそれに励まされて生まれた。それは生命ある不朽の書を少数者の書斎と研究室とより解放して街頭にくまなく立たしめ民衆に伍せしめるであろう。近時大量生産予約出版の流行を見る。その広告宣伝の狂態はしばらくおくも、後代にのこすと誇称する全集がその編集に万全の用意をなしたるか。千古の典籍の翻訳企図に敬虔の態度を欠かざりしか。さらに分売を許さず読者を繫縛して数十冊を強うるがごとき、はたしてその揚言する学芸解放のゆえんなりや。吾人は天下の名士の声に和してこれを推挙するに躊躇するものである。このときにあたって、岩波書店は自己の責務のいよいよ重大なるを思い、従来の方針の徹底を期するため、すでに十数年以前より志して来た計画を慎重審議この際断然実行することにした。吾人は範をかのレクラム文庫にとり、古今東西にわたって文芸・哲学・社会科学・自然科学等種類のいかんを問わず、いやしくも万人の必読すべき真に古典的価値ある書をきわめて簡易なる形式において逐次刊行し、あらゆる人間に須要なる生活向上の資料、生活批判の原理を提供せんと欲する。この文庫は予約出版の方法を排したるがゆえに、読者は自己の欲する時に自己の欲する書物を各個に自由に選択することができる。携帯に便にして価格の低きを最主とするがゆえに、外観を顧みざるも内容に至っては厳選最も力を尽くし、従来の岩波出版物の特色をますます発揮せしめようとする。この計画たるや世間の一時の投機的なるものと異なり、永遠の事業として吾人は微力を傾倒し、あらゆる犠牲を忍んで今後永久に継続発展せしめ、もって文庫の使命を遺憾なく果たさしめることを期する。芸術を愛し知識を求むる士の自ら進んでこの挙に参加し、希望と忠言とを寄せられることは吾人の熱望するところである。その性質上経済的には最も困難多きこの事業にあえて当たらんとする吾人の志を諒として、その達成のため世の読書子とのうるわしき共同を期待する。

昭和二年七月

《東洋文学》〔赤〕

- 王維詩集 — 小川環樹・都留春雄・入谷仙介 選訳
- 杜甫詩選 — 黒川洋一 編
- 李白詩選 — 松浦友久 編訳
- 蘇東坡詩選 — 小川環樹・山本和義 選訳
- 陶淵明全集 全二冊 — 松枝茂夫・和田武司 訳注
- 唐詩選 全三冊 — 前野直彬 注解
- 玉台新詠集 全三冊 — 鈴木虎雄 訳解
- 完訳 三国志 全八冊 — 小川環樹・金田純一郎 訳
- 金瓶梅 全十冊 — 小野忍・千田九一 訳
- 完訳 水滸伝 全十冊 — 吉川幸次郎・清水茂 訳
- 紅楼夢 全十二冊 — 曹雪芹・高蘭墅 補・松枝茂夫 訳
- 西遊記 全十冊 — 中野美代子 訳
- 菜根譚 — 洪自誠・今井宇三郎 訳注
- 浮生六記 —浮生夢のごとし — 沈復・松枝茂夫 訳
- 阿Q正伝・狂人日記 他十二篇（吶喊） — 魯迅・竹内好 訳
- 駱駝祥子 —らくだのシアンツ — 老舎・立間祥介 訳

- 新編 中国名詩選 全三冊 — 川合康三 編訳
- 聊斎志異 全二冊 — 蒲松齢・立間祥介 編訳
- 陸游詩選 — 一海知義 編
- 李商隠詩選 — 川合康三 選訳
- 柳宗元詩選 — 下定雅弘 編訳
- 白楽天詩選 全二冊 — 川合康三 訳注
- ヒトーパデーシャ —処世の教え — ナーラーヤナ・金倉円照・北川秀則 訳
- アタルヴァ・ヴェーダ讃歌 —古代インドの呪法 — 辻直四郎 訳
- マハーバーラタ ナラ王物語 —ダマヤンティー姫の数奇な生涯 — 鎧淳 訳
- バガヴァッド・ギーター — 上村勝彦 訳
- 朝鮮詩集 — 金素雲 訳編
- 朝鮮短篇小説選 全二冊 — 大村益夫・長璋吉・三枝壽勝 編訳
- 尹東柱詩集 空と風と星と詩 — 金時鐘 編訳
- アイヌ神謡集 — 知里幸惠 編訳
- アイヌ民譚集 付 えぞおばけ列伝 — 知里真志保 編訳
- サキャ格言集 — 今枝由郎 訳

《ギリシア・ラテン文学》〔赤〕

- ホメロス イリアス 全二冊 — 松平千秋 訳
- ホメロス オデュッセイア 全二冊 — 松平千秋 訳
- イソップ寓話集 — 中務哲郎 訳
- アンティゴネー — ソポクレース・中務哲郎 訳
- ソポクレス オイディプス王 — 藤沢令夫 訳
- ヒッポリュトス —パイドラーの恋 — エウリーピデース・松平千秋 訳
- バッカイ —バッコスに憑かれた女たち — エウリーピデース・逸身喜一郎 訳
- ヘシオドス 神統記 — 廣川洋一 訳
- ヘーシオドス 仕事と日 — 松平千秋 訳
- アリストパネース 蜂 — 高津春繁 訳
- アポロドーロス ギリシア神話 — 高津春繁 訳
- 黄金の驢馬 — アープレーイユス・呉茂一・国原吉之助 訳
- アベラールとエロイーズ 愛の往復書簡 — 沓掛良彦・横山安由美 訳
- オウィディウス 変身物語 全二冊 — 中村善也 訳
- 恋愛指南 —アルス・アマトリア — オウィディウス・沓掛良彦 訳
- ギリシア奇談集 — アイリアノス・松平千秋・中務哲郎 訳

ギリシア・ローマ神話 付インド・北欧神話　ブルフィンチ　野上弥生子訳
ギリシア・ローマ名言集　柳沼重剛編
ローマ諷刺詩集　ペルシウス ユウェナーリス　国原吉之助訳
内乱 —パルサリア 全二冊　ルーカーヌス　大西英文訳

《南北ヨーロッパ他文学》〔赤〕

ダンテ 神曲 全三冊　山川丙三郎訳
ダンテ 新生　山川丙三郎訳
抜目のない未亡人　ゴルドーニ　平川祐弘訳
珈琲店・恋人たち　ゴルドーニ　平川祐弘訳
夢のなかの夢　タブッキ　和田忠彦訳
ルネッサンス巷談集　フランコ・サケッティ　杉浦明平訳
カルヴィーノ イタリア民話集 全二冊　河島英昭編訳
パロマー　カルヴィーノ　和田忠彦訳
カルヴィーノ アメリカ講義 —新たな千年紀のための六つのメモ　米川良夫 和田忠彦訳
愛神の戯れ —牧歌劇『アミンタ』　トルクァート・タッソ　鷲平京子訳
タッソ エルサレム解放　A.ジュリアーニ編　鷲平京子訳
わが秘密　ペトラルカ　近藤恒一訳
ペトラルカ 無知について　近藤恒一訳
無関心な人びと 全二冊　モラーヴィア　河島英昭訳
故郷　パヴェーゼ　河島英昭訳
流刑　パヴェーゼ　河島英昭訳
祭の夜　パヴェーゼ　河島英昭訳
月と篝火　パヴェーゼ　河島英昭訳
シチリアでの会話　ヴィットリーニ　鷲平京子訳
山猫　トマージ・ディ・ランペドゥーサ　小林惺訳
休戦　プリーモ・レーヴィ　竹山博英訳
ウンベルト・エーコ 小説の森散策　和田忠彦訳
タタール人の砂漠　ブッツァーティ　脇功訳
七人の使者・神を見た犬 他十三篇　ブッツァーティ　脇功訳
ドン・キホーテ 前篇 全三冊　セルバンテス　牛島信明訳
ドン・キホーテ 後篇 全三冊　セルバンテス　牛島信明訳
セルバンテス短篇集　牛島信明編訳
ドン・フワン・テノーリオ　ホセ・ソリーリャ　高橋正武訳
葦と泥 付バレンシア物語　ブラスコ・イバニェス　高橋正武訳
人の世は夢・サラメアの村長　カルデロン　高橋正武訳
恐ろしき媒　ホセ・エチェガライ　永田寛定訳
作り上げた利害　ベナベンテ　永田寛定訳
エスピノーサ スペイン民話集　三原幸久編訳
三大悲劇集 血の婚礼 他二篇　ガルシーア・ロルカ　牛島信明訳
プラテーロとわたし　J.R.ヒメーネス　長南実訳
オルメードの騎士　ロペ・デ・ベガ　長南実訳
父の死に寄せる詩　ホルヘ・マンリーケ　佐竹謙一訳
サラマンカの学生 他六篇　エスプロンセーダ　佐竹謙一訳
セビーリャの色事師と石の招客 他一篇　ティルソ・デ・モリーナ　佐竹謙一訳
完訳 アンデルセン童話集 全七冊　大畑末吉訳
絵のない絵本　アンデルセン　大畑末吉訳
ヴィクトリア　クヌート・ハムスン　冨原眞弓訳
イプセン 人形の家　原千代海訳
民衆の敵　イプセン　竹山道雄訳
イプセン ヘッダ・ガーブレル　原千代海訳
キリスト伝説集　ラーゲルレーヴ　イシガオサム訳

スイスのロビンソン 全二冊 ウィース 宇多五郎訳
クオ・ワディス 全三冊 シェンキェーヴィチ 木村彰一訳
おばあさん ニェムツォヴァー 栗栖継訳
兵士シュヴェイクの冒険 全四冊 ハシェク 栗栖継訳
山椒魚戦争 カレル・チャペック 栗栖継訳
ロボット (R.U.R) チャペック 千野栄一訳
絞首台からのレポート ユリウス・フチーク 栗栖継訳
尼僧ヨアンナ イヴァシュキェヴィッチ 関口時正訳
灰とダイヤモンド 全二冊 アンジェイエフスキ 川上洸訳
牛乳屋テヴィエ ショレム・アレイヘム 西成彦訳
ルバイヤート オマル・ハイヤーム 小川亮作訳
中世騎士物語 ブルフィンチ 野上弥生子訳
王書 ―古代ペルシャの神話・伝説 フェルドウスィー 岡田恵美子訳
コルタサル短篇集 悪魔の涎・追い求める男 他八篇 木村榮一訳
遊戯の終わり コルタサル 木村榮一訳
ペドロ・パラモ ファン・ルルフォ 杉山晃 増田義郎訳
伝奇集 J・L・ボルヘス 鼓直訳

創造者 J・L・ボルヘス 鼓直訳
七つの夜 J・L・ボルヘス 野谷文昭訳
詩という仕事について J・L・ボルヘス 鼓直訳
ブロディーの報告書 J・L・ボルヘス 鼓直訳
グアテマラ伝説集 M・A・アストゥリアス 牛島信明訳
緑の家 全二冊 バルガス＝リョサ 木村榮一訳
密林の語り部 バルガス＝リョサ 西村英一郎訳
失われた足跡 カルペンティエル 牛島信明訳
やし酒飲み エイモス・チュツオーラ 土屋哲訳
薬草まじない エイモス・チュツオーラ 土屋哲訳
ジャンプ 他十一篇 ナディン・ゴーディマ 柳沢由実子訳
マイケル・K J・M・クッツェー くぼたのぞみ訳

《ロシア文学》〔赤〕

オネーギン プーシキン 池田健太郎訳
スペードの女王・ベールキン物語 プーシキン 神西清訳
プーシキン詩集 金子幸彦訳
狂人日記 他二篇 ゴーゴリ 横田瑞穂訳

外套・鼻 ゴーゴリ 平井肇訳
ディカーニカ近郷夜話 全二冊 ゴーゴリ 平井肇訳
平凡物語 全二冊 ゴンチャロフ 井上満訳
現代の英雄 レールモントフ 中村融訳
オブローモフ主義とは何か? 他一篇 ドブロリューボフ 金子幸彦訳
二重人格 ドストエフスキー 小沼文彦訳
罪と罰 全三冊 ドストエフスキー 江川卓訳
白痴 全二冊 ドストエーフスキイ 米川正夫訳
カラマーゾフの兄弟 全四冊 ドストエーフスキイ 米川正夫訳
家族の記録 アクサーコフ 黒田辰男訳
釣魚雑筆 アクサーコフ 貝沼一郎訳
アンナ・カレーニナ 全三冊 トルストイ 中村融訳
幼年時代 トルストイ 藤沼貴訳
少年時代 トルストイ 藤沼貴訳
戦争と平和 全六冊 トルストイ 藤沼貴訳
トルストイ民話集 人はなんで生きるか 他四篇 中村白葉訳
トルストイ民話集 イワンのばか 他八篇 中村白葉訳

イワン・イリッチの死　トルストイ　米川正夫訳
復活　全二冊　トルストイ　藤沼貴訳
人生論　トルストイ　中村融訳
セヴストーポリ　トルストイ　中村白葉訳
生ける屍　トルストイ　米川正夫訳
かもめ　チェーホフ　浦雅春訳
桜の園　チェーホフ　小野理子訳
六号病棟・退屈な話　他五篇　チェーホフ　松下裕訳
サハリン島　全二冊　チェーホフ　中村融訳
ともしび・谷間　他七篇　チェーホフ　松下裕訳
サーニン　全二冊　アルツィバーシェフ　中村白葉訳
どん底　ゴーリキイ　中村白葉訳
芸術におけるわが生涯　全三冊　スタニスラフスキー　蔵原惟人　江川卓訳
魅せられた旅人　レスコーフ　木村彰一訳
かくれんぼ・毒の園　他五篇　ソログープ　中山省三郎　昇曙夢訳
ベリンスキーロシヤ文学評論集　全二冊　除村吉太郎訳
プラトーノフ作品集　原卓也訳

悪魔物語・運命の卵　ブルガーコフ　水野忠夫訳
巨匠とマルガリータ　全二冊　ブルガーコフ　水野忠夫訳

《イギリス文学》〔赤〕

ユートピア　トマス・モア　平井正穂訳
完訳 カンタベリー物語 全三冊　チョーサー　桝井迪夫訳
ヴェニスの商人　シェイクスピア　中野好夫訳
ジュリアス・シーザー　シェイクスピア　中野好夫訳
十二夜　シェイクスピア　小津次郎訳
ハムレット　シェイクスピア　野島秀勝訳
オセロウ　シェイクスピア　菅泰男訳
リア王　シェイクスピア　野島秀勝訳
マクベス　シェイクスピア　木下順二訳
ソネット集　シェイクスピア　高松雄一訳
ロミオとジューリエット　シェイクスピア　平井正穂訳
リチャード三世　シェイクスピア　木下順二訳
対訳 シェイクスピア詩集 —イギリス詩人選(1)　柴田稔彦編
失楽園 全二冊　ミルトン　平井正穂訳
ロビンソン・クルーソー 全二冊　デフォー　平井正穂訳
ガリヴァー旅行記　スウィフト　平井正穂訳

ジョウゼフ・アンドルーズ 全二冊　フィールディング　朱牟田夏雄訳
ウェイクフィールドの牧師 —むだばなし　ゴールドスミス　小野寺健訳
幸福の探求 —アビシニアの王子ラセラスの物語　サミュエル・ジョンソン　朱牟田夏雄訳
対訳 バイロン詩集 —イギリス詩人選(8)　笠原順路編
対訳 ブレイク詩集 —イギリス詩人選(4)　松島正一編
ブレイク詩集　寿岳文章訳
ワーズワース詩集　田部重治選訳
対訳 ワーズワス詩集 —イギリス詩人選(3)　山内久明編
アイヴァンホー 全二冊　スコット　菊池武一訳
高慢と偏見 全二冊　ジェーン・オースティン　富田彬訳
説きふせられて　ジェーン・オースティン　富田彬訳
エマ 全二冊　ジェーン・オースティン　工藤政司訳
シェイクスピア物語 全二冊　チャールズ・ラム メアリー・ラム　安藤貞雄訳
対訳 テニスン詩集 —イギリス詩人選(5)　西前美巳編
デイヴィッド・コパフィールド 全五冊　ディケンズ　石塚裕子訳
ディケンズ短篇集　小池滋 石塚裕子訳
オリヴァ・ツウィスト 全二冊　ディケンズ　本多季子訳

大いなる遺産 全二冊　ディケンズ　石塚裕子訳
鎖を解かれたプロメテウス　シェリー　石川重俊訳
対訳 シエリー詩集 —イギリス詩人選(9)　アルヴィ宮本なほ子編
ジェイン・エア 全二冊　シャーロット・ブロンテ　河島弘美訳
嵐が丘 全二冊　エミリー・ブロンテ　河島弘美訳
クリスチナ・ロセッティ詩抄　入江直祐訳
教養と無秩序　マシュー・アーノルド　多田英次訳
ハーディ テス 全二冊　井上宗次 石田英二訳
ハーディ短篇集　井出弘之編訳
緑の館 —熱帯林のロマンス　ハドソン　柏倉俊三訳
宝島　スティーヴンスン　阿部知二訳
ジーキル博士とハイド氏　スティーヴンスン　海保眞夫訳
プリンス・オットー　スティーヴンスン　小川和夫訳
新アラビヤ夜話　スティーヴンスン　佐藤緑葉訳
若い人々のために 他十一篇　スティーヴンスン　岩田良吉訳
バラントレーの若殿　スティーヴンスン　海保眞夫訳
マーカイム・壜の小鬼 他五篇　スティーヴンスン　高松雄一 高松禎子訳

- 怪談 ―不思議なことの物語と研究　ラフカディオ・ハーン　平井呈一訳
- 心 ―日本の内面生活の暗示と影響　ラフカディオ・ハーン　平井呈一訳
- サロメ　ワイルド　福田恆存訳
- 人と超人　バーナド・ショー　市川又彦訳
- ヘンリ・ライクロフトの私記　ギッシング　平井正穂訳
- 闇の奥　コンラッド　中野好夫訳
- コンラッド短篇集　中島賢二編訳
- 対訳イエイツ詩集　高松雄一編
- 月と六ペンス　モーム　行方昭夫訳
- 読書案内 ―世界文学　W・S・モーム　西川正身訳
- 世界の十大小説 全二冊　W・S・モーム　西川正身訳
- 人間の絆 全三冊　モーム　行方昭夫訳
- 夫が多すぎて　モーム　海保眞夫訳
- サミング・アップ　モーム　行方昭夫訳
- モーム短篇選 全二冊　行方昭夫編訳
- お菓子とビール　モーム　行方昭夫訳
- ダブリンの市民　ジョイス　結城英雄訳

- ロレンス短篇集　河野一郎編訳
- 荒地　T・S・エリオット　岩崎宗治訳
- 悪口学校　シェリダン　菅泰男訳
- パリ・ロンドン放浪記　ジョージ・オーウェル　小野寺健訳
- 動物農場 ―おとぎばなし　ジョージ・オーウェル　川端康雄訳
- 対訳キーツ詩集 ―イギリス詩人選(10)　宮崎雄行編
- 深き淵よりの嘆息 ―『阿片常用者の告白』続篇　ド・クインシー　野島秀勝訳
- 20世紀イギリス短篇選 全二冊　小野寺健編訳
- イギリス名詩選　平井正穂編
- 中世イギリス英雄叙事詩 ベーオウルフ　忍足欣四郎訳
- タイム・マシン 他九篇　H・G・ウエルズ　橋本槇矩訳
- モロー博士の島 他九篇　H・G・ウエルズ　橋本槇矩・鈴木万里訳
- トーノ・バンゲイ 全二冊　ウェルズ　中西信太郎訳
- 回想のブライズヘッド 全二冊　イーヴリン・ウォー　小野寺健訳
- 愛されたもの　イーヴリン・ウォー　中村健二・出淵博訳
- 白衣の女 全三冊　ウィルキー・コリンズ　中島賢二訳
- 夢の女・恐怖のベッド 他六篇　ウィルキー・コリンズ　中島賢二訳

- 対訳英米童謡集　河野一郎編訳
- 完訳ナンセンスの絵本　エドワード・リア　柳瀬尚紀訳
- 灯台へ　ヴァージニア・ウルフ　御輿哲也訳
- 夜の来訪者　プリーストリー　安藤貞雄訳
- イングランド紀行 全二冊　プリーストリー　橋本槇矩訳
- アーネスト・ダウスン作品集　南條竹則編訳
- スコットランド紀行　エドウィン・ミュア　橋本槇矩訳
- 狐になった奥様　ガーネット　安藤貞雄訳
- ヘリック詩鈔　森亮訳
- たいした問題じゃないが ―イギリス・コラム傑作選　行方昭夫編訳
- 英国ルネサンス恋愛ソネット集　岩崎宗治編訳
- 文学とは何か ―現代批評理論への招待 全二冊　テリー・イーグルトン　大橋洋一訳

《アメリカ文学》〔赤〕

- ギリシア・ローマ神話 付インド・北欧神話　ブルフィンチ　野上弥生子訳
- 中世騎士物語　ブルフィンチ　野上弥生子訳
- フランクリン自伝　松本慎一・西川正身訳
- スケッチ・ブック 全二冊　アーヴィング　齊藤昇訳

アルハンブラ物語 全二冊 アーヴィング 平沼孝之訳
ウォルター・スコット邸訪問記 アーヴィング 齊藤昇訳
ブレイスブリッジ邸 アーヴィング 齊藤昇訳
完訳 緋文字 ホーソーン 八木敏雄訳
ホーソーン短篇小説集 坂下昇編訳
哀詩 エヴァンジェリン ロングフェロー 斎藤悦子訳
黒猫・モルグ街の殺人事件 他五篇 ポオ 中野好夫訳
対訳 ポー詩集 ―アメリカ詩人選(1) 加島祥造編
黄金虫・アッシャー家の崩壊 他九篇 ポオ 八木敏雄訳
ポオ評論集 八木敏雄編訳
森の生活 (ウォールデン) 全二冊 ソロー 飯田実訳
市民の反抗 他五篇 H・D・ソロー 飯田実訳
白鯨 全三冊 メルヴィル 八木敏雄訳
幽霊船 他一篇 ハーマン・メルヴィル 坂下昇訳
草の葉 全三冊 ホイットマン 酒本雅之訳
対訳 ホイットマン詩集 ―アメリカ詩人選(2) 木島始編
対訳 ディキンソン詩集 ―アメリカ詩人選(3) 亀井俊介編

不思議な少年 マーク・トウェイン 中野好夫訳
王子と乞食 マーク・トウェーン 村岡花子訳
人間とは何か マーク・トウェイン 中野好夫訳
ハックルベリー・フィンの冒険 全二冊 マーク・トウェイン 西田実訳
新編 悪魔の辞典 ビアス 西川正身編訳
ヘンリー・ジェイムズ短篇集 大津栄一郎編訳
大使たち 全二冊 ヘンリー・ジェイムズ 青木次生訳
ワシントン・スクエア ヘンリー・ジェイムズ 河島弘美訳
荒野の呼び声 ジャック・ロンドン 海保眞夫訳
シカゴ詩集 サンドバーグ 安藤一郎訳
大地 全四冊 パール・バック 小野寺健訳
シスター・キャリー 全二冊 ドライサー 村山淳彦訳
響きと怒り 全二冊 フォークナー 平石貴樹・新納卓也訳
アブサロム、アブサロム! 全二冊 フォークナー 藤平育子訳
楡の木陰の欲望 オニール 井上宗次訳
日はまた昇る ヘミングウェイ 谷口陸男訳
ヘミングウェイ短篇集 全二冊 谷口陸男編訳

怒りのぶどう 全三冊 スタインベック 大橋健三郎訳
ブラック・ボーイ ―ある幼少期の記録 全二冊 リチャード・ライト 野崎孝訳
オー・ヘンリー傑作選 大津栄一郎訳
アメリカ名詩選 亀井俊介・川本皓嗣編
20世紀アメリカ短篇選 全二冊 大津栄一郎編訳
孤独な娘 ナサニエル・ウェスト 丸谷才一訳
魔法の樽 他十二篇 マラマッド 阿部公彦訳
青白い炎 ナボコフ 富士川義之訳
風と共に去りぬ 全六冊 マーガレット・ミッチェル 荒このみ訳

《ドイツ文学》〔赤〕

- ニーベルンゲンの歌 全二冊　相良守峯訳
- ラオコオン ―絵画と文学との限界について　レッシング　斎藤栄治訳
- 若きウェルテルの悩み　ゲーテ　竹山道雄訳
- ヴィルヘルム・マイスターの修業時代 全三冊　ゲーテ　山崎章甫訳
- イタリア紀行 全三冊　ゲーテ　相良守峯訳
- ファウスト 全二冊　ゲーテ　相良守峯訳
- ゲーテとの対話 全三冊　エッカーマン　山下肇訳
- 群盗　シラー　久保栄訳
- 三十年戦史 全二冊　シルレル　渡辺格司訳
- ヘルダーリン詩集　川村二郎訳
- 青い花　ノヴァーリス　青山隆夫訳
- 夜の讃歌・サイスの弟子たち 他一篇　ノヴァーリス　今泉文子訳
- 完訳 グリム童話集 全五冊　金田鬼一訳
- 水妖記（ウンディーネ）　フーケー　柴田治三郎訳
- O侯爵夫人 他六篇　クライスト　相良守峯訳
- 影をなくした男　シャミッソー　池内紀訳

- ハイネ 歌の本 全二冊　井上正蔵訳
- 流刑の神々・精霊物語　ハイネ　小沢俊夫訳
- 冬物語 ―ドイツ　ハイネ　井汲越次訳
- ユーディット 他一篇　ヘッベル　吹田順助訳
- 芸術と革命 他四篇　ワーグナー　北村義男訳
- 水晶 ―石さまざま 他三篇　シュティフター　手塚富雄・藤村宏訳
- ブリギッタ・森の泉 他一篇　シュティフター　宇多五郎・高安国世訳
- みずうみ 他四篇　シュトルム　関泰祐訳
- 美しき誘い 他一篇　シュトルム　国松孝二訳
- 聖ユルゲンにて・後見人カルステン 他一篇　シュトルム　国松孝二訳
- 村のロメオとユリア　ケラー　草間平作訳
- 夢小説・闇への逃走 他一篇　シュニッツラー　池内紀・武村知子訳
- 花・死人に口なし 他七篇　シュニッツラー　番匠谷英一・山本有三訳
- リルケ詩集　高安国世訳
- ドゥイノの悲歌　リルケ　手塚富雄訳
- ブッデンブローク家の人びと 全三冊　トーマス・マン　望月市恵訳
- トオマス・マン短篇集　実吉捷郎訳

- 魔の山 全二冊　トーマス・マン　関泰祐・望月市恵訳
- トニオ・クレエゲル　トオマス・マン　実吉捷郎訳
- ヴェニスに死す　トオマス・マン　実吉捷郎訳
- 講演集 ドイツとドイツ人 他五篇　トーマス・マン　青木順三訳
- 車輪の下　ヘルマン・ヘッセ　実吉捷郎訳
- デミアン　ヘルマン・ヘッセ　実吉捷郎訳
- シッダルタ　ヘッセ　手塚富雄訳
- 美しき惑いの年　カロッサ　手塚富雄訳
- 若き日の変転　カロッサ　斎藤栄治訳
- 幼年時代　カロッサ　斎藤栄治訳
- 指導と信従　カロッサ　国松孝二訳
- マリー・アントワネット 全二冊　シュテファン・ツワイク　高橋禎二・秋山英夫訳
- ジョゼフ・フーシェ ―ある政治的人間の肖像　シュテファン・ツワイク　高橋禎二・秋山英夫訳
- 変身・断食芸人　カフカ　山下肇・山下萬里訳
- 審判　カフカ　辻瑆訳
- カフカ短篇集　池内紀編訳
- カフカ寓話集　池内紀編訳

肝っ玉おっ母とその子どもたち　ブレヒト　岩淵達治訳
天と地との間　オットー・ルートヴィヒ　黒川武敏訳
ほらふき男爵の冒険　ビュルガー編　新井皓士訳
憂愁夫人　ズーデルマン　相良守峯訳
短篇集 死神とのインタヴュー　ノサック　神品芳夫訳
悪童物語　ルウドキヒ・トオマ　実吉捷郎訳
芸術を愛する一修道僧の真情の披瀝　ヴァッケンローダー　江川英一訳
ウィーン世紀末文学選　池内紀編訳
大理石像・デュランデ城悲歌　アイヒェンドルフ　関泰祐訳
改訳 愉しき放浪児　アイヒェンドルフ　関泰祐訳
ホフマンスタール詩集　川村二郎訳
陽気なヴッツ先生 他一篇　ジャン・パウル　岩田行一訳
蜜蜂マアヤ　ボンゼルス　実吉捷郎訳
インド紀行 全二冊　ボンゼルス　実吉捷郎訳
ドイツ名詩選　生野幸吉　檜山哲彦編
蝶の生活　シュナック　岡田朝雄訳
聖なる酔っぱらいの伝説 他四篇　ヨーゼフ・ロート　池内紀訳

ラデッキー行進曲 全二冊　ヨーゼフ・ロート　平田達治訳
暴力批判論 他十篇 ―ベンヤミンの仕事1　ヴァルター・ベンヤミン　野村修編訳
ボードレール 他五篇 ―ベンヤミンの仕事2　ヴァルター・ベンヤミン　野村修編訳
人生処方詩集　エーリヒ・ケストナー　小松太郎訳
三十歳　インゲボルク・バッハマン　松永美穂訳

《フランス文学》〔赤〕

ラブレー第一之書 ガルガンチュワ物語　渡辺一夫訳
ラブレー第二之書 パンタグリュエル物語　渡辺一夫訳
ラブレー第三之書 パンタグリュエル物語　渡辺一夫訳
ラブレー第四之書 パンタグリュエル物語　渡辺一夫訳
ラブレー第五之書 パンタグリュエル物語　渡辺一夫訳
トリスタン・イズー物語　ベディエ編　佐藤輝夫訳
日月両世界旅行記　シラノ・ド・ベルジュラック　赤木昭三訳
ロンサール詩集　ロンサール　井上究一郎訳
エセー 全六冊　モンテーニュ　原二郎訳
ラ・ロシュフコー箴言集　二宮フサ訳
タルチュフ　モリエール　鈴木力衛訳

完訳 ペロー童話集　新倉朗子訳
クレーヴの奥方 他二篇　ラファイエット夫人　生島遼一訳
カラクテール ―当世風俗誌 全三冊　ラ・ブリュイエール　関根秀雄訳
偽りの告白　マリヴォー　鈴木力衛訳
贋の侍女・愛の勝利　マリヴォー　佐藤実枝　井村順一訳
カンディード 他五篇　ヴォルテール　植田祐次訳
孤独な散歩者の夢想　ルソー　今野一雄訳
危険な関係 全二冊　ラクロ　伊吹武彦訳
美味礼讃 全二冊　ブリア-サヴァラン　関根秀雄　戸部松実訳
恋愛論 全二冊　スタンダール　杉本圭子訳
赤と黒 全二冊　スタンダール　桑原武夫　生島遼一訳
パルムの僧院 全二冊　スタンダール　生島遼一訳
ヴァニナ・ヴァニニ 他四篇　スタンダール　生島遼一訳
知られざる傑作 他五篇　バルザック　水野亮訳
谷間のゆり　バルザック　宮崎嶺雄訳
「絶対」の探求　バルザック　水野亮訳
サラジーヌ 他三篇　バルザック　芳川泰久訳

艶笑滑稽譚 全三冊	バルザック 石井晴一訳
レ・ミゼラブル 全四冊	ユーゴー 豊島与志雄訳
死刑囚最後の日	ユーゴー 豊島与志雄訳
エルナニ	ユゴー 稲垣直樹訳
モンテ・クリスト伯 全七冊	アレクサンドル・デュマ 山内義雄訳
三銃士 全二冊	デュマ 生島遼一訳
カルメン	メリメ 杉捷夫訳
メリメ怪奇小説選	杉捷夫編訳
愛の妖精（プチット・ファデット）	ジョルジュ・サンド 宮崎嶺雄訳
ボオドレール 悪の華	鈴木信太郎訳
ボヴァリー夫人 全二冊	フローベール 伊吹武彦訳
感情教育 全二冊	フローベール 生島遼一訳
聖アントワヌの誘惑	フローベール 渡辺一夫訳
紋切型辞典	フローベール 小倉孝誠訳
椿姫	デュマ・フィス 吉村正一郎訳
サフォ パリ風俗	ドーデ 朝倉季雄訳
プチ・ショーズ —ある少年の物語	ドーデ 原千代海訳

シルヴェストル・ボナールの罪	アナトール・フランス 伊吹武彦訳
ジェルミナール 全三冊	エミール・ゾラ 安士正夫訳
水車小屋攻撃 他七篇	エミール・ゾラ 朝比奈弘治訳
氷島の漁夫	ピエール・ロチ 吉氷清訳
マラルメ詩集	渡辺守章訳
脂肪のかたまり	モーパッサン 高山鉄男訳
ベラミ 全二冊	モーパッサン 杉捷夫訳
モーパッサン短篇選	高山鉄男編訳
地獄の季節	ランボオ 小林秀雄訳
にんじん	ルナアル 岸田国士訳
ぶどう畑のぶどう作り	ルナアル 岸田国士訳
博物誌	ルナール 辻昶訳
ジャン・クリストフ 全四冊	ロマン・ローラン 豊島与志雄訳
ベートーヴェンの生涯	ロマン・ロラン 片山敏彦訳
フランシス・ジャム詩集	手塚伸一訳
三人の乙女たち	フランシス・ジャム 手塚伸一訳
贋金つくり 全二冊	アンドレ・ジイド 川口篤訳

続コンゴ紀行 —チャド湖より還る	アンドレ・ジイド 杉捷夫訳
ムッシュー・テスト	ポール・ヴァレリー 清水徹訳
若き日の手紙	フィリップ 外山楢夫訳
精神の危機 他十五篇	ポール・ヴァレリー 恒川邦夫訳
朝のコント	フィリップ 淀野隆三訳
シラノ・ド・ベルジュラック	ロスタン 辰野隆・鈴木信太郎訳
海の沈黙・星への歩み	ヴェルコール 河野與一・加藤周一訳
恐るべき子供たち	コクトー 鈴木力衛訳
地底旅行	ジュール・ヴェルヌ 朝比奈弘治訳
八十日間世界一周	ジュール・ヴェルヌ 鈴木啓二訳
海底二万里 全二冊	ジュール・ヴェルヌ 朝比奈美知子訳
結婚十五の歓び	新倉俊一訳
モーパン嬢 全二冊	テオフィル・ゴーチエ 井村実名子訳
シェリ	コレット 工藤庸子訳
生きている過去	レニエ 窪田般彌訳
フランス短篇傑作選	山田稔編訳
シュルレアリスム宣言・溶ける魚	アンドレ・ブルトン 巖谷國士訳